LARS BILL
LUNDHOLM

Der weiße Drache

Roman

Aus dem Schwedischen
von Ulrike Nolte

WILHELM HEYNE VERLAG
MÜNCHEN

Titel der Originalausgabe
SÖDERMALMSMORDEN

Umwelthinweis:
Dieses Buch wurde auf
chlor- und säurefreiem Papier gedruckt.

Redaktion: Wibke Kuhn

Deutsche Erstausgabe 07/2005

Printed in Germany 2005
Umschlagillustration: Macduff Everton/Corbis
Umschlaggestaltung: Eisele Grafik-Design
Gesetzt aus der Minion
Satz: KompetenzCenter, Mönchengladbach
Druck und Bindung: GGP Media GmbH, Pößneck
ISBN: 3-453-43114-6
http://www.heyne.de

KAPITEL 1

Der Mann ging am Pålsund-Kanal entlang und sah leicht fröstelnd auf das dunkle Wasser hinunter. Er fühlte sich unruhig, die Ereignisse der letzten Zeit gefielen ihm gar nicht. Allmählich befürchtete er einen Fehler begangen zu haben. Aber jetzt war es zu spät, um etwas daran zu ändern. Später, wenn die ganze Sache überstanden war, konnte er darüber nachdenken. Auf jeden Fall hatte er sich an seinen Teil des Abkommens gehalten. Niemand konnte Gegenteiliges behaupten. Dennoch fiel es ihm schwer, das unbehagliche Gefühl in der Magengegend zu ignorieren. Er warf einen Blick zurück, sah aber nur das Taxi, mit dem er gekommen war. Es hatte auf der anderen Seite des natürlichen Wasserweges gehalten, der die Insel Långholmen vom übrigen Stockholm trennte, und parkte an der Uferstraße Söder Mälarstrand. Der Fahrer saß im Wagen, zählte sein Geld und hatte die Taxileuchte noch nicht auf »frei« gestellt.

Es regnete unaufhörlich, ein dünner, kalter Nieselregen. Seit mehreren Tagen regnete es ohne Unterbrechung, so dass die Ufer des Kanals schlammig waren und das Röhrichtgestrüpp schmutzigbraun über das Wasser hing. An den Stegen lagen noch immer Boote, die an Land geholt werden mussten. Er konnte nicht verstehen, dass die Leute bis zur letzten Minute damit warteten, anstatt sofort nach Saisonschluss alles Nötige zu erledigen. Wie es aussah, konnte der Kanal jeden Moment zufrieren, und dann war es zu spät. Der Mann steckte die Hände tief in die Taschen und ging an einem schön gearbeiteten Boot vorbei, Eichenholz mit weißem Verdeck. Der Eigner hatte es noch nicht einmal für nötig befunden, die Sitzkissen von den Seitenbänken im Heck zu nehmen. Wie konnte man ein Boot so sträflich vernachlässigen? Er hatte fast Lust, an Bord zu steigen und eines der Sitzkissen mitzunehmen. Nur um dem Bootsbesitzer zu zeigen, wie fahrlässig es war, sein Eigentum draußen herumliegen zu lassen. Aber er ging weiter und zog den Gürtel seines Mantels enger. Es war schnell Abend geworden, und der Sprühregen hüllte den Kanal in einen bläulichen Nebel, der ihn erbärmlich frieren ließ.

Er sah auf die Uhr. Es war kurz nach neun, und trotz der recht frühen Stunde war kein Mensch in der Nähe. Die großen Weidenbäume, die sich zum Wassersaum hinabneigten, und die dürftige Straßenbeleuchtung trugen wohl ihren Teil dazu bei. Der Kanalhafen war nicht gerade die Gegend, wo junge Damen ihren Hund Gassi führten. Aber er hatte keine Wahl. Hier war der abgesprochene Treffpunkt, und wenn er nicht auftauchte, dann würde auch sein Geld nicht auftauchen. Er bewegte sich von der Brücke fort Richtung Heleneborgs Bootsclub. Schräg über ihm erhob sich die imposante Stahlwölbung der Västerbrücke als dunkler Bogen gegen den gelblichen Himmel.

Der Treffpunkt sollte am Kai 22 sein. Ein motorgetriebenes Boot im Pettersson-Stil lag dort vertäut, aus Mahagoniholz und sehr gepflegt. Als er sich dem Anlegeplatz näherte, sah er, dass in der Kajüte Licht brannte. Er blieb stehen und versuchte durch das Fenster ins Innere zu schauen, konnte aber nur einen Rücken sehen. Auf seinen Zuruf bekam er keine Antwort, also ging er auf den Bootssteg, rief noch einmal und stieg dann vorsichtig auf die Schiffsreling und hinunter auf die Seitenbank. Das Boot schwankte ein wenig, und die Person in der Kajüte wandte den Kopf und löschte sofort das Licht. Es wurde stockfinster. Vom Deck aus konnte der Mann nur mit Mühe die Gestalt in der Kajüte ausmachen, die wahrscheinlich einen Schreck bekommen hatte, als er das Boot betrat. Er wollte gerade sagen: »Ich bin es nur«, als ihn ein harter Gegenstand über dem Auge traf. Zuerst glaubte er, dass er ausgerutscht sei, denn der Holzboden kam mit Hochgeschwindigkeit auf ihn zu, und für einen Moment wirkte es, als seien es die Planken, die mitten in seinem Gesicht gelandet waren. Doch gerade als er sich auf alle viere aufrichten und hochschauen wollte, sah er das Metallrohr herabsausen. Er hatte nicht einmal Zeit zu erklären, dass man ihn mit jemand verwechselt haben musste, bevor ihn die Stange am Kopf traf und ihm für alle Zeiten jede Möglichkeit des Protestes nahm. Die traurige Wahrheit ist: Erklärungen sind nur etwas für die Lebenden.

KAPITEL 2

Kommissar Axel Hake stand in der Küche und lehnte sich auf seinen Gehstock. Er hatte breite Schultern, kurz geschnittenes Haar und trug zu seiner Jeans eine Anzugjacke aus grobem Tweed. »Also, kommst du jetzt?«

Er schaute zu seiner Schwester Julia hinüber, die vor einem Spiegel stand und Ordnung in ihr strubbeliges Haar zu bringen versuchte. Im Gegensatz zu ihrem Bruder sah sie nicht besonders gut aus, aber sie hatte schöne, ironisch funkelnde Augen. Sie selbst fand, dass ihr Gesicht einer Kinderzeichung mit falschen Proportionen glich. Die Nase war knubbelig, die Lippen etwas zu breit, die Wangen rundlich wie ein aufgegangener Kuchenteig. Allerdings bekümmerte so etwas Julia Hake wenig, denn ihre große Passion war das Leben als Veterinärin im Forstgebiet Tullinge, und an Männern hatte es ihr nie gemangelt. Gut aussehende Männer. Mit anderen gab sie sich nicht ab. »Manche Frauen mögen humorvolle Männer, mächtige Männer oder hochkultivierte Männer. Ich mag meine Männer schön. Mehr ist nicht dabei«, hatte sie einmal leichthin erklärt.

Aber heute hatte Hake das Gefühl, dass etwas nicht stimmte. Sie hatte sogar einen alten Lippenstift hervorgekramt, den sie sich auf den Mund schmierte, und grimassierte vor dem Spiegel. Das Rot sah aus wie eine blutende Wunde.

»Ich muss Siri in einer Stunde vom Hort abholen, also solltest du dich ein bisschen beeilen«, sagte er und wiegte sich auf seinem Stock.

Er war mit einigen Kartons Rotwein zu seiner Schwester hinübergefahren. Diesen Gefallen tat er Julia hin und wieder, vor allem um zu sehen, wie es ihr draußen in ihrer Einsiedlerklause ging. Das Haus lag einsam mitten in einem großen, dunklen Fichtenwald, kein idealer Wohnort für eine alleinstehende Frau, wie er fand. Aber seine Schwester zeigte sich nie beunruhigt. Ganz im Gegenteil. Sie fühlte sich am sichersten, wenn nicht allzu viele Menschen in der Nähe waren.

Etwas geistesabwesend hatte sie die Weinkartons entgegengenommen, auf dem Herd abgesetzt, war eine Weile wirr im Haus herumgerannt und hatte Axel Hake überredet, sie mit seinem Auto ein paar Kilometer zu kutschieren. Ihr Landrover hatte einen Platten, und sie hatte keine Zeit, ihn zu reparieren. Sie wechselte mehrmals ihre Garderobe, nur um schließlich ihre alte Jeansjacke anzuziehen. Soweit er sich erinnern konnte, hatte sie sich noch nie so oft im Spiegel betrachtet.

Schließlich war sie ausgehfertig, warf einen wirklich allerletzten Blick in den Spiegel, sank ein bisschen in sich zusammen und ging aus dem Haus. Axel Hake folgte ihr mit hinkenden Schritten. Er war nicht gerade ein Invalide, aber er hatte eine Kugel ins Knie bekommen und einen bleibenden Schaden zurückbehalten – nach einer medizinischen Behandlung, die nach Hakes Meinung an Misshandlung grenzte.

»Der Schal!«, rief Julia und lief zurück ins Haus.

Hake seufzte und hinkte weiter zu seinem alten, rostigen Citroën. Er setzte sich auf die Motorhaube und ließ seine

Blicke umherschweifen. Julia Hakes Tierarztpraxis sah ein bisschen baufällig aus. Das große Wohngebäude war zwar in gutem Zustand, doch die alte Scheune und die Weidezäune um das Gehege machten einen Eindruck von … nicht gerade Vernachlässigung, aber zumindest einem Mangel an Pflege. Julias Erklärung war, dass Tiere keine ästhetischen Präferenzen hätten und dass die Arztpraxis, die vor allem kranke Pferde, Hunde und Kleintiere versorgte, ihre Funktion mehr als erfüllte.

Die Tür wurde wieder geöffnet, und Julia kam heraus. Sie trug über ihrer Jeansjacke ein farbenfrohes Tuch um den Hals. Kurz vor Hake blieb sie stehen und blickte ihn direkt an. Die seegrasfarbenen Augen blitzten.

»Na«, fragte sie, »bin ich so okay?«

»Du triffst dich doch nur mit so einem Typen aus einer Veganerkommune, richtig?«

»Bin ich okay?«, wiederholte sie scharf.

Axel Hake nickte. Sie sah mehr als »okay« aus. Aber er war dennoch beunruhigt. Solange er sich zurückerinnern konnte, hatte sie schöne, charakterlose Männer nach Hause geschleppt … und sie wie Luft behandelt. Das hatte Julia auf gewisse Weise noch interessanter gemacht, denn ihre Liebhaber waren eine solche Gleichgültigkeit nicht gewohnt. Es hatte genug Krach und Streit gegeben, und mehr als einmal hatte Hake dazwischen gehen müssen. Aber er hatte dennoch immer das Gefühl gehabt, dass sie am Ende ohne seelische Kratzer davonkommen würde. Diesmal sah es jedoch so aus, als sei die große Liebe über Julia hereingebrochen. Sie wirkte unsicher und war noch launischer als gewöhnlich. Sie grämte sich darüber, dass sie vielleicht schon zu alt war, um Kinder zu bekommen. Der Mann, dem sie ihr Herz geschenkt hatte, war eigentlich noch ein halber

Junge: gerade über zwanzig, von russischer Abstammung und Mitglied einer Veganerkommune, die tatsächlich tiefer im Wald lag als die Tierarztpraxis. Hake kannte ihn bisher nicht und hatte von Julia nur aufschnappen können, dass er blond war und einen glatten, unbehaarten Körper besaß. Als er nach dem Charakter des Jungen fragte, hatte sie ihn verständnislos angesehen und gefragt, was das mit der Sache zu tun haben sollte. Lieber Himmel, der Russe sah schließlich aus wie ein griechischer Gott …

Marianne de Vrie saß in ihrem schicken, historisch wertvollen Haus auf der Insel Långholmen – mitten in Stockholm – und versuchte sich auf den Reiseführer zu konzentrieren, an dem sie gerade arbeitete. Sie hatte eine Reihe gut geschriebener, faktengespickter Bücher herausgegeben, die von einem treuen Leserkreis gekauft wurden. Jetzt befand sie sich allerdings in einer peinlichen Klemme, denn sie litt mit einem Mal unter einer Schreibblockade, und die Worte kamen nicht so, wie sie sollten. Eine Freundin hatte ihr den Rat gegeben, sich nicht zu überanstrengen, sondern im Internet nach Beschreibungen der Orte zu suchen, über die sie berichten wollte. Das hatte Marianne als unmoralisch abgelehnt. Aber nach einem halben Jahr geistiger Dürre hatte sie sich doch ins Netz begeben und vor kurzem eine französische Reisereportage aufgestöbert, die sicherlich kein schwedischer Leser jemals zu Gesicht bekommen würde. Sie hatte den Tag damit verbracht, den Text zu übersetzen, der vom Besuch eines Vogelmarktes in Marrakesch handelte. »Vögel, die im Wüstensand baden« würde sie ihn nennen und für das erste Kapitel ihres Buches benutzen. Aber nach dieser Kopierarbeit fühlte sie sich nervös und unruhig, schämte sich ein bisschen und beschloss, auf einen langen, beruhigenden Spaziergang zu gehen.

Marianne blickte auf die herbstliche Landschaft, Laubbäume in brennenden Farben, während sie den Skutskepparvägen entlang wanderte. Mit jedem Schritt fühlte sie, wie die Anspannung nachließ, wie die Schuldgefühle sich aufzulösen begannen. Dennoch warf sie unruhige Blicke in alle Richtungen, sie hatte das Gefühl, als würde ihr jemand über die Schulter schauen. Ein Unsichtbarer stand hinter ihr und ermahnte sie, ihr Publikum nicht hinters Licht zu führen. Sie ging schneller, um das Gefühl loszuwerden, was sich jedoch als Fehler erwies. Schnell war sie so ausgepumpt, dass sie sich am Lattenzaun neben dem Pålsund-Kanal abstützen musste. Zum Wasser hin stand ein Holztor offen, und dahinter liefen Bootstege am Wasser entlang.

Sie legte stets Wert darauf, Haltung zu bewahren, niemand sollte sie sehen, während sie nach Atem keuchte. Also trat sie auf den Steg hinaus und schaute seufzend auf die Wellenmuster hinunter. Zuerst glaubte sie, jemand habe sich hinter sie gestellt, um sich im Kanal zu spiegeln. Gleich unter der Wasseroberfläche stand ein Mann in einem Mantel und starrte sie mit leeren Augen an. Erst als sie das schwerelos treibende Haar sah, die milchweißen Augenhöhlen und das entstellte Gesicht, verstand sie, dass es ein Toter war, der dort mehr oder weniger aufrecht im Wasser stand. Zuerst konnte sie nicht begreifen, wie diese Haltung möglich war, doch dann sah sie die Metallkette um sein Bein, die ihn an Ort und Stelle hielt. Und gleich darauf hallte ihr Schrei über den Kanal, fing sich in der gewaltigen Wölbung der Västerbrücke und wurde zu einem Echo, das scheinbar kein Ende mehr nahm.

Die Veganerkommune lag auf einer Lichtung, umgeben von idyllisch rauschendem Fichtenwald. Als Haupthaus diente eine große, gelb gestrichene Jugendstilvilla mit drei Etagen. Das typische schwedische »Bellmann-Gelb«, wie Hake irgendwann gelesen hatte. Ein Farbton, mit dem man mehrere Jahrhunderte lang die eleganteren schwedischen Häuser und Gebäude gestrichen hatte. Neben der Villa befanden sich ein paar Schuppen und davor ein grauer VW-Bus. Als er auf den Wendeplatz einschwenkte, fiel sein Blick auf einen älteren Mann, der ihnen entgegenging. Er war um die fünfzig, hatte ein hageres Gesicht, breite buschige Augenbrauen und kastanienbraunes Haar. Hake hatte sich unter dem Leiter der Kommune eine Art Guru-Gestalt vorgestellt, aber dieser Mann ähnelte eher einem Freizeitjäger als einem Philosophen. Julia winkte ihm zu, und der Mann nickte kurz.

»Wie geht es Elina?«, fragte Julia, als sie beide aus dem Citroën gestiegen waren.

Der Mann musterte Hake und seinen Gehstock mit einem wachsamen Blick, bevor sich seine Augen auf Julia hefteten. »Ich glaube, das Fieber hat nachgelassen, aber du solltest sie dir besser mal ansehen.«

Julia hatte erzählt, dass die Hündin der Kommune ernsthaft krank geworden war, nachdem sie Junge bekommen hatte. Als Ärztin hatte sie es übernommen, sich um das Tier zu kümmern. Auf diese Weise hatte sie auch ihren neuesten Bettgespielen kennen gelernt.

»Ist Juri da?«

Der Mann machte eine Kopfbewegung zum Hauseingang. »Er hält Wache am Krankenbett.«

Julia begann förmlich zu strahlen, öffnete den Kofferraum und holte ihre medizinische Ausrüstung heraus.

»Also, ich gehe dann wohl rein«, meinte sie und schaute ihren Bruder an.

»Zehn Minuten höchstens«, sagte Hake.

Julia nickte und hastete ins Haus. Der Mann machte einen Schritt auf Hake zu und streckte die Hand aus. »Gustav Lövenhelm«, stellte er sich vor.

»Axel Hake. Ich bin Julias Bruder.«

»Ach so«, meinte Lövenhelm. »Sie sehen sich nicht sehr ähnlich.« Er musterte Hake ungeniert.

»Tja«, sagte Hake, »unsere Eltern behaupten, wir seien verwandt, aber sicher wissen kann man das ja nie.«

Lövenhelm lächelte andeutungsweise, wiegte sich auf den Fußsohlen und machte eine Handbewegung zum Haus hin. »Wir haben Kräutertee. Bedienen Sie sich einfach, so funktioniert das bei uns in der Kommune.«

Hake bedankte sich und ging auf das Haus zu, gerade als zwei junge Frauen angeradelt kamen und vor Lövenhelm stehen blieben. Hake hörte ihn sagen, dass sie Glück hätten, in der Kommune sei gerade Platz. Den Rest bekam er nicht mit, denn in diesem Moment begann sein Handy schrill zu klingeln. Am anderen Ende war Oskar Lidman, sein Kollege bei der Kripo.

»Es gibt Arbeit«, sagte Lidman. »Wir haben eine Wasserleiche.«

Hake ging ins Haus, um Julia zu finden. Er glaubte, sie im zweiten Stock reden zu hören und ging, der Stimme folgend, eine breite Treppe hinauf. In einem der Räume stand Julia vor einem sehr jungen Mann mit blassem, fast albinobleichem Gesicht und leuchtend weißem Haar.

»Ich weiß noch nicht, Julia«, sagte der Junge mit einem slawischen Akzent. »Ich habe eine Menge zu tun.«

»Bitte, bitte, Liebling«, schmeichelte Julia. Hake gefiel der Ton ihrer Stimme nicht. Sie klang unterwürfig und zuckersüß.

Der Junge nahm ihr Gesicht in seine Hände und schaute sie mit einem zufriedenen Ausdruck an. Er gab ihr einen Kuss auf die Stirn und schob sie dann brüsk von sich weg. Gleich darauf wandte er sich dem Hund zu, der auf einer Decke lag und an dessen Bauch vier Welpen gekuschelt waren. »Wie geht es denn nun eigentlich Elina?«

Julias Augen hingen noch einige Sekunden an seinem Gesicht, ehe sie zu der Hündin hinunterschaute.

In diesem Moment ließ sich Hake in der Tür blicken, so als sei er gerade erst die Treppe herauf gekommen und habe nicht gesehen, was vor sich ging. Juri betrachtete ihn forschend.

»Ich muss los, Julia. Oskar Lidman hat angerufen. Ich habe Bereitschaft, und es ist eilig. Die Spurensicherung ist schon am Tatort.«

»Tatort«, wiederholte Juri. »Bist du ein Bulle?«

»Nein«, sagte Axel Hake. »Ich bin Polizist, und was bist du?«

Juri lächelte versonnen und warf einen Seitenblick auf Hakes Schwester. »Wenn es nach Julia geht, bin ich Fürst Myshkin. Sie wissen schon, aus Dostojewskis Buch.«

»Ein Idiot also.«

Julia warf ihm einen vernichtenden Blick zu, aber Juri antwortete nur ruhig: »Das kann schon sein. Vielleicht bin ich ein Idiot.« Er lächelte Julia zu, und das Lächeln war blendend.

Oskar Lidman wartete unten am Pålsund-Kanal. Die Spurensicherung hatte den Bereich abgesperrt, und einige

Schaulustige standen herum und versuchten zu sehen, was passiert war. Die Leiche lag hinter einem aufgespannten Tuch, das dafür sorgen sollte, dass die Pressefotografen keine Gelegenheit zu einem Schnappschuss bekamen. Ein Reporter sprach mit Marianne de Vrie, die mit leiser Stimme von ihrem Fund berichtete. Kommissar Axel Hake trat ein paar Schritte vor, um die Person sehen zu können, die auf der Plastikbahre lag. Das Gesicht war grotesk aufgequollen, man konnte die Züge nur mit Mühe erkennen. Die Haare waren rot, aber die Augenfarbe unmöglich zu bestimmen. Fische und anderes Wassergetier hatten die Augäpfel zum größten Teil weggefressen.

»Wissen wir, um wen es sich handelt?«, fragte Hake.

Oskar Lidman schüttelte den Kopf und versenkte seine Hände in den Jackentaschen. Er war korpulent, um nicht zu sagen fett, aber wenn es nötig war, bewegte er sich gewandt und schnell. Man konnte leicht erraten, dass Tanzen sein Hobby und seine Passion war, denn seine Schritte wirkten rhythmisch, als folgten sie dem Takt einer Salsa- oder Rumbamelodie.

»Allzu schwer kann das nicht werden, mit dieser Tätowierung.« Hake deutete auf den linken Arm des Mannes, wo ein weißer Flügeldrache in chinesischem Stil vor einem schwarzen Hintergrund schwebte. In einer Ecke des Bildes befand sich die Ziffer zwei und mitten in der Tätowierung ein Viereck, das in zwei farbige Flächen aufgeteilt war – rot und grün – und von einer Art goldener Feuerflamme durchschnitten wurde. Hake hatte noch nie etwas Ähnliches gesehen.

»Es wird schwierig, falls er nicht aus Schweden stammt«, gab Lidman zu bedenken.

Die dünne Gestalt von Gerichtsmediziner Brandt kam

auf sie zu. Der Mann grüßte mit einem kurzen Nicken. »Ich kann jetzt schon sagen, dass sich der Zeitpunkt des Mordes unmöglich bestimmen lassen wird. Der Mann hat sicher eine gute Woche im Wasser gelegen, und die Wassertemperatur hat in den letzten Tagen sehr geschwankt.«

›Mal wieder typisch‹, dachte Hake. Das bedeutete, dass man eventuelle Verdächtige nicht nach einem Alibi befragen konnte.

»Aber er ist auf jeden Fall ermordet worden«, fuhr Brandt mit seiner heiseren Stimme fort, die wie das Knirschen von trockenem Kies klang. »Jemand hat ihm mit einem gerundeten Gegenstand auf den Kopf geschlagen, zwei- oder dreimal hintereinander. Ein Eisenrohr oder etwas Ähnliches.«

»Also war er tot, bevor man ihn im Wasser versenkt hat?«

Brandt betrachtete Hake mit kaum verborgenem Widerwillen. »Was glauben denn Sie? Wie Sie selbst sehen können, ist der Schädel so gut wie zertrümmert.«

»Man kann einen Menschen wohl zuerst ertränken und ihm dann den Schädel einschlagen«, konterte Hake ruhig. »Manchmal kommt es ja vor, dass ein Mörder nicht mit offenen Karten spielt.« Er dachte nicht daran, Brandt einen so billigen Sieg zu gönnen.

Ohne ein weiteres Wort wandte sich Brandt um und marschierte Richtung Leichenwagen davon.

Hake schaute erneut auf das Mordopfer. Die Kette um den Fuß des Mannes hatte tief ins Fleisch geschnitten, und man sah deutlich den weißen Knochen unter dem Metall. Der an der Kette befestigte Anker bestand aus Stahl und war schwer genug, um einen Körper ohne Weiteres unter Wasser zu halten.

»Warum hat man ihn ausgerechnet hier versenkt?«

»Vielleicht ist der Mord an dieser Stelle begangen worden«, meinte Lidman.

»Möglich, aber warum sollte man ihn überhaupt unter Wasser anketten? Warum hat man ihn nicht einfach irgendwo liegenlassen? Falls der Tote nicht gefunden werden sollte, dann ist diese Methode denkbar ungeeignet. Es war klar, dass ihn früher oder später jemand sieht.«

»Seit wann sind Mörder intelligent?«, knurrte Lidman und blickte zur viel befahrenen Västerbrücke hinauf, dann auf das Niemandsland darunter. Unter der Brücke wuchs fast nichts, hier fühlten sich nur Asseln und Ratten zu Hause. Alles war genauso tot wie der Mann auf der Plastikbahre.

Die Leiche war an einem Platz genau unter der massiven Stahlkonstruktion der Brücke gefunden worden, so dass die Passanten oben nicht hatten sehen können, was auf dem Landungssteg vor sich ging. Noch immer lagen Boote zu beiden Seiten des Wasserweges vertäut, aber die meisten waren bereits an Land gezogen worden und thronten hoch am Ufer unter schweren Persennings. Einige waren auf Trailern aufgebockt, andere auf Holzgestellen. Eine Reihe Wagen parkte in der näheren Umgebung, und fast ganz unten am Wasser stand ein alter weißer Bus. Das Linienschild über dem Führerstand verkündete »Außer Betrieb«.

Axel Hake schaute auf die Uhr. »Ist Tobisson noch nicht aufgetaucht?«

Lidman schüttelte den Kopf.

»Wenn er kommt, können Sie ihm bestellen, dass er mit ein paar Männern losgehen soll, Klinken putzen und Zeugen suchen.«

»Das wird ihn sicher freuen«, murmelte Lidman. Er sah

sich um. »Na ja, immerhin sind nicht besonders viele Wohnungen in der Nähe.«

Hake deutete mit seinem Stock auf die andere Kanalseite, wo hinter der Uferstraße Söder Mälarstrand die hohen, ausladenden Wohnblocks der Lorensbergsgatan standen. »Also, ich dachte eigentlich an die da drüben. Man kann von den Fenstern schließlich bis hierher sehen.«

Lidman wurde blass. Die Zahl der Mieter belief sich vermutlich auf einige hundert, und Tobias Tobisson hatte eine nervenaufreibende Arbeit vor sich. Er wünschte, Hake würde ihm das selbst mitteilen.

Hake warf einen letzten Blick auf den Toten und ging dann zu den Mitarbeitern der Kriminaltechnik hinüber, um ihnen Bescheid zu sagen, dass sie anfangen konnten, den Fundort der Leiche zu dokumentieren. Anschließend schlenderte er mit gemächlichen Schritten den Pålsund-Kanal entlang, bis er zu der alten Mälaren-Werft kam. Er wollte eine Weile alleine sein und die Umgebung auf sich wirken lassen. Die Insel Långholmen war ein hübscher Teil des Bezirks Södermalm, fast eine Idylle. Selbst die einfacheren Häuser und Werkstätten hatten einen gewissen Charme, obwohl man wusste, dass sich hinter dem pittoresken Äußeren ein harter Arbeitsalltag verbarg. In einem der Gebäude war der Schein eines Schweißgeräts zu sehen, flammte auf und erlosch in unregelmäßigen Abständen und erleuchtete die Fensterfront in Richtung des Fußwegs. Hake schaute auf das Wasser hinaus. In seinem Unterbewusstsein rumorte etwas, aber er bekam es nicht zu fassen.

Er ließ den Blick über den Ratshauskai gleiten, weiter in Richtung Riddarholmen und schließlich zurück zur Uferhöhe von Södermalm. Seine Gedanken wanderten zu dem Stadtteil, in dem er sich gerade befand. Stockholms Süden,

»Söder«, hatte sich sehr verändert. Zu Beginn war hier eine richtige Arbeitergegend gewesen, mit Spinnereien, Brauhäusern, Trankochereien und einem bunten Gemisch von Kleinbetrieben. Dienstmägde, Lumpensammler, Schichtarbeiter und Handwerker hatten sich durch die Straßen gedrängt. Hier hatten die »Vielkinderhäuser« für sozial schwache Familien gestanden, die Gefängnisse und Schnapsfabriken. Hierhin wurden unter Gustav Vasa die Geistesgestörten und Leprakranken abgeschoben. In den letzten Jahren hatte der Stadtteil allerdings sein Image aufpoliert, denn Journalisten, Kulturschaffende und allerhand Künstlervolk waren hierher gezogen. Im Süden zu wohnen war »trendy« geworden, die Jugend pilgerte in Scharen zu den Cafés, Restaurants und Biergärten. Dennoch war Södermalm weiterhin ein Stadtteil mit ganz eigener Atmosphäre. Etwas ärmlicher als das übrige Stockholm, und es gab noch immer eine Menge Kleinbetriebe, Autowerkstätten, Boxlokale und geduckte alte Arbeiterhäuser. Gleichzeitig war der Süden das Gebiet von Stockholm, wo man sich am deutlichsten bewusst wurde, dass die Stadt ein Teil der Schären war. Hier traten die nackten Granitfelsen zutage, Klippen fielen schroff zum Wasser ab, und an die Steilufer zwischen den Stadtteilen Katarina und Maria klammerten sich Fischerkaten und windschiefe Häuschen.

Hake ließ seinen Blick vom Süden Richtung Kungsholmen weiterwandern. Auf der anderen Seite des Wassers konnte er bis zur Chapmansgatan schauen, wo seine Wohnung lag. Nicht weit davon befand sich auch der Kindergarten seiner Tochter Siri. Bei diesem Gedanken wurde das nagende Gefühl in seinem Hinterkopf plötzlich überdeutlich. Er blieb ruckartig stehen und fluchte leise. »Verdammt, Siri!«

Er sah auf die Uhr und stellte fest, dass er sich über eine Stunde verspätet hatte. Hastig kramte er sein Handy heraus und rief beim Hort an, aber ihm tutete nur das Besetztzeichen entgegen. Hastig humpelte er zurück zu seinem Auto.

KAPITEL 3

Am nächsten Morgen wachte Hake zeitig auf. Das passierte ihm immer zu Beginn eines neuen Falls. Ein Teil seines Bewusstseins arbeitete schon fieberhaft, und er spürte eine nur allzu vertraute Mischung aus Anspannung und Neugier. Wie ein Vollblutpferd, das in die Startbox geführt wird und durchaus weiß, worum es geht, aber dennoch vor dem Wettkampf zurückscheut, sich sträubt und bockt. Wenn erst die Startklappen fielen und das Rennen eröffnet war, dann verschwand dieses Gefühl, aber die Zeit davor war nervenaufreibend.

Hanna schlief noch immer, und er wusste, dass es lange dauern würde, bis er wieder neben ihr lag. Sie wollte ihn nicht im Bett haben, während er mitten in einem Mordfall steckte. Anscheinend hatte sie das Gefühl, der Blutgeruch stecke noch in seinen Kleidern, wenn er vom Gerichtsmediziner oder von einem Tatort zurückkehrte. Zuerst war es ihm schwer gefallen, das zu akzeptieren. Aber sie beide hatten sich nun einmal für diese Art von Beziehung entschieden – für ein unabhängiges Leben. Er hatte eine Wohnung in der Chapmansgatan und sie eine bei der Kungsholmer Kirche.

Hake rollte sich auf die Seite und betrachtete Hanna. Ihr Gesicht hatte etwas Altmodisches, es wirkte fast durchscheinend, mit Sommersprossen um den Nasenrücken und vollen Lippen, die leicht aufgesprungen waren. Das Haar hing ihr halb übers Gesicht, und er strich es vorsichtig mit der Hand fort. Sie murmelte etwas im Schlaf, aber dann öffnete sie ein Auge, beinah farblos, das ihn zuerst scharf ansah, bevor der Blick etwas sanfter wurde. Sie küsste ihn kurz auf den Mund, dann drehte sie sich um und schlief weiter.

Gestern hatten sie einen gelungenen Abend miteinander verbracht. Sie hatte es ihm nicht übel genommen, dass er seine Tochter beim Hort vergessen hatte. Siri hatte ebenfalls nichts gesagt, als er endlich aufgetaucht war. Sie hatte ihn nur mit einem genervten Blick angesehen, bevor sie zur Garderobe ging und ihre Regenjacke herunternahm. »Na, sagen wir es Mama?«, hatte sie leichthin gefragt. Inzwischen war Siri in das Alter gekommen, wo sie nur zu gerne ein bisschen Aufregung und Geheimnisse hatte, um auszutesten, wo ihre Eltern die Grenzen zogen.

»Sie wird es schon verstehen«, meinte Hake.

»Da bin ich nicht so sicher«, antwortete Siri.

Als Hake an diesem frühen Morgen aus der Tür trat, regnete es, wie schon die ganzen Wochen zuvor. Der Friedhof mit seinem schmiedeeisernen Zaun lag in grauen Nebel gehüllt, der eine unheimliche Atmosphäre schuf. Der Blick auf den Horizont wurde von den hohen Wohnblöcken begrenzt, und unten am Wasser schienen die dunklen Wände zurückzuweichen, um sich gegen den Regen zu schützen. Hake schlurfte an den Hausfassaden entlang und benutzte seinen Gehstock als eine Art Fühler, um sich in den undurchsichtigen Regengüssen voranzutasten.

Auf halbem Weg zum Polizeipräsidium fiel ihm ein, dass er eigentlich zur Gerichtsmedizin hatte gehen wollen, und er kämpfte sich gegen den schneidenden Wind zurück zum

Auto. Die Fahrt war ein Albtraum. Dunkelgekleidete, schattenhafte Gestalten, die plötzlich auf die Fahrspur traten und voraussetzten, dass man sie durch den Sturzregen sah. Autos, die ohne Vorwarnung direkt vor ihm abrupt bremsten. Stop-and-go-Verkehr, der sich den ganzen Weg bis zum Bezirk Solna hinzog. Er fluchte zwischen zusammengebissenen Zähnen vor sich hin.

Als er endlich bei der Gerichtsmedizin angekommen war und seinen Regenmantel ausgezogen hatte, fand seine schlechte Laune sofort einen neuen Aufhänger. Jetzt ärgerte er sich über die unnatürliche Ordnung und Regelmäßigkeit, die in den Räumen herrschte. Die glatten Wände wirkten steril, die metallblitzenden Kühlapparate reflektierten das Licht der Fenster in scharfen, sachlichen Winkeln, und die frisch gewaschenen Obduktionstische standen in Reih und Glied, als gehörten sie in eine Fabrikhalle. Aber so war das nun einmal bei einem neuen Fall: ein ständiges Gefühl von Gereiztheit, das nur darauf wartete hervorzubrechen.

Hake ging zu dem hintersten Stahltisch, neben dem Oskar Lidman und Brandt standen und auf den Toten herunterschauten. Der Anblick wirkte obszön. Nicht nur der aufgedunsene Körper und das karottenrote Schamhaar, das sich im Schritt kräuselte. Nicht nur die Wunde am Kopf, die inzwischen eine schreiend blaue Farbe angenommen hatte und sich mit den roten Haarresten biss, die dem Rasiergerät entgangen waren. Sondern der grundsätzliche Gedanke, einen splitternackten Menschen auf einem blanken Metalltisch auszustellen. Wie ein Stück totes Fleisch. Noch geschmackloser wurde die Szene dadurch, dass Brandt an dem Körper herumgesäbelt hatte und der Brustkorb mit großen Stichen an der Stelle zugenäht war, wo die Säge ins Fleisch geschnitten hatte.

»Es ist kein Wasser in der Lunge, also ist er an der Schädelfraktur gestorben«, sagte Brandt, als Hake sich näherte, und schaute ihn triumphierend an. »Genau, wie ich vermutet hatte.«

»Sonst noch was?«

Brandt deutete auf eine Schale, in der mehrere innere Organe lagen. »Kranke Leber. Das kann man auf den ersten Blick sehen. Schon an der Grenze zur Verfettung. Überhaupt war er in ziemlich schlechtem körperlichen Zustand. Aber er hatte weder Alkohol noch Drogen im Blut.«

»Konnten Sie feststellen, wann er gestorben ist?«

»Nein, und ich bezweifle, dass sonst jemand das könnte. Das Wasser war kalt, und der Verwesungsprozess wird dadurch natürlich sehr verlangsamt.«

»Geben Sie mir zumindest ein ungefähres Datum.«

»Nichts zu machen. Ich bin Wissenschaftler und kein Hellseher.«

»Zwei Wochen, drei Wochen?«

Brandt zierte sich noch etwas, bevor er schließlich mit den Schultern zuckte. »Eher zwei, aber das würde ich nicht beschwören.«

»Können Sie mir wenigstens genauer sagen, wie alt er ist?«

»Seiner körperlichen Verfassung nach sollte er sechzig sein, aber ich schätze, er war ungefähr vierzig.«

»Wieso das?«

»Es gibt keine Vergrößerung der Prostata, wie sie bei den meisten Männern in höherem Alter auftritt, und keinen Zahnverlust.«

»Was ist mit zahnärztlichen Eingriffen?«

»Da bin ich kein Experte, aber jedenfalls sieht sein Gebiss nicht aus, als habe es die typische osteuropäische Behandlung bekommen. Kein Goldzahn, soweit das Auge reicht.«

»Und was ist mit den Verletzungen, an denen er gestorben ist?«

»Olle Sandstedt von der Kriminaltechnik war hier und hat gesagt, dass aller Wahrscheinlichkeit nach ein Metallrohr benutzt wurde. Das Rohr muss recht lang gewesen sein, um einen solchen Schwung zu bekommen, dass der Schädel gleich zersplittert ist.«

Hake nickte und schaute zu Lidman hinüber, der ein Pfefferminzbonbon in seinem Mund von einer Seite auf die andere wandern ließ. Das war sein neuester nervöser Tick, mit dem er versuchte, sich das Rauchen abzugewöhnen. Vorher hatte er auf Streichhölzern herumgekaut, bis seine Frau es satt hatte, überall in der Wohnung feuchte, zerfaserte Holzreste zu finden.

»Wir brauchen ein Foto seines Gesichts, egal wie grotesk es aussieht. Und von dieser Tätowierung will ich auch eine Nahaufnahme.« Er deutete auf den schwarz-weißen Drachen.

»Etwas Ähnliches habe ich noch nie gesehen«, stellte Brandt fest. »Der Stil ist eine Mischung aus asiatisch und europäisch. Eine römische Zwei und ein chinesischer Drache.« Er schüttelte den Kopf.

Hake warf einen letzten Blick auf den Mann auf dem Stahltisch. Der Tod war nie besonders kleidsam, und das galt umso mehr für Wasserleichen.

Axel Hake und Oskar Lidman gingen in die Polizeikantine und aßen Grützwurst, bevor sie oben in ihrer Abteilung einen Raum als zentrales Büro für diesen Fall einrichteten. Bisher gab es noch nicht viel Material, aber das Labor hatte schon die Bilder hochgeschickt, und Lidman pinnte sie an einer großen Wandtafel fest. Es gab Fotos sowohl von der Obduktion als auch vom Fundort der Leiche.

Die Tür schlug auf und Tobias Tobisson kam herein. Neben dem übergewichtigen Lidman wirkte er wie ein Strich in der Landschaft. Er war sehnig und mager aus Überzeugung, betrachtete sich selbst als einen Marathonläufer, der Kilometer um Kilometer den Schmerz besiegt und das Tempo bis zum bitteren Ende durchhält. Auf Lidman schaute er wegen seiner schlappen Figur herab, hatte aber gleichzeitig ein bisschen Angst vor der Intelligenz und Schlagfertigkeit seines Kollegen. Lidmans Kommentare trafen meist zielgenau auf den Punkt. Einmal hatte er eine Liste zusammengestellt, die bewies, dass er weniger oft krank gemeldet war als Tobisson, der immer damit angab, wie fit er durch seinen Leistungssport war. »Da haben Sie es Schwarz auf Weiß. Die Hälfte ihrer Fehltage waren Sportunfälle. Kaputter Meniskus hier und Sehnenentzündung da. Sport ist Mord.«

Tobisson war völlig sprachlos gewesen.

Jetzt blieb er vor der Wandtafel stehen und warf einen Blick auf die Fotografien. Das war das erste Mal, dass er den Zustand der Leiche zu sehen bekam. Schnell wandte er den Kopf ab und beschäftigte sich damit, ein Notizbuch hervorzuholen. »Ich habe den ganzen gestrigen und heutigen Tag damit verbracht, an Wohnungstüren zu klopfen«, sagte er in einem sachlich-kühlen Ton. »Ohne zu wissen, an welchen Zeitpunkt sich die Zeugen erinnern sollen, oder wenigstens an welche Woche. Ohne ein Foto von dem Mann zu haben.«

»Gab es jemanden, der etwas beobachtet hat?« Hake stellte sich ans Fenster und schaute hinaus. Das Wetter war nach der Mittagspause kurz aufgeklart, und ein hellgelber Lichtschimmer hatte sich über die Wolken gebreitet, als die Sonne fast schon hervorgebrochen war. Doch gleich darauf hatte es wieder angefangen in Strömen zu gießen. Jetzt hatte der Himmel eine blauviolette Farbe angenommen, und Hake hörte das Wasser aus den Regenrinnen hart auf den Asphalt klatschen.

»Alles Mögliche haben die Leute gesehen. Anscheinend tut die Hälfte nichts anderes, als den ganzen Tag aus dem Fenster zu starren. Sie haben verdächtige Gestalten gesehen, die bestimmt ein paar Jachten klauen wollten. Ein Paar, das in der Mittagspause zwischen den Booten herumgevögelt hat. Mystische Personen. Aber wenn man genauer nachbohrt, dann kommt oft heraus, dass sie nur jemanden bei der Polizei anschwärzen wollen.« Er zog eine Grimasse. »Die Leute sehen Fixer, Penner, Rumlungerer und leichtsinnige Frauenzimmer. Sie sehen …«

»Okay, haben sie etwas Wichtiges gesehen?«, fuhr Lidman gereizt dazwischen und sog mit einem schmatzenden Geräusch an seinem Pfefferminzdrop.

»Nein«, sagte Tobisson verstimmt.

»Schreiben Sie trotzdem alles in Ihren Bericht«, befahl Hake und wandte sich vom Fenster ab. »Wir tasten schließlich noch herum, und man weiß nie.«

»Unser Mordopfer könnte der Mann sein, der seine Mittagspausen mit Open-Air-Sex verbringt«, sagte Lidman. »Vielleicht ist ein eifersüchtiger Ehemann dem Paar gefolgt.«

Tobisson schaute ihn mit einem Lächeln an. Es war ein selbstsicheres Lächeln, das deutlich zeigte, wer hier den Trumpf in der Hand hielt. »Kaum. Die beiden waren erst vorgestern wieder zugange.«

Lidman erhob sich und zerrte den hinteren Teil seiner Hose zurecht. »Okay, aber vielleicht haben sie etwas beobachtet. Auf jeden Fall könnte es sich lohnen, das weiter zu verfolgen.«

Hake nickte in Tobissons Richtung, der nur dumpf stöhnte.

»Überprüfen Sie die beiden.« Er durchquerte den Raum und setzte sich auf eine Schreibtischkante. »Die Kriminaltechnik dürfte sich um den Anker, die Metallkette und eventuelle Fingerabdrücke kümmern. Lidman, Sie setzen sich mit unseren Informanten in Verbindung und finden heraus, ob jemand auf der Abschussliste stand.« Sie hatten eine Reihe von V-Leuten, die meistens wussten, ob es zwischen den verschiedenen Banden Ärger gegeben hatte. Das galt sowohl für die Ostmafia, die so genannten Jugos, als auch für die Biker-Gangs. »Am wichtigsten ist natürlich, die Identität des Toten herauszufinden. Das hat oberste Prioriät.«

»Und welche Aufgabe übernehmen Sie?«

»Ich werde zum Chef gehen und ihn informieren«, antwortete Hake.

»Richtig, schließlich reden wir gerade über Männer ohne Identität«, spöttelte Lidman. »Ich habe Rilke mindestens seit Gustav Vasas Zeiten nicht mehr gesehen.«

Doch Seymour Rilke befand sich dieses Mal tatsächlich in seinem Büro. Zwar musste Hake zwanzig Minuten warten, bis er von der Sekretärin vorgelassen wurde, aber das waren nur die üblichen Machtspielchen des Polizeidirektors. Man konnte wohl kaum erwarten, dass ein Mann in seiner Position ständig erreichbar war.

Hake ließ sich vor dem imposanten Schreibtisch nieder, an dem der kleinwüchsige Polizeidirektor thronte und einen Mont Blanc-Schreiber zwischen den schmächtigen Fingern drehte. Er hatte einen breiten Kopf, der auf den schmalen Schultern überdimensional groß aussah. Der elegant geschneiderte Anzug aus Kammgarn mit einem Einstecktuch in der Brusttasche gab ihm ein dandyhaftes Aussehen, aber Hake ließ sich davon nicht täuschen. Seymour Rilke besaß sowohl Einfluss als auch Ehrgeiz, das hatte er selbst schon mehrmals zu spüren bekommen.

Hake legte seinem Chef das Foto aus dem Obduktionssaal auf den Tisch. Rilke verzog keine Miene, als er das aufgequollene Gesicht sah. Er betrachtete es sachlich eine ganze Weile. »Wer ist das?«

»Wissen wir nicht. Klar ist nur, dass er vor einigen Wochen ermordet und mit einer Ankerkette ums Bein im Pålsund-Kanal versenkt wurde.«

»Ein Schwede?«

»Wie schon gesagt, das wissen wir nicht.« Hake hatte seinen Gehstock an die Stuhllehne gehängt, der aber die ganze Zeit herunterrutschte. Am Ende klemmte er sich den Stock deshalb zwischen die Beine und stützte das Kinn darauf. Die Pose gefiel Rilke nicht. Sie gab Hake eine Autorität, die er in diesem Raum nicht hätte haben dürfen.

»Ich würde das Foto gerne an die Presse weitergeben«, schlug Hake vor, »das könnte die Untersuchung beschleunigen.«

»Kommt gar nicht in Frage. Das würde nur so aussehen, als wären wir mit diesem Fall aufgeschmissen und hätten überhaupt keine Spuren.«

»So kann man die Lage beschreiben.«

»Oh nein, Sie können sich schon ein wenig anstrengen, bevor wir zu solchen drastischen Mitteln greifen. Ich bin sowieso der Meinung, dass der Fall eher niedrige Priorität besitzt.«

»Wie kommen Sie darauf?«

»Nun, das Ganze sieht doch nach einer Rachegeschichte

im Bandenmilieu aus. Diese Methode, Leute verschwinden zu lassen, ist doch geradezu sprichwörtlich. Sie wissen bestimmt, was es heißt einen ›Stehplatz in der Nybro-Bucht‹ zu bekommen?«

»Wie schon erwähnt, wir haben keine Ahnung, um was für eine Art von Verbrechen es sich handelt. Außer, dass es Mord war«, sagte Hake milde.

»Jedenfalls bekommen Sie keine zusätzlichen Mitarbeiter«, erklärte Rilke, schraubte die Kappe von seinem Stift und begann zu schreiben.

Die Audienz war zu Ende. Hake stand auf. »Hat der Mord niedrige Priorität, weil er in Södermalm begangen wurde statt in einem besseren Stadtteil?«

Seymour Rilke schaute nicht einmal hoch. »Das ist doch lächerlich, Herr Kommissar«, sagte er.

Axel Hake klingelte bei Lars Larsson-Varg, seinem Nachbarn und Ex-Museumsvorsteher. Die Tür öffnete sich, und der Mann winkte ihn herein. Er trug einen zerknitterten Leinenanzug und darunter ein schmutziges T-Shirt. Auf dem Kopf trug er eine kleine rote Samtmütze und an den Füßen ausgeleierte Sandalen mit Bastsohle. Das Zimmer war voll gestopft mit Kuriositäten und Gemälden. Auf dem Wohnzimmertisch thronte eine große Gipsbüste von Strindberg, gleich daneben lag ein Paar Boxhandschuhe. Es gab eine Kristallkaraffe mit Wein, aus der Larsson-Varg sich ein Glas einschenkte. Er machte eine einladende Geste, aber Hake lehnte dankend ab.

Hake zeigte ihm das Foto mit der Tätowierung, und Larsson-Varg betrachtete es neugierig. Er war Experte für Renaissance-Kunst, hatte aber eine Passion für alle Arten von Bildern. »Interessant«, murmelte er und nahm einen Schluck Wein.

»Die Sache ist eilig.«

»Gib mir ein paar Tage.« Er sah zu Hake hoch. »Ein Toter?«

Hake nickte.

»Dann sollte man ihn häuten und die Tätowierung behalten.«

»Gott, wie makaber.«

»Nein, ganz im Ernst. In japanischen Museen gibt es eine Reihe Beispiele von kunstvoll tätowierter Menschenhaut. Ganze Rückenabschnitte mit den Werken verschiedener Meister. Das sind schließlich Kunstwerke, so etwas muss für die Nachwelt erhalten bleiben.«

»Den hier werden wir jedenfalls nicht häuten«, sagte Hake bestimmt.

»Ganz wie du meinst.« Larsson-Varg fuhr fort, das Bild zu mustern. »Was ich auf jeden Fall schon sagen kann, ist, dass es sich um einen sogenannten Annam-Drachen handelt.« Er ging zum Bücherbord und nahm einen Band heraus. Als er die richtige Seite aufgeschlagen hatte, prangte dort ein Drachenbild, das tatsächlich vage an die Tätowierung erinnerte.

»Das ist doch immerhin ein Anfang«, nickte Hake. »Ruf mich an, wenn du mehr herausgefunden hast.«

Als Hake ging, schien Larsson-Varg das gar nicht zu bemerken. Er war völlig versunken, hatte einige Farbproben neben das Bild gelegt und murmelte vor sich hin: »Diese Flamme, vielleicht soll sie golden sein, das macht es noch interessanter …«

Hake wanderte langsam den Skutskepparvägen auf Långholmen entlang. Die Insel war eine Oase mitten in der Großstadt, umgeben vom Wasser des Mälaren. Hier stand das ehemalige Gefängnis, aus dem inzwischen ein Kongresshotel geworden war. Ein Teil der Zellen wurde als Künstlerwohnungen benutzt. Hake ging allerdings nicht in diese Richtung, sondern bewegte sich auf die historische Mälaren-Werft zu. Dieser Bereich war geschützter vor neugierigen Blicken. Falls der Tatort nah am Fundort der Leiche lag, dann sollte man die Suche auf jeden Fall auf dieser Seite der Insel beginnen. Nicht beim alten Gefängnis, wo die Gegend von Spazierwegen und Joggingstrecken durchzogen wurde.

Er betrachtete die kleinen Boote, die noch nicht an Land gezogen worden waren und im windbewegten Kanal an ihren Vertäuungen zerrten. Das Wasser hatte einen fast opalfarbenen Schimmer angenommen, nachdem der Regen die Ölspuren von den Booten gewaschen und über den ganzen Kanal verteilt hatte. Hake stieß die Stockspitze gegen eine Persenning, unter der ein Boot wetterfest eingemottet lag, so dass das Regenwasser den imprägnierten Stoff herunter lief. Fröstelnd schlug er den Mantelkragen hoch und sah sich in dem Wirrwarr aus Autoanhängern, Bootshütten und undefinierbarem Gerümpel um. Hier konnte man ohne weiteres einen Mord begehen, ohne dass es jemandem auffiel.

Rechts von der Pålsund-Brücke stand ein hübsches, orange angemaltes Haus mit dem kuriosen Namen *Das Verderben*, eine ehemalige Kneipe, in der nun verschiedene Vereine ihren Sitz hatten. Hake holte das Notizbuch hervor, das er immer bei sich trug. Er musste daran denken, einen Mitarbeiter dort vorbeizuschicken. Vielleicht hatte jemand etwas beobachtet. Solche Eingebungen und ersten Eindrücke waren wichtig, und er versuchte immer, sie festzuhalten. Manchmal ergaben sich daraus entscheidende Denkanstöße. Zwar mochten diese Ideen abseitig und irrational wirken, aber Hake vertraute darauf und notierte sie sich immer genau. Seine erste Anmerkung zu dem aktuellen Fall lautete: »Wasserstadt Stockholm«. Damit wollte er das Gefühl ausdrücken, dass der Fundort der Leiche von Bedeutung war, dass es einen Grund gab, warum man den Toten gerade in diesem Kanal gefunden hatte. Er glaubte nicht, dass der Mord in irgendeinem Vorort begangen und die Leiche hierher geschafft worden war, um sie ausgerechnet an dieser Stelle zu deponieren.

Als Hake weitermarschierte, kam ihm mit hoher Geschwindigkeit ein Kleinlaster entgegen. Der Wagen fuhr in Richtung Pålsund-Brücke, ein niedriger Brückenbogen, der sich über den Kanal spannte und größeren Schiffen effektiv den Weg abschnitt. Hake drehte um und ging auf den jetzt abgestellten Laster zu, an dessen Lenkrad ein etwa vierzigjähriger Mann in schmutziger Arbeitskleidung saß. Er hatte ein hohlwangiges, ausgemergeltes Gesicht und eine verschlissene Schiebermütze auf dem Kopf, die aussah, als habe sie zu viele Regengüsse abbekommen. Gleichgültige Augen schauten Hake entgegen.

»Guten Tag«, grüßte Hake, »ich bin von der Kripo. Kann ich Ihnen ein paar Fragen stellen?«

Der Mann setzte eine schicksalsergebene Miene auf, als wäre alles Unglück der Welt am selben Tag über ihn hereingebrochen. »Was Bestimmtes?«

»Wir haben da drüben im Kanal eine Leiche gefunden. Genau unter der Västerbrücke.«

»Hab ich von gehört, aber wissen tu ich nichts.«

Wie Hake beobachtete, war der Kragen verschwitzt, die Jacke abgetragen, und der Mann selbst ziemlich nervös. Seine wachsam umherirrenden Augen und die blauen Tätowierungen auf den Händen ließen keinen Zweifel, dass er schon so manches Gefängnis von innen gesehen hatte.

»Sie fahren mit Ihrem Laster hier durch die Gegend und sehen dabei sicher eine ganze Menge, oder?«, fragte Hake.

Der Mann zuckte mit den Schultern. »Tja, was heißt schon sehen? Ich kümmere mich um meinen eigenen Kram.«

Hake trat einen Schritt näher und fing den Blick des Mannes auf. Seine Augen wirkten irgendwie unscharf, als hätten die wässrigen Pupillen verlernt, ein Bild zu fokussieren.

»Helfen Sie den Schippern hier unten am Kanal manchmal, ihre Boote an Land zu ziehen?«

Der Mann nickte.

»Kennen Sie die meisten davon?«

»Tja, was heißt schon kennen?«

Hake holte das Bild des Toten aus der Innentasche und reichte es dem Lastwagenfahrer. »Haben Sie den mal hier in der Gegend gesehen?«

»Oh Scheiße«, sagte der Mann und konnte seinen Blick nicht von dem Foto reißen.

»Er ist vielleicht ein bisschen aufgedunsen, aber trotzdem sollte es möglich sein, ihn wiederzuerkennen.«

Der Mann gab das Bild zurück. »Ich hab ihn jedenfalls noch nie gesehen.«

Hake steckte die Aufnahme wieder in die Tasche. »Wie steht es mit Heleneborgs Bootsclub da drüben?«, fragte er. »Gibt es bei denen jemanden, der auf die Boote aufpasst?«

»Tja, was heißt schon aufpassen? Das Beste an dieser Gegend ist, dass hier nicht ständig irgendein Aufpasser rumläuft.«

»Aber es muss doch jemanden geben, der sich um die Boote des Clubs kümmert.«

»Das machen die Besitzer selbst.«

»Herrgott, ein Bootsclub ist doch immerhin ein Bootsclub.«

»Das ist nicht mein Problem.«

»Hat jemand einen Anker mit Kette als gestohlen gemeldet?«

»Damit habe ich nichts …«

»Vielleicht haben Sie was gehört«, sagte Hake scharf. Er war dabei, die Geduld zu verlieren. Der Mann zuckte bei seinem Tonfall zusammen, als sei er geschlagen worden. Schaute zu Boden und sagte nichts. Sein Anblick erinnerte Hake an einen geprügelten Hund. Versöhnlicher fügte er hinzu: »Wenn Ihnen etwas einfällt, dann lassen Sie es mich wissen.« Er gab dem Mann seine Visitenkarte. »Wir werden Sie nicht fragen, ob Sie schwarz arbeiten, wenn Sie die Boote an Land holen. Uns interessiert nur der Mord.«

Der Mann sah ihn stumpf an, ohne zu antworten.

»Okay, vielen Dank«, beendete Hake sein Verhör.

Er wollte sich gerade umdrehen und gehen, als der Mann plötzlich sagte: »Da sitzt so 'ne Frau den ganzen Tag am Fenster und starrt. Drüben in der Villa Heleneborgs Gård. Ist wahrscheinlich krank, verkrüppelt oder so. Vielleicht ist es auch ein Kind. Kann sein, dass die was gesehn hat.« Er tippte grüßend an den Schirm seiner Schiebermütze, eine Geste des Respekts. Dann legte er den Gang ein und fuhr zur Gleitrampe weiter, auf der die Boote an Land gezogen wurden.

Hake schaute auf die andere Seite des Kanals, wo der Mann hingezeigt hatte. Dort stand ein altes zweistöckiges Haus, gelb angemalt, mit einer großen Atelierwohnung im Giebeldach. Er ging zurück über die Brücke, überquerte Söder Mälarstrand und blieb auf dem Kiesvorplatz des Hauses stehen. Als er zu den Fensterreihen hoch schaute, sah er tatsächlich hinter dem dunklen Glas ein weißes Puppengesicht schimmern. Da auf der Vorderseite kein Eingang zu entdecken war, ging er um das Haus herum, durchquerte zwei hohe Torpfeiler ohne das dazugehörige Tor und stand schließlich vor einer Tür mit Zahlencode-Schloss. Im selben Augenblick summte der Kontakt und das Schloss sprang auf. Er öffnete die Tür und trat ein. Von oben erklang ein dünnes Stimmchen: »Zweite Etage rechts.«

Als er dort ankam, stand die Wohnungstür bereits offen, und Hake trat in einen hübschen, lichtdurchfluteten Raum, der geschmackvoll in gelben und beigefarbenen Tönen eingerichtet war. Es duftete stark nach Rosenwasser. Eine Siamkatze mit apathischen Augen sah kurz zu ihm hoch, bevor sie ihren Weg in das Nachbarzimmer fortsetzte. Dort, hinter den weit offenen Türflügeln, befand sich ein salonähnliches Wohnzimmer, in dem direkt vor dem Fenster eine zierliche Frau im Rollstuhl saß. Ihr eines Bein war gleich unter dem Knie amputiert, und der Pyjama war auf dieser Seite aufgerollt und mit einer Sicherheitsnadel festgesteckt. Über der Schlafkleidung trug die Frau einen eleganten Morgenrock aus Seide. Erst jetzt bemerkte Hake, wie alt ihr Gesicht war. Die starke Schminke ließ sie aussehen wie ein Porzellanpüppchen. Ihre Augen waren himmelblau, die Haut elfenbeinweiß, und nur die Wangen hatten eine leichte Rosafarbe angenommen, als sei die Wohnung überheizt und habe ihr das Blut ins Gesicht getrieben. Ihr Körper war sehr schmal und fast ohne Brüste. Ein Fräulein im Miniaturformat.

»Lizzi Hammarlund«, stellte sie sich vor. »Ehemalige Telefonistin, bevor ein Vollidiot mich über den Haufen gefahren hat.« Sie sprach mit einem starken südschwedischen

Dialekt, der fast komisch wirkte, wenn sie die Worte mit ihrer hellen, kindlich-unschuldigen Stimme näselte.

Nachdem Hake sich ebenfalls vorgestellt hatte, sah er sich fasziniert in ihrem Salon um: antike Louis XIV-Möbel, vermischt mit modernster Computertechnik, und eine hochwertige Fotografie-Ausrüstung auf einem gustavianischen Ausziehtisch. Im nächsten Raum konnte er durch die halb offene Tür ein Bett in Kindergröße sehen. Daneben befand sich ein großzügig bemessener Frisiertisch, übersät mit Schminkdosen und Parfümflaschen, darüber ein Spiegel im Goldrahmen.

»Ich gehe nie aus dem Haus«, erklärte sie. »Alles, was ich brauche, bestelle ich von hier aus. Per Internet. Sogar den Schnapsvorrat.« Sie wedelte mit der Hand in Richtung eines eleganten, halb ausgetrunkenen Likörglases. Daneben stand eine Flasche mit giftgrüner Chartreuse. »Sie sind nicht zufällig Edmund?«

»Nein, ich bin von der Kripo.«

»Na ja, jeder behauptet von sich, das eine oder andere zu sein. Ich frage vor allem deshalb, weil Edmund meine Adresse durch einen Chatroom aufgespürt und mir gemailt hat, er würde vorbeikommen und mich besuchen. Wahrscheinlich pädophil. Ich habe so getan, als sei ich zwölf Jahre.« Ihr ungehemmtes Lachen ging in einem Hustenanfall unter. Das hinderte sie nicht, ein silbernes Etui hervorzuholen und sich eine Zigarette anzustecken. Hake hielt ihr seinen Dienstausweis entgegen, aber Lizzi warf nicht einmal einen Blick darauf. »Sowas lässt sich wohl fälschen, wie alles auf der Welt.«

»Kann schon sein. Aber ich bin nun einmal ein echter Kripobeamter und interessiere mich dafür, was Sie gesehen haben könnten.«

»Hat Ihnen dieser Dummschwätzer in seinem Lastwagen gesagt, dass ich den ganzen Tag hier sitze und spioniere?«

»Ganz so hat er es nicht ausgedrückt.«

Lizzi lächelte breit. Sogar ihre Zähne waren fast perfekt, perlweiß, und er fragte sich, ob sie die auch angemalt hatte. So stark geschminkt wie sie war, konnte er nicht einmal bestimmen, ob ihr Alter eher bei dreißig oder sechzig lag.

»Ich wette, das ist ein echter Knastbruder«, sagte sie mit ihrer kindlichen Stimme. »Sie haben doch wohl das Tattoo an seinen Händen bemerkt?«

Hake nickte.

»Bestimmt hat der nicht zum letzten Mal eingesessen. Ich habe den Typen schon ein paar Dinger drehen sehen …«

»Ich untersuche einen Mord. Wenn Sie etwas anderes melden wollen, müssen Sie das bei der zuständigen Dienststelle tun.«

Lizzi Hammarlund klappte den Mund zu, als er ihren Redefluss unterbrach, und drehte sich weg, um aus dem Fenster auf den Pålsund-Kanal zu schauen. Nach einer Weile begann sie jedoch wieder zu sprechen, der jugendliche Slang passte zu ihrem Kindergehabe. »Klar, ich sitz die Tage hier rum und check die Umgebung, schließlich kann ich sonst nicht viel tun. Aber ich surfe oft im Web und bin mit der ganzen Welt vernetzt. Das ist meine Art, das Draußen zu sehen.« Sie strich sich mit der Hand durchs Haar, und die tiefroten Fingernägel bildeten einen merkwürdigen Kontrast zu der kleinen Mädchenhand. »Jeden Tag reise ich rund um die Welt und komme dabei verdammt noch mal ein gutes Stück weiter raus als dieser Lastwagenheini. Was ist denn das für ein Leben, endlos in Långholmen rumzukurven.« Sie lächelte wieder auf ihre selbstvergessene Art.

»Was den Mord angeht –«, begann Hake und stützte sich schwer auf seinen Stock. Nach den heutigen Touren zu Fuß hatte sein Bein zu schmerzen begonnen.

Als hätte sie seine Gedanken gelesen, sagte Fräulein Hammarlund: »Setzen Sie sich doch.«

Er ließ sich auf einem altmodischen Holzstuhl nieder, der offenbar der Katze gehörte, denn er war mit Haaren übersät.

»Wussten Sie, dass Alfred Nobel mit seinem Vater in diesem Haus gewohnt hat? Der jüngste Sohn hat sich selbst und noch vier andere in die Luft gejagt, als er in einem der Laborgebäude hinten im Hof mit Nitroglycerin herumhantiert hat. Wenn Alfred mitgemacht hätte, wären wir ums Dynamit herumgekommen und die Weltgeschichte sähe ganz anders aus. Überall nur Zufall und Chaos. Hätte mich nicht so ein beschissener Idiot über den Haufen gefahren, dann wäre ich kurze Zeit später mit meinem Chef am Strand von Buenos Aires gelandet. Zumindest waren wir auf dem Weg dahin, als mir der Himmel auf den Kopf fiel.«

»Was also den Mord betrifft –«, versuchte Hake es noch einmal.

»Ja, ja, der Mord«, sagte Fräulein Hammarlund. »Davon habe ich heute Morgen im Radio gehört. Anscheinend kann die Polizei mal wieder ihren Arsch nicht mit den Händen finden. Sie wissen gar nix, was?«

»Also, ein bisschen was wissen wir schon«, meinte Hake und hielt ihr das Bild des im Kanal gefundenen Mannes vor die Nase.

»Der sieht ja noch übler aus als ich«, kommentierte sie mit angewiderter Miene. »Aber erkennen tue ich ihn nicht. Ist er Schwede?«

»Können wir noch nicht sagen.«

»Eben, sie wissen gar nix.«

»Was wir immerhin wissen, ist, dass er mit einem kräftigen Schlag auf den Schädel umgebracht und dann im Pålsund-Kanal versenkt wurde.«

»Das Bild macht ja nicht viel her, aber so einen Mohrrübenschopf würde ich wiedererkennen, wenn der Typ hier rumgehangen hätte.«

Hake warf ihr einen schicksalsergebenen Blick zu.

Fräulein Hammarlund fuhr im fröhlichen Teenie-Slang fort: »Da müssen Sie eben durch. Nur nicht aufgeben. Das Leben ist ein Haufen Scheiße, und jeder von uns muss sich täglich aufs Neue durchfressen.« Sie wies auf ihr Bein und fuhr fort: »Sehen Sie mich an. Ich kann kaum ohne Hilfe pinkeln und habe seit acht Jahren nicht mehr gevögelt. Nicht mal die Säufer von der Straße wollen hier hochkommen, um es mir zu besorgen. Aber ich denke nicht daran aufzugeben. Eines Tages finde ich draußen im Internet jemanden – mit Glück sogar einen Mann –, der genau so etwas sucht wie mich: eine einbeinige Ex-Telefonistin.« Sie verzog den Mund zu einem sarkastischen Lächeln und machte eine Geste zum Fenster. »Denken Sie nur an Nobel. Nachdem sein Bruder in die Luft geflogen war, hat er mit seinen Experimenten einfach an Bord eines Schleppkahns auf dem Mälaren weitergemacht.« Sie lachte ihr perlendes Lachen, bevor die Raucherlunge erneut zuschlug und sie zum Husten brachte. Als sie schließlich wieder Luft bekam, sah sie mit unschuldigen blauen Augen zu Hake auf. »Aber warum interessieren Sie sich eigentlich für die Toten? Wir Lebenden können einen Mann wie Sie viel besser gebrauchen.«

Als Hake über die Västerbrücke zurück zum Polizeipräsidium fuhr, nutzte er die Gelegenheit, um von oben einen Blick auf die Stelle zu werfen, wo die Leiche gefunden worden war. Der Platz war offenbar sorgfältig gewählt worden, denn von hier oben war er nicht zu sehen. Im Moment erschwerten außerdem Regenschleier die Sicht, so dass sich vom höchsten Punkt des Brückenbogens nicht einmal Riddarholmen und die Altstadt Gamla Stan erkennen ließen. Die Scheibenwischer des alten Citroën arbeiteten hektisch.

Dagegen war der Sommer sehr viel freundlicher gewesen. Ein Hochdruckgebiet hatte sich monatelang über Skandinavien festgesetzt, und wer seine Ferien so wie Hake an der dänischen Nordküste verbrachte, hatte damit ungewöhnliches Glück gehabt. Axel, Hanna und Siri hatten sich ein Sommerhäuschen am Strand von Skagen gemietet, in der Nähe des bekannten Hotels *Bröndum*. Das Haus besaß einen zum Schlafraum ausgebauten Dachboden und eine große Wohnstube mit Meerblick. Jeden Tag hatten sie im flachen Wasser gebadet, Strandspaziergänge gemacht oder einfach im Garten gefaulenzt. Axel und Siri waren am Ende braun gebrannt wie zwei Pfefferkuchen, nur Hannas alabasterweiße Haut blieb weiterhin blass, abgesehen von einer leichten Röte im Gesicht, die ihre Sommersprossen noch deutlicher hervortreten ließ. Siri lernte Fahrradfahren mit Stützrädern, Hake und Hanna versuchten sich mit einem kleinen Sprachführer gegenseitig Dänisch beizubringen. Sie wetteiferten darum, wer seinen Wortschatz schneller vergrößern konnte, und hörten sich am Abend gegenseitig ab. Nach Mitternacht durfte nur noch Dänisch gesprochen werden.

»Du er sød – du bist süß«, zitierte Axel.

»Skal vi bola – sollen wir vögeln?«, bewies Hanna grinsend ihr ausgedehntes Vokabular.

Und das taten sie dann die halbe Nacht hindurch. Hanna hatte nach Sonnencreme und Salzwasser geschmeckt, ihre Fingernägel hatten seinen Rücken zerkratzt, so dass er mehrere Tage nur mit einem Oberhemd an den Strand gehen konnte. In dieser Nacht war sie wild entschlossen, noch ein paar Kinder mehr zu bekommen, einen Haufen wilder Gören, mit denen sie baden gehen und am Strand spielen konnten. Sie wollte gar nicht wieder aufhören zu »bolen«, und am Ende schliefen sie glücklich und erschöpft in den Armen des anderen ein.

Siri mit ihren inzwischen fünf Jahren wollte schwimmen lernen. Sie hatte gesehen, welche Kunststücke ihr Vater im Wasser vollbringen konnte und war entschlossen, es ihm nachzumachen. Axel schwamm sehr gut Kraul und Delphin, daher fiel es ihm nicht leicht, Siri zu überzeugen, dass diese Lagen zu schwierig für ein kleines Mädchen waren. Als sie dann merkte, wie viel Anstrengung es tatsächlich kostete, wollte sie überhaupt nicht mehr ins Wasser.

Stattdessen beschloss Axel, mit ihr einen Drachen zu basteln, den sie am Strand steigen lassen konnten. Sie kauften Bambusrohr und Papier, und Siri durfte den Drachen mit Hannas Hilfe anmalen. Das Ergebnis war eine wahnsinnig schöne, wilde Farbexplosion, die jeden expressionistischen Künstler hätte neidisch machen können. Große rote und goldgelbe Flächen mit Punkten und Kreisen und abenteuerlichen Wesen, die verschiedene Tiere darstellen sollten. Als das Papier getrocknet war, spannte Hake es über zwei kräftige, über Kreuz gelegte Bambusrohre und knotete unten eine lange Angelleine fest. Jetzt konnte der Himmel erobert werden. Im Trupp marschierten sie ans Meer hinunter, wo immer ein frischer Wind wehte, und bereiteten sich auf den ersten Startversuch vor.

Siri und Hanna hielten den Drachen, Hake die Leine. Er begann zu laufen, leicht hinkend, bis er einen Widerstand spürte und den beiden zurief, dass sie loslassen sollten. Der Drache flog einen flachen, schlappen Bogen und plumpste dann würdelos in den Sand. Hake schaute Hanna an, die mit den Schultern zuckte.

»Du warst zu langsam«, kritisierte Siri.

»Dann probieren wir es eben noch mal«, bestimmte Hake. »Vielleicht habe ich die Leine zu lang gelassen.«

Sie starteten den zweiten Versuch. Hake hielt die Leine, Siri und Hanna den Drachen. Hake rannte so schnell er konnte, die Hand hoch über dem Kopf. Als die beiden losließen, verkrampfte er sich kurz, doch der Drache flog hoch, und Hake wollte schon einen Triumphschrei ausstoßen – da begann der Drache zu taumeln und klatschte gleich darauf erneut auf den Boden.

Er ging zu dem abgestürzten Spielzeug. Die Bambusrohre standen schief, das Papier war zerrissen, und Hakes Knie schmerzte höllisch.

»Du musst noch schneller laufen, Papa«, sagte Siri anklagend, obwohl sie wusste, wie gehandicapt ihr Vater war.

Vielleicht war das ihre Rache für den verpatzten Schwimmunterricht.

Hake setzte sich in den Sand und stieß den Atem aus. Er holte das Klebeband aus der Tasche und flickte das zerrissene Papier. Dann stabilisierte er die Bambuskonstruktion mit einem Stück Angelschnur. »Wenn einer von euch das Gerenne übernehmen will, seid ihr herzlich eingeladen«, sagte er.

Keiner meldete sich. Er stand auf, und der Wind zerrte an dem Drachen, so dass er kaum zu halten war. Am Wetter lag es jedenfalls nicht. Hake erinnerte sich an eine Fernsehreportage über China, wo verschrumpelte Großväterchen Drachen steigen ließen. Keiner von denen war besonders schnell gerannt, um die Eigenkonstruktionen in die Luft zu bekommen. Er schaute in Hannas Richtung, und ihre Blicke trafen sich.

»Wir starten ihn einfach aus dem Stand«, sagte sie, als habe sie seine Gedanken gelesen.

Hake stimmte erleichtert zu. »Wenn du ihm ein bisschen Extra-Schwung gibst, steigt er vielleicht auf.« Er entfernte sich, bis die Leine gespannt war. »Seid ihr bereit?«

Die beiden nickten gespannt.

»Eins, zwei, drei!«, schrie Hake gegen den Wind an und humpelte ein Stück an der Wasserkante entlang.

Hanna und Siri warfen den Drachen in die Luft, aber das blöde Ding bockte. Hake hinkte weiter den Strand entlang, fühlte weder Muschelschalen noch Steine unter den Füßen, nicht einmal sein schlechtes Bein machte sich bemerkbar. Er hastete und stolperte, und der Drache folgte, ohne jemals richtig abzuheben. Das Spielzeug drehte sich vergnügt um die eigene Achse, und am Ende stürzte es ins flache Wasser. Hanna und Siri kamen angerannt, warfen sich ins Meer und bargen den Drachen, während Hake japsend am Strand lag. Hanna hielt den Drachen über dem Kopf, als sie an Land watete. Das Papier war durchgeweicht, und die Farben begannen zu zerfließen. Im Gegenlicht sah Hanna aus wie eine afrikanische Königin, schwarz und gertenschlank.

»Es klappt nicht«, sagte Siri.

»Wir müssen ihn nur erst trocknen lassen.«

Sie schlurften etwas mutlos zum Haus zurück.

Weiter oben in den Dünen stand ein älterer, drahtiger Mann mit Fahrrad, der ein Taschentuch als Sonnenschutz um den Kopf gewickelt hatte. Er nickte ihnen zu. Sie grüßten zurück, und als sie an ihm vorbei waren, rief er ihnen etwas nach, das klang wie: »Ihr braucht ein kæmpehale.«

Sie winkten und setzten ihren Weg fort. Hanna gab sich als erste geschlagen. »Was hat er gesagt?«

»Ich dachte, du kannst Dänisch.«

»Jedenfalls braucht der Drache irgendwas«, stellte Hanna fest.

»Stimmt, ein kæmpehale.«

Es waren nur noch ein paar hundert Meter bis zum Haus, als Hanna plötzlich den Drachen fallen ließ und zu laufen begann. Hake humpelte ihr nach.

Siri starrte den beiden nur verwirrt hinterher und hob das lädierte Spielzeug auf.

Hanna war als erste im Haus und stürzte sich auf das Bücherregal in der Dachetage. Hake folgte kurz danach, hatte aber Mühe, die Treppe hochzuklettern.

»Wo zum Teufel ist hier ein Lexikon?«, rief Hanna aufgekratzt und wühlte im Regal herum.

Hake war ziemlich sicher, dass das Lexikon nicht hier oben in der Dachstube war.

Siri kam herein und musterte ihre Eltern. Den Drachen hatte sie zum Trocknen auf der Veranda gelassen. »Was *tut* ihr beiden eigentlich?«

Die Erwachsenen drehten sich um und beendeten ihren Wettkampf. »Der dänische Onkel hat etwas gesagt, das wir nicht verstanden haben«, erklärte Hanna.

»Kæmpehale«, sagte Siri mit perfekter Aussprache. Sie kam mit den Diphtongen besser zurecht als ihre Eltern und schwatzte ungeniert alles nach, was sie von den anderen Kindern am Strand hörte.

»Ganz genau.«

»Was ›kæmpe‹ heißt, da bin ich nicht so sicher«, meinte

Siri, »aber ›hale‹ weiß ich.« Sie griff sich mit der Hand in den Nacken und wedelte mit ihrem Pferdeschwanz. »Das hier ist ein ›heste-hale‹.«

»Schwanz!«, schrieen Hake und Hanna gleichzeitig. »Der Drache braucht einen längeren Schwanz.«

Jetzt fiel Hake ein, dass die meisten Drachen tatsächlich lange Anhängsel hatten. Die einfache Strippe, die er befestigt hatte, war offenbar nicht ausreichend. Er machte sich sofort daran, einen neuen Schwanz herzustellen, nahm eine Schnur und knüpfte Rosetten und allerhand bunten Kleinkram daran. Ganz am Ende befestigte er eine Quaste aus Stoffstreifen.

Als das Papier getrocknet war und sich der Schwanz an Ort und Stelle befand, liefen sie in fieberhafter Aufregung wieder an den Strand. Hake hinkte mit der Leine los, Hanna und Siri warfen den Drachen in die Luft. Zuerst taumelte das zerbrechliche Papiergebilde, schien plötzlich zu stürzen, erholte sich aber wieder und bekam endlich Aufwind. Hake fühlte den Zug in der Leine, während der Drache immer höher und höher in den Himmel kletterte. Weit über dem Wasser blieb er flatternd in der Luft stehen. Hanna und Siri kamen freudestrahlend angerannt, und Siri durfte die Halteleine übernehmen. Die Erwachsenen tanzten zusammen am Strand herum, hatten sich die Arme um den Hals geschlungen und riefen: »Kæmpehale, kæmpehale!«

Siri gönnte ihnen nur einen herablassenden Blick, dann lenkte sie den Drachen fasziniert am Meeresufer von Skagen entlang.

Die Erinnerung ließ Hake lächeln, doch er hatte auch noch genauso deutlich im Gedächtnis, dass er am nächsten Tag kaum aus dem Bett gekommen war und eine ganze Woche entzündungshemmende Medikamente gebraucht hatte, um die Schwellung im Knie zu bekämpfen. Der dänische Arzt hatte nur entgeistert den Kopf geschüttelt und gemurmelt: »Und sowas will Politi-Mann sein.«

Siri hatte von ihrem Malbuch aufgeschaut. »Er meint Bulle«, übersetzte sie lässig.

Hake bog von der Scheelegatan ab und parkte vor dem Polizeipräsidium. Er zog sich den Mantel über den Kopf und eilte durch den Regen auf den Eingang zu.

KAPITEL 4

Im Büro saß Tobisson und schrieb an einem Vernehmungsprotokoll. Er hatte die Zeugenbefragungen zusammen mit einem anderen Polizeibeamten durchgeführt, wie es üblich war, sich aber nicht näher mit dem Kollegen besprochen.

Hake hängte seinen nassen Mantel auf, damit er abtropfen konnte, und betrachtete Tobisson. Seiner Meinung nach war der Mann ein eher mittelmäßiger Polizist. Natürlich hatte er eine hervorragende körperliche Kondition, schließlich joggten er und seine Freundin fast jeden Tag. Er hatte alle Prüfungen bestanden, war in kürzester Zeit zum Inspektor befördert worden, und seine analytischen Fähigkeiten waren nicht zu verachten. Dennoch war er als Polizist mittelmäßig, und zwar vor allem deshalb, weil er im Verhör herablassend wirkte, Menschen einschüchterte, erniedrigte oder zumindest versuchte, ihnen Unbehagen zu bereiten. Hatte er damit Erfolg, dann wuchs gleichzeitig sein Selbstbewusstsein, was für eine Ermittlung fatal sein konnte, wenn sich der Verhörte plötzlich völlig verschloss und gar nichts mehr sagte. Dieser Mangel an Fingerspitzengefühl war Schuld daran, dass Tobisson in seinem Beruf schlechter war, als er hätte sein können. Im Moment hatte Hake die Befürchtung, dass sein Mitarbeiter einige mögliche Augenzeugen bereits verschreckt haben könnte. »Warum haben Sie noch mit niemandem in Heleneborgs Gård geredet?«

Tobisson sah nicht hoch, sondern schrieb konzentriert weiter.

»Tobisson!«

Jetzt schaute er hoch. Hake bemerkte, dass ein Teil der Farbe aus Tobissons Gesicht gewichen war und die Augen einen etwas verschwommenen, leeren Ausdruck angenommen hatten.

»Ich habe mit ihnen geredet«, erklärte er dumpf.

»Mit Lizzi Hammarlund?«

Tobisson nickte.

»Davon hat sie keinen Ton gesagt.«

»Sie können es hier nachlesen.« Er hielt eines der gerade ausgefüllten Formulare hoch. »Wenn Sie mir schon sonst nicht glauben.«

Hake nahm das Blatt entgegen und sah, dass sein Mitarbeiter ein ausführliches, regelrechtes Verhör durchgeführt hatte. »Merkwürdig. Die Hammarlund hat nichts davon gesagt, dass sie schon von der Kripo befragt wurde.«

»Merkwürdig? Was ist daran merkwürdig, dass dieses verkrüppelte Püppchen Besuch haben will, wenn sie sonst nur den ganzen Tag rumsitzt und aus dem Fenster starrt? Ich finde es eher merkwürdig, dass ein Kriminalkommissar seinen Kollegen unterstellt, ihren Job nicht zu machen, ohne sich vorher mit ihnen zu besprechen.«

Hake hängte seinen Stock an die Stuhllehne und setzte sich. »Sie haben Recht«, sagte er. »Ich bitte um Entschuldigung.«

Tobissons Kiefer mahlten unter der angespannten Haut, doch er schwieg. Eigentlich schwankte seine Stimmung immer nur zwischen zwei Zuständen. Entweder war er wütend oder stinkwütend. In diesem Fall traf Letzteres zu, und Hake sah voraus, dass es ein anstrengender Tag werden würde.

Als Oskar Lidman später am Nachmittag hereinkam, hatten sie noch immer kein einziges Wort gewechselt.

»Hallo, ihr Stimmungskanonen«, grüßte Lidman und warf einen Aktenhefter auf den Schreibtisch. »Ich sehe, ihr habt mich vermisst.« Er betrachtete seine Kollegen. »Statt uns gegenseitig stumm anzuschmollen, sollten wir vielleicht unsere Untersuchungsergebnisse durchgehen?«

Hake nickte, stand auf und ging zur Wandtafel. Mit einer Handbewegung zum Foto des Mordopfers begann er den jetzigen Stand zusammenzufassen. »Was wir haben, ist die nicht-identifizierte Leiche eines Mannes in den Vierzigern. Er wurde ermordet, indem man ihm mehrmals auf den Schädel geschlagen hat. Die Fingerabdrücke sind überprüft worden, aber es gab keine Übereinstimmungen in der Kartei. Entweder bedeutet das, er ist nicht vorbestraft, oder er ist kein Schwede.« Er deutete auf das Bild des geflügelten Drachen. »Der Mann hat eine mysteriöse Tätowierung auf dem Arm. Man hat den Toten im Wasser versenkt, mit einer Metallkette ums Bein und einem Anker, der ihn am Grund hielt. Niemand scheint den Mord beobachtet zu haben. Die Befragung eventueller Zeugen hat keine Hinweise erbracht.«

Er warf Tobisson einen Blick zu, und sein Kollege schaute kalt zurück.

»Laut Olle Sandstedt ist der Anker ein gewöhnliches Modell aus galvanisiertem Stahl. So etwas kann man überall erwerben, in jedem Hafengebiet und bei allen Bootshändlern. Bestimmt auch im Internet. Persönlich bin ich der Meinung, dass man den Anker einem Bootsbesitzer in der Nähe gestohlen hat. Ich habe Guldbrandsen darauf angesetzt, eine Liste aller Personen zu erstellen, deren Boote einen Liegeplatz am Pålsund haben.«

»Guldbrandsen? Ich dachte, wir bekommen kein zusätzliches Personal.« Lidman wollte noch mehr dazu sagen, aber dann sah er Hakes Blick. »Ach so, der große Oberhäuptling weiß nichts davon.« Hake zuckte mit den Schultern. »Solange Guldbrandsen keine Überstunden schieben muss, denke ich schon, dass er uns aushelfen kann. Bei einem Mordfall kann man sich nicht mit Loyalitätskonflikten aufhalten. Da heißt es ganz oder gar nicht. Entweder man ist drin oder man ist draußen.« Aber in Wirklichkeit war er nicht so sicher. Guldbrandsen zur Mitarbeit zu verpflichten, war ein Risiko. Falls Rilke davon Wind bekam, konnte er Hake eine Menge Ärger bereiten. »Ich habe außerdem an die Bootsbesitzer geschrieben und sie gebeten zu kontrollieren, ob ihnen ein Anker fehlt.«

»Und was sagt uns das?«, fragte Tobisson gereizt. »Jemand hat einen Anker gestohlen, na und?«

»Also«, sagte Hake gedehnt, »vielleicht gibt es ja Fingerabdrücke auf dem Boot, von dem er gestohlen wurde.« Hake betrachtete noch einmal das Foto des Ermordeten. Es kam ihm nicht länger abstoßend und grotesk vor. Er hatte sich gewissermaßen daran gewöhnt. Das aufgequollene Gesicht, die geschlossenen Augenlider und die bläuliche Hautfarbe schienen fast normal. Er fragte sich, ob man auf diese Weise allmählich gegenüber Grausamkeiten abstumpfte: Die Toleranzgrenze wurde immer höher, langsam aber sicher, mit jeder neuen Perversität, der man begegnete. Bis man am Ende gegen absolut alles immun war. Oder sich eine oberflächliche Blasiertheit angewöhnt hatte. »Mein Gefühl sagt mir, dass die Mordstelle und der Fundort der Leiche nahe beieinander liegen.«

Tobisson schnaubte. Er hielt nichts von Hakes Bauchgefühlen.

»Schließlich erschlägt man jemanden nicht in seiner Wohnung, nur um danach zu einem Bootsanleger in der Innenstadt zu fahren und ihn dort zu versenken. Dazu würde sich eine einsame Stelle an der Küste viel besser eignen.«

»Die Frage ist nur, wo war dieser nah gelegene Mordplatz«, spekulierte Lidman. »War es an Bord eines Schiffes oder irgendwo an Land?«

»Warten wir erstmal die Ergebnisse der Kriminaltechnik ab«, entschied Hake. »Haben Sie zusätzliche Informationen?«

»Ich habe mit unseren Informanten gesprochen. Branco hat nichts von einer Hinrichtung durch die Jugos gehört. Und Tom meint, im Moment wollen sich die Motorradgangs bedeckt halten. In der Presse hat es zu viel Wirbel um Bandenkriminalität gegeben. Er wusste auf jeden Fall von keinem Mord, und das sollte er eigentlich, denn schließlich fährt er so gut wie jeden Tag mit den Bikern.«

Hake griff nach einem Bild, das der Polizeifotograf am Fundort der Leiche gemacht hatte. Ein Stück entfernt vom Parkplatz unter der Västerbrücke konnte er gerade noch den weißen, schrottreifen Bus erkennen. »Hat sich jemand um den Bus gekümmert?«, fragte er.

»Davon steht jedenfalls nichts in den Akten«, meinte Lidman.

Hake befand sich auf der anderen Seite des Pålsund-Kanals, nahe der gelben Villa, in der Lizzi Hammarlund wohnte. Er warf einen Blick zu ihrem Fenster hoch und sah, dass sie dort mit einer Zigarette in der Hand saß und in das Dämmerlicht des Abends spähte. Vielleicht schaute sie auch auf einen Computerbildschirm, so genau konnte er ihre Haltung nicht erkennen. Er nahm an, dass sie ihre Fotoausrüstung brauchte, um sich selbst aufzunehmen – stark geschminkt, so dass man ihr Alter nicht erkennen konnte –, und die Bilder dann übers Internet verschickte. Vermutlich pornographisch, und dieser zierliche Körper mit den kaum erkennbaren Brüsten ließ sicher jedem Pädophilen das Wasser im Munde zusammenlaufen. Früher war Hake der Ansicht gewesen, dass Pädophile ganz einfach Perverse waren, die gegen das Gesetz verstießen. Nicht anders als Vergewaltiger oder prügelnde Ehemänner. Doch seit er selbst Vater war, hatte sich das geändert. Nun fühlte er einen unerbittlichen Hass gegen diese Sorte von Kriminellen. Nicht nur, dass die Opfer unschuldige Kinder waren, die von Erwachsenen betrogen und missbraucht wurden. Zusätzlich erzeugte ein derartiger Übergriff laut den Kriminalpsychologen eine so starke Erschütterung in der Gefühlswelt des Kindes, dass es später im Erwachsenenalter nur mit Mühe fähig war, Liebe zu empfangen oder zu geben. Für Hake stand dieses Verbrechen fast auf einer Stufe mit Mord.

Er schaute über den Kanal zur Insel Långholmen. Obwohl es seit ein paar Stunden aufgehört hatte zu regnen, war es fast unmöglich, etwas zu erkennen. Im dunklen Schatten des Brückenbogens, der Bäume und Persennings wirkte der Hafenbereich wie ein undurchdringliches Labyrinth aus Schrott. Hake vermutete, dass der Mord nicht am helllichten Tag begangen worden war. Der Sonnenstand vor zwei oder drei Wochen, als der Mann vermutlich erschlagen worden war, hatte ähnliche Sichtverhältnisse geschaffen wie an diesem Abend.

Hake überquerte die Brücke und ging auf der Inselseite zum Fundort der Leiche. Er traf keine Menschenseele, weder Leute, die ihren Hund ausführten, noch sonstige Spaziergänger. Um diese Uhrzeit wanderte wohl niemand gerne über Långholmen. Nach einer kurzen Strecke bog Hake zu den Steganlagen des Kanals ab, die durch einen hohen Lattenzaun mit Holztor abgetrennt waren. Er hatte Glück, das Tor stand offen, und so ging er hindurch und wanderte an den Bootsstegen entlang. Die Vertäuungen knarrten leise, ansonsten war alles still. Falls hier jemand schrie oder um Hilfe rief, dann hätte man das mit Sicherheit in der Umgebung gehört. Doch da sich am Abend niemand hier draußen befand, war der Mörder vielleicht das Risiko eingegangen. Möglich war auch, dass der erste Schlag auf den Kopf ausgereicht hatte, um das Opfer zum Schweigen zu bringen und jeden Rettungsversuch aussichtslos zu machen. Hake ließ den Blick vom Wasser zum Land wandern. Der alte Bus leuchtete weiß in der Dämmerung.

Er verließ die Bootsstege und ging zu dem klapprigen Gefährt. Die Fenster waren mit Pappe verklebt, der einzige Zustieg befand sich auf der rechten Seite gegenüber vom Führerstand. Hake drückte den Griff herunter, und die Tür ging überraschend einfach auf. Mit Hilfe seines Stocks stemmte er sich die Stufen hoch und stand im Inneren. Der Fahrersitz war lange nicht benutzt worden und war bedeckt mit Rattenköteln und vergilbten Papierresten. Zwischen dem Führerstand und dem Passagierteil des Busses befand sich eine weitere Tür aus Sperrholz. Hake probierte sie aus und stellte fest, dass sie sich nicht öffnen ließ. Er stemmte die Schulter dagegen, bis sie ein wenig nachgab, klemmte dann den Stock in die Ritze und hebelte die Tür langsam auf. Es gab kein Schloss, aber jemand hatte eine schwere

Kiste auf die andere Seite gestellt, damit niemand hereinkam.

Ein intensiver Geruch von Schweiß und Urin schlug ihm entgegen. Es war dunkel im Bus, und Hake tastete sich voran. Durch die Windschutzscheibe sickerte von hinten ein schwacher Lichtschein herein, der gerade ausreichte, damit man sich mit Mühe orientieren konnte. Natürlich hätte er eine Taschenlampe mitnehmen sollen, aber jetzt nützte ihm diese Idee auch nichts mehr. Die Sitze des Busses waren herausgerissen worden, und an ihrer Stelle befanden sich Schlafkojen auf beiden Seiten. Er stützte sich auf einer davon ab, um im Dunkeln Halt zu finden, und ging vorsichtig weiter. Plötzlich fühlte er etwas Hartes an seinem Knie. Er sah herunter und entdeckte ein scharf geschliffenes Bajonett.

»Keinen Schritt weiter«, sagte eine heisere Stimme.

Hake blieb stocksteif stehen. Eine Taschenlampe flammte auf und leuchtete ihm ins Gesicht. Er wurde geblendet und hielt sich eine Hand vor die Augen.

»Was willst du?«, fragte die Stimme.

»Nehmen Sie das Bajonett weg.«

Aber die scharfe Kante presste sich nur tiefer in sein kaputtes Knie. »Was willst du?«, wiederholte die Stimme. »Hier gibt es nichts zu holen.«

»Ich bin von der Polizei, Morddezernat.«

Der Druck des Bajonetts verringerte sich ein bisschen. Eine dunkle Gestalt setzte sich in der Koje auf. Ein Arm bewegte sich in der Dunkelheit, und Licht flammte im Inneren des Busses auf. Als die kleine Gaslampe ihren klaren Schein verbreitete, wurde darin ein langhaariger, unrasierter Mann in den Fünfzigern sichtbar. Er roch nach Schweiß und Alkohol und hatte sich in eine Militärdecke gewickelt. Die Hände waren aufgeschwollen und mit Schorfwunden übersät. Seine gelblichen Fingernägel ähnelten Klauen. Er nahm das Bajonett nicht fort, sondern blinzelte zu Hake hoch, der nicht einen Muskel bewegte. »Verschwinde, bevor hier das Blut spritzt.«

»Vergiss es«, sagte Hake und setzte sich auf die andere Koje dem Mann gegenüber.

Dieser wedelte mit dem Bajonett vor seinem Gesicht herum. »Komm bloß nicht näher, das sag ich dir.«

»Ich habe nicht vor, Ihnen etwas zu tun.«

»Was dann?«

»Informationen.« Hake schaute sich um. Er versuchte zu sehen, ob es im Bus Blutspuren gab, aber das war unmöglich zu erkennen. Das ganze Fahrzeug war voller Schmutzflecken. Ganz hinten gab es eine kleine Kochecke, und auf dem Boden davor standen Plastikflaschen mit billigem Schnaps. Einige waren noch voll, die meisten bereits leer getrunken. Insgesamt gab es im Bus ein gutes Dutzend Kojen, doch nur eine davon war benutzt, die übrigen hatten nicht einmal Matratzen. Das ganze Gefährt starrte vor Schmutz, vom Boden bis zur Decke, und als einzige Verschönerung hingen ein paar Buddhabilder an der Wand. Der perfekte Schauplatz für ein Verbrechen.

»Ich habe dir nichts zu sagen«, erklärte der Mann. Er fummelte nach einem Gegenstand unter der Militärdecke und holte einen typischen Plastikkanister hervor, wie er benutzt wird, um schwarz gebrannten Alkohol zu verdünnen und mit Geschmackszusätzen aus dem Supermarkt zu mischen. Die rötliche Farbe der Flüssigkeit sprach für Rotwein-Ersatz. Nach einem ordentlichen Schluck betrachtete der Mann Hake mit misstrauischem Blick.

Der Kommissar fragte: »Wie lange wohnen Sie schon hier?«

»Seit dem Sommer.«

»Wem gehört der Bus?«

»Aussteiger-WG. Haben ihn Anfang Sommer hier stehen lassen. Eigentlich wollten sie nach Kathmandu, aber einer nach dem anderen ist abgesprungen. Am Ende haben sich die Letzten ihre Matratzen geschnappt und Leine gezogen. Seitdem wohne ich hier.«

»Sie haben die Leute ausspioniert?«

»Ich halte meine Lauscher immer offen. Wenn sich 'ne Gelegenheit bietet, greife ich zu.«

»Sie haben nicht zufällig jemanden mit einer Drachen-Tätowierung gesehen?«

Der Mann schüttelte den Kopf. »Kann ich mich nich erinnern.«

Hake holte das Foto des Mordopfers hervor und hielt es hoch.

Die Reaktion war heftig. »Nimm das weg! So was will ich gar nich sehen. Sonst kotze ich gleich.« Er kniff die Augen zu, und nahm, am ganzen Körper zitternd, noch einen Schluck aus dem Kanister. Sein Gesicht war aschgrau, die Augen flackerten.

»Sie haben ihn also nicht gesehen?«

»Bist du malle? Glaubst du, ich schwimme unter Wasser rum?«

»Ich meinte, als er noch lebte.«

Der Mann schüttelte den Kopf.

»Und er hat sich nicht hier in der Gegend rumgetrieben?«

»Nicht bevor er ermordet wurde.« Seine Augen glitzerten feucht.

»Sie wissen von dem Mord?«

»Wie gesagt, ich halte meine Lauscher offen.«

»Offenbar nicht die ganze Zeit über«, sagte Hake säuerlich. »Sonst hätten Sie sich wohl als Zeuge gemeldet.«

»Ich geh früh in die Heia, wie du gemerkt hast. Brauch meinen Schönheitsschlaf.« Er lachte heiser und führte den Kanister zum Mund.

Hake roch den erstickenden Gestank von Methanol. »Versuchen Sie sich umzubringen?«, fragte er. »Ist das der Plan?«

»Was soll's, ich bin schon tot. Dafür brauch ich mich nicht unnötig anzustrengen.« Sein Blick verdunkelte sich, er schloss für einen kurzen Moment die Augen und stopfte das Bajonett unter die Militärdecke zurück. »Ich glaube, du solltest jetzt besser gehn, bevor ich sentimental werde und dir meine ganze Lebensgeschichte reindrücke.«

»Hartes Schicksal?«

»Härter. Noch härter, als du dir vorstellen kannst ...«

Hake konnte sich einiges vorstellen. Er stand auf, stützte sich auf den Stock und ging zum Ausgang.

»Sie schicken mir doch keinen her, oder? Bloß nicht so einen beschissenen Sozialfritzen.«

»Nein, aber ein paar Leute von der Spurensuche werden vorbeikommen und den Bus durchsuchen. Um nach Blutflecken und Ähnlichem zu schauen.«

»Das einzige Blut hier drinnen ist mein eigenes.«

»Genau das wollen wir rausfinden.«

Plötzlich sprang der Mann auf, packte Hake am Hals und drückte ihm das Bajonett ins Kreuz. Er hielt den Kommissar mit stählernem Griff fest. Hake stand bewegungslos. Der Geruch des Mannes war unerträglich.

»Wenn ich der Mörder wäre, dann würdest du hier nich mehr rauskommen. Kapiert?«

»Loslassen«, sagte Hake. Er hatte Schwierigkeiten, Luft zu bekommen.

»Ich war lang genug in diesen beschissenen Pennerheimen und will nich wieder zurück. Allein will ich sein, und hier hab ich meine Traumwohnung entdeckt.« Er verringerte den Druck auf Hakes Luftröhre ein wenig. »Zur Hölle mit dir, wenn du mich in den Knast bringst. Am liebsten würde ich dir gleich die Kehle durchschneiden, nur um sicher zu gehen.«

Das Bajonett drückte plötzlich nicht mehr gegen Hakes Rücken, sondern wurde stattdessen gegen seinen Hals gepresst.

»Lassen Sie los«, keuchte der Kommissar.

»Oder was?«

»Oder ich lasse Sie in einer Zwangsjacke hier rausholen. Sie wandern geradewegs in die Anstalt, wahrscheinlich in die Geschlossene, wo zwanzig andere Psychos auf Sie warten. Kein Tropfen Alkohol, und die einzige Unterhaltung sind die Schreie Ihrer Mitpatienten in der Nacht.«

»Da ist es vielleicht ebenso gut, wenn ich dich gleich absteche.«

»Sie sind nicht schnell genug.«

»Sicher?«

Das Bajonett befand sich direkt unter seinem Adamsapfel. »Ganz sicher.«

Der Mann zischte etwas und ließ ihn los. Hake bekam einen Stoß, so dass er kurz die Balance verlor und sich auf einer Koje abstützen musste. Er wandte sich um, so dass er seinem Angreifer in die Augen schauen konnte. Dort fand er nichts als totale Gleichgültigkeit.

»Wir werden sehen, was deine Bullenehre wert ist«, sagte der Mann und wickelte sich in seine Militärdecke.

Als Hake nach Hause in die Chapmansgatan kam, nahm er

als erstes ein heißes Bad. Der weiße Bus hatte einen recht deutlichen Geruch in seinen Kleidern und an seinem Körper hinterlassen. Er goss sich ein Glas Rotwein ein, stellte es auf den Rand der Badewanne, ließ sich ins warme Wasser sinken und schloss die Augen. Er wollte nicht darüber nachdenken. Nicht über den Mann im Bus und nicht über den Mörder. Stattdessen dachte er an Hanna und Siri. Daran, dass er auf ihre Nähe verzichtete, um sich mit ständig neuem Irrsinn herumzuschlagen. Wozu? Früher war er sicher gewesen, die Antwort zu kennen. Er wollte Gerechtigkeit. Sogar für die Toten. Jetzt war er sich über gar nichts mehr sicher.

Vielleicht hatte Rilke Recht. Vielleicht war dieser Fall nur eine »Rachegeschichte« in der so genannten Unterwelt, mit der einzigen Folge, dass es ein verbrecherisches Schwein weniger auf der Welt gab. Aber nur vielleicht. Axel Hake wusste sehr genau, dass man sich Gesetze und Verordnungen nicht einfach nach Geschmack zurechtbiegen konnte. Sonst glitt man in die Korruption ab und fing an, über alles Mögliche hinwegzusehen. Man urteilte nach einer gesellschaftlichen Stufenleiter, und wie gewöhnlich waren es die Schwächsten, die am Ende zu den Verlierern zählten. Hake trank einen Schluck Rotwein. Am anderen Rand der Badewanne saß Siris Plastikente. Daneben stand ihr Eisbrecher Ymer, ein Kindershampoo und eine Salzwasserseife, die schwimmen konnte. Erst vorgestern hatten sie zusammen in dieser Wanne gesessen. Heute musste er sich die Haut sauber schrubben, um den Geruch von Schnaps und Urin loszuwerden …

Plötzlich klingelte es an der Tür. Es war schon nach elf. Er griff sich ein Handtuch, wickelte es um die Hüften und stieg aus der Wanne, um zu öffnen. Durch den Spion sah er

Lars Larsson-Varg, der mit den Fingern gegen den Türrahmen trommelte.

»Ich weiß, dass du da bist. Ich habe dich nach Hause kommen sehen.«

Hake öffnete die Tür, und Larsson-Varg musterte ihn mit einem anerkennenden Blick. »Das glaubt man gar nicht, wenn man dich durch die Gegend hinken sieht.«

»Was glaubt man nicht?«

»Dass du so gut gebaut bist. Gewichtheben?«

»Schwimmen.«

»Hm, ich schwimme ja auch, aber so einen Körperbau bekomme ich nicht.« Er klopfte sich auf den Ansatz eines Schmerbäuchleins.

»Delphin«, sagte Hake, als ob das eine bessere Erklärung sei.

Er zog seinen Morgenrock über. Lars Larsson-Varg ging ins Wohnzimmer und setzte sich aufs Sofa. Er legte das Foto mit der Tätowierung auf den Couchtisch und klopfte mit dem Fingerknöchel darauf. Hake schaute im Stehen auf das Bild: ein weißer chinesischer Drache auf schwarzem Grund, ein rot-grünes Viereck mit goldfarbener Feuerflamme in der Mitte.

»Die Fremdenlegion«, sagte Larsson-Varg.

Hake trat näher.

»Und nicht irgendeine beliebige Einheit. Die Zwei neben dem Drachenkopf bedeutet, er war im Zweiten Regiment.«

Hake setzte sich in seinen Sessel und betrachtete den Ex-Museumsvorsteher, der an diesem Abend sackartige Polyester-Hosen und ein Hawaiihemd trug. Nachdem er vom Nationalmuseum vor die Tür gesetzt worden war, hatte er sich als erstes den Kopf rasiert und sich einen langen Bart wachsen lassen. Seitdem wurde seine Kleidung täglich farbenfroher. Ein Protest gegen sein früheres Bürokratendasein. Larsson-Varg hatte eine Mission in seinem Leben, nämlich, das Nationalmuseum in die Knie zu zwingen. Zurzeit versuchte er herauszufinden, ob es Fingerabdrücke auf dem Rembrandt-Gemälde *Die Verschwörung der Bataver* gab. Er hatte gehört, dass man bei älteren Gemälden manchmal Abdrücke in der Farbschicht fand, und nun hatte er Himmel und Hölle in Bewegung gesetzt, um zu beweisen, dass das Bild im Museum nicht von Rembrandt stammte. Den ganzen Sommer hatte er damit zugebracht, in Amsterdam nach Fingerabdrücken des holländischen Meisters zu suchen.

»Nun, spuck schon aus, was du entdeckt hast«, forderte Hake.

»Im Zweiten Regiment sind die Fallschirmjäger. Heute heißt diese Einheit REP, früher ausgerechnet CRAP! Das stand für Commandos de Recherche et d'Action dans le Profondeur. Was du mit deinen Französischkenntnissen sicher verstehst.«

Hake nickte.

»Dieses Regiment war die professionellste Spezialeinheit der Fremdenlegion und besaß das höchste Prestige. Die Soldaten wurden auf Korsika ausgebildet und durften das ganze erste Jahr die Insel nicht verlassen. Die Disziplin war mörderisch, und Gnade ihnen Gott, wenn sie nicht begeistert ihre Portion Stacheldraht zum Frühstück verspeisten. Früher waren in diesem Regiment vor allem Deutsche und Briten, heute sind es viele Russen. Man lernt Boxen, über Hindernisse klettern und töten. Das hier«, er deutete auf das Bild der Tätowierung, »ist das Symbol des Regiments. Ein asiatischer Drache im Annam-Stil, wie ich schon zu Anfang vermutet hatte, und eine brennende Granate über dem Farbviereck.«

Erst jetzt sah Hake, dass die stilisierte Fackel tatsächlich ein explodierendes Geschoss darstellen konnte.

»Die Granate hat sieben Flammenzungen und ist ein Symbol für die Fremdenlegion generell, genau wie das rotgrüne Feld. Rot steht für Entsagung und Grün für Hoffnung.«

»Das hast du gut gemacht«, lobte Hake. »Zeit für eine Belohnung. Soll ich dir ein Glas einschenken?«

»Was trinkst du?«

»Côtes du Rhône.«

»Das muss wohl genügen. Während wir die Flasche leeren, werde ich dir beibringen, mit welcher Methode man Fingerabdrücke auf alten Gemälden findet. Das kann der Polizei vielleicht auch von Nutzen sein.«

Hake ging die Weinflasche holen. Er wusste schon jetzt, dass es eine lange Nacht werden würde.

KAPITEL 5

Das Stockholmer Polizeipräsidium bestand nicht aus einem einzelnen Gebäude, sondern aus einer ganzen Reihe von Häusern, die sich beim Kronoberg-Park zusammendrängten und in den verschiedensten Stilen gebaut waren. Das älteste war ein Paradebeispiel für den pompösen Berliner Barock oder Imperialstil der Jahrhundertwende und verkörperte mit seinen Zinnen und Türmen die steingewordene Gesetzesmacht. Die neuesten Anbauten waren echte Siebziger-Jahre-Klötze mit winzigen Fenstern und nüchternen, geschlossenen Fassaden. An einem regnerischen Tag wie diesem glich der gelbliche Neobarock-Bau einer verfallenden Burgruine, während der größte Teil der Polizeiarbeit hinter massiven Betonwänden stattfand, die den Charme von Zuchthausmauern hatten. Tatsächlich gab es eine Haftanstalt in diesem Viertel, das Kronoberg-Gefängnis. Seine Architektur schien weniger den Zweck zu haben, die Insassen drinnen als vielmehr die anderen draußen zu halten. Die drohenden Mauern verkündeten klar und deutlich: Für Unbefugte kein Zutritt. Im Hintergrund des einschüchternden Bau-Ensembles stand das Rathaus in seinem massigen bräunlichen Jugendstil. Kein Wunder, dass der Verbindungsgang zwischen Rathaus und Polizeipräsidium gerne *Die Seufzerbrücke* genannt wurde. Das ganze Viertel strahlte Düsterkeit aus, und die Architektur war kaum dazu angetan, die Stimmung aufzuhellen. Um das Elend komplett zu machen, wurde jetzt ein großes Technik-Kaufhaus im früheren Innenhofbereich gebaut. Gleich zu Anfang hatte man den größten Teil der Ahornbäume gefällt, so dass selbst der kümmerliche Rest von Grün langsam verschwand.

Im ganzen Präsidiumsbereich wurde gebohrt, gehämmert und gesprengt, und als Oskar Lidman hereinkam, hatte er eine fürchterliche Laune. Er riss die Tür auf und richtete seinen starren Blick auf Axel Hake und Tobisson. »Jetzt haben diese Hundesöhne auch noch die alte Polizeikantine abgerissen. Hat sie jemand darum gebeten? Wie heißt es in Olle Adolphsons Lied? ›Bald ist unser Stockholm ein Albtraum aus Glas und Beton. Da sitzen wir dann und singen zum Bier diesen Song …‹«

»›Hurra, lasst uns einen heben‹«, vervollständigte Tobisson. Lidman ließ sich schwer auf einen Stuhl fallen. »Und zu Hause muss ich mich mit ein paar egoistischen Bengeln rumschlagen. Verständnislose Blicke, wenn man sie bittet, im Haushalt mitzuhelfen. Als ich in dem Alter war, da musste man sich sputen, dem Vater seinen Tabak zu holen, der Mutter die Milch und dem Nachbarn die Morgenzeitung. Das war überhaupt keine Frage! Jetzt besticht man die eigenen Kinder, damit sie ihr Zimmer aufräumen, und was ist? Das Geld nehmen sie, aber das Zimmer sieht immer noch aus, als hätten die Höhlenmenschen darin gehaust.« Lidman hatte aus einer früheren Ehe zwei »wertlose Sprösslinge« mitgebracht, wie er sie zu bezeichnen pflegte. Er griff nach einem Pfefferminzbonbon und ließ es im Munde zerschmelzen. »Noch dazu wird der Tanzclub geschlossen, in den meine Frau und ich zum Samba gehen. Ist in diesem Land denn nichts mehr heilig? Die Mieten steigen versteckt immer weiter, die Preise für Lebensmittel ...«

»Ist ja gut«, sagte Hake, der sich schon müde genug fühlte. Er hatte viel zu lange wach bleiben müssen, um Lars Larsson-Varg bei seinen Ausführungen über die neusten Techniken der Fingerabdruckanalyse zur Echtheitsbestimmung alter Meister zuzuhören. Danach war er früh aufgestanden und hatte seine Kollegen informiert, was die Tätowierung bedeutete. Zusätzlich hatte er ein morgendliches Meeting mit Rilke hinter sich und davon eine leichte Depression zurückbehalten. Der Polizeidirektor sah keinen Anlass, dem Mord höhere Priorität zu geben und hatte darauf hingewiesen, dass Guldbrandsen in Zukunft nicht mehr zur Verfügung stehen würde. Hake war mit einer Verwarnung davon gekommen, aber das erschien ihm ungerecht genug. Um seinen Ärger zu vergessen, hatte er im Strafregister nachgesucht, ob dort jemand aus der Fremdenlegion eingetragen war, aber keinen Erfolg gehabt. Im Anschluss hatte er es sogar noch geschafft, bei den verschiedenen Polizeidienststellen nachzufragen, ob es in ihrem Distrikt vermisste Personen gab. Er hielt eine Liste mit Namen hoch. »Entgegen einer verbreiteten Annahme ist es kein Verbrechen, einfach zu verschwinden. Eigentlich hat die Polizei damit nichts zu tun, solange kein Gesetzesbruch vorliegt. Aber wir helfen natürlich gerne, Vermisste zu finden, wenn wir die Zeit dazu haben.«

»Nur haben wir die leider nicht«, stellte Tobisson fest.

»Genau. Darum ist die Liste auch ziemlich lang, obwohl ich schon alle Frauennamen gestrichen habe.« Er gab jedem seiner Mitarbeiter eine Kopie. »Wir teilen die Fälle unter uns auf und rufen die Polizeikollegen an, die dafür zuständig waren. Vier Namen für jeden. Insgesamt zwölf

Vermisstenanzeigen in den letzten drei Monaten. Weiter gehen wir nicht in der Zeit zurück. Einer der Verschwundenen ist ein Russe, Viktor Jewtschenko, den übernehme ich selbst. Er ist von der Einwanderungsbehörde als vermisst gemeldet worden. Wartete auf seinen Ausweisungsbescheid. Eine Personenbeschreibung konnten sie mir nicht geben. Aber ich habe Kontakte in diesen Kreisen.« Lidman sah überrascht hoch, und Hake erklärte: »Meine Schwester kennt einen Russen. Okay, dann legen wir mal los.«

Julia war dabei, ihren Garten umzugraben, als Hake auf den Hof einschwenkte. Der Regen hatte aufgehört, die Luft war ruhig und still. Doch während Hake aus dem Auto stieg, lief plötzlich ein heftiger Windstoß durch die Fichtenkronen, ging durch die Stachelbeerbüsche und das hohe Gras, bis die Böe Julia erreichte und ihr das schwarze Halstuch über den Kopf blies, so dass sie aussah wie eine verschleierte Muslimin bei der Feldarbeit. Sie zog das Tuch herunter und wandte sich zu ihm um. Ihr Gesicht war abgespannt, die seegrasfarbenen Augen matt und der Mund ein rosa Strich.

»Ich möchte mit Juri sprechen«, sagte er zur Begrüßung.

»Worüber?«

»Dienstlich.«

Sie stieß den Spaten tief in die Erde und wischte sich die Hände an ihrer Jeans ab. »Du wirst ihm keinen Ärger machen, oder?«

»Ich brauche nur Informationen. Hat dein Juri eigentlich auch einen Nachnamen?«

»Sarkis. Juri Sarkis.«

»Danke.«

Julia nickte und ging aufs Haus zu. »Es steht Kaffee in

der Küche. Ich brauche ein bisschen Zeit, bis wir los können.«

Tatsächlich brauchte sie auch diesmal ungewöhnlich lange, bevor sie mit ihrem Aussehen zufrieden war. Sie hatte die Jeans gegen einen Rock in sanftem Pastellgelb ausgetauscht, eine Farbe, die Hake noch nie an ihr gesehen hatte. Dazu trug sie eine hochmodern geschnittene Lederjacke mit Nietenreihen an den Ärmeln. Das Gesicht war mit Hilfe von Puder und Mascara umgestaltet worden. Hake fand, dass sie älter aussah, aber das war vermutlich nicht der Sinn der Sache.

Er wollte gerade aus der Küche gehen, als sie ihn am Arm packte und ihr Gesicht ein paar Zentimeter vor seines schob. »Versprich mir, dass es nicht um ihn geht!«

»Ich brauche nur Informationen, das habe ich schon gesagt.«

»Versprich es!«

Hake versprach es, und sie beruhigte sich erst einmal. Sie stieg ins Auto und drehte den Rückspiegel herum, so dass sie ihr Gesicht sehen und das Haar richten konnte.

Als sie beide eine Weile gefahren waren und sich der Veganerkommune näherten, wurde sie wieder nervös und angespannt. »Ist es wirklich nötig, ihn in deinen Polizeikram reinzuziehen?«

»Es geht um Mord«, sagte Hake kurz.

»Aber davon wird er ja wohl nichts wissen.«

Hake antwortete nicht. Er parkte das Auto beim giebelüberdachten Eingang der Villa und stieg aus. Vor der Veranda standen einige junge Leute im Alter zwischen zwanzig und dreißig und diskutierten. Sie wirkten anonym, trugen allesamt Jeans, schlichte Pullover und dunkle Windjacken mit Kapuze. Hake musste bei ihrem Anblick an einen

Schwarm Dohlen denken. Er ging zu ihnen hinüber und fragte: »Ist Juri da?«

Sie nickten knapp und unterhielten sich leise weiter. Julia blieb bei ihnen stehen und warf ihrem Bruder nervöse Blicke hinterher, als er ins Haus ging.

Drinnen roch es nach Mittagessen, und irgendwo spielte ein CD-Player Rockmusik. Die beiden jungen Frauen, die er schon vor ein paar Tagen gesehen hatte, waren mit dem Abwasch beschäftigt und wirkten gelangweilt. Hake stieg mühsam die Treppenstufen zu Juris Zimmer hoch. Als er die Tür öffnete, fand er Juri und Gustav Lövenhelm bei einer ernsthaften Unterhaltung.

Lövenhelm schaute auf, als Hake hereinkam. Sein Blick war durchdringend und wirkte aus irgendeinem Grund ablehnend. »Moment«, sagte er scharf und sprach weiter mit gesenkter Stimme auf den jungen Russen ein.

Hake blieb in der Tür stehen. Erst jetzt schaute auch Juri kurz hoch, aber er konzentrierte sich sofort wieder auf Lövenhelm. Bei ihrer letzten Begegnung hatte der Russe die Situation unter Kontrolle gehabt und seinen ganzen Charme spielen lassen. Jetzt hielt er den Kopf gesenkt, nickte immer wieder und starrte auf den Boden. Er sah aus wie ein junger Boxer, der von seinem Trainer Anweisungen bekommt.

Das Gespräch war bald zu Ende, und Gustav Lövenhelm wandte sich Hake zu. »Haben Sie wieder Ihre Schwester herbegleitet?«

»Eigentlich nicht. Sie ist mitgefahren, aber vor allem wollte ich ein paar Worte mit Juri wechseln.«

Der Russe drehte sich in Hakes Richtung, als er seinen Namen hörte. Übergangslos verwandelte er sich von einem unsicheren Jungen in einen Mann mit selbstbewusster Haltung.

Lövenhelm schaute zweifelnd und erwartete sicher eine nähere Erklärung, aber Hake dachte nicht daran, sich den Machtstrukturen der Kommune anzupassen. Er reagierte nicht auf die stumme Frage. Hier ging es um eine Polizeiermittlung, und Hake hatte nicht vor, jedes Mal um Erlaubnis zu bitten, wenn er mit jemandem sprechen wollte. Er nickte in Lövenhelms Richtung, trat ins Zimmer und steuerte auf Juri zu. Der Kommunenleiter blieb einen Augenblick unschlüssig stehen, aber dann ließ er sie miteinander allein.

»Vielleicht können Sie mir weiterhelfen«, sagte Hake zu dem Russen. »Ich ermittle in einem Mordfall.«

Juri trug einen dicken Wollpullover, weite Baumwollhosen und eine Art Kalottenmütze aus schwarzer Seide, die sein weißblondes Haar noch heller wirken ließ. Hake überlegte, ob der Mann eine Ballettausbildung hinter sich hatte, denn die Pose, die er unbewusst eingenommen hatte – ein Fuß schräg vor den anderen gestellt –, war typisch für professionelle Tänzer.

»Sie sind bei mir an der falschen Adresse«, sagte Juri mit seinem slawischen Akzent.

Hake holte das Foto der Leiche vom Pålsund-Kanal hervor.

Juri warf einen Blick darauf und fragte verstört: »Warum sieht der Mann so aus?«

»Er ist tot.«

»Ja, aber das Gesicht ist so …« Er suchte nach einem passenden schwedischen Wort. »So … fett. Also irgendwie groß«, sagte er schließlich.

»Er hat im Wasser gelegen. Kennen Sie den Mann?«

»Wieso sollte ich ihn kennen?« Er warf einen suchenden Blick über Hakes Schulter, so als hoffe er, dass Lövenhelm auftauchen und ihn aus dieser Situation retten würde.

»Er ist vielleicht Russe.«

»Es gibt circa hundertfünfzig Millionen Russen.« Juri machte eine wegwerfende Handbewegung.

»Nicht in Stockholm.«

Der junge Mann beruhigte sich wieder und sah Hake mit seinen Kornblumenaugen an. »Ich habe ihn noch nie getroffen.«

»Aber Sie haben manchmal Kontakt zu Ihren Landsleuten hier in Schweden?«

»Das kann ich nicht ablehnen.«

»Abstreiten«, meinte Hake.

Juri sah ihn verständnislos an.

»Der Satz heißt richtig: ›Das kann ich nicht abstreiten.‹« Juri wollte gerade den Mund zu einer Entgegnung öffnen, als Hake ihm zuvorkam. Er hatte einen Zettel aus der Tasche gefischt und fragte: »Sagt Ihnen der Name Viktor Jewtschenko etwas?«

»Viktor … wie?«, fragte der Russe und schluckte sichtbar.

»Jewtschenko. Und das haben Sie schon beim ersten Mal verstanden.«

Juri schüttelte den Kopf. »Warum soll ich diesen Viktor kennen?«

»Vielleicht ist er die Person auf dem Foto.«

Juri fuhr sich mit der Hand über das Gesicht. Erneut hatte Hake das Gefühl, dass der Russe Zeit gewinnen wollte.

»Ich habe schon gesagt, dass ich den Mann auf dem Foto nicht kenne. Ich wünschte, ich wüsste, wer er ist. Dann wäre jetzt alles … aufgeklart.«

»Aufgeklärt, meinen Sie?«

Juris Blick wurde härter. »Ich versuche ständig, mein Schwedisch zu verbessern.«

»Eben, genau darum korrigiere ich Sie«, meinte Hake.

»Es gibt verschiedene Arten, jemanden zu korrigieren.«

»Nun, wir wollen nicht abschweifen. Sie haben den Mann also noch nie gesehen und nie von einem Viktor Jewtschenko gehört. Ist das richtig?«

Juri nickte. Die Farbe war in sein Gesicht zurückgekehrt. Hake stützte sich auf seinen Stock und steckte den Notizzettel zurück in die Tasche. Juri sagte: »Wenn Sie das alles veranstalten, weil ich mit Ihrer Schwester zusammen bin, dann denke ich, Sie benehmen sich ziemlich …« Er suchte das richtige Wort, wollte keinen Fehler machen.

Hake wartete ungerührt. »Ja?«

»Dumm«, sagte Juri schließlich.

Hake saß in seinem Auto und wartete auf seine Schwester, die ihrem russischen Bettgespielen um den Hals hing. Juri schaute ihn über Julias Schulter an, aber Hake tat so, als würde er es nicht bemerken.

»Er sagt, du bist ihm gegenüber unverschämt geworden«, stellte Julia fest, als sie die Kommune hinter sich ließen. »War das wirklich notwendig?«

Hake beobachtete im Rückspiegel, wie Gustav Lövenhelm vor der Jugendstilvilla stand und mit Juri sprach, der den Kopf schüttelte. Einige junge Leute lungerten in Grüppchen draußen herum und schienen auf Instruktionen zu warten.

»Hast du mich gehört?«, fragte Julia und drehte sich zu ihm herum. »Ich will wissen, ob du mich gehört hast!«

»Ja, habe ich.«

»Ich hatte dich gebeten, keinen Ärger zu machen. Was ist eigentlich mit dir los? Kaum bin ich mit einem Mann zusammen, schon musst du dich einmischen.«

Hake biss die Zähne zusammen und konzentrierte sich aufs Fahren. Hier standen die Fichten eng beisammen, und der Waldweg, der zu Julias Haus führte, schien nur aus Kurven zu bestehen. Durch den vielen Regen hatten die Wegkanten zu bröckeln begonnen, die Fahrspur war matschig und sehr glatt. Hake fuhr langsam und hielt den Blick nach vorne gerichtet.

Julia rieb die Hände aneinander und fuhr sich unbewusst immer wieder durch die Frisur. Sie schien in Gedanken versunken, bis sie plötzlich mit leiser, fast bekümmerter Stimme sagte: »Eigentlich war das immer so, seit ich meinen ersten Freund hatte. Mit einem Mal taucht mein kleiner Bruder auf und will seiner Schwester vorschreiben, mit wem sie sich treffen darf.«

»Jetzt bist du ungerecht, Julia.«

Sie waren bei dem Seitenweg angekommen, der zum Hof der Tierarztpraxis führte. Er bog ab und parkte den Citroën vor dem Gebäude.

»Aber siehst du nicht, dass es da ein Muster gibt?«

»Ich finde, so war es einfach nicht.« Hake ließ den Motor laufen, er wollte weiter.

»Wir müssen darüber reden, der Sache auf den Grund gehen.«

»Es gibt keine Sache.«

»Ach ja, und warum war es dann so verdammt wichtig, zu Juri zu fahren und ihn unter Druck zu setzen?«

Hake zögerte, sah sie eine ganze Weile an und strich sich mit der Hand über das kurz geschnittene Haar.

»Warum?«, drängte sie.

Er beugte sich über sie hinweg zur Passagierseite und öffnete ihr die Tür. »Darum«, sagte er. »Weil es sich um einen Mord handelt. Ist dir das nicht klar? Vielleicht hätte uns dein Freund dabei helfen können. Leider war das nicht der Fall, aber wie sollte ich das im Voraus wissen?«

»Ich meine trotzdem, du warst grob zu ihm«, schmollte Julia.

Axel Hake fühlte sich verstimmt, als er in Richtung Kungsholmen fuhr. Nicht deshalb, weil Julia behauptete, er würde sich in ihr Liebesleben einmischen. Tatsächlich hatte er ein paar Mal durchgegriffen, als seine Schwester von einem Liebhaber misshandelt worden war. Wenn sie ihn plötzlich anklagte, er würde ihr ständig auf die Finger sehen, dann war das jedoch nur ein weiteres Anzeichen dafür, dass sie ihre innere Balance verloren hatte. Nein, der Polizist in ihm war verärgert, weil er Juri mit Samthandschuhen angefasst hatte, anstatt ihn mit aufs Revier zu nehmen. Er hatte das deutliche Gefühl, dass der Russe mehr wusste, als er zugab. Hake fragte sich, wie weit man aus Loyalität zu einem geliebten Menschen gehen konnte. Oder genauer gesagt, wie weit er, Kriminalkommissar Axel Hake, gehen würde, bevor seine Grenze erreicht war. Er fröstelte.

In letzter Zeit hatte er begonnen, über Begriffe wie Liebe und Loyalität nachzugrübeln. Was sagten diese Worte eigentlich aus? Wie sollte man die Liebe zu einem Kind mit einer ehelichen Liebe vergleichen? Bedeutete Loyalität, dass man sich immer schützend vor Menschen stellte, die einem nahe standen? Oder war es besser, Schicksalsschläge nicht abzufangen, damit die anderen eine Chance hatten, Verantwortung für das eigene Leben zu übernehmen und daran zu wachsen?

Nachdem er auf diese Weise wie die Katze um den heißen Brei geschlichen war, kam er schließlich bei der eigentlichen Frage an: Liebte Hanna ihn wirklich? War es normal, dass sie plötzlich jedes Interesse an ihm verlieren konnte, ihn tagelang kaum zu bemerken schien, nur um irgendwann wieder aus dieser Zurückgezogenheit aufzutauchen und zu lächeln und zu lieben, als ob nichts geschehen sei? – Während Hake eine Reihe schlafloser Nächte mit der Frage verbrachte, ob sie ihn verlassen würde …

Manchmal, wenn die dunklen Ringe unter seinen Augen allzu deutlich wurden, betrachtete Lidman ihn mit einem Ansatz von Geringschätzung. Lidman war ein sehr rationaler Mensch und meinte, Hake müsse verrückt sein, um sich von Hanna auf diese Weise behandeln zu lassen. Als Freizeittänzer lebte er nach der Philosophie, dass man sich nur als Paar übers Parkett des Lebens bewegen konnte, und dass der Mann dabei die Führung hatte. So einfach war das. Alles andere stellte die natürliche Weltordnung auf den Kopf.

Hake war sich überhaupt nicht sicher, wer in ihrer Beziehung führte. Was hatten Hanna und er eigentlich gemeinsam? Er war ständig mit seiner Polizeiarbeit beschäftigt, in der Freizeit las er oder ging zu Pferderennen. Hanna entwarf Möbel und war viel unterwegs, um sich mit Tischlern und Lieferanten zu besprechen. Sie liebte es, bis spät in die Nacht bei einem Glas Wein zu sitzen und über Gott und die Welt zu plaudern. Erzählte Geschichten aus ihrer Zeit in New York oder von den Jahren als brotlose Designstudentin in Kopenhagen. Von alten Freunden und ihren damaligen Ideen und Idealen. Hake hörte zu, war aber nicht wirklich interessiert. Er lebte vor allem im Jetzt und dachte selten an seine Zeit als Berufsanfänger bei der Pariser Polizei, an seine Eltern draußen auf ihrer kleinen Schäreninsel oder an alte Bekannte. Aber was ihn am meisten beunruhigte, war die Tatsache, dass Hanna ganz unverhofft von ihm fortdriften konnte. So wie erst vor einigen Tagen, als sie zusammen im Bett lagen. Eben noch hatten sie sich leidenschaftlich geliebt, da richtete sich Hanna auf dem Ellenbogen auf und sagte mit müder Stimme und leeren Augen: »Will man denn eigentlich so ein Leben führen?«

Hake hatte nicht verstanden, wovon sie sprach, aber er hatte sie in die Arme geschlossen und sanft hin und her gewiegt. »Natürlich wollen wir das.«

Da war ein bisschen Leben in ihre fast farblosen Augen zurückgekehrt, und das bleiche Gesicht schimmerte in der Dunkelheit. »Du musst mich daran erinnern, Axel«, hatte sie schließlich gesagt und sich fast gewaltsam an ihn geklammert. »Du musst mich erinnern ...«

Als Hake ins Präsidium kam, saßen Tobisson und Lidman zusammen im Büro.

»Wie ist es mit dem Russen gelaufen?«, fragte Lidman sofort.

»Kein Glück«, sagte Hake.

»Bei mir auch nicht«, berichtete Tobisson mit seinem üblichen gereizten Ton. »Eine geschlagene Stunde hatte ich ein nervtötendes Muttchen aus Småland am Telefon. Ihr Sohn wohnt in Stockholm und meldet sich nicht mehr ständig bei Mami, wie er es doch sonst immer getan hat.«

Lidman saß stumm und abwartend auf seinem Stuhl und sog an einem Pfefferminzdrops.

»Von den übrigen Vermissten ist einer zurück«, fuhr Tobisson fort. »Ein anderer hat sich aus dem Ausland gemeldet, und der vierte liegt im Leichenschauhaus. Herzanfall in der U-Bahn, ohne Ausweis oder Führerschein. Seine Frau war vor kurzem da und hat ihn identifiziert.«

Hake hatte seinen bohrenden Blick auf Lidman geheftet.

»Raus mit der Sprache. Lassen Sie sich die Neuigkeiten nicht aus der Nase ziehen.«

Lidman lächelte ein wenig und las aus seinen Akten vor: »Harry Stenman. Autohändler in Södermalm.« Er hatte offenbar sein Vergnügen daran, die beiden auf die Folter zu spannen.

»Und?«

»Dreiundvierzig Jahre.«

»Verdammt, Lidman!«

»Er war vor zehn Jahren in der Fremdenlegion. Ausbildung beim Zweiten Regiment auf Korsika.«

»Woher zum Teufel wissen Sie das?« Tobisson wirkte regelrecht gekränkt.

»Weil er eine Tätowierung auf dem rechten Arm hat, einen chinesischen Drachen mit der Ziffer zwei in der linken Ecke.«

Es wurde still im Raum. An den Fenstern rüttelte der Wind, der sich zwischen den Gebäuden der Bergsgatan fing.

Hake stand auf, ging zu Lidman und blätterte in den Papieren. Er fand die Personenbeschreibung, die Stenmans Ehefrau Ulla bei der Vermisstenmeldung abgegeben hatte. »Rothaarig ist er auch.« Er warf einen grimmigen Blick auf die Akten und seine beiden Mitarbeiter. »Oder *war* er, sollte man jetzt wohl besser sagen.«

KAPITEL 6

Als Hake und Lidman bei der Gerichtsmedizin ankamen, stand Ulla Stenman draußen vor dem Gebäudeeingang und wartete auf sie. Ihre Augen waren von einem dunklen Blau, die Haut hatte eine graue Farbe angenommen. Ihr Blick wirkte unendlich müde und hoffnungslos. Als die beiden zu ihr traten und sich vorstellten, schien sie die Worte kaum zu hören. Wie ein Zombie folgte sie ihnen in den metallblitzenden Saal mit seinem blanken Kachelboden und dem unbarmherzigen elektrischen Licht. Beim Anblick des Körpers auf dem Stahltisch blieb sie stehen, und Hake musste erst einige tröstende Worte murmeln, bevor sie sich überwinden konnte, an die Bahre zu treten. Jemand schlug das Leichentuch zur Hälfte zurück, so dass der Oberkörper des Toten sichtbar wurde. Sie atmete keuchend ein, schwankte und machte einen Schritt nach hinten.

»Ich muss Sie aus formalen Gründen fragen, Frau Stenman: Ist das Ihr Ehemann?«

Ihre einzige Antwort bestand aus einem schwachen Nicken. Sie biss sich hart auf die Lippen, bis Blut an ihrem Kinn hinunterlief. Scheinbar bemerkte sie nichts davon.

»Hat er … hat er sehr gelitten?« Das waren die ersten Worte, die sie seit der kurzen Begrüßung geäußert hatte. In ihrer Stimme lag ein grenzenloser Schmerz.

»Nein. Aller Wahrscheinlichkeit nach hat ihn der erste Schlag sofort getötet.«

Sie wandte Hake ihr Gesicht zu. »Wie kann man so etwas tun?«

»Das fragen wir uns auch. Aber das Böse schläft nie.« Er hörte selbst, wie pathetisch das klang, und um den Moment zu überspielen, erklärte er: »Ich meine, das Böse ist immer brutal, und etwas anderes kann man eben nicht erwarten.« Das klang noch schlimmer, und Hake beschloss, einfach den Mund zu halten.

Ulla Stenman wandte sich von dem Tisch ab und schüttelte den Kopf. »Mein armer Harry. Mein lieber armer Harry.«

Von den Menschen, die in der Gerichtsmedizin jemanden identifizieren mussten, brachen manche zusammen und weinten hemmungslos, andere pressten die Lippen aufeinander und gaben keinen einzigen Ton von sich. Dann gab es noch solche, die einfach nicht verstehen konnten, was mit ihrer geliebten Tochter, dem Ehemann oder dem Bruder geschehen war. Weil es ihnen nicht gelang, den Tod ihrer Lieben zu verarbeiten, wirkten sie fast unberührt. Doch der Schmerz fand früher oder später einen Weg nach draußen, wenn auch manchmal über Umwege, und brach irgendwann hervor. Vielleicht in Form von Träumen, vielleicht als eine unbeschreibliche Leere, doch auf jeden Fall gab es einen Moment, wo alle Gefühle nach außen drängten und regelrecht explodierten. Es gab Menschen, die rasend vor Wut wurden, schrieen, fluchten, alles und jeden dafür verantwortlich machten, dass sie so unvorbereitet in den schwarzen Schlund des Todes hatten schauen müssen.

Hake zog es vor, wenn die Trauernden zu weinen begannen und ihre Gefühle sofort herausließen. Dann konnten sie gewöhnlich die Polizeiarbeit mit Auskünften unterstützen, anstatt sich ganz in ihrem Schmerz zu vergraben.

Ulla Stenman weinte von Schluchzern geschüttelt, und Hake legte einen Arm um ihre Schultern. »Wir werden herausfinden, wer Ihrem Mann das angetan hat«, sagte er mit gedämpfter Stimme.

Sie nickte, eine trostlose Geste, und hielt sich ein Taschentuch vor die Augen. Ihre Trauer war nichts, für das sie sich entschuldigen wollte. Mit stillen Schritten ging sie zur Ausgangstür, ihr Mantel war ein wenig blank gescheuert, die Schuhe ausgetreten. Hake wusste, dass er ihr nicht helfen konnte und folgte ihr nur stumm bis zum wartenden Taxi.

Lidman tauchte auf und stellte sich neben ihn. Zusammen schauten sie dem Taxi nach, das vom Leichenschauhaus der Gerichtsmedizin davonfuhr. »Jetzt wissen wir auf jeden Fall, wer der Tote ist«, sagte Hake. »Jetzt können wir uns ernsthaft an die Aufklärung des Falls machen.« Er zündete sich eine Zigarette an. Hake rauchte nicht oft, aber an einem Tag wie diesem brauchte er dringend eine Ablenkung. »Wir warten ein oder zwei Tage, bis wir sie verhören«, bestimmte er und blies den Rauch aus den Lungen.

Ernst und schweigsam fuhren sie von der Gerichtsmedizin zurück zum Präsidium. Als sie ins Büro kamen, sahen sie Tobisson am Fenster stehen und hinausschauen. Der Regen prasselte hart auf den Asphalt, und auf den Bürgersteigen hatten sich große Pfützen gebildet, so dass die Fußgänger auf die Fahrbahn ausweichen mussten, während sie im heftigen Wind mit ihren Schirmen kämpften. Das Ganze machte einen lebensgefährlichen Eindruck.

Normalerweise mochte Tobisson den Regen. Oft fuhr er

mit dem Fahrrad zum Dienst – eingehüllt in eine knallgelbe, wasserdichte Hightech-Jacke, die ihn im Verkehr unübersehbar machte – und genoss es, wenn ihm die Schauer ins Gesicht peitschten und er sich die Steigungen hinaufkämpfen musste. Für ihn war die Fahrt zur Arbeit eine Art Trainingsstrecke.

Jetzt stand er am Fenster und dachte an Sex. Das tat er oft. Jemand hatte einmal gesagt, ein Intellektueller sei daran zu erkennen, dass er wenigstens eine Viertelstunde am Tag nicht an Sex denke. Tobisson konnte nicht unbedingt behaupten, dass er zu dieser Kategorie gehörte. Der Grund für seine aktuellen erotischen Fantasien war die letzte Zeugenvernehmung. Gerade hatte er mit der jungen Frau gesprochen, die auf Långholmen regelmäßig ihren Chef vögelte. Sie hatte fast gleichgültig gewirkt, als er sie über diese Beziehung ausfragte. Das brachte ihn aus dem Konzept.

»Börje treibt es nun mal gerne mit mir«, hatte sie mit uninteressierter Stimme gesagt. »Manchmal ist es scheißkalt da draußen, und dann blase ich ihm nur einen. Aber manchmal darf er ihn mir auch reinstecken.«

»Und was denken Sie darüber?«, hatte Tobisson gefragt. »Gefällt es Ihnen?«

Sie schien die Frage aufdringlich zu finden und zuckte nur mit den Schultern. »Börje ist ein netter Typ.«

»Danach habe ich nicht gefragt. Mögen Sie die Dinge, die er mit Ihnen anstellt?«

»Ich verstehe nicht, was die Polizei damit zu tun hat.«

»Antworten Sie einfach auf meine Frage.«

Sie strich sich mit der Hand durchs Haar und schaute ihn nachdenklich an. »Es ist irgendwie cool«, sagte sie schließlich.

»Cool? Nicht schön? Lustvoll?«

Sie schien seine Nachfrage nicht zu verstehen. »Es ist cool, zusammen zurück auf die Arbeit zu gehen, und keiner weiß, was wir gemacht haben …«

Tobisson hatte aufgegeben. Er vermutete, dass die junge Frau von ihrem Chef ausgenutzt wurde, aber das war im Moment nicht sein Problem.

Jedenfalls hatte sie nichts Ungewöhnliches gesehen. Da sich das Paar meist ein verstecktes Plätzchen suchte, sahen die beiden natürlich nicht viel. Tobisson brachte es nicht über sich, ihr zu sagen, dass ihnen schon die halbe Stadt zugeschaut hatte. Als in der Presse nach Zeugen für die Gegend am Pålsund-Kanal gesucht worden war, hatte ausgerechnet einer ihrer Arbeitskollegen angerufen und ihren Namen genannt.

Tobisson verjagte die Gedanken an das Mädchen und setzte sich auf seinen Platz. »Der Tote war also Harry Stenman?«

Hake nickte.

»Und? Hat sie geheult? Die Witwe, meine ich.«

Keiner hatte Lust darauf zu antworten.

Oskar Lidman ging an seinen Schreibtisch und schlug eine Aktenmappe auf. »Hier drin ist alles, was ich gestern über Harry Stenman rausbekommen habe. Er war bei der Fremdenlegion und wurde als Fallschirmjäger ausgebildet. Außerdem als Pilot, soweit ich sehen kann. Er hat mit kleineren Maschinen Aufklärungsflüge unternommen. In letzter Zeit war er dann Besitzer eines Autohandels in Södermalm. Seine Firmenadresse ist eine Garagenhalle im Ringvägen, der Name ist ›Auto-Harry‹. Allerdings wird er eigentlich von allen nur bei seinem Spitznamen ›Red‹ gerufen. Hat wohl was mit der Haarfarbe zu tun.« Er blätterte ein bisschen weiter. »Wir wissen noch nicht, wie die Geschäfte laufen, aber zumindest ist er bisher noch nicht mit der Justiz in Konflikt gekommen. Seine Fingerabdrücke sind nicht registriert.«

»Gibt es Angestellte?«, fragte Hake.

»Einen Rick Stenman, anscheinend der Bruder. Ulla Stenman kümmert sich um die Buchführung und die Kaufverträge.« Er schaute hoch. »Wer ermordet einen Gebrauchtwagenhändler, der nur ehrlich seinen Geschäften nachgeht?«

»Gibt es ehrliche Gebrauchtwagenhändler?«, kalauerte Tobisson dazwischen. »Wahrscheinlich wollte sich jemand rächen, dem er eine Schrottkarre angedreht hat.«

»Das glauben Sie doch selbst nicht«, sagte Lidman verächtlich.

Hake stellte sachlich fest: »Wir müssen Ulla Stenman später nach dem Stand der Geschäfte und nach eventuellen Feinden befragen. Bis dahin sammeln wir Fakten. Was wissen wir zurzeit eigentlich genau?«

»Olle Sandstedt hat einen Bericht geschickt. Im weißen Bus gab es jedenfalls keine Blutspuren, also ist der Mord anderswo begangen worden. Niemand von den Bootsbesitzern hat sich wegen eines gestohlenen Ankers gemeldet. Neue Zeugenaussagen haben wir auch nicht, also kann man zusammenfassend feststellen: Wir haben keinen blauen Dunst.« Die zynische Stimme gehörte Lidman.

»Das Mädchen, das mit seinem Chef bumst, hat auch nichts Ungewöhnliches gesehen«, fügte Tobisson hinzu. Er begann ein wenig ungeduldig zu werden. Er wusste genau, was er mit seiner Freundin Wendela anstellen würde, wenn er endlich nach Hause kam. Vielleicht im Stehen, so wie es das andere Paar getrieben hatte.

Niemand kommentierte seine Bemerkung, und sie saßen

eine Weile in eigene Gedanken versunken. Da ging die Tür auf, und Polizeidirektor Seymour Rilke stand im Zimmer. Er ließ den Blick über seine Untergebenen wandern. »Hier ist es ja schön ruhig und gemütlich«, stellte er fest. »Haben Sie nichts zu tun?«

Hake musterte ihn kalt. Rilke trug ein gut sitzendes Tweed-Jackett in Graubraun, das Haar war in Wellen über den Kopf gekämmt und wurde von einer guten Portion Gel zurückgehalten. Die zierlichen Hände hielten einen Aktenkoffer aus Leder. Er klopfte mit der Hand darauf. »Ich bin auf dem Weg zum Ministerium, um unsere politische Chefetage zu informieren, womit wir beschäftigt sind. Ich habe einen Sparplan ausgearbeitet, mit dem sie bestimmt zufrieden sein werden.«

»Werden *wir* damit zufrieden sein?«, gab Hake unschuldig zurück.

Rilke legte eine bedeutungsschwere Pause ein und musterte die Anwesenden gründlich, bevor er antwortete. »Wir leben in schweren Zeiten, meine Herren. Jeder muss zum Wohl der Allgemeinheit zurückstecken. Auch die Polizei.«

»Allerdings zeigt die Kriminalitäts-Statistik, dass wir mehr Polizeibeamte brauchen, nicht weniger«, kommentierte Lidman.

»Ich denke, dass ich ausreichend Überblick darüber habe, was wir brauchen und was nicht«, sagte Rilke kühl. »In dieser Abteilung scheint es jedenfalls recht ruhig zuzugehen.«

»Was wissen Sie schon davon?«, meinte Hake.

Rilke zuckte etwas zusammen. Aber er hatte nicht vor, sich in Anwesenheit von Hakes Kollegen mit ihm anzulegen. Der beste Ort, den Kommissar auf seinen Platz zu verweisen, war Rilkes eigenes Büro. Er notierte sich in Gedanken, dass er Hake später in der Woche zu sich rufen und abbügeln würde. Ein Grund dafür würde sich schon finden lassen. Axel Hake mochte ein tüchtiger Kripobeamter sein, aber er kannte keinen Respekt. Auf lange Sicht gesehen würde ein solcher Charakter einen negativen Einfluss auf den Gemeinschaftsgeist der Polizei haben. Er hoffte, dass Hake eines Tages einen schwerwiegenden Fehler beging, der ausreichen würde, um ihn zu suspendieren oder zumindest zu versetzen. Früher konnte man einen hochrangigen Polizeibeamten bei einem ernsten Vergehen zum Streifendienst verdonnern. Rilke hätte nichts dagegen gehabt, diese Zeiten wieder aufleben zu lassen.

Hake sah ihn herausfordernd an. »Wollten Sie etwas Bestimmtes, oder sind Sie nur hier, um uns unsere Faulheit vorzuwerfen?«

Rilke betrachtete Hake mit einem düsteren Blick. »Ich will wissen, wie weit Sie mit dem Mordfall sind. Die Presse hat davon Wind bekommen, und ich brauche etwas, das ich den Journalisten erzählen kann.« Seit einiger Zeit kümmerte Rilke sich selbst um die Medienkontakte. Seiner Meinung nach brauchte die Polizei keinen eigentlichen Pressesprecher. Den zuständigen Kommissar Bolinder setzte er nur ein, wenn es um ein besonders unangenehmes Thema ging oder wenn die Polizei gerade von den Medien zerrissen wurde.

»Wir haben die Identität des Toten bestätigt bekommen«, sagte Hake. »Ich werde Ihnen den Bericht ins Büro schicken.«

Lidman ergänzte: »Seine Ehefrau hat ihn vor ein paar Stunden identifiziert.«

»Haben Sie die Frau denn nicht verhört?«

»Das kann bis morgen warten. Sie braucht etwas Zeit,

um sich von dem Anblick im Leichenschauhaus zu erholen.«

Rilke schnaubte. »Kein Wunder, dass in dieser Abteilung nichts vorangeht.« Kopfschüttelnd verschwand er aus dem Büro.

Axel Hake war nicht religiös, aber manchmal fand er dennoch Halt in bestimmten Bibelstellen, an die er sich aus seiner Schulzeit erinnerte. Besonders genau war ihm ein Zitat aus dem Prediger Salomon im Gedächtnis geblieben: »Alles hat seine Zeit. Steine schleudern hat seine Zeit, und Steine sammeln hat seine Zeit; Umarmen hat seine Zeit, und sich der Umarmung enthalten hat auch seine Zeit.« Es war nicht so, dass Hanna und er aufgehört hatten, miteinander ins Bett zu gehen. Aber sie liebten sich nie spontan. Hatte man eine gemeinsame Wohnung und lebte in ständiger Nähe, Tag und Nacht, dann geschah das ganz natürlich. Ein Fuß, der unter der Bettdecke herüberwanderte, gerade bevor man einschlief, als eine stumme Frage und Vorspiel für lustvollere Beschäftigungen. Oder morgendlicher Sex – eine Schwindel erregende Art, den Tag zu beginnen. Doch solange der Mörder nicht gefasst und die Ordnung der Dinge nicht wiederhergestellt war, blieben solche Sinnesfreuden für ihn außer Reichweite. Manchmal dachte Hake, dass es keinen besseren Antrieb gab, Verbrecher hinter Schloss und Riegel zu bringen. Viele Polizeibeamte wurden davon motiviert, dass sie sich die Normalität und den gewohnten Alltag zurückwünschten. Natürlich ging es den anderen nicht exakt so wie Hake, aber sicher gab es noch andere Frauen außer Hanna Sergel, die nicht glücklich darüber waren, wenn sie ihr Liebesleben mit Mord und Totschlag vermischen sollten.

Hake hatte selbstverständlich versucht, Hannas Einstellung zu ändern, doch ohne Resultat. In diesem Punkt war sie halsstarrig. Andererseits gefiel es ihm, eine eigene Wohnung zu besitzen, wo er sich in den heißen Phasen seiner Arbeit ungestört auf einen Fall konzentrieren konnte. Natürlich vergaß er auch in dieser Zeit seine Pflichten als Vater nicht, aber an einigen Abenden konnte er sich doch voll und ganz der Verbrechensaufklärung widmen.

Am Tag von Rilkes unerfreulichem Auftritt aßen Hanna, Siri und Hake zusammen zu Abend. Hake hatte eine Packung chinesische Tiefkühlkost gekauft, und die Erwachsenen tranken eine Flasche Wein zum Essen. Gemeinsam brachten sie anschließend Siri ins Bett. Als Hake gehen wollte, um sein eigenes Bett in der Chapmansgatan aufzusuchen, bat ihn Hanna, noch ein wenig länger zu bleiben. Sie wirkte niedergeschlagen, hatte lustlos vor ihrem Teller gesessen und im Essen herumgestochert.

»Bist du zufrieden mit deinem Leben?«, fragte sie, als sie zu zweit allein waren und auf dem Sofa einen Kaffee tranken.

Hake hatte eine so gewichtige Frage nicht erwartet und wusste nicht recht, was er antworten sollte. Er war durchaus zufrieden, aber konnte nicht alles grundsätzlich besser sein, als es war? Am Ende antwortete er mit einem einfachen Ja.

»Was ist mit dir?«, fragte er zurück.

Sie verzog den Mund zu ihrem typischen schiefen Lächeln und küsste ihn konzentriert auf den Hals. »Solange ich mit dir zusammen sein kann, ist alles gut«, sagte sie schließlich.

»Du zweifelst doch sicher nicht daran, dass ich bleibe.«

»Es kann ja alles Mögliche passieren«, sagte sie vage.

»Denkst du an etwas Bestimmtes?«

»Nein.«

»Erzähl mir, weshalb du am Grübeln bist.«

Sie stand von dem Sofa auf, ging ans Fenster und sah zur Kirche hinüber. Der barocke Glockenturm war schwach erleuchtet und schien in den Regenschleiern frei in der Luft zu schweben. »Vielleicht gerät unsere Beziehung irgendwann aus dem Takt«, sagte sie schließlich. »Wir leben uns vielleicht auseinander, verändern uns, wachsen in verschiedene Richtungen. Einer von uns ... Vielleicht kommt irgendwann eine Zeit, in der wir mehr zerstören, als wir einander geben können.«

Hake sah sie verständnislos an.

»Ach, vergiss, was ich gesagt habe. Willst du Calvados zum Kaffee?« Ohne auf seine Antwort zu warten, ging sie in die Küche, holte eine Flasche französischen Apfelschnaps und schenkte ihnen beiden ein Glas ein.

Der Prediger Salomon ertönte hartnäckig in seinem Kopf, als er die Hantverkargatan entlang nach Hause marschierte. Wie ging der Text noch weiter? Richtig: »Zerreißen hat seine Zeit, und Flicken hat seine Zeit; Schweigen hat seine Zeit, und Reden hat seine Zeit ...«

Als er in seiner Wohnung angekommen war, legte er Françoise Hardys *Le temps de l'amour* auf und sammelte alle Papiere, die er über die laufende Ermittlung hatte, zu einem Stapel zusammen. Von Zeugenaussagen über das Obduktionsprotokoll bis hin zu Harry Stenmans Lebenslauf. Er las, notierte und machte Anmerkungen. Wenn er morgen einen Bericht für Rilke schreiben musste, dann wollte er so vollständig informiert sein, wie er nur konnte. Als er die Hälfte der Vernehmungen durchgeschaut hatte, schlief er auf dem Sofa ein. Im Fenster stand mit aufgespannten Segeln sein Modellschiff, das er als Kind selbst gebaut hatte. Ein Überbleibsel aus einer Zeit der Unschuld, die jetzt ferner wirkte denn je zuvor.

KAPITEL 7

Es war ein Morgen, wie ihn nur eine Stadt am Wasser zustande bringen konnte. Feucht und klamm, mit Nebelschwaden, die vom Schärenarm Saltsjö herein geblasen kamen und dünnem Regen, der vom dunklen Himmel herabrieselte. Die Gebäude waren verschwommene Blöcke und die Hausnummern kaum zu erkennen, als Hake und Lidman den Ringvägen entlangfuhren. Auto-Harry befand sich zwischen der Ausfahrt zum Bjurholms-Platz und der Kreuzung zur Katarina Bangata. Hake kannte sich in der Umgebung aus. Während seines Jura-Studiums hatte er hier gewohnt und war nach langen durchbüffelten Nächten oft zum Hammarby-Hafen hinunterspaziert. Damals war dieser südliche Rand von Södermalm noch nicht so ordentlich bebaut gewesen. Anstelle des heutigen Vintertull-Platzes hatte es nur ein Durcheinander von Speicher- und Lagerhäusern gegeben. Hake hatte im Hafen gejobbt und schwere, ständig rutschende Salzsäcke geschleppt, bis ihm fast der Rücken durchbrach. Dennoch erinnerte er sich gerne an diese Zeit zurück. Unter den Arbeitern hatte es viele originelle Typen gegeben, die keine feste Anstellung wollten, sondern mithalfen, wenn sie Geld brauchten. Sie hatten alle zusammen zu Mittag gegessen, in einer Baracke, die heute verschwunden und durch entzückende kleine Wohnungen mit Blick auf den ummauerten Kanal ersetzt worden waren. Im abrissfreudigen Stockholm hatte man sich anscheinend die Parole »Neubauten für die Neureichen« auf die Fahnen geschrieben, dachte Hake. Natürlich hatte die Umgebung an Schönheit gewonnen, aber der frühere Charakter, das »Hafengefühl« war auf der Strecke geblieben.

Hake war der Meinung, dass viel vom ursprünglichen Söder-Charme verloren gegangen war. Wenn man sich im Rathaus erst einmal für die Stadterneuerung entschieden hatte, dann blieb wirklich kein Stein auf dem anderen. Das Gebiet um Söders Süd-Bahnhof – alte Häuschen in einer von Bahndämmen durchzogenen Hügellandschaft – hatte sich im Laufe weniger Jahre in eine ausgedehnte Stadt innerhalb der Stadt verwandelt. Wo früher die Gleise verliefen und es vor Güterzügen, Loks und Anhängern nur so gewimmelt hatte, lag nun ein riesiges Wohngebiet mit Mietblocks, Hochhäusern, Grünanlagen und dem monumentalen halbrunden Gebäudekomplex »Bofils Bogen«, der dem ganzen Areal ein ultramodernes Gepräge gab. Wo früher Fabriken, Kleinbetriebe und Autofirmen gestanden hatten, sah man jetzt Kinopaläste und Bürohäuser aus Glas und Stahl. Hake vermisste vor allem das Freiheitsgefühl ein wenig, das er in dieser Arbeitergegend gespürt hatte. Doch der neuen Generation, die in den Süden der Stadt zog, war das gleichgültig. Sie erinnerten sich nicht, wie es früher hier gewesen war. Ihnen gefiel ganz einfach, dass Stockholms Söder nun auch einen neuen, modernen Teil hatte.

Die Auffahrt zu Auto-Harry war schmutzig, das Büro lag hinter einer Glasscheibe, die lange nicht mehr geputzt worden war. Die Garagenhalle war halb voll mit Autos, die ihre besten Tage schon hinter sich hatten. Hier gab es bestimmt keinen Wagen, der nicht mindestens 150 000 Kilometer gelaufen war.

Hake und Lidman betraten den Büroraum, dessen Teppichbelag nach Feuchtigkeit roch. Hinter einem abgenutzten Schreibtisch saß Ulla Stenman und ging Papiere durch. Sie schaute hoch und legte den Aktenordner beiseite.

»Wollen Sie einen Kaffee?«

Hake warf einen schnellen Blick auf die Kaffeemaschine. Sie enthielt eine schwarze Brühe, die vermutlich noch von voriger Woche übrig geblieben war. »Ich habe gerade erst getrunken«, sagte er mit fester Stimme. Lidman holte einen Notizblock hervor, und Hake setzte sich auf einen der bereit stehenden Bürostühle. An einem Ende des Raums stand eine alte amerikanische Autorückbank, die als Couch diente, auf der anderen Seite ein billiger Metallschrank als Firmenarchiv. »Entschuldigen Sie, wenn wir stören«, sagte Hake, »aber je länger wir warten, desto schwerer wird es, einen Mörder aufzuspüren.«

Lidman setzte sich nach einem gewissen Zögern auf einen wackeligen Stuhl und holte seine Box mit Pfefferminzbonbons hervor. Er hielt sie Ulla Stenman hin, die dankend ablehnte.

Hake begann die Vernehmung. »Als erstes müssen wir wissen, ob Sie vielleicht einen Verdacht haben, wer Ihren Mann ermordet haben könnte.«

Ulla Stenman schüttelte den Kopf. »Jeder mochte ihn. Soweit ich weiß, hatte er keine Feinde.«

»Waren Sie lange verheiratet?«, fragte Lidman.

»Fünf Jahre, was heutzutage ja wohl lange ist, wo sich doch alle ständig scheiden lassen.« Sie verzog das Gesicht.

»Hat er jemals von der Zeit gesprochen, bevor sie sich kennen gelernt haben?«

»Ich verstehe nicht recht …«, meinte Ulla Stenman.

»Er war schließlich Mitglied der Fremdenlegion. Vielleicht gab es den einen oder anderen Vorfall, bei dem er sich Feinde eingehandelt hat.«

»Darüber hat er nie gesprochen. Das war ein dunkles Kapitel in seinem Leben.«

»Er ist nie zu Veteranentreffen gefahren, wie es bei Ex-Legionären üblich ist?«

»Wie gesagt, er wollte diese Zeit am liebsten vergessen. Soweit ich weiß, hat er nie wieder jemanden aus seiner alten Militäreinheit getroffen.«

Hake betrachtete die Frau auf der anderen Seite des Schreibtisches. Sie hatte noch immer den gleichen gebrochenen Blick, aber die blassgraue Haut war mit etwas Rouge überschminkt. Wenn ihr Haar auch weiterhin glanzlos war, so hatte sie doch ein Paar Ohrringe angesteckt und den alten Rock gegen eine Jeans ausgetauscht.

»Zum Geschäftlichen«, wechselte Hake das Thema. »Wie steht es mit den Firmenfinanzen? Könnte das ein Grund sein …«

Ulla Stenman machte eine Geste zu dem Aktenordner und dem Papierchaos auf dem Tisch. »Ich bin gerade dabei, das durchzugehen, aber im Großen und Ganzen ist alles in Ordnung.«

»Sind Sie nicht eigentlich für die Geschäftsführung zuständig?«, fragte Lidman.

»Ja schon, aber in den letzten Wochen, als Red … so wird Harry von allen genannt … als Red verschwunden war, da wurde es ziemlich schwierig. Red hatte sein eigenes System bei der Buchführung und hat mir meistens gesagt, was ich tun sollte. Nachdem er nicht mehr da war, habe ich versucht, mich besser einzuarbeiten. Aber ganz sicher bin ich mir immer noch nicht, wie alles funktioniert.«

»Sie haben doch bestimmt einen Steuerberater oder Ähnliches.«

»Ja, natürlich. Er weiß alles über Buchführung, aber nichts über den Arbeitsalltag in einem Autohandel.«

Ein Kunde kam in die Garagenhalle geschlendert, ein Mann in den Vierzigern mit Stiefeln und Regenmantel. Er schaute zu der großen Glasscheibe, die den Bürocontainer von der Garage trennte, zögerte kurz und kam dann auf sie zu.

Ulla Stenman stand auf und öffnete die Tür. »Kann ich Ihnen helfen?«

»Hier soll ein 87er Audi stehen«, sagte der Mann.

»Einen Moment.« Sie ging zurück zum Schreibtisch und drückte auf den Knopf eines Haustelefons. »Rick? Kannst du zur Garage rüberkommen? Wir haben einen Kunden.« Sie setzte sich wieder, und der Mann wartete draußen.

»Wir sprachen über die Firmengeschäfte«, sagte Lidman.

»Es gab natürlich gute und schlechte Zeiten, wie bei anderen auch.«

»Worauf wir hinaus wollen –« Hake sah durch die Scheibe, wie ein ungefähr dreißigjähriger Mann in die Garagenhalle kam und dem Kunden entgegenging. Er trug eine Lederjacke, hatte seine schmalen Hüften in eine enge schwarze Jeans gezwängt und hatte langes hellblondes Haar. Der Mann glich eher einem Rockstar als einem Autoverkäufer. Hake konzentrierte sich wieder auf das Gespräch. »Wir wollen wissen, ob einer Ihrer Geschäftskontakte vielleicht etwas mit dem Mord zu tun haben könnte.«

Ulla Stenman schüttelte den Kopf.

»Ihr Mann hat niemandem Geld geschuldet?«

Hake konnte sehen, dass die Frage sie verunsicherte. Sie

versuchte ihr Zögern zu überspielen, indem sie aufstand, zur Kaffeemaschine ging und sich mit dem Rücken zu ihnen eine Tasse eingoss. Dann drehte sie sich wieder um und betrachtete sie beide über den Rand der Tasse hinweg.

»Ich glaube nicht, dass die Firma etwas mit dem Mord zu tun haben kann. Keiner unserer Geschäftsfreunde würde Red totprügeln und in einem Kanal versenken. Dazu muss man doch wirklich völlig krank sein.«

Lidman kommentierte: »Man braucht das ja nicht persönlich zu erledigen. Es gibt schließlich Auftragskiller.«

»Keiner, den wir kennen, würde so etwas tun.«

»Jemand *hat* es aber getan«, sagte Lidman barsch.

Hake lehnte sich vor und schaute ihr fest in die Augen. »Ich hatte gefragt, ob Ihr Mann jemandem Geld schuldig war.«

Wieder zögerte sie, doch dann setzte sie sich auf ihren Stuhl und sah ihn mit trostlosem Blick an. »Danne Durant hatte ihm etwas geliehen.«

»Wer ist Durant?«

»Ein … ein Geschäftsfreund. Er hat uns unterstützt, als wir Hilfe brauchten.«

»Mit wie viel?«

»400 000 Kronen«, sagte Ulla Stenman.

In der Garage sprang der Audi lautstark an und schob sich an dem Büro vorbei zur Probefahrt. Der Kunde saß am Steuer, Rick neben ihm.

»Wo wohnt dieser Danne Durant?«

»Mal hier, mal dort. Zuletzt auf der *Laura* in der Nähe der Mälaren-Werft.«

Die alte Mälaren-Werft am östlichen Ufer von Långholmen ließ sich in ihrer Geschichte bis zum siebzehnten Jahrhundert zurückverfolgen. Das Areal war ein unübersichtliches Wirrwarr aus aufgebockten Booten, Arbeitshütten, Schuppen und Lagerhäusern. Es gab Schweißer-Betriebe, Spezialgeschäfte für Bootspropeller, Schiffswerkstätten … Neben sorgfältig gepflegten Außenbordmotoren rosteten Berge von herrenlosem Altmetall vor sich hin, und überall lag tonnenweise Schrott herum, den niemand haben wollte. An der betonierten Kaimauer des Pålsund-Kanals lag stolz das Segelschulschiff *Polfors* vor Anker, etwas weiter hinten stand der so genannte Sandstrahl-Schuppen, an dessen Wand einige Fahrräder lehnten.

Axel Hake verband keine besonderen Erinnerungen oder Gefühle mit Långholmen. In seiner Kindheit hatte man diese Gegend vor allem als die Gefängnisinsel gekannt. Später, als er schon in der Polizeischule war, hatten er und seine damalige Freundin am Westufer eine spontane Schwimmtour unternommen. Sie hatten Wein und Rosinenbrötchen zum Picknick dabei, und aus ihrem Inselausflug war schließlich ein Nacktbad geworden. Leichte, sorglose Tage … Die Zeiten hatten sich geändert, dachte Hake, als er und Lidman aus dem Auto stiegen und am Kai entlang durch das Werftengebiet gingen. Nirgends war ein Mensch zu sehen, und der Wind blies kalt, während sie an den lang gestreckten weißen Gebäuden vorbeimarschierten, in denen verschiedene Kleinbetriebe ihren Sitz hatten. Der Wind hatte über dem offenen Wasser an Geschwindigkeit gewonnen, und die Temperatur war in den letzten Stunden rapide gefallen.

Weiter vorne bei den Dockanlagen der Werft konnte man im schwächer werdenden Licht einige Schiffe liegen sehen. Darunter waren zwar auch recht große Fahrzeuge, aber vor allem gab es kleinere Schlepper und Ausflugsboote für Touren durch den Schärengarten. Neben mehreren Schuten und einem spezialisierten Taucherfahrzeug lag die *Laura*, ein rostiger, gelblich gestrichener Arbeitsprahm, der schon bessere Tage gesehen hatte. Das Schiff war schon so lange nicht mehr abgestrahlt oder lackiert worden, dass die Farbe entlang der Wasserlinie abblätterte. Sowohl auf dem Vorder- als auch auf dem Achterdeck gab es Aufbauten. An der Kommandobrücke war eine Scheibe eingeschlagen, und ein anderes Fenster war mit einem Stück Sperrholz zugenagelt.

Da keine Laufplanke an Land führte, musste Lidman auf das rutschige Deck springen. Dann half er Hake, der sich fest an seinen Stock klammerte und von seinem Kollegen mehr oder weniger hinübergehievt wurde. Mit vorsichtigen Schritten gingen sie zur Kabinentür und klopften. Als niemand öffnete, rief Hake ein paar Mal und probierte den Türgriff aus, doch es war verschlossen. Er ging einmal um das schäbige Fahrzeug herum, um nach einem zweiten Eingang zu suchen. An der Rückseite der Kommandobrücke befand sich eine Stahltür, die jedoch ebenfalls zugesperrt war, diesmal mit einem neuen, starken Hängeschloss. Lidman schaute durch die schmutzigen Scheiben ins Innere. Dort befand sich eine altertümliche, teilweise leer geräumte Salonkabine mit einer Gruppe Plüschsessel und einem getäfelten Bücherschrank. Der Rest der Möbel fehlte, stattdessen standen in der Mitte mehrere billige Klapptische, und überall lag Baumüll herum.

»Wohnt er wirklich da drin?«, fragte Lidman zweifelnd.

Hake warf ebenfalls einen Blick hinein. »Wahrscheinlich gibt es noch Wohnraum unter Deck, aber hier sieht es jedenfalls ganz schön runtergekommen aus.«

»Dieser Kahn ist eine schwimmende Todesfalle. Der geht doch beim ersten Windhauch unter. Mich würden keine zehn Pferde dazu bringen, auf so einem Ding rumzuschippern oder zu segeln oder wie das nun heißen soll, wenn man sich auf so einem Ungetüm übers Wasser bewegt.«

Sie drehten sich um, als sie ein knatterndes Motorengeräusch hörten. Hake erinnerte sich gut an den Kleinlaster mit seinem hohlwangigen Fahrer, der nun am Kai anhielt.

»Durant ist nicht da«, sagte der Mann. »Ist vor 'ner Stunde abgezogen.«

»Sie wissen nicht zufällig, wo er hin ist?«

Der Fahrer zögerte, und Hake fürchtete, dass das Ich-weiß-von-gar-nichts-Spiel wieder losgehen würde. Aber dann kratzte sich der Mann die Bartstoppeln und betrachtete Hake mit seinem ergebenen Hundeblick. »Er hatte seine Boxer-Tasche mit.«

»Boxer-Tasche?«, fragte Lidman.

»Er trainiert Boxen beim SC Hammerby. Der Club liegt an der Kocksgatan –«

»... Nummer 24«, ergänzte Hake. »Ich weiß, wo das ist.«

Der Boxclub an der Kocksgatan, parallel zur Folkungagatan, weckte eine Menge Erinnerungen. Früher hatte er den Namen »Sparta« getragen, bis der SC Hammerby den alteingesessenen Club übernommen hatte. Hake war dort während seiner Polizeiausbildung zum Workout, Boxen und Motionstraining gegangen. Der Club hatte eigentlich nur abends geöffnet, aber einige von Södermalms Künstlern und Autoren durften das Gym auch tagsüber benutzen. Offensichtlich gehörte Danne Durant zum auserlesenen Kreis der Stammgäste.

Hier in diesem kleinen Club, im Kellergeschoss eines gewöhnlichen Mietshauses, war Hake zum ersten Mal k.o. geschlagen worden. Ein Finne hatte das Sparring etwas zu ernst genommen, und schon nach einigen kurzen Runden saß Hake auf dem Boden und ihm wurde speiübel. Risto, der Trainer, war unglaublich wütend auf den Finnen gewesen, aber Hake hatte sich nur geschämt, weil er den kräftigen Schwinger nicht hatte kommen sehen. Er hatte nicht einmal gespürt, wie der Schlag auf seinem Kinn landete. Allerdings war es eine nützliche Lektion gewesen, und er hatte sich später mit dem Finnen angefreundet und sich von ihm diesen kraftvollen Hieb beibringen lassen. Unter schwedischen Boxern galten solche Schwinger als veraltet. Hier benutzte man entweder die Gerade, Jabs, Haken oder auch mal einen Uppercut. Das war genau der Grund, warum die meisten von dieser Technik überrascht wurden. Als Hake den Hieb gemeistert hatte, war das bei so manchem härteren Sparring-Match seine Rettung gewesen. Seine Gegner reagierten genauso verblüfft wie er selbst beim ersten Mal, sobald so ein Schwinger mit umwerfender Kraft auf ihrem Kinn landete.

Hake trat durch die Tür des Clubs, und Lidman folgte ihm gleich auf den Fersen. Es roch nach altem Schweiß und Liniment zur Muskelentspannung. Lidman rümpfte die Nase. Alles, was mit Sport zu tun hatte, löste bei ihm körperliches Unbehagen aus. Da er vom vielen Tanzen ausreichend fit war, konnte der Polizeiarzt ihn nicht einmal unter Berufung auf die Dienstvorschrift dazu bringen, im Gymnastiksaal am Motionstraining teilzunehmen.

Das Gym war leer, bis auf einen einzigen Mann um die vierzig, der hart auf einen Sandsack einschlug. Er warf ihnen nur einen kurzen Blick zu, dann setzte er sein Training fort.

Der größte Teil des Raumes wurde von einem Boxring eingenommen, außerdem gab es verschiedene Punching-

Bälle, Sandsäcke und ähnliches Trainingsgerät. An den Wänden befanden sich mannshohe Spiegel, und im Hintergrund war ein kleiner Büroraum untergebracht. Nach einem weiteren Blick auf Hake und Lidman ließ der Mann die Fäuste sinken. Er schaute sie irritiert an und sagte: »Eigentlich ist hier geschlossen.«

»Wir suchen Danne Durant.«

»Und was wollen Sie von ihm?« Er zog die Boxhandschuhe aus und strich sich das Haar zurück. Sein Körper war gut durchtrainiert, eine untersetzte Figur, aber kein Gramm Fett am nackten Oberkörper. Die bauschige Sporthose war vollständig durchgeschwitzt. Er war ungefähr so groß wie Hake und hatte die gleichen wachsamen Augen.

»Sind Sie Durant?«, fragte Hake.

Der Mann ging zu seiner Sporttasche und holte einen Energy-Drink heraus, aus dem er einen kräftigen Zug nahm, bevor er antwortete. »Und wenn ich es wäre?«

»Wir sind von der Polizei.« Hake zeigte seinen Dienstausweis.

Der Mann warf einen flüchtigen Blick darauf und musterte Hake, während er sich mit einem Handtuch den Schweiß vom Körper wischte. »Ich bin Danne Durant. Worum geht es?«

»Um Harry Stenman. Red.«

»Ist er zurück?«

»Zurück von wo?«, fragte Lidman.

»Ulla und Rick haben gesagt, er sei verreist.«

»Stimmt, mit Urlaubsziel Hades.«

Durant musterte den dicklichen Inspektor mit einem verständnislosen Blick.

Hake erklärte: »Er ist tot. Ermordet.« Er suchte im Gesicht des Mannes nach einer Reaktion, aber die scharfen Züge zeigten keine Gefühle.

»Wann ist das passiert?«

»Vor einigen Wochen.«

Durant legte sein Handtuch auf eine Seitenbank und setzte sich. »Davon habe ich nichts gehört.«

»Wir wissen selbst erst seit zwei Tagen davon. Jemand hat ihm den Schädel eingeschlagen und ihn im Pålsund-Kanal versenkt. Nicht sehr weit von dort, wo Sie wohnen.«

Durant betrachtete die beiden Kripobeamten mit einem ruhigen, kalkulierenden Blick. »Gehöre ich zu den Verdächtigen?«

»In diesem Stadium der Untersuchungen tut das jeder.«

»Mich können Sie von der Liste streichen«, stellte Danne Durant fest. »Ich hatte keinen Grund, Red zu töten.«

»Hatten Sie nicht?«, fragte Lidman. Er mochte keine Antworten in diesem lässigen Tonfall. Noch weniger mochte er Verdächtige, die bei einem Polizeiverhör keine Nerven zeigten.

Durant schüttelte den Kopf. »Nein«, sagte er ganz ruhig.

Hake trat einen Schritt näher und stellte sich vor dem Hobbyboxer auf. »Wir haben gehört, dass er Ihnen 400 000 Kronen schuldete.«

»Wer sagt das?«

»Das spielt wohl kaum eine Rolle, jedenfalls haben Sie ein Mordmotiv.«

»Ein Motiv? Wenn er mir Geld schuldet, dann habe ich wohl erst recht keinen Grund, ihn zu töten.«

»Vielleicht konnte er nicht bezahlen, sie haben sich gestritten, sind handgreiflich geworden, und dann haben Sie ihm den Schädel eingeschlagen.«

»Ich verliere nie die Kontrolle«, sagte Durant mit großer

Selbstsicherheit. »Entschuldigen Sie mich.« Er stand auf, ging in den Umkleideraum und zog sich aus. Hake und Lidman folgten. Völlig ungerührt untersuchte Durant seinen nackten Körper auf Verspannungen, massierte sich die Wadenmuskeln und nahm eine Shampooflasche von der Seitenbank. »Sie können gerne zuschauen, wenn Sie wollen.« Er lächelte und ging in die Dusche.

Lidman sah aus, als würde er gleich aus der Haut fahren, aber Hake griff beruhigend nach seinem Arm. Der Mann fand offensichtlich Vergnügen daran, andere zu provozieren, und diese Genugtuung wollte Hake ihm nicht geben.

Sie warteten, bis Durant fertig geduscht und abgetrocknet war. Nachdem er sich ordentlich mit Liniment eingerieben und einen Fingerknöchel verpflastert hatte, begann er sich anzuziehen: diskrete Eleganz, ein graphitfarbener Schlips mit Silberrand zu einem dunkelgrauen Anzug. Aus einem kleinen Lederfutteral nahm er zwei Ringe, die er an die Hand steckte, es folgte eine Rolex-Uhr. Als er mit dem Ankleiden fertig war, holte er einen Metallkamm hervor, kämmte sich und rieb sich zum Schluss die Wangen und das Kinn mit Rasierwasser ein. Er rückte vor dem Spiegel seinen Schlips zurecht.

Hake und Lidman standen daneben und sahen zu, mit leicht gelangweilten Mienen. Lidman passte den richtigen Moment ab, um zu gähnen.

»Sonst noch was?«, fragte Danne Durant schließlich.

»Was machen Sie jetzt mit der Schuldensumme, nachdem Harry Stenman nicht mehr bezahlen kann?«

»Es gibt immer Mittel und Wege.«

»Nämlich?«

»Das geht Sie nun allerdings nicht das Geringste an.« Er griff nach seiner Sporttasche. »Und jetzt muss ich das Licht löschen und abschließen, wenn Sie also nicht bis zur Öffnungszeit um sechs hier im Dunkeln stehen wollen, sollten Sie besser mitkommen.«

Sie folgten Durant auf die Straße, wo er auf einen golden lackierten Mercedes zusteuerte und seine Tasche in den Kofferraum warf. »Soll ich Sie irgendwo absetzen?«

»Danke, nein. Wir lassen von uns hören, wegen des Alibis und so weiter.«

»Tun Sie das«, meinte Durant, stieg ins Auto und fuhr davon.

Ein Alibi war natürlich nutzlos, solange sie nicht wussten, wann Harry Stenman getötet worden war. Aber das wusste Danne Durant nicht. Immerhin ein kleiner Lichtblick, denn ansonsten hatte das ganze Gespräch nichts ergeben, um die Ermittlungen weiterzubringen.

»Verdammter Mist«, knurrte Hake, als sie im Wagen saßen und auf dem Weg zum Präsidium in Kungsholmen waren.

»Was für ein scheißarroganter Typ«, stimmte Lidman zu.

»Ich rede nicht von Durant. Mir ist gerade eingefallen, dass wir ein Foto von Harry Stenman brauchen, das nicht aus dem Leichenschauhaus stammt.«

Er wendete das Auto und fuhr zur Garagenhalle am Ringvägen zurück. Hinter der Glasscheibe des Büros saß Rick mit den Füßen auf dem Schreibtisch und einem Paar ultracooler Kopfhörer auf den Ohren. Die rotblonde Haarmähne bewegte sich im Takt der Musik rhythmisch auf und ab. Als sie zu ihm ins Büro kamen, änderte er seine Stellung nicht, sondern lüftete mit Märtyrermiene eine Kopfhörerseite.

»Wir suchen Frau Stenman«, sagte Hake.

»Sie ist schon weg.«

»Es geht um eine polizeiliche Ermittlung.«

Rick zog den Kopfhörer herunter, so dass er ihm um den Hals baumelte. »Was wollen Sie wissen?«

»Wo sie wohnt.«

Rick griff nach Papier und Stift. Er begann eine Adresse niederzuschreiben und erklärte gleichzeitig: »Das ist beim Mariaberg.«

Hake bemerkte, dass Rick einen fließenden, um nicht zu sagen eleganten Schreibstil besaß. Sein lässiges Rumhängen war möglicherweise nur eine Fassade, hinter der sich ein akkurater und erfolgreicher Verkäufer verbarg. Bei ihrem früheren Besuch hatte Rick nicht lange gebraucht, um den Interessenten zu einer Probefahrt zu überreden.

Hake nahm den Adresszettel entgegen. »Danke.«

»Keine Ursache.«

»Haben Sie eine Theorie, warum Ihr Bruder getötet wurde?«

Rick legte in aller Ruhe den Stift weg und schaute gleichmütig zu ihnen hoch. »Ich denke, es war ein Versehen.«

»Ein Versehen?«, fragte Lidman. Seine Stimme sackte eine Oktave tiefer, wie immer, wenn er sich zu ärgern begann.

»Genau, sie haben den Falschen erwischt.«

»›Sie‹? Wen meinen Sie damit?«

»Wer immer den Mord begangen hat. Sie dachten, Red sei jemand anderes.«

»Das ist also Ihre Theorie?«

»Haben Sie vielleicht eine bessere?« Die Frage klang höflich und keineswegs provozierend.

»Wir wissen, dass er Leuten Geld schuldete.«

»Darüber bin ich nicht informiert. Ich bringe nur die

Autos an den Mann. Aber ich weiß, dass Red bei allen beliebt war. Er hatte für jeden ein gutes Wort übrig, hat sich nicht um arm oder reich geschert. Und soweit ich weiß, ist er nie mit dem Gesetz in Konflikt geraten. Er war ein guter Geschäftsmann.«

»Der aus Versehen ermordet wurde?«

»Das glaube ich zumindest.«

Hake fragte: »Wie lange arbeiten Sie schon hier?«

»Seit mein Bruder den Betrieb vor sieben oder acht Jahren aufgebaut hat. Von ihm habe ich alles gelernt.«

»Aber Sie wissen nicht, ob er Schulden hatte, obwohl Sie hier schon jahrelang angestellt sind?«

Er schüttelte den Kopf. »Wie gesagt, ich habe mich nie in seine Geschäfte oder sein Privatleben gemischt. Ich habe mein Gehalt bekommen, und damit war ich zufrieden. Falls Sie wissen wollen, was ich von ihm gehalten habe ... In meinen Augen war er ein richtiger Held.«

»Halleluja«, sagte Lidman und bekam von Hake einen Stoß in die Rippen.

Ohne mit der Wimper zu zucken fuhr Rick fort: »Und falls Sie wissen wollen, ob ich um ihn trauere – ja, das tue ich. Aber meine privaten Gefühlen gehen die Polizei nichts an.«

»Jedenfalls wollen Sie doch wohl, dass wir den Mörder finden?«

Rick betrachtete sie leicht melancholisch. »Davon kommt Red auch nicht zurück«, sagte er schlicht.

Als Nächstes fuhren sie zur Bastugatan 38, wo Ulla Stenman in der sogenannten Mälaren-Burg wohnte: ein gigantisches Gebäude, das Ende des neunzehnten Jahrhunderts im nationalromantischen Stil gebaut worden war. Das Mietshaus mit seinen schmiedeeiserne Balkons, Zinnen und Türmen stand ganz oben auf dem Mariaberg im Bezirk Maria Magdalena. Hake konnte sich erinnern, dass Lars Larsson-Varg ihm das Gebäude einmal von der Kungsholmer Seite aus gezeigt und erklärt hatte, hier habe zur Jahrhundertwende der bekannte Künstler Eugène Jansson gewohnt. Dessen Spezialität, Stadtansichten von Stockholm in der Abenddämmerung, hatten ihm den Beinamen »Maler der Blauen Stunde« eingetragen. Doch im Volksmund hieß er damals weniger respektvoll »Gaslicht-Jansson«.

Sie kamen durch ein großes Tor und gingen über einen Innenhof zum eigentlichen Hauseingang. Die Namensschilder verkündeten, dass Stenmans im vierten Stock wohnten. Mit einem alten, klapprigen Fahrstuhl fuhren sie hoch und klingelten an der Tür. Ulla Stenman öffnete und machte ein überraschtes Gesicht. Sie trug noch immer die gleiche, etwas zerschlissene Jeans mit Pullover, ihr Haar sah noch unfrisierter aus als zuvor. Mit einer Geste bat sie die beiden Polizeibeamten in ihr Wohnzimmer. Dort eröffnete sich plötzlich hinter den großen Fenstern ein atemberaubender Blick.

Wenn man das Haus von der Straßenseite betrat, war nicht zu sehen, dass es auf einer Steilhöhe über Söder Mälarstrand thronte und eine völlig unverbaute Aussicht auf die Stadtlandschaft bot. Bestimmt konnte kaum eine andere Wohngegend mit dieser Lage wetteifern. Der gesamte Riddarholmfjärden voller Motorsegler, Schleppkähne und Dampfboote lag unten ausgebreitet. Man konnte gleichzeitig die Innenstadt, das Rathaus, Gamla Stan und Kungsholmen sehen, und im diesigen Wetter schmolzen die Farben zu einem Muster aus Ziegelrot, Ocker und Grünspan zusammen. Am Abend würde sich das Panoramabild in einen

Blauschimmer hüllen, doch jetzt leuchtete alles in klarem Pastell. Ein paar Schwäne erhoben sich aus dem Wasser und flogen Richtung Långholmen, wo man winzig in der Ferne die *Laura* am Werften-Kai liegen sehen konnte.

»Haben Sie mit Danne gesprochen?«, fragte Ulla Stenman, während sie ihnen einen Sitzplatz auf ihrem zerschlissenen Sofa anbot. Die Aussicht mochte bildschön sein, das galt jedoch nicht für die Inneneinrichtung der Wohnung. Die Farben waren düster und bedrückend, die Möbel schienen zufällig irgendwo im Raum abgeladen worden zu sein. Ein vorsintflutlicher Fernseher stand in der Ecke, auf einem Fensterbrett hockten ein paar Porzellankatzen. Die Wände waren fast völlig kahl. Der einzige Schmuck war ein altes Volvo-Reklameposter, das verkündete: »Volvo währt am längsten«.

»Wir haben mit Danne Durant geredet, aber er konnte uns keine hilfreichen Informationen geben«, meinte Hake. Er massierte sein Knie. Die Schmerzen waren stärker geworden, nachdem er den ganzen Tag damit verbracht hatte, in Treppenhäusern und Garagenhallen herumzulaufen und auf Bootsdecks zu springen. Er spürte ein ständiges schwaches Pulsieren, das nicht aus dem Knie selbst, sondern aus dem Schienbein ein Stück tiefer zu kommen schien.

Ulla Stenman nickte. »Na ja, etwas anderes war wohl kaum zu erwarten.«

»Er hat gesagt, er werde schon einen Weg finden, die Schulden einzutreiben. Wissen Sie, was er damit gemeint haben könnte?«

Sie zuckte mit den Schultern. »Wenn er glaubt, dass ich Geld habe, liegt er falsch.«

»Die Schulden waren also nicht strikt geschäftlich?«, fragte Lidman – mit abgewandtem Gesicht, denn er konnte seinen Blick nicht von dem Stadtpanorama lösen. Es war unglaublich, welches unverschämte Glück manche Leute hatten. Er selbst hauste in einer Wohnung in Vasastan, wo man auf einen schäbigen Innenhof blickte, in den nie ein Strahl Tageslicht zu fallen schien.

»Nein, Harry hat die Summe privat geliehen.«

»Wozu braucht man einen Privatkredit von 400 000?«

»Über die Finanzen meines Mannes weiß ich nicht Bescheid.«

»Na na, also *das* müssen Sie doch wohl miteinander besprochen haben«, sagte Hake.

Ulla Stenman zerrte nervös an ihrem Pullover. »Ich will keinen Ärger wegen Reds Geldgeschäften.«

»Den Ärger haben Sie schon. Er wurde ermordet.«

»Ich meine, er hat die 400 000 benutzt, um Autos anzukaufen, soweit ich weiß. Aber das lief nicht immer unter dem Firmennamen.«

»Schwarz also.«

»Darüber will ich mich nicht äußern, damit kenne ich mich nicht aus. Ist das wirklich so wichtig?«

»In diesem Stadium der Ermittlungen wissen wir nicht genau, was wichtig ist und was nicht«, antwortete Hake und stand auf. Sein Bein brauchte Bewegung. Je länger er herumsaß, desto mehr schmerzte sein Knie. »Aber 400 000 Kronen scheinen jedenfalls eine nähere Untersuchung wert zu sein. Von wem hat er seine Autos gekauft?«

»Alle möglichen Quellen. Privatpersonen, Importe aus Deutschland, Konkurshandel …«

»Hat er auch gestohlene Wagen gekauft?«

Die Witwe sagte kalt: »Jetzt hören Sie mal genau zu. Mein Mann wurde ermordet, und mir geht es nicht gerade glänzend. Bestimmt habe ich nicht vor, ihn mit

Andeutungen über dunkle Geschäfte in den Dreck zu ziehen.«

»Tut mir Leid.« Axel Hake gab sofort nach. Er wollte sich Frau Stenman nicht zur Feindin machen, schließlich hoffte er auf ihre bereitwillige Mitarbeit bei den Ermittlungen. »Wir sind eigentlich nur hier, weil wir ein Foto von Ihrem Mann brauchen.«

»Was für eine Art von Foto?«

»Ganz egal. Es ist für zukünftige Zeugenbefragungen.«

Ulla Stenman nickte, stand auf und ging in einen Nachbarraum. Kurz darauf kam sie mit einer Schachtel zurück, von der sie den Deckel abgenommen hatte, und reichte sie Hake. Er begann die Fotos durchzugehen. Mit dem aufgequollenen Gesicht des Toten im Hinterkopf war es ein beklemmendes Gefühl, nun denselben Mann lebend zu sehen. Aber der Tod war, wie gesagt, niemals ein schöner Anblick. Hier posierte Harry Stenman für die Kamera und lächelte, ohne eine Ahnung zu haben, wie brutal die letzten Minuten seines Lebens sein würden. Auf einigen Bildern war er zusammen mit seiner Frau zu sehen, auf anderen allein. Hake wählte ein Farbfoto aus, auf dem der Mann mit nacktem Oberkörper an einem Sandstrand stand. Die Tätowierung aus seiner Zeit bei der Fremdenlegion zeichnete sich scharf ab und war deutlich zu erkennen.

Sie wollten gerade gehen, als Lidman eine letzte Frage stellte. »Haben Rick und Harry sich gut verstanden?«

»Natürlich, sie waren schließlich Brüder.«

»Noch nie von Kain und Abel gehört?« Lidman drehte sich um und ging aus der Tür.

»Das ist Harry Stenman?«, fragte Tobisson. Er griff nach dem Foto, das Hake ihm auf den Schreibtisch geworfen hatte, und studierte es nachdenklich. Als Hake nickte, sagte er leise und versonnen: »Es gibt bestimmt viele, die sich rächen wollen. Ich meine ... er wurde für eine Spezialeinheit ausgebildet. Diese Leute waren in den Balkankrieg verwickelt. Man weiß schließlich, wie es da zugegangen ist: Mord, Vergewaltigung, Folter.«

»Das ist eine Spur, die Sie verfolgen sollten«, stimmte Hake zu. »Faxen Sie Harry Stenmans Bild an das Hauptquartier des Fallschirmjägerregiments in Calvi.«

»Glauben Sie wirklich, dass die dort der Kripo helfen?«, fragte Lidman. »Die Fremdenlegion ist eine geschlossene Gesellschaft. Über Mitglieder werden keine Auskünfte erteilt. Selbst die französische Polizei bekommt kaum Einblick.«

Bei diesem Stichwort erinnerte sich Hake an einen Freund aus seiner Dienstzeit in Paris. Raymond war mehrfach befördert worden, genau wie Hake, und konnte ihnen vermutlich weiterhelfen. Der Kommissar schrieb eine Nummer auf einen Notizzettel, den er Tobisson reichte. »Rufen Sie da an, grüßen Sie Raymond von mir und geben Sie alle Informationen an ihn weiter, die wir haben.«

Er sah, dass Tobissons Interesse geweckt war. Also konnte er davon ausgehen, dass sein Kollege sich anstrengen würde. Die Fremdenlegion war eine von Legenden umrankte Organisation, und junge Männer träumten davon, sich anwerben zu lassen, um als stählerne, perfekt trainierte Kampfmaschinen zurückzukehren. Hake hatte das sichere Gefühl, dass Tobisson früher im Teenageralter davon fantasiert hatte, Legionär zu werden. Er war genau der Typ dazu.

Die Abenddämmerung brach jetzt im Herbst immer früher herein, und als Hake nach Hause in die Chapmansgatan kam, konnte er die Västerbrücke hier von der Kungsholmer Seite nur noch als schwarzen Tuschstreifen vor einem grau melierten Himmel sehen. Drinnen blinkte der Anrufbeantworter. Die Nachricht war von seiner Schwester Julia. Sie wollte mit ihm über etwas Wichtiges sprechen, das mit dem Thema Kriminalität zu tun hatte. Sie erklärte nicht, worum es eigentlich ging. Stattdessen schlug sie vor, dass er am nächsten Tag bei ihr vorbeikommen sollte. Die Nacht hindurch hatte sie Dienst und war nicht zu Hause.

Hake hatte nur wenig Hunger, also machte er sich einen »Axel Spezial« zurecht: starken schwarzen Kaffee, in dem ein Stück Butter zerschmolz, und zwei Schwarzbrotscheiben mit Roquefortkäse. Ein typisches Frühstück der Hafenarbeiter in Dunkerque, das er nach seiner Zeit in Frankreich als Gewohnheit beibehalten hatte. Er setzte sich an den Küchentisch, mit der Rennzeitung *Paris Turf* als Gesellschaft, und vertiefte sich in die Ergebnisse der letzten Rennen. Pferde und Pferdewetten waren seine Leidenschaft, aber es war schon eine Weile her, dass er auf der Tribüne gesessen und um seinen Einsatz gefiebert hatte. Er vermisste dieses Hobby. Galopprennen waren seiner Meinung nach der beste Balsam für die Seele. Auf Hake übten Pferde eine Faszination aus, die sämtliche Alltagssorgen aus seinem Bewusstsein vertrieb. Er genoss das Spektakel mit allen Sinnen, und weder Probleme in der Partnerschaft noch Sorgen bei der Arbeit konnten ihn davon ablenken.

Plötzlich klingelte es an der Tür. Wer konnte das um diese Zeit sein? Vermutlich Lars Larsson-Varg, der seine neuesten Theorien diskutieren wollte, wie man am besten das Nationalmuseum in die Knie zwang.

Doch als er öffnete, standen Hanna und Siri vor ihm. Sie lächelten erwartungsvoll, und Siri streckte die Hände aus.

Gehorsam hob er sie hoch und nahm sie in den Arm. Seine Tochter erklärte: »Mama hat gesagt, sie vermisst dich. Also habe ich gesagt, dann können wir dich doch einfach besuchen.«

Hake hob die Augenbrauen und schaute auf Hanna, die ein bisschen verlegen nickte. Es kam selten vor, dass Hanna durchblicken ließ, sie könne nicht jederzeit und überall allein klarkommen.

»Und was ist mit dir?«, fragte er seine Tochter.

»Ich musste eben mit. Hatte keine Wahl.« Sie sah ihn ernst an, dann grinste sie breit. Siri hatte vor kurzem entdeckt, was Humor war, und dass man Worte so drehen und wenden konnte, dass sie lustig wurden. Manchmal funktionierte es, manchmal nicht. Diesmal merkte sie, dass sie Erfolg gehabt hatte, und witzelte den ganzen restlichen Abend vor sich hin, bis es Zeit war schlafen zu gehen. Hake brachte sie ins Bett und las ihr ein Märchen vor. Währenddessen hörte er Hanna in der Wohnung herumwandern. Sie schien auf einer Forschungsexpedition durch seine Bücherborde zu sein. Er fragte sich, wonach sie suchte. Als er eine halbe Stunde später aus dem Schlafzimmer kam, saß sie auf der Couch und blätterte in seiner *Paris-Turf*.

»Wie lange dauert es, richtig gut Französisch zu lernen?«, fragte sie.

»Das kommt natürlich darauf an, welche Grundkenntnisse man hat.« Er selbst hatte im Gymnasium zwei Schulsemester Französisch belegt, aber erst durch seine Arbeit bei der einheimischen Polizei fließend sprechen gelernt.

»Was ist, wenn man gerade eben zurechtkommt?« Sie faltete die Zeitung zusammen und legte sie auf den Couchtisch. »Ich verstehe ungefähr, was da steht, aber nicht jeden Satz.«

»Vielleicht ein Jahr. Kommt darauf an, mit wie viel Disziplin du übst. Dann brauchst du Praxis, musst die Sprache sprechen, nicht nur lesen und auswendig lernen. Wieso?«

»Kein besonderer Grund. Es wäre einfach nett, Französisch zu können.«

»Du kannst von mir Privatunterricht bekommen.«

Hanna sah ihn mit milden Augen an. Sie trug ein einfaches schwarzes Kleid, dessen Träger ständig herunterrutschten und von ihr wieder zurechtgerückt wurden. »Würdest du das tun?«

»Wir können mit Konversationsübungen anfangen. So wie in Dänemark.«

»Das war ja nur Spiel.«

»Und jetzt ist es Ernst?«

Sie antwortete nicht, sondern streckte ihm ihre Hände entgegen, genau wie zuvor Siri. »Komm her«, sagte sie.

Er setzte sich neben sie, und Hanna nahm ihn in die Arme. Sie suchte mit den Lippen seinen Mund, schmeckte nach Minzschokolade und Wein. Spielerisch zog sie ihn zu sich herunter, bis er neben ihr auf der Couch lag. Er folgte willig, bemerkte einen kleinen Haarwirbel in ihrem Nacken, den er nie zuvor gesehen hatte. Als er ihre Brüste und ihre Hüften streichelte, hielt sie ihn ein wenig fester. Ihr Blick war warm und einladend, und sie liebten sich auf der Couch. Doch als er neben ihr einschlief, wurde er trotzdem das Gefühl nicht los, dass sie nicht seinetwegen hergekommen war.

KAPITEL 8

Das Gewitter hatte schon in der Nacht begonnen. Hake war vom Donner geweckt worden, er tastete sich durch die Dunkelheit und öffnete ein Fenster. Der Regen stürzte an ihm vorbei, als er den Kopf hinausstreckte. Hinten bei der Västerbrücke ließ ein Blitz die Umgebung aufleuchten. Für einen zeitlosen, eingefrorenen Moment verwandelten sich die dunklen Wassermassen des Mälaren in einen Metallspiegel, so als hätte das Blitzlicht eines Fotoapparats das Bild scharf und deutlich eingefangen: Der Regen prasselte auf das Wasser nieder, tanzte über die Oberfläche und ließ kreisrunde Ringe zurück. Auf der Brücke erschien ein Auto, das zuerst schwarz aussah, bis der nächste Blitzschein zeigte, dass es in Wirklichkeit dunkelrot war.

Er schloss das Fenster und kroch zurück ins Bett. Doch es gelang ihm nicht, wieder einzuschlafen. Nachdem er sich eine Weile gedreht und gewälzt hatte, stand er auf und holte die Ermittlungsakten heraus. Er ging alles durch, was sie bisher herausgefunden hatten. Aber nichts wollte ein Muster bilden, die Fakten schienen völlig zusammenhanglos. In der Hoffnung, ein paar neue Ideen zu bekommen, ordnete er die Informationen nach den Kategorien Motiv, Opfer und Mordmethode, doch auch das brachte keine Resultate. Als es fast sechs Uhr war, fühlte er sich leer und ausgebrannt. Er hörte mit der Arbeit auf und kochte sich einen Kaffee.

Eine Stunde später saß er im Büro und starrte aus dem Fenster. Es gab meistens einen Zeitpunkt, an dem eine Ermittlung völlig zum Stillstand kam. Daran war er gewöhnt, das passierte immer wieder. Aber in diesem Fall hatte sich die Untersuchung schon eine ganze Weile hingezogen, ohne dass sie auch nur eine Liste von Stenmans Freunden und Geschäftskontakten besaßen. Ganz abgesehen von einem Verdächtigen, der brutal genug für einen Mord sein konnte, bei dem ein Mann mit einer Eisenstange erschlagen und dann in einem Kanal versenkt wurde. Hake brauchte mehr Mitarbeiter, aber Rilke hatte seine Entscheidung gefällt und damit basta.

Er ging zur Fahndungsabteilung und redete dort mit den Kollegen. Sie kannten sich in der Autobranche aus. Gegen Harry Stenman war bisher nie ermittelt worden, allerdings war sein Name während einer Untersuchung aufgetaucht, bei der es um gestohlene Autos ging. Höchstwahrscheinlich waren mehrere Russen darin verwickelt. Die Gruppe stand unter Beobachtung, aber bisher hatte sich nichts Konkretes ergeben. Bei der Fahndungsabteilung hatte man genug Zeit, Verdächtige langfristig zu überwachen. Das galt jedoch nicht für Hake. An jedem weiteren Tag verwischten sich die Spuren ein bisschen mehr. Wenn ein Mordfall nicht im Laufe des ersten Monats gelöst wurde, sank die Wahrscheinlichkeit drastisch, dass man den Täter jemals fand.

Immerhin erhielt Hake eine Adresse im Freihafengebiet, wo ein russischer Auto-Exporteur namens Maxim Olgakow seinen Firmensitz hatte. Zusätzlich stellte ihm die Fahndungsabteilung alle Informationen zur Verfügung, die bisher über Olgakow gesammelt worden waren.

Mit seinem Citroën fuhr Axel Hake zum Freihafen, wo am Kai geräumige Lagerhäuser standen, in denen sich alle

Arten von Kleinunternehmen und Firmen niedergelassen hatten. Hier gab es gleich nebeneinander Werbefilmer und Radiostudios, Lagerhallen für Obst und Ausstellungshallen für Kunst. Überall standen gewaltige Container herum, die einfach alles von Gemüsekonserven bis hin zu Autos enthielten.

In einem Lagerhaus am Hauptpier befand sich die Firma Interexport. Der rote Stern auf dem Firmenschild über dem Eingang hing etwas schief. Hake betrat ein Büro, das vor allem extrem braun war. Braune Ledermöbel, braune Regalborde, brauner Teppichboden. Alles sah nach Secondhand-Mobiliar aus und verströmte eine Atmosphäre von Vergänglichkeit. Als wäre sich der Besitzer nicht sicher, ob er allzu lange bleiben würde, und hätte sich deshalb keine Mühe bei der Inneneinrichtung gegeben.

Der Mann hinter dem Schreibtisch trug natürlich einen braunen Anzug, aber dazu einen speckigen Hut aus grün gefärbtem Wildleder. Seine Augen waren ebenfalls grün. Er war groß gewachsen und hatte ein breites, pockennarbiges Gesicht. An den Händen trug er massive Gold- und Siegelringe.

Hake stellte sich vor, und der Mann betrachtete ihn mit einem bauernschlauen Gesichtsausdruck. Er ließ seinen Blick von Hakes Scheitel bis zu seinem Gehstock herunter wandern. »In Moskau würden Sie vielleicht einen Job als Parkwächter bekommen«, sagte Maxim Olgakow. »Nehmen Sie mir das nicht übel, aber einen Polizisten mit Stock würde man nie befördern. Die Bürger wären beleidigt, wenn man einen Krüppel einsetzt, um sie zu beschützen. Als wolle man ihnen zweitklassige Ware andrehen.«

»Wie Ihre Autos vermutlich«, sagte Hake bissig. »Aber wir sind nun einmal nicht in Moskau, und hier in Stockholm ermittele ich in einem Mordfall.«

»Ich weiß ja nicht, was das mit mir zu tun haben soll …« Er hatte noch immer unübersehbar gute Laune.

»Der Ermordete war ein Autohändler, und wir sind dabei, seine Kontakte und Bekanntschaften durchzugehen.«

»Darüber weiß ich nichts.«

»Sie haben ja noch nicht einmal gehört, um wen es geht.«

»Ich meine, ich kenne niemanden, der ermordet wurde.« Er drehte einen großen Siegelring am Finger und lehnte sich im Stuhl zurück. Unter seinem Körpergewicht knirschte es bedenklich.

»Harry Stenman«, sagte Hake.

»Kenn ich nicht.«

»Wurde auch Red genannt.«

»Red, Blue oder Black, ich kenn ihn nicht.« Wieder dieses selbstsichere Grinsen. »Sonst noch was? Ich habe im Moment viel zu tun.« Er griff nach dem Telefon. Im selben Augenblick stieß Hake seine Hand beiseite, so dass der Hörer vom Apparat fiel. In Olgakows Augen veränderte sich etwas, seine Pupillen wurden plötzlich sehr dunkel und durchdringend.

Hake erwiderte ungerührt seinen Blick. »Haben Sie mir zugehört, Olgakow? Es geht um einen Mordfall. Nicht um ein Katz-und-Maus-Spiel zwischen uns beiden.« Er setzte sich auf einen Stuhl, der dem Russen genau gegenüber stand. »Was wissen Sie über Red und seine Geschäfte?«

»Ich weiß gar nichts. Und ich verstehe nicht, warum Sie auf einem hilflosen kleinen Geschäftmann herumhacken müssen.« Er klang empört mit einem weinerlichen Unterton und schenkte Hake einen verwirrten Blick, aber das schien Teil des Theaters zu sein. Genauso schnell konnte er wieder sein aalglattes Grinsen aufsetzen.

Hake holte einige Papiere aus der Innentasche seiner Jacke. »Ich habe Ihre Steuerunterlagen durchgesehen«, sagte er ruhig. »Sie haben letztes Jahr sechsundzwanzig Autos verkauft, dieses Jahr sechzehn. Sie haben 72 000 Kronen versteuert und dabei eine Vorstadt-Villa in Bromma, einen Mercedes und eine kleinere Wohnung in Östermalm. Wie ist das möglich, bei einem so geringen Einkommen?« Er sah, dass Olgakow leicht zusammenzuckte, als Hake die Wohnung erwähnte. Dankbar dachte er an den Kollegen von der Fahndung, der ihm diese Information gegeben hatte. »Oh ja, wir wissen darüber Bescheid. Wir wissen auch von Ihrer Geliebten … Rita, die dort wohnt.«

Olgakow versuchte zu lächeln, aber daraus wurde eher eine Grimasse. »Eine Geliebte zu haben ist kein Verbrechen.«

»Wir können ausprobieren, ob Ihre Frau das genauso sieht.«

»Sie verdammter …« Er hob sich halb aus dem Stuhl, sank aber zurück, als er Hakes entschlossene Miene sah.

»Wir haben mit Hilfe Ihrer Unterlagen auch feststellen können, dass Sie Geschäfte mit Auto-Harry gemacht haben.«

»Okay«, gab Olgakow nach. »Ich habe Red ein paar Mal getroffen. Daran ist nichts Illegales.« Hake sagte nichts, sondern blätterte nur stumm in seinen Papieren. Am Ende sagte Olgakow klagend: »Was wollen Sie wissen?«

»Alles, was Sie mir über Reds Geschäfte erzählen können.«

»Bleibt das vertraulich?«

»Nicht, wenn es mit dem Mord zu tun hat.«

Olgakow wägte diese Auskunft ab, bevor er antwortete. »Red war ein kleiner Zwischenhändler. Hatte bei uns Exporteuren einen schlechten Ruf.«

»Warum?«

»Er sah sich selbst als eine Art Soldat. Wollte tough sein. Genau wie Sie.« Olgakow schenkte ihm ein Reptilienlächeln. »Er kam nie mit dem Geld rüber, und am Ende wollte keiner mehr mit ihm Geschäfte machen.«

»Jedenfalls hat er mit gestohlenen Autos gehandelt?«

»Manchmal vielleicht. Da bin ich nicht sicher.«

»Es wäre ja möglich, dass er einmal zu oft einen russischen Exporteur über den Tisch gezogen hat.«

Olgakow schüttelte kummervoll den Kopf. »Kommissar Hake, wir sind Geschäftsleute, keine Killer. Wir haben ihn einmal ein wenig verprügeln lassen, und danach war es gut. Es ist ja nicht schwer, jemanden zu finden, der einen Baseballschläger besitzt und Hausbesuche bei Leuten macht, die sich für harte Typen halten.« Er schaute Hake unschuldig an und fuhr fort: »Niemand, und damit meine ich *niemand* in meinen Kreisen würde einen Mann wegen ein paar klapprigen Gebrauchtwagen umlegen. Versuchen Sie die Spielregeln zu verstehen. Wenn sich so etwas herumspricht, wäre das schlecht fürs Geschäft. Die Leute hätten Angst, und das wollen wir doch nicht. In Russland hat natürlich die Polizei Angst vor uns, aber hier versuchen wir, alles auf die nette Art zu regeln. Wir wollen keinem Polizisten etwas Böses, auch wenn wir durchaus die Macht dazu hätten.« Er ließ die Worte nachklingen, richtete sich in seiner ganzen Länge auf und sagte: »Und nun ist Ihr Besuch zu Ende, Kommissar Hake. Ich habe mit meiner Zeit noch anderes zu tun, als mich um Sie zu kümmern. Red war nur ein kleiner Fisch, und wissen Sie, was man mit kleinen Fischen macht?« Hake schwieg, und Olgakow sagte mit bester Lehrerstimme: »Kleine Fische wirft man zurück ins Meer.«

Axel Hake fuhr nach Hause in die Chapmansgatan. Dort kochte er sich zum Mittagessen Spaghetti mit Knoblauch und Sardellen, abgerundet mit ein bisschen frisch geriebenem Parmesan. Der Trick war, dass man die Sardellen zerstampft mit heißem Olivenöl mischen und diese Soße über die Nudeln gießen musste. Er aß stehend in der Küche und dachte über die russische Automafia nach. Vielleicht war Harry Stenman diesen so genannten Geschäftsleuten doch ein Dorn im Auge gewesen, hatte ihnen gedroht oder eine Erpressung versucht. Das war durchaus eine Möglichkeit. Denn natürlich hatte Hake dem Russen kein einziges Wort geglaubt.

Aber wenn das der Fall war, warum hatte man Stenmans Leiche ausgerechnet in einem Kanal bei Långholmen verschwinden lassen? Er fand keine Antwort und legte eine CD von Serge Gainsbourg ein. Wenn er französische Musik hörte, hatte er immer das Gefühl, dass sich der Raum um ihn veränderte, hell und weit wurde. Hanna meinte, das könne daran liegen, dass die Monate in Paris für ihn eine Zeit der Freiheit waren, als er noch keine wirkliche Verantwortung trug. Deshalb sei französische Musik für ihn gleichbedeutend mit Ungebundenheit und einem intensiven Lebensgefühl. Das war durchaus möglich, denn er hatte in Paris eine recht ausgelassene und gleichzeitig beruflich interessante Zeit verbracht. Aber eigentlich sehnte er sich nicht nach Frankreich zurück, außer höchstens für eine Urlaubsreise. Wenn er älter wurde, dann vielleicht eine Wohnung in Paris oder ein Steinhaus in der Provence ... Aber das waren Fantasien, und mehr würde daraus nie werden.

Er ging ins Wohnzimmer, sah im Buchregal eine Lücke klaffen und wusste gleich, welche Bücher fehlten. Dort standen normalerweise seine Paris-Führer. Hanna musste sie mitgenommen haben, aber warum hatte sie das nicht erwähnt? – Im selben Augenblick klingelte das Telefon. In der Leitung war Julia, die wissen wollte, wo zum Teufel er eigentlich blieb.

Wie üblich stand sie vor dem Gebäude und wartete, als er ankam. Wahrscheinlich hörte ihr Hund das Auto kommen und warnte sie vor. Sie hatte einen verkniffenen Zug um die Mundwinkel und nickte nur kurz, als er ausstieg und sie begrüßte.

Im Haus roch es nach Kaffee und frischem Gebäck. Er fragte scherzhaft, ob sie einen Anfall von Hausfräulichkeit hatte. Sie fauchte, daran sei wohl nichts verkehrt. Vielleicht sei es an der Zeit, ein paar weibliche Instinkte zu entwickeln. Hake war erleichtert, als er sah, dass sie nur eine Packung Fertigbrötchen in den Ofen geschoben hatte.

Der ganze Raum war blank geputzt und aufgehübscht. Eine blauweiße Tischdecke, die Hake noch nie gesehen hatte, schmückte den Küchentisch. Des Weiteren gab es einige neue Blumentöpfe, und die Regalborde, aus denen sonst ein Wust von Büchern und Zeitschriften hervorquoll, waren säuberlich aufgeräumt. Sie tranken Kaffee und sprachen über dieses und jenes. Wie es Siri ginge? Fragen über Hanna stellte seine Schwester nie. Sie konnte dieser kühlen Frau mit den farblosen, fast durchscheinenden Augen nicht viel abgewinnen. Ihrer Meinung nach verdiente Axel etwas Besseres.

Endlich rückte sie damit heraus, was sie auf dem Herzen hatte. Sie wollte erfahren, ob es strafbar sei, über etwas Bescheid zu wissen, das vermutlich illegal war. Hake fragte, ob Juri damit zu tun habe, aber Julia verneinte. Es gehe um etwas anderes. Er bohrte nach und wollte wissen, *worum* es ging, aber Julia blieb unbestimmt und behauptete, die Frage sei nur hypothetisch.

Er gab zur Antwort: »Selbstverständlich muss man ein Verbrechen melden.«

»Aber vielleicht ist es bisher noch gar nicht begangen worden«, antwortete sie ausweichend.

»Dann ist es erst recht wichtig, dass du der Polizei sagst, was du weißt.«

»Du bist ein hoffnungsloser Fall«, meinte sie enttäuscht. »Immer urteilst du so hart. Es muss ja schließlich auch Grauzonen geben.«

»Um was geht es?«

»Wie gesagt, es ist nur eine Vermutung, und ich weiß nichts Bestimmtes.«

Hake dachte, dass es manchmal zum Verrücktwerden war, bei der Polizei zu arbeiten. Nicht genug damit, dass sich alle Bürger als absolut letzten Ausweg an ihn wandten. Mit seiner Familie und seinen Bekannten ging es ihm genauso. Ständig vollführte er einen erzwungenen Balanceakt zwischen Hake, dem Kriminalkommissar, und Axel, dem Freund, und in einigen unangenehmen Fällen dem »alten Kumpel«. In seiner Umgebung legte man jedes Wort auf die Goldwaage. Alle hatten das Gefühl, nicht nur mit der Privatperson Axel, sondern gleichzeitig mit dem Staatsbeamten zu sprechen. Oft spürte er ein unbewusstes Misstrauen ihm gegenüber, denn trotz allem war er schließlich ein Bulle und konnte sie in Schwierigkeiten bringen.

Julia teilte diese Einstellung nicht. Mit dem Polizisten Axel Hake sprach sie aus Prinzip kein Wort, alles war rein privat. Dennoch wusste er, dass er für sie ebenfalls eine Art letzter Ausweg war und den ruhenden Pol in ihrer Geschwisterbeziehung bildete. Manchmal überforderte ihn das Kunststück, jedermanns amtlicher Freund und Helfer zu sein und gleichzeitig seiner ganzen Familie als Stützpfeiler dienen zu müssen. Manchmal brauchte auch Hake eine Auszeit, wollte nur seinen Frieden, wollte verantwortungslos und sogar kindisch sein. Aber er wusste, dass das vollkommen unakzeptabel war, und so war er gewissermaßen ein Gefangener seiner eigenen gesellschaftlichen Rolle.

Er schob die düsteren Gedanken beiseite und betrachtete seine Schwester, die verschlossen und schweigsam vor ihm saß. Hier würde er nicht weiterkommen.

Julia folgte ihm nach draußen, nur mit einem Schultertuch über dem T-Shirt, und beobachtete seine mühsamen Bewegungen, bis er hinter dem Steuer saß. Als er auf die Straße einschwenkte, winkte sie ihm lahm hinterher.

Sie sah sein verschlossenes Gesicht, als er dort allein im Auto saß und im Fichtenwald verschwand. Ein richtiger Einzelgänger, dachte sie. Ein einsamer Wolf im selbst gewählten Exil. Seine misstrauische Zurückhaltung führte dazu, dass man sich in seiner Gegenwart unsicher fühlte, seine harte Fassade weckte Unbehagen. Gut für seinen Job, schlecht für sein Privatleben. Julia fragte sich, ob er eigentlich richtige Freunde hatte. So weit sie sich erinnerte, gab es keine Person mit wiederkehrenden Gastauftritten in Hakes Leben. Vermutlich war Hanna seine beste Freundin, und was für eine Art Beziehung war das? Oder sie selbst hatte diese Rolle auszufüllen, und das war ein deprimierender Gedanke: die eigene Schwester als einziger Kamerad. Julia zog das Tuch enger um ihre Schultern und dachte schließlich: Und was ist mit mir? Wer ist mein bester Freund? – Sie lächelte schief, denn sie wusste, es gab keinen. Das war ihr immer klar gewesen. Alles drehte sich in ihrem Leben um die Tiere. Bei ihnen fand sie Anhänglichkeit und Treue.

Natürlich hatte sie Liebhaber, aber sie hatte immer aufgepasst, dass keiner von ihnen ein zu enger Freund wurde. Davor musste man sich hüten.

Als Hake ins Büro der kleinen Sonderkommission zurückkehrte, saßen sowohl Tobias Tobisson als auch Oskar Lidman an ihrem Platz. An der großen weißen Wandtafel befanden sich nebeneinander die Obduktionsbilder und das Urlaubsfoto von einem zehn Jahre jüngeren Red mit nacktem Oberkörper und einem breiten Grinsen für die Kamera, sichtlich stolz auf seine Tätowierung. Außerdem hingen dort verschiedene Schriftstücke, zum Beispiel das Obduktionsprotokoll, der Untersuchungsbericht der Kriminaltechnik zum Anker und zur Ankerkette, sowie eine Liste von eventuellen Beweisgegenständen, die nahe am Fundort der Leiche entdeckt worden waren. Da seit dem Mord einige tausend Spaziergänger an dieser Stelle vorbeikommen waren, halfen solche Indizien allerdings wenig. Es gab sogar einige Fotos des weißen Busses und außerdem ein Bild von Ulla Stenman und von Danne Durant.

Hake berichtete seinen Kollegen, was er über die Geschäfte von Maxim Olgakow und Red herausgefunden hatte. Lidman schüttelte den Kopf. »Falls Harry Stenman an illegalen Autoschiebereien beteiligt war, dann hat er sich dabei jedenfalls ziemlich blöd angestellt. Schauen Sie sich das hier mal an.« Er hatte einen Stapel Papiere vor sich liegen, die er jetzt zwischen zwei Wurstfingern hielt und schüttelte. Dabei zog er ein angeekeltes Gesicht, als seien sie ein Haufen Dreck. »Das habe ich aus den Unterlagen des Finanzamts ausgegraben. Es gibt bestimmt kein schlimmeres Rattennest als Auto-Harry. Alles ist völlig runtergewirtschaftet. Die Firma wird regelrecht belagert von Zulieferern, die ihr Geld nicht bekommen haben und Kunden, die sich betrogen fühlen. Mahnungen und Schulden, wohin man blickt. Die Miete für die Garagenhalle ist seit Monaten überfällig. Die Tankstellenkarte für StatOil ist nicht bezahlt, obwohl schon Hunderte von Litern getankt wurden.«

»Aber vor Gericht war Stenman bisher nicht?«

»Nein, dazu müssen die Mühlen der Justiz erst ein bisschen länger mahlen.«

»Das bedeutet, dass er solche Spielchen noch nicht lange treibt.«

»Ein halbes Jahr.«

»Und vorher?«

»Ging es mit der Firma wohl ziemlich auf und ab, soweit ich sehen kann. Aber verwahrlost war sie nicht.«

Hake setzte sich und starrte an die Decke.

Lidman fragte: »Denken Sie dasselbe wie ich?«

Hake nickte abwesend.

Tobisson warf den beiden einen säuerlichen Blick zu. Er hasste es, wenn Hake und Lidman über seinen Kopf hinweg redeten. Das war einfach unfair. Lidman wollte natürlich nur angeben, klar. Warum Hake sich so benahm, war weniger offensichtlich. Jedenfalls fand er, dass ein guter Chef nicht einfach bestimmte Mitarbeiter aus dem Team ausschloss und geradezu absichtlich Barrieren zwischen Kollegen aufbaute. Tobisson hatte den Verdacht, dass Hake ihn völlig unterschätzte. Aber er würde ihm schon zeigen, wer hier die Top-Informationen beschaffen konnte und Schwung in die Ermittlung brachte. »Also, *was* denken Sie beide?«, machte er seiner Verärgerung Luft.

Hake betrachtete ihn ruhig. »Wir denken, dass Stenman angefangen hat, die Firma zu vernachlässigen, weil er eine größere Sache am Laufen hatte.«

»Oder weil alles so völlig hoffnungslos aussah«, konterte Tobisson, der nicht daran dachte, sich von seinen Kollegen übergehen zu lassen.

»Das glaube ich nicht«, meinte Lidman. »Der Mann leiht sich 400 000 von Durant. Zwar wissen wir nicht, wofür, aber offensichtlich nicht, um seine Schulden zu bezahlen. Vielleicht lässt er sich auf ein Geschäft mit den Russen ein. Vielleicht läuft dabei etwas schief. Vielleicht will er in einer anderen Branche von vorne anfangen und muss erst in einen neuen Warenvorrat investieren. Drogen vielleicht?«

»Oder vielleicht wird er erpresst und soll endlich mit dem Geld rüberkommen«, entgegnete Tobisson. »Er lässt seine Firma abstürzen, so dass es aussieht, als ob er nichts mehr hat.«

Seine beiden Kollegen betrachteten ihn etwas überrascht und nickten. »Gratuliere«, meinte Hake, »da könnte wirklich etwas dran sein.«

»Wie sind Sie nur darauf gekommen?«, fragte Lidman ironisch. Er hatte keine hohe Meinung von Tobisson. Von Natur aus empfand er ein gehöriges Misstrauen gegen durchtrainierte, gut gedrillte Polizisten mit grobem Mundwerk, die sich ein bisschen zu eifrig ins Zeug legten.

Tobisson antwortete nicht. Er stellte sich ans Fenster, die Hände hinter dem Rücken verschränkt wie ein altmodischer Schullehrer. Als er hinausschaute, stellte er fest, dass es zum ersten Mal seit einer Ewigkeit nicht regnete. Der Himmel zwischen den Hausdächern war blau und wolkenlos. Die Gebäude wirkten neu und wie verwandelt, aus dem dumpfen Graubraun waren strahlend gelbe, lebendige Fassaden mit Simsvorsprüngen und Reliefs geworden. Sogar die Fenster blitzten frisch im Sonnenlicht, und die Menschen hasteten nicht mehr geduckt unter Schirmen und

Regenmänteln durch die Straßen. Man schlenderte, blieb vor Schaufenstern stehen und schien alle Zeit der Welt zu haben. Tobisson selbst fühlte sich im Moment wohl in seiner Haut, und das Bild der Stadt schien seine Stimmung widerzuspiegeln. Er drehte sich zu seinen Kollegen um, musterte die beiden und dachte: Ihr findet also, das war eine gute Idee von mir. Wenn ihr wüsstet, was ich sonst noch auf Lager habe …

KAPITEL 9

Harry Stenman wurde am folgenden Tag begraben, und Axel Hake war zusammen mit Lidman zum Friedhof gefahren, um zu sehen, wer an der Beerdigung teilnahm. Ulla Stenman stand etwas abseits. Sie trug weder Schleier noch Witwenkleidung, nur einen einfachen schwarzen Mantel, unter dem ein dunkelgrauer Rock zu sehen war. Ein Stück hinter ihr stand Reds Bruder Rick in einem schwarzen Ledermantel. Er sah fast gelangweilt aus und schaute die ganze Zeit auf die Uhr. Der Priester versuchte angestrengt, die Versammelten dazu zu bewegen, die Köpfe zu senken und Trauer zu zeigen, aber nach einer Weile gab er auf und murmelte nur seine Litanei vor sich hin.

Maxim Olgakow war gekommen, ebenso Danne Durant. Keiner von beiden trug Schwarz. Olgakow war natürlich in sein übliches Braun gekleidet, und Durant hatte einen diskreten grauen Anzug gewählt. Ansonsten standen noch einige weitere Personen um das Grab herum, aber Hake erkannte niemanden von ihnen. Mit Lidman zusammen fotografierte er jeden einzelnen. Vielleicht konnten die Aufnahmen im Laufe der Ermittlungen von Nutzen sein. Dem Kommissar fielen besonders zwei Männer auf, die sich äußerlich ähnlich sahen und auch zusammen zum Grab gingen, um ihre Blumen niederzulegen.

Hake schaute zu Frau Stenman hinüber, die sich weigerte, seinem Blick zu begegnen. Er hatte sie darauf vorbereitet, dass die Polizei zum Begräbnis erscheinen würde. Damals hatte sie keine Einwände gehabt. »Sie können tun und lassen, was Sie wollen, solange Sie nur herausfinden, wer Red tot geprügelt hat. Aber ich bin sicher, Sie werden den Mörder nicht unter seinen Freunden finden. So etwas macht man mit niemandem, den man kennt.«

Hake hatte in seinem Leben schon zu viel gesehen, um noch an die Tugend der Freundschaft zu glauben.

Auf dem Weg zurück zum Auto holte er Olgakow ein. »Nur eine kurze Frage.«

Maxim Olgakow, der sich herabgelassen hatte, während der Begräbniszeremonie seinen speckigen Wildlederhut abzunehmen, stülpte ihn sich jetzt wieder auf den Kopf und blieb stehen.

»Kennen Sie jemanden mit dem Namen Viktor Jewtschenko?«, fragte Hake. Nur ein Schuss ins Blaue, aber er überprüfte lieber zu viel als zu wenig.

Olgakow betrachtete ihn mit einem Anflug von Erstaunen. »Mein bester Herr Kommissar«, sagte er mit Betonung, »falls die Polizei mir jemals in irgendeiner Weise geholfen hätte, könnte ich Ihnen diese Frage vielleicht beantworten. Aber Sie haben gegen mich gearbeitet, seit ich nach Schweden gekommen bin, und darum kann ich Ihnen nur eine Auskunft geben: Nein, ich kenne niemanden mit diesem Namen. Was ich stattdessen tun kann, ist, Ihnen 20000 für Ihren Citroën zu bieten.«

»Man verkauft keine alten Weggefährten«, sagte Hake.

»Ganz recht, das tut man nicht«, sagte Olgakow und schlenderte davon.

Hake verbrachte den Abend zusammen mit Siri. Hanna war

in Saltsjöbad bei ihrer Mutter. Bei einer Frau, die meinte, Hanna habe sich den falschen Mann ausgesucht. Natürlich hatte er nicht gerade Pluspunkte gesammelt, als er bei einem steifen Abenddinner auf den Herrn Papa zu sprechen kam, einen Firmenchef, der sich für eine jüngere Frau hatte scheiden lassen. Nach diesem Fehltritt dauerte es Monate, bis er erneut eine Einladung in die stattliche Villa bekam.

Siri fand ihre Großmutter zu streng und hatte ein bisschen Angst vor der alten Dame, die mit Geld genauso knauserte wie mit Gefühlen. Der Höhepunkt war gewesen, dass die Oma ihr einmal die Zehennägel schneiden wollte. Siri hatte sich beschwert, dass es weh tat, und die Großmutter hatte sie deshalb feige genannt. Seitdem durfte nur Hake seiner Tochter die Nägel schneiden, was er als ehrenvolles Amt betrachtete. Zuerst gingen sie zusammen in die Badewanne, bis die Nägel weich geworden waren, dann folgte eine Fußmassage, und schließlich durfte die Schere ihr Werk tun.

An diesem Abend hatten sie ungefähr zum hundertsten Mal *Pippi Langstrumpf* aus der Videothek geliehen. Siri konnte von dem Film nie genug bekommen, und Hake fragte sich schmunzelnd, wie viele Mädchen ihr Selbstbewusstsein wohl dieser wunderbaren Fantasiefigur verdankten.

Er gab Siri einen Gute-Nacht-Kuss auf den Mund und spürte diesen frischen, nach Äpfeln duftenden Atem, den nur Kinder haben. Später, wenn sie etwas älter wurden, verschwand der Geruch, und damit endete gewissermaßen die Zeit der Unschuld. Falls es überhaupt jemals eine Zeit der Unschuld gab. Siri schlummerte zufrieden wie ein kleiner Engel und hielt ihr Kuscheltier im Arm, ein zerschlissenes Stoffkaninchen mit langen Ohren.

Hake setzte sich auf die Couch, las seine französische Rennzeitung und nippte an einem Glas Wein. Plötzlich klingelte es an der Tür.

»Ich weiß, dass du zu Hause bist«, rief Lars Larsson-Varg und drückte die Klinke herunter. Hake stand auf, um zu öffnen. Sofort wedelte ihm sein Nachbar mit einem Stapel Dokumente vor der Nase herum. »Schläft die Kleine?«

Hake nickte und fragte sich, ob der Museumsvorsteher mit dem Ohr auf dem Parkettboden gelegen hatte, um zu hören, was in der Wohnung unter ihm vorging. Er tauchte nur allzu oft genau dann auf, wenn Hake seine Tochter gerade ins Bett gebracht hatte und ihre Stimme nicht mehr zu hören war. Nun schenkte Hake ihm ein Glas Wein ein und betrachtete die Fotos und Papiere, die Larsson-Varg angeschleppt hatte.

»Eine neue Spur«, sagte sein Nachbar. »Die Experten glauben, einen Daumenabdruck auf drei von Rembrandts berühmtesten Gemälden gefunden zu haben. Werke, von denen man weiß, dass er sie selbst geschaffen hat.« Er warf Hake einen viel sagenden Blick zu. Für ihn stand außer Diskussion, dass die Rembrandts im Nationalmuseum gefälscht waren. Er deutete auf einige vergrößerte Aufnahmen eines identischen Fingerabdrucks, der sich in der getrockneten Farbe aller drei Gemälde befunden hatte. »Hier. Der Daumen des Meisters höchstpersönlich. Verstehst du, was das bedeutet?«

Hake verstand es nicht.

»Manchmal bist du schwer von Begriff, Axel«, meinte Larsson-Varg ungeduldig. »Das bedeutet natürlich, falls sich dieser Daumen nicht auf der *Verschwörung der Bataver* wiederfindet, dann hat der gute Remmi das Bild nicht angefasst. Und es vor allem nicht gemalt.«

»Da würde ich vorsichtig sein«, meldete Hake Zweifel an. »Bei einem Verbrechen reicht es kaum als Beweis, wenn man etwas *nicht* findet.«

»Es handelt sich ja noch nicht um ein Verbrechen«, sagte Larsson-Varg etwas rätselhaft.

»Noch nicht?«

»Erst wenn ich alle meine Beweise vorgelegt habe, wird daraus ein Fall fürs Gericht. Man wird feststellen müssen, welcher Schadenersatz gefordert werden kann. Ich für meinen Teil werde eine Klage einreichen, die auf eine Rückzahlung aller meiner Eintrittsgelder plädiert, die das Museum unter Vorspiegelung falscher Tatsachen eingenommen hat. Mindestens die Hälfte der Besucher hat doch nur eine Karte gelöst, um das berühmte Rembrandt-Bild zu sehen. Wenn alle Geschädigten es mir gleichtun, dann wird das Museum astronomische Summen herausrücken müssen. Das Gemälde hängt schließlich schon in der Sammlung, seit sie 1866 eröffnet wurde.« Er sank zurück in den Sessel, schloss die Augen und malte sich im Stillen aus, welche Folgen seine Enthüllung für das Museum haben würde.

»Und wie willst du es anstellen, das Gemälde auf deiner Jagd nach Fingerabdrücken zu untersuchen?«, fragte Hake leicht nervös. Er fürchtete das Schlimmste.

Larsson-Varg ließ sich Zeit, bevor er die Augen aufschlug und Hake unschuldig ansah. »Ich denke, bei solchen Unternehmungen ist es sehr hilfreich, wenn man die Polizei auf seiner Seite weiß. Ein Teil der Ehre wird dir gebühren, wenn erst alles ans Licht gebracht ist.«

»Was meinst du mit ›solche Unternehmungen‹?«

»Ihr von der Kripo habt doch wohl Dietriche, Schaltpläne von Alarmanlagen und so weiter? Ihr wisst, wie man einen Alarm abstellt, richtig?«

»Hast du vor, ins Nationalmuseum einzubrechen?«

»Na ja, ist es denn wirklich ein Einbruch, wenn die Polizei mit dabei ist?«

»Du hast die Polizei nicht dabei, Lars.«

»Ich dachte nur, dass vielleicht wir beide ...«

»Das ist alles nur ein Scherz, oder?«

Larsson-Varg sah ein wenig verunsichert aus. Das Gespräch war wohl nicht so gelaufen, wie er es sich vorgestellt hatte. »Du könntest wenigstens Wache stehen.«

»Lars ...«

»Okay, okay, wenn du fest entschlossen bist, mir nicht zu helfen ...« Er zuckte mit den Schultern.

»Mein lieber Ex-Museumsvorsteher – denn darum geht es doch wohl, dass sie dich gefeuert haben und du jetzt deine Rache willst ...?«

Larsson-Varg antwortete nicht.

»Wie auch immer. Ich bin zuständig für Mordfälle. Aber als Polizeibeamter kann ich dich nur davor warnen, mir von kriminellen Plänen zu erzählen, wie gut befreundet wir auch sein mögen.«

»Axel«, meinte sein Gast seufzend, »du bist auf dem besten Weg, dich in einen Paragraphenreiter und Streber zu verwandeln. Wenn das so weiter geht, wirst du mich schon verhaften, weil ich dich in meiner Privatwohnung zu einer Flasche Schmuggelschnaps aus Deutschland einlade.«

»Das ist nicht dasselbe.«

»Du bist wirklich ein hoffnungsloser Fall«, stellte Larsson-Varg vergrämt fest. Er raffte seine Dokumente zusammen und stand auf. In seinem roten Kaftan und den bauschigen Leinenhosen sah er aus wie ein Zirkusartist. »Aber ich werde weiter kämpfen. Allein und auf mich selbst gestellt, wie ich es immer getan habe.«

»Tu mir bloß den Gefallen und mach keine Dummheiten«, meinte Hake.

Das Lachen seines Nachbarn hallte durch den Hausflur, als Larsson-Varg aus der Tür trat.

Der Museumsvorsteher war gerade verschwunden, als ein Schlüssel im Schloss gedreht wurde und Hanna hereinkam. Sie grüßte flüchtig und ging schnurstracks ins Wohnzimmer, wo sie sich ein großes Glas Wein einschenkte und in einem einzigen Zug herunterstürzte.

»Prost«, sagte Hake.

Hanna zog nur eine Grimasse und schenkte nach.

»Habt ihr euch gestritten?«

Sie schaute ihn eine halbe Ewigkeit an, ehe sie antwortete. »Hast du jemals Angst gehabt, so zu werden wie deine Eltern?«

Zwar hatte sich Hake manchmal Gedanken über den Alkoholismus seines Vaters gemacht oder über die Rheumahände seiner Mutter, aber Angst war ein zu starkes Wort dafür.

»Tja …«, setzte er an.

»Ich habe Angst, Axel.«

»Aber du ähnelst ihr doch nicht im mindesten.«

»Oh doch, irgendwann werde ich bestimmt genau wie sie. Bitter, voller Vorurteile und schadenfroh, wenn es anderen schlecht geht.«

»Diese Seite habe ich nie an dir kennen gelernt«, sagte er sanft.

»Du bist nett zu mir«, seufzte sie, setzte sich neben ihn und legte ihre Arme um seine Schultern. »Aber du wirst mich verlassen, genau wie mein Vater sie verlassen hat.«

»Großer Gott, Hanna …«

»Schsch«, machte sie und küsste ihn energisch auf den Mund.

Hake befreite sich aus ihren Armen und schaute sie an.

»Was um Himmels willen ist eigentlich passiert?«

»Ich saß im Wohnzimmer und betrachtete meine Mutter, während sie begeistert über die Mängel und Schwächen all ihrer Mitmenschen herzog, und in diesem Augenblick sah ich mich selbst in einigen Jahren: der Hals etwas zu mager, das Haar etwas zu grell gefärbt, ein bisschen zu viel Schmuck und Ringe, die Brust eingeschrumpelt und die Adern auf den Händen wie schwarze Tuschelinien auf Pergament.« Sie lehnte ihren Kopf an seinen Körper. »Und da dachte ich, so will ich nie werden, eher mache ich gleich Schluss.«

»Liebling«, sagte Hake zärtlich, »so wirst du nie.«

Sie betrachtete ihn mit forschendem Blick. »Doch«, meinte sie. »Aber du wirst mich niemals so zu sehen bekommen.«

»Was willst du damit sagen?«

Sie schüttelte betrübt den Kopf und starrte blicklos vor sich hin. »Ich friere, Axel«, flüsterte sie. »Ich friere …«

Am nächsten Tag fuhren Hake und Lidman mit dem Citroën zum Ringvägen. Das Morgenlicht tastete sich an den geduckten Gestalten der Häuser empor, und die Straßen waren bedeckt mit rotem und goldenem Herbstlaub. Lidman saß zusammengesunken in seinem weiten Mantel und starrte geradeaus. Seine Frau war zu einem Kongress gefahren, und das bedeutete, dass er niemanden hatte, der seine beiden Hauptinteressen – Essen und Tanzen – mit ihm teilte. Einen privaten Kontakt zu Tobisson oder Hake wollte er nicht aufbauen.

Tobisson und seine Schreckschraube ernährten sich vermutlich von Baumrinde und vollbiotischem Haferschleim. Er war nicht scharf darauf, sich einen Abend voller Vorträge über Ernährungsprinzipien und Fitness anzutun. Und Hake hatte nie angedeutet, dass er sich einen Freizeitkontakt zu seinen Kollegen vorstellen könnte. Am vorigen Abend hatte Lidman überlegt, allein zum Tanzclub zu gehen und sich andere Partnerinnen zu suchen. Aber das hätte nur mit einer langen Kneipennacht und zu viel Alkohol geendet, und der Kater am nächsten Morgen erschien ihm heutzutage fast unerträglich deprimierend. Da war es besser, einfach zu Hause zu bleiben, Kreuzworträtsel zu lösen und sich in seiner Arbeit zu vergraben, bis die Ehefrau zurück war.

Hake parkte bei Auto-Harry, und sie gingen die Rampe der Garagenhalle hinunter zum Büro. In dem Glaskasten saß Ulla Stenman am Schreibtisch, hatte einige Papiere vor sich liegen und eine uralte Rechenmaschine neben sich stehen. Sie warf ihnen einen kurzen Blick zu, tippte einige Zahlen ein und bat sie, sich zu setzen.

Lidman holte seinen Aktenordner hervor und blätterte eine Weile stumm darin herum, bevor er sich räusperte und diplomatisch sagte: »Wir haben uns mit den Finanzen Ihres letzen Geschäftsjahres beschäftigt. Sehr positiv sieht das nicht gerade aus.«

Ulla Stenman hob die Augenbrauen.

»Wenn ich ein Wort finden sollte, um Ihre Firma zu beschreiben, würde ich sagen: insolvent.«

Sie schaute düster auf die beiden Polizeibeamten – den dicken, Bonbons lutschenden Lidman mit seinem übergroßen Mantel, den Red wahrscheinlich mit einer Sprengschutzmatte verglichen hätte. Und daneben den Kommissar mit Gehstock und einem aufmerksamen, steten Blick. Zum Schluss sagte sie mit einer Handbewegung in Richtung der Papiere und Aktenordner: »Langsam wird mir das auch klar. Bisher war ich der Meinung, Red habe seine Rechnungen durchgängig bezahlt, aber danach sieht es nicht aus.«

»Was wollen Sie jetzt tun?«, fragte Hake.

»Konkurs anmelden. Was bleibt mir anderes übrig?«

»Wissen Sie, warum er das Geschäft im letzten halben Jahr so hat schleifen lassen?«

Sie schüttelte den Kopf.

»Aber Sie haben doch hier im Büro gearbeitet.«

»Schon, aber er war allein für die Firma zuständig. Ich habe nur dafür gesorgt, dass die Wagen versichert und bezahlt waren und dass die Papiere stimmten. Außerdem habe ich mich um Annoncen und Kundenkontakte gekümmert.« Sie machte eine müde Geste. »So wollte Red es haben.«

Lidman hatte überprüft, ob die verschleppten Zahlungen und geplatzten Rechnungen jemandem geschäftlich das Genick gebrochen hatten, aber er hatte nichts Dramatisches gefunden.

Rick kam in einem alten Mazda in die Garage gefahren, setzte den Wagen präzise in eine winzige Parklücke und schlenderte ins Büro. Er trug eine Lederjacke, die für das Wetter viel zu dünn war. Mit der Hand fuhr er sich durch die rotblonde Haarmähne, grüßte und blieb in der Tür stehen.

Hake setzte seine Vernehmung fort. »Und Sie haben weiterhin keine Idee, wer Ihren Mann getötet haben könnte?«

Sie schaute einen langen Moment zu Rick hinüber, ehe sie ihren Blick wieder den Polizisten zuwandte. »Ich neige immer mehr dazu, Ricks Theorie zu teilen, dass sie den Falschen erwischt haben.«

»Wer ›sie‹?«

»Damit meine ich natürlich, wer immer für den Mord verantwortlich ist.« Hake hörte eine leichte Verärgerung in ihrer Stimme.

»Was werden Sie jetzt mit Ihren Schulden bei Danne Durant machen?«

»Wie schon gesagt, der Kredit lief nicht auf meinen Namen oder den der Firma, sondern Harry hat das Geld privat geliehen. Ich habe kein eigenes Vermögen.«

»Und Sie haben noch immer nicht herausgefunden, was Ihr Mann mit den 400 000 angestellt haben kann, wo es nun offensichtlich ist, dass er das Geld nicht benutzt hat, um seine Kredite abzubezahlen.«

Sie schüttelte den Kopf. Hake schaute fragend zu Rick.

»Keine Ahnung.«

»Er hat das Geld nicht zufällig in … Drogen investiert oder in ähnliche Geschäfte?«

»So etwas hätte Red nie getan«, protestierte Ulla Stenman.

»Er war ein anständiger Mensch«, sagte Rick. »Warum wollen Sie uns das nicht glauben? Haben Sie Vorurteile gegen Gebrauchtwagenhändler?«

»Wir verfolgen alle denkbaren Spuren«, sagte Hake ruhig. »Das ist unser Job. Wenn Sie nicht wissen, was er mit den geliehenen 400 000 gemacht hat, dann haben Sie anscheinend nicht sein volles Vertrauen besessen, richtig? Also müssen wir selber nachforschen.«

Die beiden Stenmans waren sprachlos. Die Stille zog sich hin, und Lidman wartete ab. Ein alter psychologischer Trick bei der Kripo bestand darin, die Stille wirken zu lassen, bis zum Schluss jemand das Bedürfnis hatte, sie mit Worten zu füllen. Frau Stenman stand auf und strich sich mit den

Händen über die Hüften, um ihren Rock zu glätten. »Ich habe alle unsere Konten überprüft, und die 400 000 sind dort nie aufgetaucht«, sagte sie.

»Kann er nicht zusätzlich heimliche Konten gehabt haben?«

»Warum sollte er?«

Lidman antwortete irritiert: »Weil er in einer Sache drinsteckte, von der niemand etwas wissen sollte. Das ist doch wohl logisch.«

»Ich weiß nur einfach nicht, was das gewesen sein soll.«

»Er wurde nicht vielleicht erpresst?«

Frau Stenman schüttelte den Kopf und schaute zu Rick hinüber, der nur mit den Schultern zuckte.

»Was ist mit Danne Durant? Hat er überhaupt von sich hören lassen?«

»Er war bei der Beerdigung«, antwortete Witwe Stenman. »Er hat mir sein Beileid ausgedrückt.«

»Sonst hat er nichts gesagt?«

»Nein.«

Sie setzte sich wieder und drehte ihren Ehering am Finger. Hake hatte sie die ganze Zeit genau beobachtet und versucht, ein Verhaltensmuster zu entdecken, das verriet, wann sie sich unter Druck gesetzt oder unsicher fühlte. Bisher hatte er nichts finden können, was ihm weiterhalf. Die nervöse Geste mit dem Ehering sah er zum ersten Mal.

»Woher kannte Harry denn eigentlich Danne Durant?«

»Sie sind sich schon vor langer Zeit begegnet«, sagte sie vage.

Rick fügte hinzu: »Auf jeden Fall schon vor über fünfzehn Jahren. Ich kann mich an ihn noch aus der Zeit erinnern, als er ein Antiquitätengeschäft in der Gotlandsgatan hatte.«

Rick warf seiner Schwägerin einen Blick zu, und sie schüttelte leicht den Kopf.

»Hatten die beiden schon früher geschäftlich miteinander zu tun?«

»Sie haben immer mal wieder gemeinsame Projekte auf die Beine gestellt. Eine Weile hat ihnen zusammen eine Umzugsfirma gehört.«

»Was ist damit passiert?«

»Konnte sich kaum über Wasser halten.«

Wieder flog ein Blick zwischen ihm und Frau Stenman hin und her. Hake fragte sich, was das zu bedeuten hatte. Es wirkte, als wolle Rick etwas hinzufügen, aber seine Schwägerin würde ihn jedes Mal zurückhalten.

Für kurze Zeit wurden sie abgelenkt, als ein Kunde in die Garage kam. Rick ging hinaus, um ihm mitzuteilen, dass für heute geschlossen war. Als er zurückkam, meinte er: »Ich glaube doch, dass du es ihnen sagen solltest, Ulla.«

»Was sagen?«, fragte Oskar Lidman und lehnte sich so ruckartig vor, dass sein Stuhl bedenklich knirschte.

Ulla zuckte mit den Schultern. »Vermutlich, dass Danne Durant und ich ein Paar waren, bevor ich Harry geheiratet habe«, antwortete sie.

»Verdammter Mist, warum ist diese kleine Schlampe damit nicht früher rausgerückt?«, grummelte Lidman, als sie Auto-Harry hinter sich ließen.

Hake steuerte den Ringvägen entlang, bog an der Hornsgatan ab und fuhr dann die Uferstraße Bergsunds Strand weiter Richtung Långholmen.

Natürlich hatten sie von Ulla Stenman wissen wollen, warum sie ihnen das nicht früher gesagt hatte. Daraufhin hatte sie nur überrascht geschaut und gefragt, ob das denn wichtig für den Fall sei. Anschließend hatte sie erzählt, dass ihre Beziehung mit Danne damals schon länger in einer Sackgasse gelandet war, als sie sich in Harry verliebte. Nachdem es zum ersten Mal gefunkt hatte, dauerte es nur einige Monate, und schon waren die beiden verheiratet. Sie behauptete, Danne habe deshalb keine große Szene gemacht, dazu sei er einfach nicht der Typ. Er habe die Tatsache akzeptiert, und sie seien Freunde geblieben. Abschließend meinte sie: »Wenn er deshalb durchgedreht wäre, dann hätte er Harry wohl gleich damals den Schädel eingeschlagen.«

»Also ist er zu so etwas fähig?«, hakte Lidman nach.

Sie verneinte. Ihrer Meinung nach war es auch sehr unwahrscheinlich, dass Danne nach so vielen Jahren noch immer eifersüchtig war oder dass er Harry etwas nachtrug.

Rick hatte hinzugefügt: »Immerhin hätte er Harry wohl kaum 400 000 Kronen geliehen, wenn es zwischen den beiden böses Blut gegeben hätte.« Er selbst habe jedenfalls nicht bemerkt, dass sich das Verhältnis zwischen den Firmenkompagnons aus Rivalität geändert habe.

Aber Hake wusste nur allzu gut, dass Eifersucht im Verborgenen weiterschwelen und zu Mord und Totschlag führen konnte. Die Kriminalstatistik war voll von solchen Fällen.

»Können wir sie wegen Irreführung der Polizei hinter Gitter bringen?«, knurrte Lidman, als Hake auf die Brücke nach Långholmen fuhr. »Verschleierung der Tatsachen, arglistige Täuschung?«

Hake steuerte in Richtung der Mälaren-Werft, wo Durants Boot *Laura* vor Anker lag. »Was soll das nützen? Dadurch würde sie uns erst recht nichts sagen.«

Sie parkten an der Kaimauer beim Werftengelände, und

Lidman stieg brummelnd aus dem Auto. Das Boot lag noch immer am selben Platz, doch im fahlen Tageslicht sah es noch verkommener aus als bei ihrem letzten Besuch. Rostiges Metall blätterte rot von den Wänden ab, die Fenster waren mit einer so dicken Schmutzschicht überzogen, dass man unmöglich hineinsehen konnte. Die beiden Beamten gingen an Bord und klopften. Drinnen wurde ein Radio abgestellt, man hörte jemanden die Stufen zum Deck hinaufkommen. Die Tür öffnete sich, und Danne Durant stand vor ihnen. »Was wollen Sie denn diesmal?«

Hake fragte, ob sie hereinkommen könnten, und Durant gab widerwillig den Weg frei. Sie durchquerten den abrissreifen Salon und stiegen ins Unterdeck. Dort öffnete sich plötzlich ein eleganter Raum vor ihnen, der an eine Loftwohnung erinnerte. Alles war sauber und aufgeräumt, an einem Ende befand sich eine hübsche Sitzgruppe im Chippendale-Stil mit einem großzügig bemessenen Beistelltisch, auf dem sich Bücher über Architektur und Antiquitäten stapelten. Eine Schottseite wurde von einem Bücherbord aus Eichenholz eingenommen, auf dem Fußboden lagen antike Orientteppiche. Der ganze Raum erinnerte an eine Kapitänskajüte aus dem vorigen Jahrhundert. Vielleicht ließ sich die stilvolle Einrichtung damit erklären, dass Durant früher Antiquitätenhändler gewesen war.

»Man muss ja nicht an die große Glocke hängen, dass hier unten Dekadenz herrscht«, kommentierte Durant, als er die überraschten Blicke der beiden Polizisten sah. »Die ganzen Rumtreiber, die durch die Fenster des Oberdecks starren, sehen nur einen schäbigen Salon mit Ausklapptischen und nichts, was einen Diebstahl lohnt.« Er ließ sich in einen Sessel sinken. »Aber Sie sind wohl nicht hergekommen, um meinen Möbelgeschmack zu bewundern, was?«

»Wie Sie wissen, untersuchen wir den Mord an Harry Stenman«, erklärte Lidman. »Wir gehen seinen Bekanntenkreis durch, und dabei ist in letzter Zeit mehrmals Ihr Name aufgetaucht. Jetzt haben wir gerade gehört, dass Ulla Stenman Sie abserviert hat, um sich Harry an den Hals zu werfen.« Lidman schaute mit einem kleinen Lächeln auf Durant hinunter. Er war ein Meister darin, die Leute mit seiner scheinbar plumpen Art auf die Palme zu bringen.

»Hat sie das gesagt?« Durant sah Hake an, der bisher den Mund nicht aufgemacht hatte.

»Ganz genau das hat sie gesagt«, bekräftigte Lidman. »Anscheinend waren Sie ihr nicht Mann genug.«

Durant wurde etwas blasser. Hake konnte sehen, wie sich in schneller Folge die widersprüchlichsten Gefühle auf seinem Gesicht abzeichneten. Auf der einen Seite wollte er Lidman zum Teufel jagen, auf der anderen Seite wollte er auf keinen Fall die Selbstkontrolle verlieren, die ihm anscheinend so wichtig war. Durant stand auf, ging zu einem kleinen Kühlschrank und nahm ein Marken-Mineralwasser heraus. Er schenkte sich ein Glas ein, ohne den beiden etwas anzubieten. Über den Rand des Glases hinweg starrte er Hake an.

»Wir versuchen einen brutalen Mord aufzuklären«, meinte der Kommissar. »Manchmal geht uns die Arbeit auf die Nerven. Nehmen Sie das nicht persönlich.«

Durant setzte sich wieder und nippte an seinem Quellwasser. »Ulla und ich waren ein Paar, aber das ging dem Ende entgegen, als sie Harry traf. Um ehrlich zu sein, war ich ziemlich erleichtert. Ulla hat bis heute die Angewohnheit, fast unaufhörlich zu reden, auch wenn sie nichts zu sagen hat.«

»Also wurde die Partnerschaft sozusagen in gemeinsamem Einverständnis beendet«, meinte Hake verständnisvoll.

Durant nickte.

»Sie beide haben nie an alte Zeiten angeknüpft und eine Affäre begonnen?«

»Das wäre ziemlich sinnlos gewesen.«

»Sind Sie da ganz sicher?«

Durant schaute ihn nur amüsiert an.

»Und was wissen Sie über Autoexporte nach Russland?«, fragte Hake, ohne seinen beiläufigen Tonfall zu ändern. Die Frage kam völlig unerwartet, und er konnte sehen, wie Durant davon überrumpelt wurde.

»Ich weiß ... gar nichts. Wieso sollte ich darüber Bescheid wissen?«

»Wir haben sichere Informationen, dass Harry in solche Schiebereien verwickelt war.«

»Harry schon.«

»Sie haben ihm immerhin 400 000 Kronen geliehen. Vielleicht hat er Ihnen erzählt, dass er das Geld für seine Geschäfte mit den Russen braucht.«

»Ich habe Ihnen schon früher erklärt, dass ich keine Ahnung habe, wofür er das Geld haben wollte.«

»Er hat Sie einfach um die Summe gebeten, Sie haben ›Ja‹ gesagt, und das war's?«

»So ziemlich«, stimmte Durant zu. »Wir waren seit zwanzig Jahren befreundet, er brauchte mir keine exakte Rechenschaft darüber abzulegen, was er mit dem Geld vorhatte.«

»Sie haben also 400 000 einfach so rumliegen?«, meinte Lidman.

»Ich bin ein erfolgreicher Geschäftsmann. Für mich war das eine Investition. Red wollte mir das Geld mit Zinsen zurückzahlen.«

Plötzlich war außen vor dem Schiff ein kratzendes Geräusch zu hören, und Durant begann ein wenig nervös zu wirken.

»Erwarten Sie jemanden?«, fragte Hake.

Durant schüttelte den Kopf.

Jetzt hörte Hake, dass eine Person auf das Bootsdeck kam und versuchte, die verschlossene Tür zu öffnen. Schnell stand er auf, schnappte sich seinen Stock und begann hinkend die Stufen hochzuklettern. Er stieß die Tür zum oberen Salon auf und ging hastig zum Fenster. Draußen sah er eine Gestalt, die eilig um die Ecke verschwand, und beschloss ihr zu folgen.

Kalter Herbstwind schlug ihm entgegen, als er auf das Deck hinaus trat. Er blieb eine Sekunde lang stehen, um seinen Blick über das Werftengelände schweifen zu lassen. Nichts bewegte sich. So schnell sein angeschlagenes Bein es zuließ, kletterte er über die Reling an Land. Aber noch immer konnte er die Gestalt nirgendwo erkennen. Er hastete weiter an den Booten entlang, kam an einem Fabrikschuppen vorbei, und dahinter tauchte plötzlich der altbekannte Kleinlaster auf. Hake rief dem Fahrer zu: »Waren Sie gerade auf einem der Boote?«

Der Mann schüttelte den Kopf.

»Jemand ist aber an Bord herumgeklettert.«

Jetzt machte der Fahrer eine Kopfbewegung in Richtung eines Schleppers, der einige Anlegeplätze weiter lag. Hake ging auf den Kahn zu. Niemand war zu sehen, doch als er sich noch einmal zu dem Lastwagenfahrer umwandte, nickte dieser bekräftigend. Hake ging an Bord und konnte gerade noch beobachten, wie jemand durch eine Luke im Vorderdeck schlüpfte. Im selben Moment, als Hake bei der Luke ankam, schlug der Deckel vor ihm zu. Er riss ihn gewaltsam wieder auf. Unten schien nichts zu sein als Schwärze und Totenstille.

»Kommen Sie rauf, wer immer Sie sind«, rief Hake.

Die Person gab sich nicht zu erkennen, also legte Hake seinen Gehstock beiseite und begann die schmale Leiter hinunterzuklettern. Der säuerliche Geruch von vergammeltem Tauwerk und Ölkleidung schlug ihm entgegen. Das Licht von der Lukenöffnung reichte gerade aus, um sehen zu können, wohin er seine Füße setzte. Endlich war er unten angekommen.

»Zeigen Sie sich«, sagte er in die Dunkelheit.

Als noch immer niemand reagierte, tastete er sich voran und rannte prompt in einen Vorratssack voller Taue und Trossen. Danach balancierte er über eine rutschige Persenning, und plötzlich spürte er, dass sich jemand ganz in der Nähe befand. Er ließ auf Verdacht seine Hand vorschnellen und bekam einen Pullover zu fassen. Der Besitzer des Kleidungsstücks zuckte zurück, und Hake konnte ihn nicht schnell genug festhalten. Ohne zu zögern warf er sich blindlings nach vorne. Der zum Pullover gehörige Körper landete ausgestreckt auf dem Boden, mit Hake obendrauf. Gerade hatte der Kommissar den Unbekannten fest am Kragen gepackt, als ihm klar wurde, wen er da gefangen hatte. »Was zum Teufel tun Sie hier?«

Der Schnapsgestank, der von dem Penner aus dem weißen Bus ausging, war kaum zu ertragen.

»Lass mich los«, winselte der Mann.

»Sie kommen mit hoch«, bestimmte Hake und zog das lebende Kleiderbündel zur Leiter. Sofort schien der Mann in sich zusammenzusinken. Er folgte gehorsam auf das Vorderdeck, und Hake sah, dass er zitterte. Die offenen Wunden vom Schwarzgebrannten waren zum Teil verheilt, aber dennoch gab er eine jämmerliche Gestalt ab. »Warum haben Sie uns nachspioniert?«

Der Mann fuhr sich mit der Zunge über die aufgesprungenen Lippen. »Ich hab nicht spioniert. Wollte nur sehen, ob Durant da ist.«

»Sie kennen ihn?«

»Manchmal gibt er mir Geld.«

Hake löste seinen Griff. »Wie heißen Sie?«

»Leffe.«

»Nur Leffe?«

»Hier nennen sie mich Socken-Leffe, weil ich manchmal Drecksfüße habe. Aber eigentlich heiße ich Alderson.« Er bemühte sich zu lächeln, aber daraus wurde nur ein abschreckendes Grinsen.

»Kommen Sie mit zu Durants Schiff, da reden wir weiter.«

Leffe wurde sichtlich blasser und schüttelte heftig den Kopf. »Nie. Eher ersäuf ich mich im Kanal.«

»Sie haben Angst vor ihm?«

»Bitte, er darf nicht wissen, dass ich da draußen bei seinem Boot war«, bat Leffe und wurde erneut von einem zitternden Schauer überlaufen. Mit wilden Blicken schaute er um sich.

»Okay«, gab Hake nach. »Beruhigen Sie sich.«

Aber Leffe dachte nicht daran, sich zu beruhigen. Er war die ganze Zeit in Bewegung, sein Kopf zuckte auf und ab, als habe er einen Anfall, und Hake fragte sich besorgt, ob der Mann kurz vor dem Delirium tremens stand.

Sie bewegten sich vom Schlepper weg auf die *Laura* zu. Als sie fast angekommen waren, fragte Hake: »Sie haben also wirklich nichts gesehen, was mit dem Mord an Harry Stenman zu tun haben könnte?«

»Gar nichts. Und jetzt lass mich in Ruhe. Ich habe überhaupt nichts von deinem beschissenen Mord gesehen oder gehört.« Mit einem letzten Schüttelanfall begann er von Durants Boot wegzulaufen, so schnell ihn seine wackeligen Beine trugen. Hake sah ihm nach, bis er das Gelände der Mälaren-Werft verlassen hatte, und kletterte dann zurück auf die *Laura*.

»Wer war es denn?«, fragte Durant, als der Kommissar unter Deck erschien.

»Hab ihn nicht gefunden«, antwortete Hake.

»Ihn?«, meinte Lidman. »Ich hatte an Ulla Stenman gedacht, die für ein Schäferstündchen rüberkommen wollte. Aber dann hat sie uns gesehen und die Kurve gekratzt.«

Hake beobachtete Danne Durant, dessen Gesicht völlig ausdruckslos blieb. Als Hake behauptete, er habe niemanden gefunden, hatte Durant weder Ärger noch Erleichterung gezeigt.

Auf der Fahrt von Långholmen zum Polizeipräsidium überlegte Hake laut: »Vielleicht ist er zum Lauschen an Bord geklettert. Aber warum sollte er das tun?«

Lidman schlug vor: »Oder vielleicht hatte Durant aus irgendeinem Grund ein Treffen mit ihm vereinbart. Aber als Leffe die Polizei sah, ist er lieber verschwunden.«

»Der Kerl sah aus, als würde er sich halb zu Tode fürchten. Er hat mich regelrecht angefleht, Durant nichts zu sagen.«

»Jedenfalls ist an der Sache etwas oberfaul«, stellte Lidman abschließend fest und warf einen besorgten Blick auf Hake. Das Auto bewegte sich auffällig ruckartig. Natürlich hatte Hake eine speziell konstruierte Kupplung, aber anscheinend konnte er kaum das Knie hochheben, wenn er schalten wollte.

»Wie geht es dem Bein?«, fragte Lidman.

»Prima«, sagte Hake und biss die Zähne zusammen. Doch als sie beim Präsidium angekommen waren, ging er als erstes zur Toilette, rieb die Muskeln mit einer entzündungshemmenden Salbe ein und schluckte eine Schmerztablette. Das Knie war bedenklich angeschwollen, und er verfluchte seine eigene Sturheit. Warum lernte er nicht, auf Verfolgungsjagden und Klettertouren zu verzichten, die das Gelenk belasteten?

Als er ins Büro kam, wartete dort Tobisson auf ihn. Er wirkte beunruhigend friedlich und trug statt seiner normalen sportlichen Kleidung einen neuen Wildledermantel mit schwarzem Fellkragen.

»Ja?«, fragte Hake vorsichtig.

»Tobisson wollte mir nichts sagen, bevor Sie zurück sind«, beschwerte sich Lidman. Er fand, dass Tobisson in seinem neuen Dress wie ein Zuhälter aus einem schwedischen Siebzigerjahre-Film aussah. Fehlte nur noch die teure Pelzmütze.

»Ich habe eben keine Lust, dasselbe zweimal zu erzählen«, sagte Tobisson und stand auf. Er kramte in seiner Aktentasche und holte ein Foto heraus, das er an der Wandtafel neben den anderen Bildern befestigte. Darauf waren vier Männer in der Uniform der Fremdenlegion zu sehen. Harry Stenman hatte seine weiße Militärmütze, das bekannte Képi Blanc, aus der Stirn geschoben und sah ernst in die Kamera. Zu seiner Linken stand ein Mann im gleichen Alter, das Gewehr über die Schulter gelegt, und zu seiner Rechten zwei etwas jüngere Männer, die sich auffällig ähnlich sahen. Sie hatten dieselben fleischigen Nasenflügel und grauen Augen. Hake erkannte das Paar von der Beerdigung.

»Harry Stenman mit seinen Kumpanen aus Sarajevo«,

sagte Tobisson. »Der auf der linken Seite heißt Kurre Oskarsson. Ist bei dem Einsatz gefallen. Es hieß allgemein, Harry Stenman habe sich über einen Befehl hinweggesetzt und dadurch seine Leute in einen Hinterhalt geführt. Er wurde aus der Armee entlassen, ohne dagegen zu protestieren. Die beiden anderen, das Brüderpaar Nils und Göran Hemmesta, sind bei der Armee geblieben und erst Anfang dieses Sommers nach Schweden zurückgekommen. Sie haben fast fünfzehn Jahre in der Fremdenlegion gedient.« Triumphierend schaute er auf seine Kollegen.

KAPITEL 10

Das Wochenendhaus lag ein gutes Stück draußen im Schärengarten von Värmdö. Ein typisches Beispiel für die vielen kleinen Wochenendhäuschen, die Anfang der Fünfzigerjahre durch die niedrigen Grundstückspreise entstanden waren. Später wurden sie meist halblegal mit Schwarzanbauten versehen, in diesem Fall mit einem zusätzlichen Schlafzimmer, einem kleinen überdachten Balkon und einigen Nebengebäuden. In den Außengebieten von Stockholm wimmelte es von solchen Sommerhäusern, aber dieses Exemplar sah besonders fragwürdig aus. Das Gebäude war mit grüner Dachpappe gedeckt, ansonsten braun gestrichen, und wartete offensichtlich schon seit Jahren auf eine neue Farbschicht, denn die alte blätterte um die Fenster herum ab. Früher hatte wohl ein Weg durch den zugewachsenen Garten mit seinen verkrüppelten Apfelbäumen geführt, aber davon war fast nichts mehr zu sehen. Nur eine Vertiefung in der Mitte des ungemähten Rasens ließ erkennen, dass es hier einen Pfad zum Haus gegeben hatte.

Hake hielt vor einem Briefkasten, auf dem der Name Hemmesta noch blass zu lesen war, und spähte zum Sommerhäuschen. Die Fenster waren nicht erleuchtet, obwohl es ein trüber Tag war und es bereits dunkel zu werden begann. Er schaute Tobisson an.

Sein Kollege zuckte nur mit den Schultern. »Eine andere Adresse gibt es nicht«, sagte er.

Tobisson hatte äußerst solide Grundlagenarbeit geleistet. Durch den Kontakt zu Raymond hatte er die Namen der schwedischen Mitglieder der Fremdenlegion erhalten. Er hatte herausgefunden, dass das Zweite Fallschirmjägerregiment Anfang der Neunziger in Bosnien stationiert gewesen war und hatte sogar die Mutter des toten Kurre Oskarsson aufgespürt. Von ihr hatte er das Foto der vier Waffenbrüder bekommen.

»Ich habe Kurre gewarnt, er soll in Schweden bleiben«, hatte sie gesagt. »Aber er wollte ja nicht hören, nicht mein Kurre. Welcher Sohn hört schon auf seine Mutter?« Sie war eine kleine alte Dame, deren schwarze Knopfaugen sich intensiv auf Tobisson richteten. »Er hat mich ein wenig an Sie erinnert. Zäh und halsstarrig. Eigentlich wollte er Polizist werden, aber er hat ein paar Dummheiten gemacht und wurde wegen Körperverletzung verurteilt, also war das nicht möglich.« Sie seufzte, als sie sich in Erinnerungen verlor, und Tobisson nahm an, dass sie es mit ihrem Sohn nicht leicht gehabt hatte.

»Sein Vater hat sich aus dem Staub gemacht, als er drei war. Es heißt ja, dass gerade Jungs ohne Vater leicht gewalttätig werden. Allerdings glaube ich eher, dass die Gene daran Schuld sind. Mein Mann war ein Rumtreiber und Kneipenschläger. Konnte nie etwas durchgehen lassen, sondern suchte ständig Streit. So sind Sie doch hoffentlich nicht?«

Tobisson fühlte einen kalten Schauer sein Rückgrat hinunter laufen, als er plötzlich von dieser direkten Frage überrascht wurde. Wendela hatte ihm schon oft vorgeworfen, dass er sich ständig an Kleinigkeiten festbiss und unnötigen Ärger herausforderte. Aber natürlich beteuerte er der alten Dame, dass er absolut nicht so war.

Sie ging zur einer Kommode und suchte ein Bild der Gefährten in Sarajevo hervor. Als sie ihm das Foto überreichte, erklärte sie: »Die beiden Brüder waren wohl so richtig harte Burschen und Red ein Anführertyp, der die Gruppe dazu bringen konnte, zu tun, was immer er wollte.«

»Haben Sie Briefe von Ihrem Sohn aufbewahrt?«

Sie sah ihn bekümmert an. »Nein, wissen Sie, Kurre hatte Schwierigkeiten mit dem Lesen und Schreiben ... Dafür gibt es wohl einen wissenschaftlichen Namen. Ich glaube, er schämte sich, einen Stift in die Hand zu nehmen. Irgendwann habe ich ein oder zwei Postkarten bekommen, aber die hat er vermutlich nicht selbst geschrieben, zumindest habe ich seine Handschrift nicht erkannt.«

»Woher wissen Sie dann über Red und die Brüder Bescheid?«

»Tja, es gibt eine Erfindung namens Telefon«, sagte sie trocken. »Er hat ziemlich oft angerufen.« Einen Moment lang schien sie traurig zu werden, aber dann lächelte sie sofort wieder. »Er hat seine Kumpel wirklich gemocht. Hat sich bei ihnen wohl gefühlt. Besonders mit den beiden Brüdern war er gut befreundet.«

»Mit Harry Stenman auch?«

»Oh, er hat ihn sehr bewundert. Schließlich war Red der Chef der Truppe, war schon in Somalia gewesen und hatte jede Menge Erfahrung. Aber ich fand, der Mann war ... aalglatt.«

»Also haben Sie ihn persönlich getroffen?«

Sie nickte. »Er ist vorbeigekommen und hat mir sein Beileid ausgesprochen. Stand hier in seinem dunklen Anzug und hat mir Kurres Legionärskäppi vom Zweiten Regiment überreicht. Er behauptete, als Kurres Vorgesetzter sei es für ihn eine Ehrenpflicht gewesen, die Familie aufzusuchen. Er lobte Kurre als einen der mutigsten Männer, die er kannte, und meinte, sie hätten darüber gesprochen, nach dem Dienst zusammen eine Firma aufzumachen. Ich habe ihm kein verdammtes Wort geglaubt. Wenn das wahr wäre, hätte mir Kurre davon erzählt.«

»Hat er Ihnen gesagt, wie Ihr Sohn gestorben ist?«, fragte Lidman.

»Er sei im Kampf getötet worden, hat er behauptet. Von einem Scharfschützen erschossen. Ich habe von der Fremdenlegion einen Kondolenzbrief erhalten, in dem ungefähr die gleiche Geschichte stand. Aber ich wusste schon damals, dass es nicht stimmte.«

»Wie meinen Sie das?«

Sie bekam einen grimmigen Zug um den Mund. »Die Hemmesta-Brüder hatten Heimaturlaub und sind bei mir vorbei gekommen. Sie sagten, das Ganze sei Harry Stenmans Schuld gewesen. Anscheinend hat er sie in einen Hinterhalt geführt, obwohl er den ausdrücklichen Befehl hatte, mit seinen Leuten auf Position zu bleiben.« Sie suchte Tobissons Blick, und ihre Augen waren dunkel und durchdringend. »Jetzt, wo ich weiß, dass Stenman tot ist, erscheint mir das nur gerecht.«

»Er wurde ermordet …«, setzte Tobisson an.

»Ein passendes Ende für jemanden wie ihn.«

Hake und Tobisson gingen den Pfad zwischen den Apfelbäumen entlang, der schwache Geruch von verrottendem Fallobst strömte ihnen entgegen. Die Luft war kühl, und vom Wasser her wehte eine sanfte Brise. Das Wochenendhaus lag einsam in der Landschaft. Weder im Hauptgebäude noch in den umstehenden Anbauten brannte Licht. Hake klopfte energisch an die Tür. Er konnte drinnen kurz das Geräusch von Schritten hören, doch niemand öffnete. Er klopfte noch einmal, und im Fenster gleich neben dem Eingang tauchte ein Gesicht auf, das sofort wieder verschwand.

»Polizei«, sagte Hake mit lauter Stimme.

Plötzlich tauchte ein Mann an der Hausecke auf. Er trug eine schmutzige Hose und eine grüne Militärjacke. In der Hand hielt er eine Schrotflinte, die auf sie beide gerichtet war. Offenbar hatten sie einen der Brüder gefunden.

»Lassen Sie Ihre Hände, wo sie sind«, befahl der Mann. Er sprach einen starken südschwedischen Dialekt.

In diesem Moment ging die Tür auf, und der zweite Bruder kam mit einem Jagdmesser heraus. Er war bekleidet mit einer Trainingshose, einem dicken Strickpulli und darüber einer Handwerkerweste mit vielen Taschen.

Hake musterte die Brüder. Sie hatten beide dieselben toten Augen. Eine steingraue Farbe, in die kein Licht zu dringen schien. Hake gehorchte und ließ die Hände, wo sie waren. Er stützte sich schwer auf seinen Stock und wiegte sich bedächtig hin und her. »Ich hoffe, Sie haben eine Lizenz dafür«, sagte er zu dem Mann mit dem Gewehr.

Die beiden warfen sich einen schnellen Blick zu. Bruder Nummer eins mit der Schrotflinte nickte. Nummer zwei ging zu Hake und durchsuchte ihn nach Waffen, dann tat er dasselbe mit Tobisson.

»Wir sind von der Polizei«, wiederholte Hake.

»Das sagen Sie«, entgegnete der mit dem Jagdmesser. Er stand nah genug, um die Situation unter Kontrolle zu halten.

Sein Bruder holte Hakes Brieftasche heraus und warf

einen Blick auf den Ausweis. Er kratzte mit dem Daumennagel über das Plastik und reichte dann alles an Hake zurück.

»Sind Bullen, Nils.«

Nils Hemmesta hielt weiter das Gewehr auf sie gerichtet, zögerte jedoch und senkte die Mündung ein wenig. »Was wollt ihr Scheißtypen hier?«

»Wir wollen mit Ihnen über Harry Stenman reden.«

»Zu dem Thema haben wir nichts zu sagen.«

Hake machte einen Schritt auf den Mann zu, roch den dumpfen Gestank von Körperschweiß und schlechtem Atem. »Vielleicht haben Sie mich nicht richtig verstanden. Wir sind von der Polizei. In diesem Land bedeutet das, wir haben das Recht, Sie zu verhören, wenn es der Aufklärung eines Verbrechens dient.«

»Wir haben Ihnen sowieso nichts zu sagen«, meinte zur Abwechslung wieder der andere. In seinem Blick sah Hake nur totale Gleichgültigkeit.

»Das entscheide ich. Und wenn Sie nicht sofort diese Waffe verschwinden lassen, dann nehmen wir Sie mit aufs Revier.«

»Wie wollen Sie das denn wohl anstellen?« Göran Hemmesta wiegte sich auf den Zehen.

»Nein«, sagte Hake scharf zu Tobisson. Er hatte das sichere Gefühl, sein Kollege wollte versuchen, den zweiten Bruder zu überwältigen. Nicht ausgerechnet jetzt!

Nils Hemmesta ließ lässig die Gewehrmündung von rechts nach links und wieder zurück wandern. »Versuchen Sie es«, sagte er träge.

Hake entschied kurz: »Jetzt gehen wir rein und reden, anstatt hier draußen zu stehen und sinnlos rumzupalavern.« Er drängte sich an Göran Hemmesta vorbei durch die Tür. Die Brüder rührten sich nicht. Tobisson ebenso wenig.

Nils musterte den Polizeibeamten. »Dachtest du wirklich, du hättest eine Chance?«, fragte er in einem fast neugierigen Tonfall.

»Die Sache ist noch nicht vorbei«, entgegnete Tobisson ruhig.

Im Gebäude roch es nach Schimmel und dem speziellen Duft, den Sommerhäuser haben, wenn die Elektroheizung lange Zeit Staub angesammelt hat, der dann beim Heizen verschmurgelt. Zu Hakes Überraschung war alles ordentlich geputzt, es stand nicht einmal dreckiges Geschirr in der Spüle. Dafür war vermutlich der paramilitärische Hintergrund der beiden verantwortlich. Ordnung zu halten, war für sie eine Notwendigkeit. Im Wohn- und Schlafzimmer standen zwei gemachte Betten und an der Wand ein Bord mit Büchern, CDs, gerahmten Fotos und Erinnerungen an die Fremdenlegion. Ein Transistorradio spielte Popmusik.

Alle drei waren Hake schließlich ins Haus gefolgt. Die Brüder stellten sich an der Tür auf und musterten die Polizeibeamten.

»Also, reden Sie«, forderte Nils Hemmesta, der anscheinend der Ältere von beiden war. Man konnte die Brüder kaum auseinander halten, sie waren gleich groß und sahen sich sehr ähnlich.

Hake ging leicht hinkend zu einem Stuhl und nahm Platz. »Setzen Sie sich«, sagte er im Befehlston.

Die Brüder zögerten, aber dann gehorchten sie, und Tobisson tat es ihnen nach. Er fühlte eine gewisse Erleichterung darüber, dass die beiden nicht länger den Weg durch die Tür versperrten.

Hake holte ein Blatt Papier hervor, das er umständlich

auseinanderfaltete. »Nils und Göran Hemmesta, geboren in Löddeköping. Vorbestraft wegen Teilnahme an kriminellen Aktivitäten des örtlichen Motorradclubs. Bewährungsstrafe. Vor fünfzehn Jahren in die Fremdenlegion eingetreten. Diesen Mai verabschiedet und seitdem wohnhaft in Stockholm. Beide arbeitslos.« Er schaute hoch. »Wovon leben Sie eigentlich?«

»Geht Sie das was an?«, fragte Göran Hemmesta.

Hake betrachtete ihn eine ganze Weile und dachte, wie gut der amerikanische Ausdruck »White Trash« auf die beiden Ex-Soldaten passte. »Sie waren lange im Ausland, also erwarte ich nicht, dass Sie sich perfekt mit den schwedischen Gesetzen und Verordnungen auskennen. Lassen Sie es mich so ausdrücken: Ich leite eine Morduntersuchung. Wir können hier an Ort und Stelle miteinander reden wie erwachsene Menschen, oder wir können zum Revier fahren und erledigen die Sache dort. Die Wahl liegt ganz bei Ihnen.«

Die Brüder warfen sich gegenseitig einen Blick zu. Sie brauchten nur diesen einen Moment, den Bruchteil einer Sekunde, um ein Signal hin und her wechseln zu lassen. Nils wandte sich Hake zu und erklärte: »Die Fremdenlegion zahlt ein gutes Entlassungsgeld. Und was haben wir mit einer Mordermittlung zu schaffen?« Er betonte das Schwedische sehr eigenartig. Anscheinend hatte sich sein Dialekt in den letzten fünfzehn Jahren noch zusätzlich mit einem französischen Akzent vermischt.

»Es geht um den Mord an Harry Stenman, aber das wissen Sie wohl.«

»Damit haben wir nichts zu tun.«

»Genau das werde ich herausfinden«, sagte Hake mit Autorität.

»Was wollen Sie wissen?«

»Haben Sie sich mit Stenman getroffen, als Sie nach Schweden zurückkamen?«

»Wir haben mal bei ihm vorbeigeschaut.«

»Wie ist es gelaufen?«

»Normal. Es war nur ein Höflichkeitsbesuch.«

»Hat er sich gefreut, Sie zu sehen?«

»Warum sollte er das nicht?«

Wieder eine dieser mürrischen Gegenfragen mit toter Stimme. Der Tonfall drückte aus, dass jedes Gespräch sinnlos war und dass es sich mit dem Rest des Lebens ebenso verhielt. Diese Männer hatten von Anfang an nur Lieblosigkeit und Gefühlskälte kennen gelernt und schienen das als den Normalzustand zu betrachten. Jede Frage wurde mit einer Gegenfrage abgewehrt, nichts ging reibungslos bei diesen zwei Soldaten. Die abwehrende Haltung spiegelte sich in ihrer ganzen Pose, in ihren grauen Augen, und war nichts Neues, sondern seit langem verinnerlicht.

»Weil Sie ihn für den Tod von Kurre Oskarsson verantwortlich gemacht haben.«

»Wer behauptet das?«

»Oskarssons Mama«, antwortete Tobisson.

Nils zögerte. Er legte die breiten, rauen Hände auf die Oberschenkel und beugte sich zu Hake vor. »Red war ein Angebertyp, der sich für besonders smart hielt. Wir waren seine Kameraden, aber er hat uns Dinge unterschlagen. Wichtige Informationen, Proviantkarten, Lohngeld. Selbst ist er nie irgendwelche Risiken eingegangen, sondern hat andere vorgeschickt. Kurz gesagt, er war ein widerliches Schwein.«

Die Blicke von Nils und Hake trafen sich, und der Kommissar sah einen Funken Selbstgefälligkeit in den Augen des Söldners.

»Unsere Mission war nicht von höherer Stelle genehmigt, aber das wussten wir nicht. Red hat uns für seine Privatgeschäfte mit der jugoslawischen Mafia benutzt. Benzinschmuggel. Er hatte sich ein kleines zweimotoriges Flugzeug besorgt, mit dem er die Ware transportierte. Als er in der Lagerhalle einer Fabrik sein nächstes Geschäft abwickeln wollte, hat er Kurre zur Erkundung vorgeschickt. Aber die Jugos hatten es satt, von Red hingehalten zu werden, und wollten kurzen Prozess mit ihm machen. An seiner Stelle haben sie Kurre erwischt.«

»Er war unser bester Kumpel«, fiel Göran unerwartet ein. Kaum hatten die Worte seinen Mund verlassen, schien er sie schon zu bereuen, als hätte er zu viel gesagt. Um seinen Standpunkt klarzustellen, fügte er hinzu: »Da unten ist es wichtig, dass man sich aufeinander verlassen kann. Mit Kurre ging das. Red war eine ganz andere Sache.«

Abrupt fragte Tobisson: »Haben Sie Harry Stenman erpresst, als Sie nach Hause kamen?« Er dachte an die 400 000, die sich einfach in Luft aufgelöst hatten.

Nils fuhr zu ihm herum. »Du bettelst wirklich darum.«

»Worum?«

»Um eine Lektion.«

»So wie Sie Red eine verpasst haben?«

Nils biss die Zähne zusammen, bis sich die Kiefermuskeln spannten. Die massigen Hände waren zu Fäusten geballt, und er hatte die Füße fest auf den Boden gestellt, als würde er sich auf einen Sprung vorbereiten.

Hake schob schnell dazwischen: »Was hat Harry Stenman gesagt, als Sie bei ihm aufgetaucht sind?«

Es dauerte, bis sich Nils Muskeln etwas entspannten. Nach einer Weile kam die Antwort: »Er meinte, er könnte uns vielleicht brauchen.«

»Er hat Ihnen einen Job angeboten?«

Die beiden nickten.

»Und was haben Sie dazu gesagt?«

»Dass wir darüber nachdenken würden.«

»Aber anschließend haben Sie nie wieder von ihm gehört?«

Sie sahen sich kurz an, ehe sie gemeinsam den Kopf schüttelten. Hake fuhr noch eine Weile fort, Fragen zu stellen. Aber es war offensichtlich, dass die Brüder ihr Gesprächspensum für erfüllt hielten. Er bekam nur noch einsilbige Antworten.

Nach einer Weile hatte er genug davon, stand auf und bedankte sich für die Auskünfte. Die beiden reagierten nicht und schwiegen.

Nils richtete seinen Blick auf Tobisson, konnte ihn aber nicht festnageln. Als der Söldner sie zur Tür begleitete, um hinter ihnen abzuschließen, drängte er sich dicht an Tobisson heran und sagte gedämpft: »Anytime, Bulle.«

Tobisson machte auf dem Absatz kehrt und packte den Mann am Kragen. »War das eine Drohung?«

Nils schaute über Tobissons Schulter zu Kommissar Hake, der auf dem Weg zum Auto war. »Komm doch bitte noch mal einen Moment rein«, meinte er mit einem irren Grinsen.

Tobisson stieß ihn weg. »You wish«, sagte er kurz.

Die Abenddämmerung begleitete ihren Weg zurück in die Innenstadt. Während sie am Fähranleger Stadsgården entlangfuhren, sahen sie drüben im Vergnügungspark Gröna Lund die Lichter aufglimmen, und auch der als Jugendherberge genutzte Dreimaster *Af Chapman* bei Skeppsholmen war festlich beleuchtet. Dazwischen lag das Wasser wie ein schwarzes Seidentuch ausgebreitet und bewegte sich leicht im Wind. Vom Fähranleger aus hatte früher ein rechtwinkliges Metallgerüst mit Fahrstuhl den Steilhang überbrückt. Seit der Lift außer Betrieb war, nutzte ein Maler das hölzerne Einstiegsgebäude als Atelier mit Blick über die Mälaren-Enge bis zur Skeppsbrücke vor der Altstadt. Der umstrittene Verkehrsknotenpunkt Slussen an der ehemaligen Järngraven-Schleuse war in abweisende Dunkelheit gehüllt, doch etwas weiter hinten leuchtete einladend Gamla Stan mit seinen mittelalterlichen Gassen. In diesem Kontrast konnte man gewissermaßen das ganze Stockholm wiederfinden: gleichzeitig dramatisch und beschaulich, auf der einen Seite brutal, auf der anderen atemberaubend schön.

Der Berufsverkehr hatte gerade eingesetzt, und zu dieser Uhrzeit war es ganz egal, ob man von Norden oder Süden kam, die Autoschlangen zogen sich endlos in beide Richtungen.

Hake fühlte sich merkwürdig ruhig, trotz der Begegnung mit den Fremdenlegionären. Als Nils mit seiner Schrotflinte aufgetaucht war, hatte er nicht die geringste Angst, sondern nur kalte Berechnung gespürt. Er hatte nahe genug bei Göran gestanden, um ihm notfalls mit dem Gehstock das Jagdmesser aus der Hand zu schlagen und seinen Körper als Schild zu benutzen. Aber diese Taktik war Hake nur für einen flüchtigen Augenblick durch den Kopf geschossen, gleich darauf sagte ihm sein Instinkt, dass er die Situation einfach dadurch entschärfen konnte, dass er das Kommando übernahm. Die beiden waren als Soldaten daran gewöhnt, Befehle zu befolgen. Eine autoritäre Haltung würde sie nicht provozieren, ganz im Gegenteil. Männer wie die Hemmestas brauchten klare Verhältnisse. Wenn man sie mit sicherer Hand führte, empfanden sie ihrerseits ein Gefühl von Sicherheit.

Dennoch wusste er am Ende nicht recht, was er von den Brüdern halten sollte. Sie hatten sich so offensichtlich außerhalb der Gesellschaft gestellt, dass nur sie selbst bestimmten, ob sie ein Verbrechen begingen oder nicht. Die beiden hatten nicht die geringste Angst vor den Hütern des Gesetzes, und vielleicht war es ihnen sogar egal, welche Folgen eine Straftat nach sich ziehen konnte. Das war natürlich eine brandgefährliche Kombination. Hatten sie Stenman tatsächlich nur ein einziges Mal besucht, nachdem sie aus dem Ausland zurückgekehrt waren? Und war es dabei nur um ein Jobangebot gegangen? Hake hatte seine Zweifel.

Tobisson saß hasserfüllt auf dem Beifahrersitz. Er hätte alles dafür gegeben, nur einmal mit Nils Hemmesta allein zu sein. Unbewaffnet. Erst kürzlich hatte er sich im Karateunterricht einen Frontkick zum Kopf antrainiert, und nun fantasierte er begeistert davon, diesen Tritt mitten in Nils grinsendem Gesicht zu landen.

Als sie auf der Höhe von Gamla Stan waren, ließ der Verkehr etwas nach, und hinter der Hantverkargatan kamen sie ohne Stockungen weiter bis zum Polizeipräsidium.

»Sollten wir die beiden nicht besser festnehmen?«, fragte Tobisson, als sie aus dem Auto stiegen.

»You wish«, meinte Hake und lächelte vielsagend.

Hakes gute Laune hielt an, als er Siri vom Kindergarten abholte und mit ihr zur Wohnung bei der Kungsholmer Kirche spazierte. Hanna war noch nicht von der Arbeit zurück, aber die beiden entschieden, trotzdem schon mit dem Abendessen anzufangen. Siris Lieblingsspeise waren Spaghetti mit Shrimps, und inzwischen war sie groß genug, um bei der Vorbereitung mitzuhelfen. Sie stand in der Küche auf einem niedrigen Stuhl und kommandierte

Hake herum. »Nicht vergessen … da muss noch Knoblauch rein, Papa.«

Nach dem Essen ging Siri in ihr Zimmer und spielte dort allein für sich. Sie tat das ganz natürlich, ohne großes Trara, und diese Fähigkeit war ein wahres Geschenk sowohl für ihre Eltern als auch für sie selbst. Sogar nach den ganzen Eindrücken von einem aufregenden Tag im Hort konnte sie ihren Körper zur Ruhe bringen, sich eine Weile allein mit ihren Spielsachen und Büchern beschäftigen. Eine Gabe, dachte Hake, als er in der Türöffnung stand und sie beobachtete. Dann ging er ins Wohnzimmer und stellte den Fernseher an. Auf dem Couchtisch lagen ein paar Bücher. Er hob sie auf und sah, dass es die Paris-Bände waren, die in seinem Regal fehlten. Noch immer verstand er nicht recht, warum Hanna sie mitgenommen hatte, ohne zu fragen. Vielleicht war es nicht wichtig, nur ein Zufall, aber bei Hanna war eigentlich nichts ein Zufall. Ihre oft scheinbar unbeteiligte und desinteressierte Haltung war nur eine Fassade. In Wirklichkeit war sie ein sehr organisierter Mensch und wusste immer genau, was sie tat.

Hake ließ sich auf die Couch sinken und hoffte, dass sie bald nach Hause kam. Er wollte möglichst noch zur Rennbahn. Aber schließlich tauchte sie so spät auf, dass er keine Chance hatte, rechtzeitig zum Galopprennen zu kommen. So verbrachten sie stattdessen den Abend zusammen. Bevor er ging, fühlte er sich doch gezwungen, die Sache mit den Paris-Bänden zu erwähnen.

»Die Bücher, warum hast du mich nicht gefragt, bevor du sie mitgenommen hast?«

»Welche Bücher?«

»Paris. Oder sind das nicht die einzigen, die du ausgeliehen hast?«

Sie erstarrte mitten in der Bewegung und legte den Kopf zur Seite. »Der Herr Kommissar ist wieder in Aktion, wie ich höre.«

»Ich habe mich nur gewundert, warum du nicht gefragt hast, statt sie einfach einzupacken.«

Sie schaute etwas schuldbewusst drein und folgte ihm durch den Flur zur Tür. Dort legte sie die Arme um seinen Nacken, ihr Mund suchte seinen Hals. Er atmete den Duft ihres Haares ein.

»Ich weiß auch nicht, warum ich sie mitgenommen habe, Axel. Vielleicht weil Paris immer deine Stadt war und ich eine Art Eifersuchtsanfall hatte und mehr darüber wissen wollte. Oder vielleicht war ich nur neugierig, was du liest, wenn du allein bist. Es tut mir Leid.«

Hake wünschte ihr eine gute Nacht und ging langsam zu seiner Wohnung in der Chapmansgatan. Er war wütend auf sich selbst, weil er das Thema überhaupt angeschnitten hatte. Blöde Bücher.

Das zitronengelbe Licht der Straßenlaternen am Kungsholmer Kirchplatz hüllte die Bäume und Straßen in einen warmen Glanz und gab der imposanten Fassade des Landtagsgebäudes einen festlichen Anstrich. Aber Hake war dennoch düster zumute. Nicht wegen der Bücher, sondern weil sie ihn angelogen und gleichzeitig auf den Hals geküsst hatte. Wie ein Judaskuss. Er glaubte nicht eine Sekunde an ihre Erklärung, dass sie eifersüchtig war oder wissen wollte, was er las. Hätte sie ein reines Gewissen gehabt, dann hätte sie sich nicht so verrenken und ihm platte Ausreden liefern müssen.

Er kam bei der Pontonjärgatan um die Ecke und überlegte kurz, ob er dort beim Chinesen einen Wein trinken sollte. Aber diese Art von Trost brauchte er im Moment nicht. Er brauchte Antworten, um seine Laune wieder aufzuhellen. Leider wusste er schon im Voraus, dass er diese Antworten nicht bekommen würde. Vielleicht irgendwann, nach und nach. Aber nicht jetzt, wenn er sie nötig hatte.

Er war gerade bei sich zuhause durch die Tür gekommen, als das Telefon klingelte. Während er den Hörer abnahm, hoffte er, dass es Hanna war, die reinen Tisch machen wollte und ihm verriet, worum es eigentlich ging. Stattdessen hörte er eine helle Mädchenstimme, die sagte, sie habe sich an etwas erinnert, das ihm vielleicht weiterhelfen könne. Er brauchte einen Moment, um die Stimme einzuordnen. Dann wurde ihm klar, dass er Lizzi Hammarlund in der Leitung hatte. Er versprach, so schnell wie möglich vorbeizukommen.

Als er die alte Villa betrat, wurde er aufs Neue davon überrascht, wie wunderhübsch die Wohnung war. Lampenlicht fiel auf den Parkettboden, der frisch gebohnert glänzte. Ein schwacher Wachsduft hing noch in der Luft und vermischte sich mit dem Geruch von Rosenwasser. Jetzt erst bemerkte er auch, dass ein Kronleuchter an der Decke hing, dessen geschliffene Glasprismen wahre Farbexplosionen an die Wände warfen. Am anderen Ende des Raumes stand unter einem goldgerahmten Portrait eine Kommode im Empire-Stil, auf der ein großes Bund Rosen lag. Lizzi saß am Fenster des Salonraums und rauchte. Sie winkte ihm mit ihrer Puppenhand zu. Das Gesicht war genauso weiß geschminkt wie beim letzten Mal, und sie hatte das Haar mit einigen eleganten Schmucknadeln aufgesteckt, so dass sie aussah wie eine kleine Geisha.

»Immer rein in die gute Stube, Kommissar«, sagte sie.

Hake hoffte, dass sie ihm wirklich etwas Wichtiges erzählen wollte und nicht nur aus Einsamkeit zum Telefon gegriffen hatte. Er setzte sich auf einen Stuhl und hängte den Gehstock an die Rückenlehne. In seinem Sichtfeld lagen neben ihrer Fotoausrüstung einige Bilder. Pornographische Nacktaufnahmen von Lizzi in verschiedenen absurden Posen. Sie benutzte Requisiten: einen Teddybär, eine Puppe, ein Paar rosa Socken. Auf einem Foto war sogar die Katze mit abgelichtet. Er fragte sich, ob sie die Bilder absichtlich hatte liegen lassen, damit er sie sehen konnte. Als sich ihre Blicke trafen, entdeckte er ein mutwilliges Funkeln in ihren Augen.

»Wollen Sie etwas zu trinken?«

Hake schüttelte den Kopf.

»Ihr Pech«, meinte Lizzi Hammarlund und schenkte sich ihr giftgrünes Elixier ein. »Warum haben Sie sich übrigens bei dem weißen Bus herumgetrieben?«

»Sie haben mich gesehen?«

Sie zuckte lässig mit den Schultern. Durch die Bewegung wurde ein Stück weiße Haut unter dem Kimono sichtbar, und er bemerkte, dass sie gleich über der Brust einige üble Brandspuren von Zigaretten hatte. Die Abdrücke waren überschminkt, aber Hake erkannte dennoch die typische Form.

»Ich sehe alles«, meinte sie.

»Der Grund war eine Polizeiangelegenheit. Kennen Sie den Mann, der da wohnt?«

»Nein. Er ist diesen Sommer in den Overland Express gezogen.«

»Overland Express?«

»So wird der weiße Bus genannt.«

»Woher wissen Sie das?«

»Oh, ich habe meine Quellen.«

»Wissen Sie auch, wie der Bewohner heißt?«

»Nein, aber er ist ein ziemlich interessanter Typ. Manchmal macht er sich schick. Dann ist er fast nicht mehr derselbe Mensch. Gewaschen und rasiert, mit Cowboystiefeln, einer sauberen Jeans und einer Wildlederjacke mit Fransen. Zuerst öffnet er die Bustür einen Spalt und überzeugt sich, dass ihn niemand sieht, bevor er geduckt rauskommt. Dann richtet er sich auf und marschiert mit geradem Rücken in Richtung Pålsund-Brücke.«

»Eine Freundin?«, fragte Hake.

»Klar, glaube schon.«

»Sie haben die Frau nicht zufällig hier vorbeikommen sehen?«

»Wahrscheinlich weiß sie nicht mal, wo er wohnt. Würden Sie das Ihrer Flamme erzählen?«

»Kaum«, sagte er. »Sie haben angerufen, weil …?«

»Ja, richtig. Mir ist etwas eingefallen, das vielleicht für Ihre Ermittlungen interessant sein könnte. Vor ungefähr einem Monat saß ich hier und schaute raus. Plötzlich sah ich dahinten bei der Pålsund-Brücke ein Taxi halten.« Sie deutete in Richtung des Kanals. »An dem Abend hat es geregnet, und ich erinnere mich so genau, weil der Taxipassagier ohne Schirm ausgestiegen und über die Brücke gegangen ist.«

»Konnten Sie ihn erkennen?«

Fräulein Hammarlund schüttelte das Köpfchen. »Es war zu dunkel. Da drüben gibt es ja keine Straßenbeleuchtung. Er hatte die Hände in die Taschen eines weiten Mantels gesteckt und ging gebeugt durch den Regen. Der Fahrer blieb noch eine Weile mit dem Taxi stehen und zählte sein Geld. Ihn konnte ich sehr gut erkennen. Im Auto war die Innenbeleuchtung an.«

»Wie sah er aus?«

Sie zuckte mit den Schultern. »Wer kann diese Lakritztypen schon auseinander halten? Schwarze Haut und breite Pfannkuchengesichter. Allerdings hatte er eine weiße Strähne im Haar, als hätte ihm eine Möwe drauf geschissen. Als er mit dem Zählen fertig war, hat er seine Taxileuchte angeknipst und ist weggefahren.«

»Haben Sie gesehen, wo der andere hinging?«

»Nein, war mir egal. Ich erinnere mich nur, dass ich es ziemlich idiotisch fand, sich vom Taxi nicht am Ziel absetzen zu lassen. Warum sollte jemand das letzte Stück über die Brücke zu Fuß gehen, im strömenden Regen?«

»Ja, das kann man sich wirklich fragen.«

»Also, was meinen Sie?«

Hake wusste nicht recht.

»Aber die Information könnte wichtig sein?« Sie schaute ihn mit hoffnungsvollen Augen an.

»Ich glaube schon.«

»Das heißt, auf jeden Fall konnte ich Ihnen weiterhelfen?«

»Oh, absolut.«

»Dann lächeln Sie doch wenigstens ein bisschen, Sie zugeknöpftes Beamtenschaf.«

Hake versuchte sich an einem Lächeln und tätschelte ihre Hand.

»Finger aus dem Honigtopf!«, sagte sie streng und zog die Hand weg. »Ich habe durchaus bemerkt, wie Sie zu den Fotos rübergeschielt haben. Lust?«

»Lust auf Sie?«

»Auf wen sonst?« Aber sie wartete seine Antwort nicht ab, denn sie hatte schon alles, was es zu wissen gab, in seinen Augen gesehen. Ihr Rollstuhl verschwand im Puppenschlafzimmer, und sie schlug die Tür hinter sich zu.

Hake stand auf und ging zu der verschlossenen Tür. »Bitte, kommen Sie wieder raus. Sie waren wirklich eine große Hilfe.«

Er hörte sie in dem Zimmer etwas murmeln.

»Was haben Sie gesagt?«

»Komm bloß nicht wieder her, du Bullenschwein. Ich weiß genau, worauf ihr Männer abfahrt, aber ihr seid so ein verdammt feiger Haufen.«

»Bitte …«

Aber das Einzige, was er noch von ihr hörte, war ein wildes Schniefen. Er ließ sie in Ruhe und ging hinunter in den Hof. Vom Kanal kam feuchte, kalte Abendluft getrieben. Er merkte, dass an seinem Mantel ein Knopf fehlte, und hielt den Stoff mit der einen Hand zusammen, während die andere etwas verkrampft den Stockgriff umklammerte. Als er zum Fenster der Villa hochschaute, saß Lizzi Hammarlund nicht wie sonst hinter der Scheibe. Er spürte leichte Übelkeit und hoffte, dass er den Geruch von Rosenwasser nicht von jetzt an mit Unglück verknüpfen würde. Bisher hatte er Rosen immer gemocht und wollte sich auch in Zukunft gerne an ihrem Duft freuen können.

KAPITEL 11

Nachdem Hake die verschiedenen Taxiunternehmen kontaktiert und sie gebeten hatte, ihre Computerdaten durchzugehen, glückte es ihm schließlich, einen Fahrer zu finden, der am Abend des 29. September einen Gast zur Straße Söder Mälarstrand gebracht hatte. Er hieß Muhammed Hafez und passte zu Lizzi Hammarlunds Beschreibung. Sie vereinbarten ein Treffen beim Nachtcafé in der Folkungagatan. Hafez war, genau wie Hake, nicht sehr groß und hatte eine weiße Haarlocke. Es handelte sich um eine Pigmentstörung, die vermutlich durch einen Schlag auf den Kopf verursacht worden war. Hake fragte ihn nach der betreffenden Fahrt.

»Klar erinnere ich mich. So ein rothaariger Typ will zum Söder Mälarstrand. Ich frage nach der Hausnummer, und er meint nur, ich soll bei der Pålsund-Brücke halten. Das klingt seltsam, denke ich, und werde nervös. Schließlich wohnt da ja niemand. Außerdem sah der Typ ziemlich runtergekommen aus und hatte die ganze Zeit die Hände in den Taschen. Ich dachte schon, ob er da drin eine Waffe hat. Also, ich gebe zu, ich war erleichtert, als er ausstieg.«

»Hat er während der Fahrt etwas gesagt?«

»Nein. Und als ich ein Gespräch anfangen wollte, bekam ich keine Antwort. Er war wohl mit seinen Gedanken woanders.«

»Eine Frau hat Sie gesehen und meinte, Sie wären noch

eine Weile stehen geblieben, als der Fahrgast ausgestiegen war.«

Hafez nickte. »Ich war neugierig, wo er eigentlich hinwollte, also habe ich ihm nachgeschaut. Ich meine, wenn man auf Långholmen wohnt, dann lässt man sich doch wohl über die verdammte Brücke fahren, wenn es regnet, oder was? Also dachte ich, vielleicht will er zu einem der Boote. Die waren ja alle an Land gezogen.«

»Ging er zu einem Boot?«, fragte Hake gespannt.

»Und ob. Er ist bei einem Pettersson-Boot an Bord gestiegen.«

»Okay, dann mal los«, meinte Hake.

Sie fuhren über den Kanal und hielten bei der Mälaren-Werft. Dort stand bereits Lidman und wartete beim »Verderben«, dem flammend orange gestrichenen Vereinshaus. Seine Gestalt im dunklen Regenmantel passte zu den schwarzen Baum-Silhouetten mit ihren wie getuscht wirkenden Zweigen. Als er so im Herbstlaub auf dem Weg stand, erinnerte er an eine Gestalt aus einer verschwundenen Zeit: der stiernackige Polizeiinspektor, der Bösewichte mit seinem ganzen Körpergewicht niederrang und nichts so sehr hasste wie Papierkram.

Lidman war noch immer etwas verstimmt, weil er nicht zu den Brüdern Hemmesta hatte mitfahren dürfen. Aber Tobisson hatte schließlich die ganze Grundlagenarbeit geleistet, also war es nur gerecht, dass er diesen Teil der Ermittlungen übernahm. Außerdem kniete sich Tobisson richtig in den Fall hinein, seitdem die beiden Söldner darin aufgetaucht waren. Er hasste die Hemmestas von ganzem Herzen und buddelte wie besessen in Stenmans Legionärsvergangenheit, um zu sehen, was dabei aus dem Schlamm hervorkroch. Manchmal konnte ein solch übertriebenes

Engagement für eine Polizeiermittlung tödlich sein, aber in diesem Fall hielt Hake es für einen Vorteil. So konnte er den cleveren Lidman aus dem Kleinkram heraushalten und ihn einsetzen, um den Überblick zu behalten und die jeweilige Faktenlage vernünftig zu beurteilen.

Hake stellte dem Taxifahrer seinen Kollegen vor, und sie gingen gemeinsam in Richtung des Brückenbogens. Hafez schaute zum Söder Mälarstrand hinüber, um einen Orientierungspunkt zu haben, und ging dann auf der Steganlage zum Wasser hinunter. Er schaute sich um, aber im Moment lag dort kein einziges Boot.

»Genau hier lag es«, sagte er, guckte noch einmal auf die andere Kanalseite und nickte bekräftigend. »So ein typisches Motorschiff im Pettersson-Stil, Mahagoni, kleine Kajütenfenster.«

Lidman meinte: »Inzwischen ist es sicher an Land geholt worden.«

Hake machte mit Hafez eine Runde um die aufgebockten Boote, die unter ihren Persennings thronten. »Sind Sie sicher, dass Sie es wiedererkennen würden?«

Hafez zuckte nur leicht mit den Schultern, und sie betrachteten weiter ein Boot nach dem anderen. Am anderen Ende der Stege tat Lidman dasselbe. Nach einer Weile rief er: »Hier rüber!«

Als sie bei ihm angekommen waren, zog Lidman die Persenning von einem Pettersson-Boot aus Mahagoni. Das angestaute Regenwasser rann an der Seite herunter, und Hake trat einen Schritt zurück, um nicht nass zu werden.

Hafez musterte das Schiff eine ganze Zeit lang. Dann sagte er: »Nein. Das ist es nicht. Dieses Boot hat einen weißen … wie heißt das noch … einen weißen Rompf.«

»Rumpf«, verbesserte Lidman.

»Jedenfalls war der andere grün.«

»So etwas konnten Sie in der Abenddämmerung bei Regen sehen?«

»Ich sehe«, sagte Hafez mit Stolz.

Lidman deckte die Persenning wieder über das Boot, und Hake fasste mit an.

Der Taxifahrer schaute auf die Uhr. »Ich muss zu meiner Schicht«, erklärte er.

Sie machten einen letzten Abstecher zum Steg, wo das Boot gelegen hatte. Die Nummer des Anlegeplatzes war die 22.

»Hier war es also«, sagte Lidman mit einem leichten Schimmer von Jagdfieber in den Augen.

»Ich sehe«, wiederholte Hafez und ging zu seinem Taxi.

Lidman und Hake wanderten noch eine Weile herum, konnten aber kein zur Beschreibung passendes Boot finden. Lidman betrachtete fasziniert den gewaltigen Bogen der Västerbrücke. Enorme Metallnieten und Betonfundamente verankerten den Stahl im Klippengestein. Es kursierten Geschichten, dass sich im Inneren der Brücke verborgene Gänge und Räume befanden, aber daran glaubte er nicht.

»Okay, also Anleger 22«, sagte er, nachdem er die Brücke mehrere Minuten betrachtet hatte.

Hake schaute zu dem weißen Bus, in dem Leffe hauste. Er ging hinüber und klopfte, aber niemand öffnete.

Lidman stellte sich neben ihn. »Glauben Sie, dass er etwas weiß?«

Hake zuckte mit den Schultern. »Ich denke, er weiß so ziemlich über alles Bescheid, was hier am Hafen abläuft.«

Er ging um den Bus herum und versuchte, durch die Fenster zu schauen, aber die großen Pappquadrate in den

Scheiben versperrten die Sicht. Er klopfte noch einmal. Niemand öffnete. Mit einem konzentrierten Blick suchte Hake die Umgebung ab, um zu sehen, ob Leffe vielleicht hinter einem Busch oder einer Häuserecke hockte. Leider konnte er ihn nirgends entdecken.

Gerade gingen sie am Skutskepparvägen entlang zurück, als der Lastwagenfahrer, der hier anscheinend ständig seine Kreise zog, aus dem Industriegebiet gefahren kam. Hake stellte sich ihm in den Weg und hob die Hand. Der Truck blieb stehen.

»Anleger 22«, sagte Hake.

Der Fahrer sah ihn nicht direkt an, sondern schaute die ganze Zeit auf einen Punkt ein Stück weiter hinten. »Ja, was soll damit sein?«

»Wer hat sein Boot da liegen?«

»22«, wiederholte er und fuhr sich mit der Zunge über die Lippen. »Dafür bin ich nicht zuständig.«

»Wer dann?«

»Ich meine, das Boot ziehe ich nie an Land.«

»Okay, wer tut das also an Ihrer Stelle?«

»Ich meine, niemand holt das Boot hoch. Direktor Bergman hat einen Ankerplatz an der Insel Skarpö. Wenn Schluss ist mit der Saison, bringt er das Boot rüber und behält es da zum Überwintern.«

»Direktor Bergman?«

»Ja, falls Sie das Pettersson-Boot mit dem grünen Rumpf meinen?«

Olle Sandstedt, Chef der Kriminaltechnik, war überzeugter Kettenraucher. Die Finger seiner rechten Hand waren gelb vom Nikotin, und er litt unter nie endenden Hustenattacken. Da er ohne Zigarette nicht lange durchhielt, hatte er eine Art Extragenehmigung bekommen, im Dienst zu rauchen. Der Ombudsmann für Arbeitsschutz hatte den Antrag abgelehnt, aber daraufhin hatte Sandstedt ganz ultimativ verkündet, er werde seinen Job schmeißen. Das hatte sofort gewirkt. Man betrachtete ihn allgemein als unersetzbar, und so konnte er tun und lassen, was er wollte.

Nun fuhr er also im Dienstwagen der Kriminaltechnik hinter Hake und Lidman her, die sich auf dem Weg zur Insel Skarpö bei Vaxholm befanden. Der Stockholmer Schärengarten war einmal von einem Dichter als eine in tausend Scherben zersprungene Welt bezeichnet worden, und Skarpö gehörte zu den unzähligen kleinen Landtupfern, die sich über das Meer verteilten. Zuerst musste man mit der Fähre von Vaxholm zur Insel Rindö übersetzen, und von dort führte eine schmale Brücke nach Skarpö. Die Gebäude auf der Insel waren eine zusammengewürfelte Mischung, die von gutbürgerlichen Wohnsitzen bis zu ärmlichen Sommerhausbaracken reichte. In enger Nachbarschaft standen imposante Jugendstilvillen und winzige Einzimmerhäuschen. Früher einmal hatte die Insel einen Tante-Emma-Laden und ein Versammlungshaus für die Bürgerschaft gehabt, aber diese Zeiten waren vorbei.

Lidman hatte die Streckenbeschreibung vor sich liegen und gab Hake Richtungsanweisungen, da dieser gleichzeitig fahren und ein Auge auf Sandstedts Wagen halten musste, damit der Kriminaltechniker nicht verloren ging. Jedes Mal, wenn er in den Rückspiegel schaute, hatte Kollege Sandstedt eine neue Zigarette zwischen den Fingern.

Sie bogen an einer Kreuzung ab und fuhren nicht weiter auf dem Hauptweg in Richtung Hafenanleger, sondern zur Skarpö-Bucht. Nach einigen weiteren Abzweigungen waren sie am Wasser und damit bei Direktor Bergmans Adresse angekommen. Dort erwartete sie eine typische gelbe Holzvilla mit Glasveranda und roten Dachpfannen. Unten beim Steg befand sich ein Bootshaus in gleichem Stil und gleicher Farbe, und davor lag im Wasser das gesuchte Pettersson-Boot mit grünem Rumpf. Herr Bergman höchstpersönlich – ein Mann über fünfzig in Lodenmantel und Strickmütze – winkte sie auf den Parkplatz, wo schon ein teurer BMW stand. Anscheinend war der Direktor beim Laubharken. Eine gleichaltrige, ebenfalls lodengekleidete Frau, die zur Unterscheidung einen Hut mit kariertem Pepitamuster trug, trabte im Gleichtakt neben ihm her. Sie sammelte das Laub in eine schwarze Plastiktüte.

Hake und seine Kollegen stiegen aus und stellten sich vor. Weder Herr noch Frau Bergman hatten bisher von dem Mord gehört. Ihre Tageszeitung hatte den Fall nicht erwähnt, und ein überregionales Blatt lasen sie nicht. Frau Bergman bot an, ihnen einen Kaffee zu kochen, und die Polizeibeamten nahmen dankend an. Zusammen mit dem Direktor gingen sie dann zum Anleger hinunter.

»Ich verstehe wirklich nicht, was mein Boot mit dieser Mordgeschichte zu tun haben soll«, meinte Bergman und hob die buschigen Augenbrauen, bis sie ein M auf seiner Stirn bildeten.

»Wie ich am Telefon erklärt habe, ist das Mordopfer laut einer Zeugenaussage auf Ihr Boot gegangen.« Hake machte einen vorsichtigen Schritt auf den Holzsteg.

»Aber was hatte er da zu suchen?«, fragte Bergman.

»Wissen wir nicht.«

Man sah Bergman an, dass er mit dieser Antwort nicht zufrieden war.

Als sie die paar Schritte zum Boot zurückgelegt hatten, fragte Hake: »Hat es noch seinen Anker?«

»Das kann ich wirklich nicht sagen, den benutze ich fast nie. Hier und am Pålsund habe ich Bojen zum Vertäuen.«

»Könnten Sie bitte mal nachschauen?«

Bergman stieg als erster an Bord, dann folgten Sandstedt und sein Assistent, ein Mann von circa fünfunddreißig Jahren, der sicher einem frühen Tod als Passivraucher entgegensah. Hake hatte den Verdacht, dass Sandstedt diesen großen, kräftigen Beamten nur zum Assistenten ernannt hatte, damit er den besonders schweren oder sperrigen Teil der Ausrüstung schleppte. Jedenfalls bestand Sandstedt darauf, alle Untersuchungen persönlich vorzunehmen. Lidman folgte den beiden an Bord, aber Hake blieb, wo er war. Er hatte nicht vor, schon wieder auf ein rutschiges Bootsdeck zu springen.

Bergman verschwand im Kajütenraum und tauchte ziemlich schnell wieder auf. »Irgend so ein Mistkerl hat meinen Anker gestohlen!«, stellte er wutschnaubend fest.

»Sie können ihn bei uns abholen, wir haben ihn schon fertig untersucht«, erklärte Sandstedt. »Ein Breeze-Anker?«

Bergman glaubte schon.

Sandstedt schaute sich an Bord um. »Haben viele Leute das Boot betreten?«

»Seit wann?«

»Seit … diesem Sommer?«

Der Direktor grübelte eine Weile nach und zählte zusammen, dass sich in dieser Zeit mehr als zwanzig Personen an Bord aufgehalten hatten. Einmal hatte er auf dem Achterdeck zum Garnelen-Essen geladen und dabei mindestens acht Gäste gehabt. Außerdem hatte sein Sohn das Boot gelegentlich ausgeliehen und war mit Freunden auf Tour gegangen.

Sandstedt schüttelte den Kopf, griff nach einer Zigarette

und nahm einen kräftigen Lungenzug. Er warf Hake einen Blick zu.

Der Kommissar zuckte nur mit den Schultern. »Wir brauchen sämtliche Fingerabdrücke.«

»Glauben Sie, das weiß ich nicht ...?«

Eine Heidenarbeit, trotzdem war Hake sehr guter Laune. Jetzt kannte er wahrscheinlich den Tatort, zumindest war Harry Stenman am Abend des 29. September auf diesem Boot gewesen. Er ließ seine Blicke über das Wasser schweifen. Zwischen den Schilfhalmen trieb ein Schwanenpaar, und von der anderen Seite des Sundes hörte er die Rufe von Spießenten. Im Schärengarten zeigte sich die Natur selten von ihrer wilden Seite. Das Meer verlor seine ungezügelte Kraft, Wind und Wellen wurden von den vielen Inseln und Inselchen abgebremst, die der hohen See einen fast idyllischen Rahmen gaben. Das einzig Dramatische an dieser Bucht war die alte Festung Oskar-Fredriks-Burg, die schräg gegenüber auf dem anderen Ufer stand.

»Hake«, rief Sandstedt, »ich glaube, wir haben etwas gefunden!« Er hockte auf allen vieren und hielt eine Speziallampe mit fluoreszierendem Licht dicht über die Planken.

»Was denn?«, fragte Hake und trat einen Schritt näher.

»Blut«, sagte Sandstedt kurz und drastisch. Er stand auf. »Wollen Sie das Boot zur Analyse haben?«

»Auf jeden Fall.«

Direktor Bergman hob die Augenbrauen.

»Wir müssen das Boot für eine kriminaltechnische Untersuchung abholen«, erklärte Hake.

»Bekommt man dafür ... Schadensersatz?«

»Das glaube ich kaum.«

»Aber etwas muss es sicher geben. Schließlich haben Sie mich sozusagen bei meiner Arbeitszeit gestört. Entschädigung für entgangene Arbeitseinkünfte, so ähnlich heißt es wohl?«

»Manchmal muss man im Dienst der Gesellschaft eben Opfer bringen«, meinte Lidman, der ein besonderes Vergnügen daran fand, sich halsstarrige Mitbürger vorzunehmen.

»Die Gesellschaft«, schnaubte Bergman, und seine Augenbrauen wanderten womöglich noch ein Stück höher.

»Bei einer Morduntersuchung zu helfen, damit unsere Mitmenschen – Sie selbst eingeschlossen – sicher und ruhig in ihren Betten schlafen können, ist eine gesellschaftliche Pflicht.«

»Ich brauche keinen Schutz von der Gesellschaft.«

»Ihr Boot ist möglicherweise Tatort eines Mordes«, sagte Lidman sachlich. »Das bedeutet, dass Sie vielleicht in den Fall verwickelt sind oder noch darin verwickelt werden können.«

»Sie betrachten mich als Verdächtigen?«, fragte Bergman.

»In diesem Stadium der Untersuchungen sind das alle.«

»Aber …«

»Vielleicht bedeutet es auch, dass Sie das nächste Opfer sind. Oder Ihre Frau. Oder Ihr Sohn. Wer weiß das schon?«

Bergman wurde blass und sagte nichts mehr. In diesem Moment kam seine Frau auf die Veranda und rief ihnen zu, dass der Kaffee fertig sei. Sie gingen mit langsamen Schritten zurück zum Haus.

Als Bergman klar wurde, dass er sich von der Arbeit frei nehmen musste, wenn sie das Boot mit dem polizeieigenen Trailer abholen und zur Untersuchung fahren wollten, brauste er noch einmal auf. Was war, wenn sein Besitz während des Transports beschädigt wurde? Hake erklärte, dass sie mit Fotos und Videoaufnahmen dokumentieren würden, wie das Boot vor und nach der Untersuchung aussah. Eventuelle Schäden würden natürlich ersetzt werden. Auch danach versuchte Bergman weiterhin Schwachstellen im polizeilichen Prozedere zu finden, während Hake sich mit Engelsgeduld bemühte, das Gespräch auf den eigentlichen Mord zu bringen. Leider kannte das Ehepaar keinen Harry Stenman und hatte ganz bestimmt nie einen Gebrauchtwagen gekauft. Ebenso wenig kannten sie andere Mitglieder des Bootsclubs. Sie hatten ihren eigenen Freundeskreis, in dem man unter sich blieb. Immerhin gaben sie Hake die Telefonnummer ihres Sohnes, der an der Wirtschaftshochschule studierte. Sie versicherten aber, dass er erst recht niemanden kannte, der mit dem Mord zu tun hatte.

»Das können Sie wohl nicht wissen«, meinte Lidman ein bisschen boshaft.

Danach saßen Herr und Frau Bergman stumm in ihren Stühlen, bis Hake aufstand und sich für den Kaffee bedankte. Er versprach, den Termin mit ihnen abzustimmen, an dem die Polizei vorbeikommen würde, um das Boot abzuholen.

Später statteten sie dem Konkursverwalter von Auto-Harry einen Besuch ab, einem älteren Anwalt in einem vor Akten fast überquellenden Büro. Dort erfuhren sie, dass niemand an dem Konkurs verdienen würde. Die übrig gebliebenen Wagen in der Garage waren mit einem Verkaufsverbot belegt, und ansonsten gab es nicht viel zu holen, sei es nun Bargeld, Schuldscheine oder Firmeninventar. Ulla Stenman hatte sich äußerst korrekt verhalten und sich trotz ihrer Trauer und der finanziellen Katastrophe zu jeder Mitarbeit bereit gezeigt. Die Wohnung in der Bastugatan lief auf ihren

Namen und konnte nicht gepfändet werden, also behielt sie wenigstens ein Dach über dem Kopf. Auto-Harry schuldete Rick Stenman noch einen Monatslohn, und den würde er auch ausbezahlt bekommen. Anschließend würde es ein normales Konkursverfahren geben, bei dem festgestellt wurde, welche Schuldner welche Anteile der Konkursmasse erhielten. Die Autos, die noch im Lager standen, würde man versteigern. Dabei fanden sich vielleicht ein paar Schnäppchen, aber das war kaum ein ausreichendes Motiv für einen Mord. Im Geiste strich Hake die Überprüfung eventueller Käufer von seiner Checkliste. Der Anwalt meinte, so früh zu Beginn eines laufenden Verfahrens könne er noch nicht beurteilen, ob illegale Geschäfte getätigt worden seien. Aber falls ihm etwas Entsprechendes auffiele, werde er sofort die Polizei benachrichtigen.

Nach ihrer Rückkehr ins Präsidium meldete sich Hake bei Seymour Rilke, um seinen Bericht abzugeben und dabei gleich um zusätzliche Mitarbeiter zu bitten. Aber er erhielt dieselbe Antwort wie zuvor, an eine Verstärkung sei nicht zu denken.

»Übrigens habe ich gerade einen Anruf bekommen«, sagte Rilke, als Hake soeben das Büro verlassen wollte. »Es ging um ein Boot, das beschlagnahmt wurde.«

»Ja?«

»War das wirklich notwendig?«

Hake blieb in der Tür stehen. »Tja«, sagte er. »Was meinen Sie denn?«

»Ich habe Ihnen die Frage gestellt, Hake.«

»Aber meine Meinung kennen Sie. Sonst wäre das Boot nicht beschlagnahmt.«

Rilke betrachtete ihn mit unschuldigem Blick. »Das war vielleicht ein bisschen übereilt.«

»Wieso?«

»Sie scheinen des Öfteren etwas … aggressiv zu reagieren, wenn es um unsere wohlhabenderen Mitbürger geht. Sie entwickeln ein Auftreten, das ich als … unschicklich bezeichnen würde.«

»Haben Sie ein Beispiel dafür, dass ich mich im Dienst unkorrekt verhalten habe?« Hakes Stimme war zu einem dumpfen Tonfall heruntergesackt, der fast einem Flüstern glich.

»Sie wissen genau, was ich meine. Leider haben Sie diesen Arbeiterklassenkomplex, der manchmal Ihr Urteil verfälscht.«

»Könnten Sie das nicht ein wenig genauer definieren? Ein paar konkrete Fälle nennen? Das würde mich interessieren.« Er trat einen Schritt zurück ins Büro.

»Jedenfalls gefällt es mir gar nicht, wenn ich Beschwerden über meine Mitarbeiter erhalte. – Das war dann alles.«

Hake schaute Seymour Rilke kalt an. »Ich darf Sie darüber aufklären, dass dieses betreffende Boot sehr wahrscheinlich der Tatort in einem Mordfall ist. Also muss es genauestens von der Kriminaltechnik untersucht werden. So arbeiten wir hier bei der Polizei. Von der eigentlichen Beschlagnahmung gibt es übrigens ein Video, falls Sie sehen wollen, dass alles korrekt zugegangen ist.«

»Sie hätten das Boot ja wohl direkt beim Wochenendhaus mit einem Absperrband sichern können, damit niemand an Bord geht.«

»Ein Absperrband?«, fragte Hake ungläubig.

»Ja, was ist daran so merkwürdig?«

»Merkwürdig ist untertrieben. Wenn ich das getan hätte, dann könnte man mir schon fast Pflichtversäumnis vorwerfen.«

»Also, der Meinung bin ich nicht. Jedenfalls ist es unangenehm, wenn sich die Bürger über unsere Polizei beklagen.«

»Die Großbürger, meinen Sie?«

Rilke schien zuerst darauf antworten zu wollen, aber überlegte es sich anders.

»Außerdem sind die Bergmans nicht von der Liste der Verdächtigen gestrichen, immerhin wurde der Mord höchstwahrscheinlich auf ihrem Boot begangen.«

Rilke sagte nichts.

»Gibt es sonst noch Beschwerden, über die ich informiert sein sollte, bevor ich meine Arbeit fortsetze?«

»Wenn das passiert, lasse ich schon von mir hören ...«

Hake fühlte, wie ihm der kalte Schweiß ausbrach, und konnte sich mit Mühe und Not aus dem Büro retten, bevor er der Versuchung nachgab und sich auf seinen arroganten Chef warf. Als er den Gang entlangmarschierte, schlug er ein paar Mal mit seinem Gehstock auf die Wand ein. Eine Tür wurde geöffnet, und Kommissar Bolinder schaute hinaus. Er betrachtete Hake mit einem neugierigen Blick und begann dann leise zu lächeln ... als sei ihm gerade ein Licht aufgegangen. »Lebt Rilke noch?«, fragte er, bevor er die Tür wieder schloss.

Hake ging schwimmen. Das tat er jedes Mal, wenn er sich bei einer Begegnung mit Rilke als der Unterlegene fühlte. Er hatte das Bedürfnis, sich reinzuwaschen und auszupowern. Diesmal schwamm er ungewöhnlich lange und beendete das Training mit mehr als zweihundert Metern Delphin. Als er anschließend zur Rennbahn fuhr, zitterten seine Arme noch immer ein wenig von der Überanstrengung. Er verlor fünfhundert Kronen, weil er gegen alle guten Vorsätze auf ein Pferd gewettet hatte, bei dem das Risiko viel zu groß war. Rilke beeinträchtigte sein Urteilsvermögen. Seiner Meinung nach schuldete der Polizeidirektor ihm jetzt fünfhundert Kronen.

Erst als er nach Hause kam und mit einem Glas Rotwein auf die Couch gesunken war, begann er sich körperlich und geistig wieder normal zu fühlen. Er holte sein Notizbuch hervor und schrieb in Großbuchstaben hinein, dass er sich nie wieder von seinem Chef provozieren lassen würde. NIE WIEDER! Mord war das schlimmste Verbrechen, die schwerste Sünde, und er – Axel Hake – war dafür verantwortlich, die Täter festzusetzen. Sich in die Machtspielchen eines ranghöheren Beamten hineinziehen zu lassen und dadurch seinen Auftrag zu gefährden, war unprofessionell und unverzeihlich.

Er lehnte sich in die Couch zurück und nippte an seinem Wein. Noch während er diese Grundsätze notierte, wusste er, dass er keine Sekunde lang eine strikt berufliche Haltung bewahren konnte, wenn es um jemanden wie Rilke ging.

Am Samstag war Allerheiligen, und er nahm Siri mit zum Friedhof Adolf Fredrik. Das Gelände lag mitten in der Innenstadt und war nur von einer flachen Steinmauer mit einem einfachen schmiedeeisernen Zaun umgeben. Hake wollte eine Kerze für seine Großeltern anzünden, die er immer besonders gemocht hatte. In ihrem Testament hatten sie sich gewünscht, zusammen auf dem Friedhof beigesetzt zu werden, auf dem auch die sozialdemokratischen Präsidenten Branting und Palme lagen. Als sie vor zehn Jahren gestorben waren, hatte Hake dafür gesorgt, dass dieser Wunsch in Erfüllung ging. Seine Großeltern waren ihr ganzes Leben lang der Arbeiterbewegung treu geblieben, und Hake hatte als Kind stundenlang bei ihnen gesessen und zugehört, wie sie von den Sorgen der einfachen Leute und all den täglichen Ungerechtigkeiten erzählten. Er nahm an, dass aus dieser Zeit sein ausgeprägtes Gerechtigkeitsgefühl stammte. Von seinem versoffenen Vater hatte er jedenfalls keine moralischen Ideale, soviel war sicher.

»Mama hat gesagt, hier liegt einer, der genauso heißt wie sie«, meinte Siri, die zuerst etwas bedrückt gewirkt hatte, bis sie all die wunderhübschen Kerzenflammen an den Wegen und Grabstätten sah. Der Friedhof war übersät mit Blumen, die meisten häuften sich bei der Ruhestätte des ermordeten Staatspräsidenten Palme. Hake ging mit seiner Tochter zu dem weißen Grabstein des bekannten Bildhauers Johan Tobias Sergel, und sie erkannte die Buchstaben wieder, die auch zu Hause auf dem Briefkasten standen. Sie wirkte stolz, auch ohne mit dem Künstler verwandt zu sein, und wollte wissen, warum sie nicht wie ihre Mutter den Nachnamen Sergel trug. Hake sagte nur, Hanna und er hätten das so abgesprochen. Wenn sie erst größer sei, könne sie sich für den Namen ihrer Mutter entscheiden. Zusammen schlenderten sie den Kiesweg entlang, der unter ihren Füßen knirschte, und Hake fühlte wie immer eine besondere Art von Frieden hier auf dem Kirchhof.

Siri fand es seltsam, dass Großmutter und Großvater keinen Grabstein besaßen. Hake erklärte, dass die beiden es so gewollt hatten, und dass man trotzdem um die Toten trauern konnte. Er blieb eine Weile mit gesenktem Kopf am Grab stehen. Siri wurde von der ernsten Stimmung angesteckt und quengelte nicht, sondern ahmte seine Haltung nach. Als sie wieder im Auto saßen und nach Kungsholmen zurückfuhren, ließ sie ihn wissen, dass sie später auf jeden Fall einen Stein haben wollte. Hake hatte den Verdacht, dass darauf außerdem der Name Sergel stehen sollte.

Sie aßen Abendbrot zusammen mit Hanne, die zu Hause geblieben war, um an einer neuen Kollektion von Kindermöbeln zu arbeiten. Der Auftrag kam von einem internationalen Firmenkonsortium. Hake sah, dass sie mit ihren Gedanken ganz woanders war. Gleich nach dem Essen verschwand sie wieder, um einige angefangene Skizzen fertig zu zeichnen. Hake badete seine Tochter und las ihr eine Gutenachtgeschichte vor. Schon mitten in der Erzählung war Siri eingeschlafen.

Von draußen schlug der Regen gegen das Fenster, die Tropfen fingen das Licht der Straßenlaternen ein und sahen aus wie winzige leuchtende Sternchen. Die Kirchenuhr schlug leise im Hintergrund, und der Verkehr brauste dumpf in der Oktobernacht.

KAPITEL 12

Am nächsten Montag tauchte Olle Sandstedt mit rot verquollenen Augen im Büro auf. Er hatte das ganze Wochenende durchgearbeitet, und nun waren die Gläser seiner Schildpattbrille verschmiert, die Kleidung zerknittert, und er schien zu frösteln. Hake war ziemlich sicher, dass der Mann sich nicht einmal eine kurze Schlafpause gegönnt hatte.

Sandstedt wedelte mit ein paar Schriftstücken. »Das Blut auf dem Boot stimmt mit dem des Ermordeten überein.«

»Völlig sicher?«

Sandstedt nickte.

Hake nahm die Papiere entgegen und blätterte sie kurz durch. Er schaute den Kriminaltechniker an, der müde blinzelte. »Ein Hurra für Sandstedt«, sagte er.

Der Kollege lächelte matt.

»Jetzt gehen Sie nach Hause und ins Bett. Ich will Sie vor übermorgen nicht mehr hier sehen.«

Sandstedt tastete nach seiner Zigarcttenschachtel, sagte »Tschüs dann« und ging. In der Tür traf er auf Lidman und Tobisson, aber er schien sie kaum zu sehen.

»Was haben Sie mit dem armen Mann gemacht, ihn gefoltert?«, kommentierte Lidman, als der Kriminaltechniker im Korridor verschwunden war.

»Harry Stenmans Blut stimmt mit den Spuren auf dem Boot überein«, sagte Hake.

»Und?«, meinte Tobisson.

»Das bedeutet, aller Wahrscheinlichkeit nach kennen wir den Tatort und den Zeitpunkt des Mordes.«

»Und?«

»Also müssen wir uns jetzt auf die Alibis für den betreffenden Abend konzentrieren.«

»Ich hatte befürchtet, dass Sie das sagen.« Tobisson sank tiefer in seinen Stuhl.

»Sie sollten sich freuen«, meinte Hake. »So haben Sie eine Chance, noch einmal Ihre Kumpels von der Fremdenlegion zu treffen.«

Diesmal fuhren sie nicht extra zu dem Sommerhaus, sondern die Brüder wurden für den nächsten Tag zum Präsidium bestellt. Sie kamen in paramilitärischer Kleidung, beide mit olivgrünem Parka, Strickmütze und Camouflage-Hosen. Die ganze Zeit hielt sich der eine schräg versetzt hinter dem anderen, wie Guerillasoldaten, die sich durch eine feindliche Stadt bewegen und sich gegenseitig Deckung geben wollen. Als sie in den Eingangsbereich des Polizeipräsidiums kamen, wirkten sie nicht eine Sekunde lang verunsichert. Mit schnellen Kundschafterblicken checkten sie die Lage und entdeckten gleich darauf Hake, der gekommen war, um sie abzuholen. Ihren Gesichtern war nicht anzumerken, dass sie ihn erkannt hatten, aber sie gingen auf ihn zu und grüßten. Dabei wirkte keine ihrer Bewegungen zufällig, alles schien genau durchdacht, als hätten sie einen Aktionsplan für jede mögliche Situation.

Hake brachte sie zum Vernehmungsraum, wo schon seine beiden Kollegen warteten. Lidman schaute die Hemmestas neugierig an, als sie hereinkamen, aber sie schenkten ihm nur einen kurzen Blick. Ohne Zögern entschieden sie, welcher Platz am günstigsten war, und setzten sich in die Nähe des Ausgangs. Nils Hemmesta ließ Tobisson fast keine Sekunde aus den Augen. Der Kripobeamte trug eine gelangweilte Miene zur Schau.

»Okay, dann können wir also mit dem Verhör anfangen«, sagte Hake.

Nils starrte ihn an. »Was soll das heißen, Verhör? Am Telefon haben Sie gesagt, Sie wollten nur ein paar zusätzliche Infos.«

»Das müssen Sie falsch verstanden haben«, meinte Hake sachlich.

»Ich habe gar nichts falsch verstanden.« Misstrauisch musterte er den Kommissar, der dabei war, ein Tonbandgerät in Gang zu setzen.

»Vertrödeln wir unsere Zeit nicht mit Haarspaltereien«, bestimmte Hake. »Wir sind hier, um ein bisschen mehr Klarheit in die Begleitumstände von Harry Stenmans Tod zu bringen.«

Die Brüder sahen ein, dass sie manipuliert worden waren, und schauten sich nervös um.

»Vor allem wollen wir wissen, was Sie beide am Abend und in der Nacht des 29. September gemacht haben.«

»Daran kann ich mich nicht mehr erinnern«, sagte Nils Hemmesta widerborstig. »Verdächtigen Sie uns?«

»Kommt ganz darauf an, wie Sie die folgenden Fragen beantworten.«

Göran sagte: »Ich weiß auch nicht.«

»Länger als einen Monat liegt das Ganze nicht zurück«, meinte Lidman. »Versuchen Sie nachzudenken, auch wenn Ihnen das schwer fällt.« Sein verächtlicher Tonfall ließ durchblicken, dass er es mit geistig Zurückgebliebenen zu tun hatte. Nils durchbohrte ihn mit Blicken und hatte offenbar eine weitere Person gefunden, die er hassen konnte.

»Versuchen Sie es«, sagte Hake sanft. »Es geht schließlich um einen Mord.«

»Wir haben mit dem Tod von Red nichts zu tun«, antwortete Nils. »So schwer kann das doch nicht zu verstehen sein.«

»An dem Abend hat es geregnet. Ein Dienstag.«

Die Brüder schauten sich an. Hake war klar, dass sie sich mit einem Code verständigten, aber natürlich konnte er ihn so schnell nicht knacken. Nils fasste sich ans Ohrläppchen, vielleicht war das ein Zeichen. Göran zog kurz an seinem Ringfinger, vielleicht war das ein Zeichen. Einfach alles konnte eine Botschaft enthalten.

»Also?«

Nils strich sich mit der Hand durch das Haar.

»Wir waren zu Hause«, sagten sie gleichzeitig.

»Gibt es Zeugen?«

»Ihn«, sagten sie einstimmig und zeigten aufeinander.

Tief hinten in Nils Hemmestas grauen Augen, hinter der Mauer aus Hass, blitzte ein Funken von etwas auf, das Hake als Intelligenz deutete. Er durfte nicht vergessen, vorsichtig zu sein. Dieser Mann mochte aussehen, als habe er den Verstand eines überzüchteten Stallhasen, aber das war eine Fehleinschätzung.

»Niemand ist bei Ihnen vorbeigekommen?«

»Nein.«

»Haben Sie ferngesehen?«

»Wir haben keinen Fernseher.«

»Erinnern Sie sich, was Sie stattdessen gemacht haben?«

»Radio gehört, gelesen.«

»Ein bestimmtes Radioprogramm?«

»Normalerweise stellen wir Radio France an. Manchmal gibt es Kameraden, die uns in der Sendung grüßen.«

»Wissen Sie noch, was lief? Um zu beweisen, dass Sie zugehört haben.«

Sie zuckten mit den Schultern.

Hake stocherte weiter. »Jemanden angerufen haben Sie auch nicht?«

Sie schüttelten gemeinsam die Köpfe.

»Vielleicht Ihre Eltern?«

Hake wusste genau, dass die Eltern der Hemmestas tot waren. Aber er wusste auch, dass sie damals ihre eigenen Kinder bei der Polizei angeschwärzt hatten, als ihnen Geld und Schmuck gestohlen worden waren. Er suchte nach einer schwachen Stelle im emotionalen Panzer.

»Sind tot«, sagte Göran dumpf.

»Das tut mir Leid«, meinte Hake.

»Uns nicht«, sagte Nils.

Stille senkte sich über den Raum. Lidman hörte auf, an seinem Pfefferminzbonbon zu saugen.

»Warum nicht?«, fragte Hake milde.

»Das geht Sie einen feuchten Dreck an.«

»Eltern können grausam zu ihren Kindern sein ...«

Die Stille kehrte zurück und wurde schließlich von Nils gebrochen. Er wollte kein Mitleid. »Schweine waren sie.«

»Genau wie Harry Stenman?«

»Ja, genau wie Harry Stenman.«

»Haben Sie ihm auch den Tod gewünscht?«

Nils schüttelte nur den Kopf.

»Aber in der Fremdenlegion werden Sie doch wohl aufs Töten trainiert«, meldete sich plötzlich Tobisson zu Wort. »Sie werden darauf trainiert, Ihren aufgestauten Hass rauszulassen und gegen andere Menschen zu richten.«

Nils ließ seinen Blick über die drei Polizisten wandern. Zuerst Tobisson, dann der übergewichtige schlappe Lidman und schließlich Hake mit seinem Gehstock. In seinen Augen stand Verachtung. »In der Fremdenlegion werden wir zu Fallschirmjägern ausgebildet, die in Unruheherden auf der ganzen Welt eingesetzt werden können. Wir unterstehen der französischen Armee und sind keine käufliche Söldnertruppe. In Somalia und Bosnien wurden wir ausschließlich für friedensbewahrende Maßnahmen eingesetzt. Unter der Leitung der UNO. Harry Stenman war ein Schwein, weil er diese Regeln nicht respektierte, sondern unter dem Schutz unserer Flagge Geschäfte machte – und auch noch Kurre Oskarsson mit reinzog. Das hat Kurre das Leben gekostet.« Er musterte die Beamten erneut. »Red war der Killertyp, nicht wir.«

»Natürlich, Sie beide sind nur harmlose Jungs.«

»Wir sind Männer. Soldaten, die an Ehre und Aufopferung glauben. Das haben wir öffentlich geschworen, vor unseren Kameraden aus der Legion. Aber ein Schwein erkennen wir, wenn wir es sehen. Und noch etwas: Ihre armseligen Vorurteile und Ihre Versuche, uns zu manipulieren, sind einfach lachhaft. Und besonders Sie, Tobisson, würden sich da unten keine Woche halten. Sie hatten verdammtes Glück, dass Sie sich nie haben anwerben lassen, auch wenn Sie bestimmt rumgelaufen sind und davon fantasiert haben.«

Tobisson wurde sichtbar blass.

»Und jetzt habe ich genug von diesem Kinderkram. Wir haben Ihnen gesagt, wo wir an dem Abend waren und womit wir die Zeit verbracht haben. Wenn Sie mehr von uns hören wollen, dann nur mit einem Anwalt.« Er schaute Hake an. »Ein bisschen wissen wir schon, wie die Regeln hier funktionieren, auch wenn wir lange nicht zu Hause waren.«

Er stand auf, und sein Bruder folgte seinem Beispiel. In der Tür drehte sich Nils noch einmal um, schaute Tobisson an und richtete einen drohenden Finger auf ihn. »Wir sehen uns wieder. Seien Sie da mal ganz sicher.« Er lächelte andeutungsweise und verschwand aus dem Verhörraum.

»Schnapp sie dir, Tiger«, spöttelte Lidman. »Beiß die bösen Männer.«

Tobisson fand das gar nicht lustig. Er fühlte einen eiskalten Schauer sein Rückrat entlanglaufen und wusste, dass er das erste Mal seit langer Zeit echte Angst gespürt hatte. Tobisson fühlte sich schutzlos, als sei das ganze Karate- und Krafttraining nur Selbstbetrug, eine Methode sich einzureden, dass er mit Gewalt und Konflikten ohne Schwierigkeiten zurechtkam. Aber bei der ersten Begegnung mit dem wahren, personifizierten Bösen war er so gut wie hilflos. Natürlich versuchte er, dieses Gefühl abzuschütteln, aber geschehen war geschehen. Er stand auf, ging zum Aufnahmegerät und sagte: »Das Verhör wurde um 11.35 Uhr beendet.« Als er das Band abstellte, dachte er sich, dass er in nächster Zeit wirklich sehr vorsichtig sein sollte.

Hake grübelte währenddessen darüber nach, dass bei diesem Verhör das Resultat gleich null gewesen war. Jetzt konnten nur noch andere Zeugen weiterhelfen. Jemand, der zum Beispiel die Brüder am Abend des Mordes in der Stadt gesehen hatte, so dass sich ihr Alibi verflüchtigte. Erst dann ließ sich diese Spur weiterverfolgen. Natürlich konnte er theoretisch die beiden beschatten lassen und sehen, ob sich daraus etwas ergab. Aber von seinen Leuten war sicher niemand geübt genug, um nicht beim Spionieren entdeckt zu werden, und das wollte er seinen Mitarbeitern nicht zumuten. Trotz Nils schöner Rede über das wahre Wesen der Fremdenlegion waren diese beiden Männer ausgebildete Killer und eine tödliche Gefahr.

Sie setzten die Ermittlungen damit fort, dass sie Danne Durant auf seinem Boot verhörten. Er gab ebenfalls zu Protokoll, dass er am Abend des 29. September zu Hause gewesen war und dafür keine Zeugen besaß. Außerdem meinte er, es sei ein merkwürdiges Gefühl, zu wissen, dass Red nur einige hundert Meter entfernt getötet worden war, ohne dass er hier nebenan davon gewusst habe. Für Axel Hake war das nicht nur ein merkwürdiges Gefühl, sondern auch ein höchst merkwürdiger Zufall, und er nahm Durant so gut es ging in die Zange. Aber der Mann war schlüpfrig und kannte sich nur allzu gut mit den polizeilichen Befugnissen aus.

Während des Verhörs stand Hake mehrmals auf und ging ein bisschen herum, um sich warm zu halten. Die Jacke, der Pullover und das langärmlige Polo-Shirt reichten nicht aus. Er bemerkte, dass Durant ihn ständig aus den Augenwinkeln beobachtete, wenn er seine Runden drehte. Interessiert verfolgte er jede Bewegung, wie Hake den Stock benutzte, wie gut er ohne Hilfe gehen konnte, wie stark er sich aufstützte. Hake fühlte sich wie eine Jagdbeute. Kühl taxiert von jemandem, der sein Wild kennen wollte, wenn die Schonzeit vorbei war. Er verließ Durants Boot mit dem Eindruck, dass das Verhör nicht das Geringste gebracht hatte. Zumindest nichts Konkretes, das sich auswerten ließ.

Auch Rick Stenman war an diesem schicksalsschwangeren Abend allein zu Hause gewesen und konnte dafür keine Zeugen nennen. Natürlich hatte er sich gewundert, dass Red am nächsten Tag nicht ins Büro kam, aber das passierte öfter. Red hatte nun einmal seine eigenen Pläne, und Rick stellte die Entscheidungen seines Bruders nie in Frage.

Lidman wollte wissen, ob Rick vor seinem Bruder Angst gehabt habe. Daraufhin lachte Rick nur nervös, fuhr sich mit der Hand durch die rotblonde Haarmähne und meinte: »Er hatte ein heftiges Temperament und einen unbändigen Stolz. Aber ich habe mich nie vor ihm gefürchtet. Er war schließlich mein Rettungsengel. Ohne ihn wäre mein Leben völlig den Bach runtergegangen.«

Zum zweiten Mal wurde Hake von der fast religiösen Verehrung überrascht, die Rick seinem großen Bruder entgegenbrachte. Davon abgesehen war Hake nicht sehr glücklich über die wachsende Anzahl von Männern, die kein Alibi für die Mordnacht vorweisen konnten. Ironie des Schicksals, dass er an diesem Abend selbst allein zu Hause geblieben war. Er erinnerte sich, dass es regnete und er eigentlich vorgehabt hatte, zur Rennbahn zu fahren, nur um sich in letzter Sekunde anders zu entscheiden. Natürlich siegte das Pferd, auf das er hatte setzen wollen. Darum erinnerte er sich so genau an diesen Abend. Er hatte es sich auf der Couch gemütlich gemacht, ein Buch über französische Pferdezucht gelesen und davon geträumt, eine Stute zu kaufen und sie von einem französischen Hengst decken zu lassen, der natürlich nicht zu teuer, aber von edler Abstammung war. Er hatte mit dem Gedanken gespielt, Hanna anzurufen. Doch da er wusste, dass sie ein paar alte Freunde aus ihrem Design-Studium zum Abendessen eingeladen hatte, ließ er es bleiben. Kurz gesagt konnte er ebenfalls keine Zeugen nennen, um zu beweisen, wo er an dem betreffenden Abend gewesen war.

Als Rick das Präsidium verlassen hatte, erinnerte Hake seinen Kollegen Lidman daran, dass er noch Reds Telefonrechnung überprüfen musste. Eine Stunde später tauchte Lidman wieder auf und berichtete, Red habe ein Handy mit Karte besessen. Das bedeutete, Gespräche ließen sich nur zurückverfolgen, wenn die Polizei zuerst die SIM-Nummer herausbekam. Ein aussichtsloses Unterfangen, denn unter Stenmans Besitztümern war kein Handy gefunden worden.

Hake rief bei Frau Stenman an, um einen Termin zu vereinbaren, aber sie war zu ihren Eltern nach Värmland gefahren und würde erst in einigen Tagen zurückkehren.

Lidman hatte das Ehepaar Bergman verhört, aber sie besaßen ein Alibi für den Abend. Sie hatten sich zusammen mit ihrem Sohn in Båstad an der Westküste aufgehalten, konnten also von der Liste gestrichen werden.

Nach Arbeitsschluss ging Hake schnurstracks nach Hause. Als er sah, dass bei Lars Larsson-Varg Licht brannte, entschied er sich, auf ein Glas Wein vorbeizuschauen. Ihr letztes Treffen hatte schließlich damit geendet, dass der Museumsvorsteher wütend abgerauscht war, und Hake hatte das Bedürfnis, die Dinge wieder einzurenken. Aber als er zum Fenster hochschaute, stand dort Larsson-Varg und beobachtete ihn. Auf Hakes Winken reagierte er nur mit kühler Miene und wandte ihm den Rücken zu.

Kaum war der Abend zur Nacht geworden, machten sie sich auf den Weg. Sie waren nur zu fünft im VW-Bus, Julia Hake auf der Rückbank ganz hinten und Juri dicht an sie gedrängt. Lövenhelm saß am Steuer. Die zwei übrigen Männer hatte Julia bisher bei ihren Besuchen in der Veganerkommune nur flüchtig gesehen. Das Ziel der Fahrt lag nicht sehr weit entfernt, höchstens eine Stunde mit dem Auto. Julia fühlte sich gleichzeitig aufgekratzt und nervös. Sie hatte bisher nie an einer dieser Aktionen teilgenommen und war noch immer nicht sicher, ob sie das Richtige tat.

Juri war gleich nach dem Mittagessen bei ihr aufgetaucht. Sie hatten zusammen Kaffee getrunken und sich geliebt. Seine schmalen Hüften und der glatte Körper machten sie ganz wild vor Verlangen. Mit keinem anderen Mann hatte sie sich auf solche Experimente eingelassen wie mit Juri. Danach hatten sie eine Stunde eng umschlungen geschlafen, und dann hatten sie noch einmal von vorne angefangen. Diesmal hatte er sich als zärtlicher, seelenvoller Liebhaber gezeigt, und Julia hatte ihn überreden können, beim Sex Russisch zu reden. Leise, gewisperte Worte hatten den dunklen Raum erfüllt, poetisch und sanft.

Anschließend war Lövenhelm mit dem VW-Bus vorbeigekommen und hatte sie beide abgeholt. Bevor sie losfuhren, hatte er Juri beiseite genommen und leise auf ihn eingeredet, während der Russe ernst nickte. Julia hätte gerne gewusst, worum es ging, aber sie wollte keine aufdringlichen Fragen stellen. Solange er neben ihr im Bus saß und sich an sie lehnte, war sie zufrieden. Ab und zu drückte sie seine Hand, und er antwortete mit derselben Geste, wie ein geheimes Morsesignal zwischen Liebenden. Nach ungefähr einer Stunde parkte der Bus am Rand eines Fichtenwaldes, direkt neben einem tiefen Graben, der sich den Weg entlang zog. Einer der Männer knipste eine Stableuchte an und schaute auf eine Landkarte, bevor sie loszogen.

Gustav Lövenhelm ging als Anführer voran, und Julia hielt sich dicht bei Juri. Sie befanden sich tief im Wald, weit und breit war kein Haus zu sehen. Der Wind in den Bäumen und das rhythmische Stapfen ihrer Stiefel übertönte alle anderen Geräusche, und so konnte Julia erst sehr nah am Ziel Jaulen und gedämpfte Schreie hören. Lövenhelm hielt eine Hand hoch, und die Gruppe blieb hinter ihm stehen. Einer der Männer zog eine wollene Skimaske übers Gesicht, so dass in der Dunkelheit nur seine Augen durch die Öffnungen glänzten. Er ging allein auf das lichtlose Wohngebäude zu. Dahinter konnte man in der Schwärze gerade noch die langen Reihen von Nerzkäfigen erkennen. Der Mann ging geduckt, als er sich dem Haus näherte, drückte sich neben einem Fenster an die Wand und beugte sich vor, um vorsichtig ins Innere zu spähen. Dann schaute er zu ihnen zurück und schüttelte den Kopf. Er schlich um das Gebäude herum, tauchte etwas später an der Schmalseite wieder auf und signalisierte mit einer Geste, dass die Luft rein war.

Sie zogen ihre eigenen Skimasken herunter und marschierten im Trupp zu den Käfigen. Julia hatte grobe Handschuhe übergestreift und trug einen handlichen, geschlossenen Katzenkorb. Als sie angekommen waren, öffnete sie einen der Zuchtkäfige und holte zwei Nerze heraus, die sie in den Korb setzte. Die kleinen, muskulösen Tiere versuchten sie zu beißen, aber als sie merkten, dass es nichts nützte, gaben sie den Widerstand auf. Nachdem Julia ihr Okay gegeben hatte, begann der Rest der Gruppe die übrigen Käfige zu öffnen, und ein Schwarm grauer Schatten ergoss sich in den Wald. Es dauerte nicht lange, bis alle Nerze frei waren. Julia fühlte einen Anflug von schlechtem Gewissen. Als Veterinärin war es ihre Aufgabe, Tieren zu helfen und sie zu schützen. Sie wusste gut genug, dass die meisten dieser Nerze in der Wildnis nicht überleben konnten. Die Marder hatten nie gelernt, selbst nach Futter zu jagen, und wahrscheinlich würden sie anderen Raubtieren zum Opfer fallen. Aber diese deprimierenden Gedanken schlug sie sich eilig aus dem Kopf. Insgesamt war es doch zum Besten der

Tiere, schließlich wusste sie, dass die Nerze sonst beim nächsten Kürschner landen und für ihren Pelz einen frühen Tod sterben würden.

Sie fühlte mehrere Nerze an ihren Beinen entlang huschen, und die beiden Exemplare im Katzenkorb riefen ihnen in hellen Tönen hinterher. Als sie sich umschaute, um festzustellen, wo der Kundschafter ihrer Gruppe abgeblieben war, sah sie ihn mit einer Videokamera die ganze Aktion filmen. Er hielt den Daumen hoch, um zu signalisieren, dass alles in Ordnung war. Gustav Lövenhelm nickte und rief den anderen zu, dass es Zeit sei zu verschwinden. Sie gingen zum VW-Bus zurück, und Juri kam auf Julia zu und küsste sie grob auf den Mund. Bevor sie einstiegen, nahmen sie ihre Skimasken ab. Alle wirkten ziemlich aufgekratzt. Julia hielt den Korb mit den Nerzen hoch und redete den Tieren beruhigend zu. Der Kameramann der Aktionsgruppe zoomte dieses Bild heran.

Während der Heimfahrt ließ Gustav Lövenhelm eine Flasche Wein herumgehen und hielt eine Lobesrede auf seine mutigen Helfer. Julia nahm einen Schluck und spürte, wie sich die Wärme in ihrem Körper ausbreitete. Sie fühlte sich erschöpft, aber glücklich. Das Ganze kam ihr vor wie ein großes Abenteuer, und Juris Körper so eng an ihrem eigenen trug natürlich dazu bei, sie ein wenig trunken zu machen. Später hörte sie zu ihrer Enttäuschung, dass er nicht über Nacht bleiben konnte. Ihr wurde gesagt, dass Juri für eine längere Mailaktion gebraucht wurde, mit der andere Tierschutzaktivisten benachrichtigt werden sollten. Sie versprach, die Nerze bei sich versteckt zu halten. Lövenhelm meinte zum Abschied, dass die Gruppe bald wieder Kontakt zu ihr aufnehmen würde.

Erst als der VW-Bus abgefahren war, und die Dunkelheit

sie umschloss, kam ihr der Gedanke, wie absurd diese ganze Nacht eigentlich gewesen war. Sie schaute auf die Nerze im Katzenkorb, ging zum Pferdestall und setzte die Tiere in einen größeren Käfig. Dann stellte sie ihnen eine Portion Fischfutter hinein, die sie schon vorher gekauft hatte. Danach ging sie ins Haus und ließ sich in der Küche auf einen Stuhl fallen. Zum ersten Mal seit langer Zeit fühlte sie sich vollkommen alleine.

KAPITEL 13

Als Hake zur Arbeit kam, wartete vor dem Büro ein ungefähr fünfzigjähriger Mann mit grauem Mantel und einer Aktentasche unter dem Arm. Er hatte dünnes Haar, ein schmales knochiges Gesicht und eine etwas schiefe Nase. Die Augen waren wachsam, mit langen Wimpern, die eher an eine Frau erinnerten. Er stellte sich als Tage Lennartsson vor, von Beruf Versicherungsdetektiv. Seine volle, tiefe Bassstimme wirkte beruhigend und passte wenig zu der mageren Gestalt. Hake bat ihn herein und bot ihm einen Stuhl an. Der Mann hatte am Tag vorher angerufen und um ein Gespräch in Sachen Harry Stenman gebeten. Mehr hatte er am Telefon nicht sagen wollen.

»Sie haben Informationen für mich?«, fragte Hake abwartend.

Der Mann nickte und öffnete seine Aktentasche. Er nahm einige Papiere heraus, die er auf den Schreibtisch legte.

Hake blätterte die Seiten kurz durch. »Eine Lebensversicherung«, sagte er überrascht.

»Genau«, meinte Tage Lennartsson. »Wenn Sie auf die letzte Seite schauen, sehen Sie auch den Betrag, um den es sich handelt.«

Hake schlug die Seite auf und sah, dass die Versicherung auf den Namen Harry Stenman ausgestellt war und dass die zu zahlende Summe zwei Millionen Kronen betrug. Zugunsten von Ulla Stenman.

»Damit ist sie eine reiche Frau«, sagte Hake.

»Wenn so ein hoher Betrag mit einem Mord verknüpft ist, wollen wir doch lieber sicher gehen, dass alles mit rechten Dingen zugegangen ist.«

»Das kann ich gut verstehen.«

»Gehört sie zu den Verdächtigen?«

»Bei einer laufenden Mordermittlung kann ich solche Informationen natürlich nicht herausgeben.«

Der Versicherungsdetektiv seufzte laut, und seine langen Wimpern flatterten. Er kratzte sich an der Nase. »Das hier ist ja eine ziemlich spezielle Situation«, gab er zu bedenken.

»Ich habe Verständnis für Ihre schwierige Lage«, meinte Hake. »Nur hat das keinen Einfluss auf die Arbeit der Polizei.«

»Aber eine solche Summe ist wohl ein Motiv, das nicht zu verachten ist?«

»Oh, absolut. Trotzdem sind die Ermittlungen weiterhin allein unsere Angelegenheit. Wenn es einen Betrugsverdacht gibt, dann müssen Sie das eben melden.«

»Genau das versuche ich ja herauszufinden, ob es Betrug sein könnte, aber ohne Ihre Hilfe wird mir das nicht gerade leicht fallen.«

»Wann wurde die Versicherung ausgestellt?«

»Vor einem Jahr. Die Summe ist natürlich ziemlich hoch, aber Stenman war schließlich noch nicht alt. Es gab keine Anzeichen für eine Betrugsabsicht, keine schweren Krankheiten, keinen Eintrag im Strafregister.«

»Er hat immer pünktlich bezahlt?«

Tage Lennartsson nickte.

»Und die Versicherung war nicht gegenseitig?«

»Nein, Ulla Stenman ist überhaupt nicht versichert.«

»Ich kann Ihnen keine Informationen geben«, sagte Hake. »Alles, was ich sagen kann, ist, dass bisher niemand in Untersuchungshaft genommen oder des Mordes angeklagt wurde.«

»Keine Verdächtigen?«

Hake schmunzelte ein wenig. »Wie gesagt, das behalten wir erstmal für uns.«

Lennartsson wirkte nicht direkt unzufrieden, aber er hatte sich vielleicht mehr erhofft. Er stand auf. »Selbst für ein großes Versicherungsunternehmen wie unseres handelt es sich um eine bedeutende Summe. Also muss ich die Umstände des Todes genau untersuchen, bevor die Prämie ausgezahlt wird.«

»Rufen Sie mich an, wenn Sie etwas herausfinden, was uns weiterhelfen könnte«, meinte Hake und streckte die Hand aus.

Lennartsson schüttelte sie und betrachtete ihn dabei mit einem herausfordernden Blick. »Sie werden *mich* natürlich nicht informieren?«

»Das kann ich leider nicht tun. Aber ich lasse von mir hören, sobald jemand verhaftet oder anklagt wurde.«

Er begleitete den Versicherungsdetektiv nach draußen und ging anschließend ins Büro, wo Lidman dabei war, alle bisherigen Informationen noch einmal durchzusieben.

»Kommen Sie«, sagte Hake.

Ulla Stenman stand in der Mitte ihres Wohnzimmers und breitete hilflos die Arme aus. »Ich habe gestern davon erfahren.«

Die beiden Kripobeamten betrachteten sie wortlos. Frau

Stenman wirkte nervös, und sie waren übereingekommen, die Witwe einfach reden zu lassen.

»Für mich war das ein Schock.«

Ein freudiger Schock, dachte Hake. Sie hatte seit seinem letzten Besuch die Wohnung verschönert. Der alte Fernseher und das Werbeposter an der Wand waren verschwunden. Stattdessen standen überall im Raum Blumensträuße, und auf dem Boden lag ein neuer, wild gemusterter Teppich. An der Wand hing ein Gemälde, das letztes Mal noch nicht da gewesen war, ein Seefahrtsmotiv mit Goldrahmen. Die zerschlissenen Gardinen waren verschwunden, und das durchs Fenster hereinströmende Licht ließ die Wohnung in ihrem neuen Glanz erstrahlen.

Frau Stenman selbst hatte sich ebenso verwandelt. Vergessen waren die matten Haarsträhnen und die verbrauchten Altfrauenkleider. Jetzt trug sie einen Minirock aus Leder und einen quietschgelben Angorapullover. Sie schien eine Verjüngungskur hinter sich zu haben, und nichts erinnerte mehr an die graue Maus von zuvor. Stumm sah sie auf die beiden Polizisten, die einfach keine weiteren Fragen stellten. In die Stille hinein beteuerte sie in einem fast flehenden Tonfall: »Ich wusste überhaupt nicht, dass Harry eine Lebensversicherung abgeschlossen hatte. Er hat kein Wort davon gesagt.«

Hake fragte sich, ob es theoretisch möglich war, dass sie die Wahrheit sagte.

»Das mag schwer zu glauben sein, aber so war es wirklich«, behauptete sie und schaute abwechselnd auf Hake und Lidman. »Falls Sie denken, ich habe meinen Mann für die Versicherungssumme umgebracht, dann irren Sie sich!« Sie ging in die Küche, goss sich ein Glas Wasser ein und kam zurück ins Wohnzimmer. Inzwischen hatte sie sich wieder ein bisschen beruhigt. »Ich habe nicht vor, Ihnen einen Kaffee anzubieten. Immerhin war ich gerade auf dem Weg nach draußen, als Sie hier hereingeschneit kamen.« Entschlossen marschierte sie in Richtung Eingangsflur und nahm ihren Mantel vom Haken. Dann schaute sie sich irritiert zu ihnen um. »Verdammt, jetzt sagen Sie doch endlich was!«

»Wie läuft es mit der Firma?«

»Der Konkursverwalter kümmert sich um den ganzen Mist. Mir ist das ehrlich gesagt scheißegal. Die Firma war Reds Idee, und jetzt ist er tot und …«

»… Sie sind um zwei Millionen reicher«, beendete Lidman den Satz.

Sie zog sich den Mantel um die Schultern. »Ich habe ihn nicht umgebracht.«

»Dazu kann man ja jemanden anheuern«, meinte Hake.

Sie sah ihn starr an. »Verschwinden Sie. Ich habe Ihnen nichts mehr zu sagen.«

Frau Stenman wollte gerade die Tür öffnen, als Hake seine Hand auf die ihre legte. »Einen Augenblick.«

Sie sank ein bisschen in sich zusammen, als sei sie es gewohnt nachzugeben, wenn ihr Gegenüber sich autoritär genug verhielt.

»Wir wollen vor allem wissen, was Sie am Abend des 29. September getan haben.«

»Der 29. September?«

»Unseren Ermittlungen zufolge war das der Zeitpunkt, an dem ihr Mann ermordet wurde.«

Sie machte einen Schritt zurück, versenkte die Hände in den Manteltaschen und beugte leicht den Kopf. »Aber … das war genau der Abend, an dem Harry nicht nach Hause gekommen ist«, sagte sie schließlich. »Er hatte die Arbeit beendet und wollte nur noch alles ordentlich abschließen. Ich war schon ein paar Stunden vorher gegangen. Aber er kam nicht. Am nächsten Tag habe ich ihn als vermisst gemeldet.«

»Genau. Wo waren Sie an diesem Abend?«

»Hier«, sagte sie schnell. »Ich war hier.«

»Allein?«

»Natürlich, ich habe schließlich auf Harry gewartet. Die Nacht war furchtbar. Ein paar Mal dachte ich, er sei durch die Tür gekommen, aber das war natürlich nur Einbildung.«

Hake sah Lidman an, der mit den Schultern zuckte. Sie wussten beide, dass sie nicht viel weiter kommen würden. Hake warf einen letzten Blick aus dem Fenster und stellte fest, dass man von der Wohnung bis zur Mälaren-Werft und der Pålsund-Brücke schauen konnte. Falls sie in den Mord verwickelt war und den Abend hier verbracht hatte, dann hatte sie das Geschehen gemütlich von ihrem Wohnzimmer aus verfolgen können.

»Danke für das Gespräch«, sagte Hake abschließend.

Sie verließen alle zusammen die Wohnung. Draußen stieg Ulla Stenman in einen alten Opel, nickte den beiden Kripobeamten zu und fuhr davon.

»Was meinen Sie?«, fragte Hake.

»Ich weiß nicht recht«, antwortete Lidman.

Sie gingen die Strecke über die Timmermansgatan, an deren Ende man über den Sund des Riddarfjärden schauen konnte. Dort blieben sie eine Weile stehen und genossen die Aussicht. Ein Seitenweg führte zum Söder Mälarstrand hinunter, und sie schlenderten in diese Richtung. Als sie sich noch einmal zu der massigen Mälaren-Burg ganz oben auf dem Hang umwandten, brachte die Nachmittagssonne das ziegelrote Gemäuer zum Strahlen und bedeckte den

Rest der Anhöhe mit einem gewaltigen Schatten. Man musste an ein verwunschenes Schloss denken, so fremd stand es inmitten der unauffälligen ältlichen Holzhäuser und der niedrigen Mietgebäude, die ansonsten für die Umgebung typisch waren.

»Sollen wir sie beschatten?«, fragte Lidman, als sie die Mälaren-Burg umrundet hatten.

Hake antwortete mit einem entschlossenen Nicken.

Also begann im Anschluss die Operation Witwenbeschattung. Natürlich mussten sie dafür die wenige Freizeit opfern, die ihnen blieb, denn Rilke weigerte sich weiterhin hartnäckig, mehr Personal einzusetzen. Die erste Schicht übernahmen Tobisson und Lidman, aber in dieser Zeit verließ Ulla Stenman kein einziges Mal das Haus. Stattdessen kam ein Mann mit Strickmütze und ging ins Gebäude. Sie konnten ihn nicht besonders gut erkennen, denn die Mütze war tief über die Ohren gezogen und der Mantelkragen hochgeschlagen, so dass sein Gesicht kaum zu sehen war. Vielleicht gehörte er nur zu den Mietern.

Lidman beschwerte sich über Tobissons Benehmen. Er meinte, sein Kollege sei übernervös, würde bei jeder Kleinigkeit zusammenzucken und sei dabei, eine Art Verfolgungswahn zu entwickeln. »Außerdem hat der Idiot eine Riesenkanne Kaffee mitgeschleppt, als ob er nicht wüsste, wie das Zeug auf die Blase drückt und dass man ständig am Laufen ist. Das kann man doch während einer Beschattung nicht machen!«

Hake nahm diese Vorwürfe nicht sehr ernst. Tobisson hatte sich umgekehrt beklagt, dass Lidman durchdringend roch und ständig Gebäck und Schokoladenkuchen in sich hineinstopfte. »Der Kerl frisst sich noch zu Tode. Irgendwann explodiert er einfach. Wie soll ich mich sicher fühlen, wenn mein Kollege mir nicht mal zur Hilfe kommen kann, falls ich ihn brauche. Lidman könnte keine zehn Meter laufen, ohne zusammenzubrechen und nach Luft zu röcheln.«

Hake hatte sie noch eine weitere Wachschicht schieben lassen, bevor er ihre Zusammenarbeit beendete. Auch dabei war nichts Interessantes herausgekommen. Frau Stenman war zu Hause geblieben, und nicht einmal ein mysteriöser Mann mit Strickmütze hatte sich gezeigt. Am darauf folgenden Abend kam Hake selbst zur Mälaren-Burg an der Bastugatan, um Tobisson abzulösen. Sein Kollege sah sehr erleichtert aus, als er aus dem Auto stieg. Er flüsterte Hake zu, dass Lidman sich eine neue Manie zugelegt hatte: Lakritzschnecken.

Hake setzte sich neben Lidman, und nach ein paar inhaltslosen Sätzen breitete sich Stille im Auto aus. Abgesehen von den Kaugeräuschen natürlich. Hake hielt eine halbe Stunde durch, dann flüchtete er aus dem Wagen und ging das Gebäude entlang von der Bastugatan in die Timmermansgatan. Dort fand er zwei zusätzliche Hauseingänge. Er fragte sich, ob Ulla Stenman das Gebäude an dieser Stelle hätte verlassen können, ohne dass es von ihrem Überwachungsposten aus zu sehen war. Also ging er zurück zum Wagen und stellte erleichtert fest, dass man auch diese Eingänge nicht unbeobachtet benutzen konnte. Dennoch war jetzt sein Misstrauen geweckt, und er schritt noch einmal um das Haus herum und den Hang herunter. Schließlich kam er bei der Vorderseite des Gebäudes an, das sich massig gegen den Nachthimmel erhob. Nachdem er die Etagen durchgezählt hatte, suchte er Ulla Stenmans Fenster mit den Augen. Ihre Wohnung war dunkel. Er hastete zurück zu Lidman, der im Auto wartete.

»Sind Sie ganz sicher, dass sie noch in der Wohnung ist?«

»Vor drei Stunden reingegangen«, nickte Lidman.

Hake nahm den Fahrstuhl zu Stenmans Adresse und klingelte. Niemand öffnete. Hake fluchte still vor sich hin und eilte zurück zum Auto.

»Hat sie vielleicht bemerkt, dass die Kripo sie beobachtet?«, fragte er.

»Möglich. Alles ist möglich, besonders nachdem Tobisson ständig aus dem Wagen rein und raus gesprungen ist.«

»Sie ist nicht in der Wohnung, und trotzdem hat keiner gesehen, wie sie dass Haus verlassen hat.«

»Vielleicht ist sie nur kurz bei einem Nachbarn.«

»Schaltet man das Licht in allen Zimmern aus, wenn man nur kurz zu einem Nachbarn geht?«

Lidman grübelte. »Schaltet man das Licht aus, wenn man weiß, dass man von der Polizei überwacht wird?«

»Mit anderen Worten, sie weiß nicht, dass wir sie observieren.«

»Aber es gibt einen zweiten Ausgang?«

Hake nickte. »Warten wir ein Weilchen.«

Sie saßen noch drei Stunden herum, ohne dass Ulla Stenman auftauchte. In dieser Zeit vernichtete Lidman seinen ganzen Vorrat an Lakritzen und Pfefferminzbonbons. Anschließend erbarmte sich Hake und ging zur Hornsgatan, um Hotdogs für sie beide zu kaufen. Als sie mit dem Essen fertig waren, drehte er eine zweite Runde um das Haus, schaute zum Fenster der Witwe hoch und stellte fest, dass inzwischen das Licht an war.

Er ließ sich wieder neben Lidman fallen. »Wir können für heute aufhören, sie ist nach Hause gekommen. Ich glaube nicht, dass sie an diesem Abend nochmal die Wohnung verlässt.«

Lidman legte den Gang ein und fuhr los. Hake faltete die Hände hinter dem Nacken und sah nach oben. Ulla Stenman konnte also in das Haus hinein und wieder hinausgehen, ohne dass man es von einer der Straßen aus sah. Warum hatte sie diesen Weg gewählt? Fühlte sie sich verfolgt? Wollte sie vermeiden, dass jemand wusste, wann sie in der Wohnung war und wann nicht? Vielleicht gab es eine viel einfachere Erklärung, und sie kannte einfach eine Abkürzung, die für sie praktischer war als der Weg durch den Haupteingang. Hake nahm sich vor, die Antwort möglichst bald herauszufinden. Er wollte die Witwe nicht direkt fragen, sonst hätte sie gewusst, dass sie beschattet wurde. Solange sie ahnungslos war, konnte das für die Kripo nur von Vorteil sein. Also würde er gleich morgen bei Tageslicht zurückkehren und überprüfen, welche anderen Wege aus dem Haus es gab.

Gedankenverloren sah er aus dem Fenster. Es war angenehm, einmal nicht selbst fahren zu müssen, sondern die Stadt an sich vorbeiziehen zu sehen. Stockholm schien bei Nacht ein völlig anderer Ort zu sein als am Tag. Die Straßen waren fast menschenleer, dennoch fühlte sich die Metropole auf eine fast magische Art lebendig an. Der Glanz von Neonlichtern glitt lockend vorüber, die Straßenlaternen mit ihrem gelblichen Schimmer schufen eine unwirkliche Stimmung, in der sich Licht und Dunkelheit vermischten. Alles wirkte ruhig und friedvoll. Nirgendwo schien Gewalt zu lauern. Aber Hake wusste, das war nur eine Illusion. Unter der stillen Oberfläche gärten Hass und Aggressivität. Gleich unter der Oberfläche lag die verborgene Wahrheit über die menschliche Natur.

Tobias Tobisson wollte gerade den Schlüssel ins Schloss

stecken, als die Glasscheibe in der Haustür durch einen Schatten verdunkelt wurde. Er drehte sich schnell um, und diese Reaktion rettete ihm vermutlich das Leben, denn die Metallstange traf nur die Seite seines Kopfes, glitt ab und landete mit brutaler Wucht auf seiner Achsel. Tobisson fühlte, wie die Schulter taub wurde und schmeckte Blut im Mund. Er fiel auf die Knie und versuchte hochzuschauen. Das einzige, was er sehen konnte, war eine vermummte Gestalt mit Skimaske. Sie hob gerade zum zweiten Mal das Eisenrohr. In letzter Sekunde rollte er sich zur Seite, und das Metall traf seinen Ellenbogen. Er glaubte zu hören, wie sein Arm brach. Im Geiste konnte er den blanken Knochen sehen, der durch die Haut stach, und die offen gelegten Sehnen. Der Film in seinem Kopf lief weiter ab, bis man seinen zerfetzten Zombiekörper zu Gerichtsmediziner Brandt verfrachtete, der wog und maß, die Eingeweide und das Gehirn entfernte und in Schalen aus rostfreiem Stahl legte. Er wollte nicht als ein Schauobjekt auf einem Stahltisch enden!

Mit letzter Kraft trat er zu und fühlte, dass sein Fuß hart auf das Schienbein des Angreifers traf. Die Gestalt fiel gleich neben ihm auf die Knie und hob erneut die Metallstange. Dabei rutschte der Ärmel hoch und das Handgelenk wurde sichtbar. Aus einem unerklärlichen Grund hörte Tobisson in seinem Kopf die spöttischen Worte von Lidman: »Beiß sie, Tiger! Beiß sie!« Er beugte sich hastig vor und biss mit aller Kraft in das Handgelenk. Trotz der Übelkeit und des pochenden Blutes in seinem Kopf hörte er einen lauten Schrei, bevor der Arm gewaltsam aus seinen Zähnen gerissen wurde.

Der Angreifer stieß ihn erneut zu Boden, und das Metallrohr flog auf ihn herab. Er kroch zu einem Ball zusammen und fühlte kaum noch, wie die Schläge seinen Oberkörper trafen und dann die Seite herunterwanderten. Seine gepolsterte Windjacke hielt einen Teil ab, aber Tobisson begann in einen Zustand zu versinken, wo die Zeit zäh und langsam zu verlaufen schien, jede Bewegung dagegen wie im Zeitraffer beschleunigt wirkte und jeder Atemzug eine fast übermenschliche Anstrengung war. Sein Blick fiel auf die Scheibe der Eingangstür, und er hatte das Gefühl, als könnte er drinnen jemanden stehen und auf ihn warten sehen, aber vielleicht täuschte er sich. Vielleicht spiegelte sich nur die Gestalt seines Angreifers im Glas. Einige furchtbare Sekunden wartete er auf den letzten, tödlichen Schlag, der jedoch nicht kam. Er glaubte aus den Fenstern weiter oben einen Ruf zu hören und dann rasche Schritte, die in der Ferne verschwanden. Danach begann sich alles schneller und schneller um ihn zu drehen, und das Letzte, was er sah, bevor er in die Bewusstlosigkeit glitt, war seine blutverschmierte Armbanduhr.

Tobisson war noch immer nicht aus dem Koma erwacht, als Hake mitten in der Nacht ins Krankenhaus geeilt kam. Ein Kollege vom Bereitschaftsdienst hatte ihn aus dem Bett geklingelt und berichtet, was passiert war. Trotz mehrerer Tassen Kaffee hatte er bisher nicht das Gefühl, richtig aufgewacht zu sein. Er hatte darauf verzichtet, Lidman zu benachrichtigen, denn sein Kollege brauchte allen Schlaf, den er bekommen konnte, wenn sie zu zweit die Beschattung fortsetzen wollten.

Im Warteraum der Intensivstation sah er Tobissons Freundin Wendela und nickte ihr zu. Sie wirkte unglaublich müde. Die Augen waren rot verheult und die Nase rau von den vielen Papiertaschentüchern, in die sie sich geschnäuzt hatte.

»Jemand muss ihm aufgelauert haben«, sagte sie leise. »Er war schon eine ganze Zeit lang furchtbar nervös und wachsam.«

»Nervös weswegen?«

»Ich weiß nicht, er wollte nicht darüber sprechen. Aber er hat ständig über die Schulter geschaut und durchs Fenster die Umgebung beobachtet.«

Hake setzte sich neben sie. »Wissen Sie, wie der Überfall genauer abgelaufen ist?«

»Die Polizeistreife, die zusammen mit dem Rettungswagen hier angekommen ist, meinte, mehrere Leute hätten einen Schrei von der Straße gehört und rausgeschaut. Aber der Angreifer verschwand durch die Eingangstür, bevor ihn jemand sehen konnte. Wahrscheinlich ist er runter in den Keller und dann über den Hinterhof, wo die Teppichstangen stehen.« Sie schüttelte den Kopf. »Wer sollte Tobias töten wollen?«

Axel Hake konnte sich verschiedene Antworten denken. In seiner Zeit als Polizist hatte sich Tobisson bei einer ganzen Reihe Krimineller unbeliebt gemacht. Es gab viele, die geschworen hatten, dass sie ihn eines Tages »kriegen« würden. Allerdings kam es fast nie vor, dass jemand seine Drohung wahr machte und tatsächlich auf einen Polizeibeamten losging. Leider gab es offenbar Ausnahmen.

Hake sagte: »Ich weiß nicht, wer der Schuldige ist. Aber ich habe ganz bestimmt vor, das herauszufinden.«

Wendela betrachtete ihn mit einer gewissen Vorsicht. Sie beide kannten sich eigentlich nicht, hatten sich nur ein paarmal gesehen, als Wendela vor dem Präsidium auf ihren Freund wartete.

Noch einmal schaute sie ihn abschätzig von der Seite an. Er wirkte wie ein ruhiger Mann, fast schon träge. Tobias hatte, wie sie wusste, ein sehr gespaltenes Verhältnis zu seinem Chef, hasste und respektierte ihn gleichzeitig. Der Kommissar war nicht gerade schön, doch die unstimmigen Details ließen ihn insgesamt umso attraktiver erscheinen. Sein abgeplatteter Nasenrücken und die vollen Lippen waren alles andere als klassisch. Aber zusammen mit den wachsamen Augen und dem markanten Kinn ergab sich ein anziehender Gesamteindruck. Offenbar war er sich selbst dieser Tatsache nicht bewusst, was seine Attraktivität in ihren Augen nur steigerte.

»Haben Sie einen Verdacht, wer es gewesen sein könnte?«, fragte sie.

»Nein. Es war nur einer, nicht zwei?«

»Niemand hat etwas Genaues gesehen, schließlich ist der Angreifer gleich im Treppenhaus verschwunden.«

Hake hatte nicht vor, unnütze Vermutungen anzustellen. Er würde warten, bis Tobisson aufwachte. Falls irgendjemand mehr über den Überfall wusste, dann schließlich das Opfer selbst.

Ein Arzt kam auf sie zu, und Hake stand auf, um sich vorzustellen. Der Mediziner begleitete ihn ins Krankenzimmer, wo Tobisson künstlich beatmet wurde und mit einer Menge Schläuche im Körper auf einem Bett lag. Hake konnte sehen, dass der Kopf bandagiert war, der Ellenbogen eingegipst und die erkennbaren Teile des Gesichts blau verschwollen.

»Die Verletzungen sind ihm mit einer Metallstange zugefügt worden«, berichtete der Arzt. »Er hat einen schweren Schädelbruch, der allerdings nicht lebensbedrohlich ist. Der Ellenbogen ist gebrochen, und laut unseren Röntgenaufnahmen stecken Knochensplitter im umgebenden Fleisch. Wir können diese Schäden nur Schritt für Schritt reparieren. Erst einmal ist am wichtigsten, dass der Patient aus dem Koma aufwacht. Er hat außerdem ein gebrochenes Schlüsselbein und Blutergüsse, die über den ganzen Rücken und Halsbereich verteilt sind. Ungewöhnlich ist, dass er auch Blut im Mund hatte, obwohl wir keine Wunde entdecken konnten. Wir wissen nicht, wo das herstammt.«

Hake dankte ihm für die Auskunft, verabschiedete sich von Wendela, die im Wartezimmer döste, und ging in den frühen Morgen hinaus. Die Sonne war noch nicht aufgegangen, aber der Berufsverkehr hatte schon begonnen, und über der Straße lagen weißgraue Abgaswolken von den Autoschlangen.

Als Hake ins Präsidium kam, war noch niemand im Büro. Während er auf Lidman wartete, sortierte er die morgendliche Post durch, in der unter anderem ein Brief des Konkursverwalters lag. Er öffnete den Umschlag und las, dass Frau Stenman nun doch keine Insolvenz hatte anmelden müssen. Die Firma Interexport, Besitzer Maxim Olgakow, hatte Auto-Harrys Unternehmen aufgekauft und alle Schuldner ausgezahlt. Daher hatte der Konkursverwalter keinen Grund, sich weiter mit dem Fall zu beschäftigen. Er wollte nur die Polizei über den letzten Stand der Dinge informieren. Hake grübelte eine Weile über die Frage nach, was diese Wendung bedeuten mochte, aber ihm fiel nichts Konkretes ein. Ein Mordmotiv konnte er nicht erkennen, es sei denn, die Firma besaß einen bisher verborgenen Wert.

Hake fühlte sich noch immer schläfrig und beschloss schwimmen zu gehen, bevor er seinen Bericht für Rilke schreiben musste. Aber dann übermannte ihn die Müdigkeit, er sank in einen wohltuenden Dämmerzustand und schloss sacht die Augen.

Juri war den ganzen Abend nicht sehr nett gewesen. Sie hatten sich geliebt, aber der zärtliche Verehrer war wie weggeblasen, und ein sehr viel brutalerer und dominanterer Mann war an seine Stelle getreten. Julia hatte sich unwillig zu Praktiken herabgelassen, die sie im Grunde ihres Herzens demütigend fand. Am Ende hatte sie sich hässlich und schmutzig gefühlt. Juri hatte sie mit einem Blick angesehen, in dem sich Ekel und Verachtung mischten. Als sie ihn streicheln wollte, hatte er sie brüsk zurückgewiesen.

Julia hatte das Bedürfnis gehabt, mit ihm darüber zu reden, wie elend sie sich nach der Aktion gegen den Nerzzüchter fühlte. In der Zeitung hatte sie gelesen, dass der Mann mit einem Herzanfall ins Krankenhaus eingeliefert worden war, nachdem er die Verwüstung gesehen hatte. Aber Juri hatte gar nicht zugehört, sondern nur kurz gesagt, dieser Tierquäler habe es nicht anders verdient. Und als sie andeutete, dass sie aussteigen wolle, hatte er angefangen, sie zu bedrohen. Er hatte ihr die Ampullen in die Hand gedrückt und gesagt: »Jetzt tust du genau, was du versprochen hast, Schätzchen, oder …«

»Oder was?«, hatte sie gefragt.

Sein bleiches Albinogesicht war zu einer Maske versteinert, und er zischte die Antwort regelrecht heraus. »Oder die Polizei kommt vielleicht und holt dich ab. Sie werden dir die Zulassung entziehen.«

Zuerst hatte sie nicht verstanden, was er meinte.

Er klärte sie auf. »Wir haben Videoaufnahmen gemacht, gleich nach der Aktion, wo du mit den Nerzen im Katzenkorb zu sehen bist. Der Film kann leicht an die zuständigen Stellen und die Presse geschickt werden.«

»Das ist nur ein schlechter Scherz«, hatte sie hoffnungsvoll gesagt.

Aber Juri scherzte nicht. Ihm war es vollkommen ernst, und erst in diesem Moment hatte sie verstanden, was für eine Riesendummheit sie begangen hatte, als sie sich mit der Kommune einließ. Tatsächlich konnte sie leicht ihre Zulassung als Veterinärin verlieren, wenn man sie wegen Tiermisshandlung anzeigte – und in den Augen der meisten Leute war die Nerz-Aktion genau das.

Julia ging in den Pferdestall und fütterte die beiden Marder. Sie versuchte nicht daran zu denken, wie verraten sie sich vorkam. Mit einem tauben Gefühl ging sie zurück in die Küche, und da brach plötzlich ein lang gezogener Laut aus ihrer Kehle hervor wie aus einem urzeitlichen Teil ihres Ich, ein Klagegesang, ein barbarisches Geräusch, das die unterdrückten Gefühle der letzten Tage aus ihr herauspresste. Der Ton steigerte sich zu einem Schrei, der nicht enden wollte, bis ihr schließlich die Luft ausging und sie mit hochrotem Gesicht auf dem Fußboden zusammenbrach. Sie schluckte und es rollten die ersten Tränen, dann plötzlich ein ganzer Strom, ein verzweifelter Weinkrampf. Kein kindliches und kein erwachsenes Weinen – eher das wilde Heulen eines gequälten Tieres.

KAPITEL 14

Socken-Leffe wachte mit einem Ruck auf. Er hatte das Gefühl, draußen vor dem weißen Bus Schritte gehört zu haben und tastete nach seinem Bajonett. Schnell setzte er sich auf und lauschte, aber das Geräusch wiederholte sich nicht. Also legte er sich nervös wieder hin und versuchte ruhig und gleichmäßig zu atmen. Das war ein Trick, den er sich angewöhnt hatte, wenn ihn echter Schrecken überkam. Wenn man langsam atmete, legte sich die Angst nach einer Weile. Sein Herzschlag hatte sich gerade wieder normalisiert, als er die Schritte erneut hörte. Er wickelte sich aus der Militärdecke, suchte mit der Hand nach dem Schnapskanister, setzte ihn an den Mund und ließ den hochprozentigen Alkohol die Kehle hinunterlaufen. Es brannte ordentlich, und er nahm noch einen langen Zug. Verdammter Mist, warum hatte ihn der Verfolgungswahn gerade jetzt wieder am Kragen? Immer mussten die Anfälle so überraschend kommen. Er hatte gehofft, seine Alpträume seien vorbei und er könne sich mit Pia treffen, ohne völlig besoffen zu sein. Wenn er das nicht auf die Reihe kriegte, würde alles wieder zum Teufel gehen. Der verdammte Albtraum war also zurück, der ihn aus dem Wohnheim getrieben und in den Kathmandu-Bus hatte fliehen lassen. Derselbe Albtraum, der ihn verfolgte, obwohl er den Bullen nichts erzählt hatte, obwohl er deutlich gezeigt hatte, dass er kein Spitzel und Verräter war.

Er fühlte Angst, spürte, dass er in Gefahr war, und konnte nichts dagegen tun. Was würde es nützen, zu den Bullen zu gehen? Die würden ihm doch nicht glauben, würden ihn nur einlochen oder – noch schlimmer – in eine ihrer Entziehungsklitschen stecken. Oder wie beim letzten Mal, als er mit der Polizei zu tun hatte. Da hatten sie ihn in einer Ausnüchterungszelle zusammengeschlagen, weil er über den Wachhabenden gekotzt hatte. Er wollte einfach nur allein sein und in Ruhe gelassen werden, war das so schwer zu verstehen?

Plötzlich hörte er ein Poltern an der Außentür und fuhr auf. Der Schnaps hatte ihn wackelig gemacht, und er musste sich auf eine der Kojen stützen. Gleich darauf kamen die Schritte zurück, eine Runde um den Bus herum, das konnte er deutlich hören. Er zog das Bajonett aus seinem Bett hervor und ging zu der Innentür aus Sperrholz. Er riss sie auf und stieß die Waffe nach vorne. Es war stockfinster, aber dennoch wusste er gleich, dass dort niemand war. Vielleicht waren es nur ein paar Teenager, die ihm das Leben schwer machen wollten, den Bus ansprayen oder die Seitenspiegel klauen oder was auch immer. Er bereute schon, dass er so viel gesoffen hatte, denn jetzt war ihm schwindelig. Die Pappe vor den Fenstern verhinderte, dass jemand reinschauen konnte, aber genauso wenig konnte er rausschauen. Er ging zum Führerstand, ließ sich schwer in den Sitz fallen, beugte sich vor und begann eine der Pappen loszureißen. Da er das Zeug selbst angebracht hatte, wusste er, dass es ordentlich festsaß. Extra Glaskleber. Aber ein kleines Stück würde er schon abbekommen, um zu sehen, wer sich da draußen rumtrieb. Er stieß das Bajonett unter eine Kante der Pappe und bog eine Ecke hoch, so dass er durch das Fenster schauen konnte. Natürlich war es dunkel, und man konnte kaum etwas erkennen. Aber plötzlich tauchte ein Schatten auf. Ein Schatten, der etwas in der Hand hielt. Es sah aus wie ein Benzinkanister. Der Schatten verteilte Benzin um den ganzen Bus. Leffe brauchte eine Weile, um zu begreifen, was hier überhaupt geschah.

»Was machst du Arschloch da?«, schrie er.

Der Schatten fuhr herum. Eine Skimaske war über das Gesicht gezogen. Zuerst fand Leffe, dass der Typ lächerlich aussah, und wollte ihn fast auslachen. Aber dann schlug ihm der Benzingeruch entgegen, und plötzlich war er innerlich eiskalt. Und völlig nüchtern. Er hämmerte gegen das Glas, aber der Schatten schüttete nur den letzten Rest aus dem Kanister, ließ ein Feuerzeug aufflammen und warf es gegen den Bus. Ein starker Lichtschein hüllte die Windschutzscheibe ein, und der Schatten verschwand aus Leffes Sicht.

Schnell loderte das Feuer höher, der Rauch begann in den Führerstand zu quellen. Leffe bekam seine Beine unter Kontrolle, sprang auf und hastete zur Tür. Bevor er den Türgriff erreichen konnte, rutschte er aus und schlug hart auf dem Fußboden auf. Er fühlte keinen Schmerz, aber der Fall war wohl ganz ordentlich gewesen, denn er sah Blut aus seiner Nase tropfen. Der Innenraum füllte sich immer mehr mit Rauch, und er kroch auf dem Boden entlang, bis er die Außentür erreicht hatte. Als er den Riegel herunterdrückte und gleichzeitig mit der Schulter nachschob, wie er es immer tat, bewegte sich nichts. Die Tür saß wie festgeschweißt und rührte sich keinen Millimeter. Er versuchte es noch einmal und sah im selben Augenblick, dass das Feuer auf das Businnere übergegriffen hatte. Eine hohe Stichflamme schoss aus der Ecke hoch, wo er seinen Alkohol aufbewahrte. Das Feuer bekam neue Nahrung, fraß sich immer schneller voran, und bald darauf brannte seine Militärdecke.

Leffe versuchte noch einmal, die Tür aufzustemmen, aber sie war offenbar von außen verbarrikadiert worden. Seine Augen brannten von dem Rauch, und er begann heftig zu husten. Er kämpfte sich in eine stehende Stellung und schwankte zurück zum Fahrersitz, in den er sich mühsam hineinzog. Obwohl er fühlte, wie ihn die Kräfte verließen, glaubte er immer noch an eine Rettung. Er stemmte sich gegen die Rückenlehne, zog die Beine hoch und trat gegen die Windschutzscheibe. Seine Füße wurden ganz taub, aber das Glas blieb intakt. Er versuchte es noch einmal, stieß mit den Beinen so hart er konnte gegen die Pappschicht und hatte das Gefühl, dass die Scheibe etwas nachgab. Das Blut lief aus seiner Nase über das Kinn, und er spürte, dass der Rauch dabei war, ihm das Bewusstsein zu nehmen. Aber wenn er das Glas kaputt bekam, hatte er eine Chance, hier rauszukommen.

Er lehnte sich noch einmal zurück, hob die Beine so hoch es ging und stieß sie mit verzweifelter Kraft nach vorne. Der Tritt saß perfekt, er fühlte die Vibration bis hinauf ins Rückgrat und hörte die Scheibe den Rand entlang splittern. Der nächste Stoß ließ plötzlich die gesamte Windschutzscheibe herausfallen und über die Motorhaube rutschen. Als die Pappschicht verschwand, sah er, dass schon die ganze Vorderseite in Flammen stand. Durch das weggebrochene Glas drang frische Luft ein, die das Feuer noch höher peitschte und in das Businnere hineinzüngeln ließ. Eine unglaubliche Hitze schlug seinem Gesicht entgegen. Wild schaute er sich um. Inzwischen loderte der ganze Bus, und es gab keinen Weg hinaus.

Er sank auf den Boden, wo noch ein Rest von Sauerstoff übrig war, und verfluchte sich selbst für seine Blödheit. Er war ein verdammter Idiot. Warum hatte er niemandem erzählt, was er gesehen hatte? Er war verdammt nochmal der größte Idiot dieser Erde. Panisch sah er, wie das Feuer seine Hosenbeine erreichte, und hoffte nur, dass es schnell zu Ende gehen würde. Aber das tat es nicht. Der Schmerz, als die Haut zu brennen begann, war unerträglich. Er versuchte mit aller Macht zu schreien, aber daraus wurde nur ein wilder Hustanfall. Das letzte, was er dachte, war: Nicht mal einen Todesschrei kriegst du vernünftig hin.

Axel Hake hatte das Gefühl, gerade erst eingeschlafen zu sein, als ihn das Telefon aus dem Bett klingelte. Den ganzen Tag lang war er mit Oskar Lidman das gesammelte Material durchgegangen. Sie hatten die Alibis zusammengetragen, Mordmethode, Mordmotive, alle möglichen Ideen, wer für das Verbrechen verantwortlich sein könnte und welchen Zusammenhang es mit dem Überfall auf Tobisson gab. Sie hatten noch einmal alle Fakten überprüft. Hake grub tief und tiefer und kam nirgendwo an. Er sah den Wald vor lauter Bäumen nicht und tastete sich nur blind vorwärts. Buchstäblich blind, denn am Ende des Arbeitstages war er so erschöpft, dass er nicht einmal mehr den Blick fokussieren konnte. Er ging die Etagen zum Kronoberg-Bad hinunter und schwamm eine gute Stunde, um neue Energie zu tanken. Doch als er wieder zum Büro hochkam, sagte ihm Lidmans Blick, dass sich dadurch nichts geändert hatte. Anscheinend sah er immer noch völlig fertig aus.

Bis abends um sieben hatte er durchgehalten und war dann nach Hause gewankt. Als er endlich in der Wohnung angekommen war, hatte sein übernächtigter Zustand ihn nicht schlafen lassen. Plötzlich fühlte es sich nicht mehr müde. Er hatte mehrere Tassen heißen Kaffee getrunken und eine Weile gelesen. Um eins war er immer noch hellwach, hatte sich aber trotzdem hingelegt. Eine halbe Stunde später war er wieder aufgestanden und hatte noch einmal die Notizen und Ideen durchgeschaut, die sie den Tag über zusammengetragen hatten. Um halb vier hatte er sich endlich müde gefühlt und war wieder ins Schlafzimmer verschwunden. Nur um jetzt, eine Stunde später, vom Kollegen der Nachtschicht geweckt zu werden, der ihm von dem verbrannten Bus berichtete.

Mit einer vollen Thermoskanne Kaffee fuhr er nach Långholmen. Das erste, was er beim Aussteigen sah, war das verkohlte Stahlskelett des weißen Busses. Das Metallgebilde wurde von den Lampen der Kriminaltechnik in ein grelles Licht getaucht. Ihm schlug der Gestank von verbranntem Gummi und Blech entgegen, als er sich zu Olle Sandstedt gesellte, der ein Stück vom Bus entfernt stand.

»Gehen Sie nicht zu nah ran«, sagte er. »Die Reste sind noch immer glühend heiß. Wir können nicht viel machen, bevor es sich nicht ordentlich abgekühlt hat.«

Tatsächlich konnte Hake noch ein Dutzend Meter vom Overland Express entfernt die Hitzewelle fühlen. »War jemand drin?«, fragte er.

Sandstedt nickte und meinte mit einer Handbewegung zum Fahrersitz: »Da vorne liegt ein Mensch auf dem Fußboden. So viel konnten wir wenigstens schon sehen. Aber die Leiche ist völlig verbrannt.«

»Vielleicht hat er im Suff eine Petroleumlampe umgeworfen und damit den ganzen Bus angesteckt.«

Sandstedt nahm Hake beim Arm und führte ihn um das Stahlskelett herum. »Die Tür ist mit einer Stange versperrt worden, damit niemand rauskommt. Wenn mich mein Gefühl nicht täuscht, ist außerdem das Feuer an allen Seiten gleichzeitig ausgebrochen. Ich nehme an, jemand hat um den Bus herum Benzin ausgeschüttet und angezündet.«

»Also Brandstiftung in Verbindung mit Mord?«

»Das müssen wohl die Brandspezialisten noch überprüfen, aber meiner Meinung nach besteht daran kein Zweifel.«

Hake atmete tief durch. Noch ein brutaler Mord, den es aufzuklären galt. Ein Mord, der ohne Frage mit Harry Stenmans Fall zusammenhing.

Olle Sandstedt betrachtete ihn durchdringend. »Hier gibt es für Sie nichts zu tun, Hake. Bis ich meine Mitarbeiter in den Bus lassen kann, dauert es noch Stunden.«

Hake schien ihn nicht zu hören. Er trieb in seinem eigenen Vakuum, wo Zeit und Raum nicht zu existieren schienen. »Rilke wird mir keine zusätzlichen Leute geben«, sagte er schwebend.

»Jetzt gehen Sie nach Hause und legen sich hin, bevor ich erst wütend werden muss«, befahl Sandstedt und zündete sich eine Zigarette an. Er blinzelte ein letztes Mal durch die schmutzigen, schildpattumrahmten Brillengläser, bevor er sich umdrehte und ging.

Hake blieb wie angewurzelt stehen. Dann grub er in der Tasche nach seinem Schlüssel. »Kaffee«, sagte er laut. »Thermoskanne.«

Er ging langsam zum Auto zurück, öffnete die Tür und suchte vergeblich nach der Kanne. Plötzlich gab er einfach auf. Alle Kraft schien aus ihm herauszufließen. Er sank in sich zusammen, bis er schräg über den Vordersitzen lag. Eine Weile schloss er die Augen, aber die Leere in seinem Inneren ließ ihn nicht zur Ruhe kommen. Also setzte er sich wieder aufrecht hin, schaute ein letztes Mal auf den vom Feuer zerstörten Bus, betätigte die Zündung und fuhr Richtung Pålsund-Brücke. Ihm war, als würde vor seinen Augen alles zu einer unscharfen, grauen Masse zusammenfließen. Bei der Mälaren-Werft wurde es so schlimm, dass er das Auto anhalten musste. Er zog den Schlüssel aus der Zündung und lehnte sich zurück. Eine Sekunde später war er schon eingeschlafen, die Hände in den Taschen vergraben, den Kopf an die Seitenscheibe gelehnt.

Sie war mit dem Nachtzug gekommen. Er hatte sie am Bahnsteig erwartet. Sie hatten sich in ein Café mit Marmortischen gesetzt, ein paar Gläser Wein getrunken und jeder ein belegtes Brot gegessen. Dann hatte er ihre Reisetasche zu dem kleinen, schäbigen Hotel gleich hinter dem Gare du Nord getragen. Im Zimmer gab es ein Bett mit Metallgestell, eine schmutzige Waschecke und ein Bidet mit Sprung in der Porzellanschüssel. In einer Ecke stand eine massige Kommode, die viel zu groß für den engen Raum war und vermutlich aus einer Auktion stammte. Die Tapeten waren an den Rändern abgeblättert, und durch die hauchdünnen Gardinen drangen die nächtlichen Lichter der Großstadt.

Sie hatten kaum geredet, sondern waren einfach nur in das quietschende Bett gekrochen und hatten sich geliebt. Am nächsten Morgen stand sie vor dem Fenster, groß und schlank, und betrachtete den Sonnenaufgang über den leeren Bahnwaggons und den Loks auf den Abstellgleisen. Hake wollte gerade sagen, wie sehr er sie liebte, als es laut an der Tür klopfte. Er versuchte zu verstehen, was die Stimme draußen sagte. Die Sprache war Schwedisch, und er wunderte sich, warum jemand in Paris Schwedisch mit ihm reden wollte. Noch einmal klopfte es laut, und er fühlte wachsenden Ärger. Jetzt konnte er die Worte hören, sie waren klar und deutlich, aber deshalb nicht weniger verwirrend.

»Sie können hier nicht stehen bleiben«, sagte die Stimme.

Er wollte gerade fragen, warum nicht, als das Bild von Hanna im Gegenlicht verschwand und er kerzengerade im Auto saß. Das Klopfen an der Scheibe war laut und unerbittlich. Hake drehte den Kopf zur Seite und sah den Lastwagenfahrer, der neben dem Citroën stand und gegen das Seitenfenster hämmerte. Hake kurbelte das Fenster herunter.

»Sie können hier nicht stehen bleiben«, wiederholte der Mann. »Ich komme mit meinem Lastwagen weder rein noch raus.«

Hake stellte fest, dass er genau vor dem Eingangstor der Werft gehalten hatte, so dass sich die Torflügel nicht öffnen ließen. Er startete den Wagen, fuhr auf den Parkplatz und stieg aus. Als er auf die Uhr schaute, stellte er fest, dass es sieben Uhr morgens war. Er fühlte sich fröstelig und verspannt. Was hatte er für einen Traum gehabt …? Hanna war darin vorgekommen.

Frierend schlug er die Arme um den Körper und ging den Skutskepparvägen entlang auf das Gewölbe der Västerbrücke zu. Es war noch immer dunkel, aber am östlichen Himmel war ein Streifen Helligkeit zu sehen. Licht ohne Tiefe und ohne Schatten. Die Bäume hatten ihre Flammenhüllen abgeworfen, und unter den dunklen Stämmen lag das Laub wie ein orangefarbener Teppich. Er näherte sich den Kriminaltechnikern, die inzwischen das Innere des Busses durchforschten, Proben nahmen und fotografierten. Olle Sandstedt war noch immer bei der Arbeit. Gerade beugte er sich über etwas, das auf einer Plastikfolie lag. Die Überreste eines Menschen.

Hake ging zu seinem Kollegen und fragte: »Da drin war wohl nur eine Person?«

Sandstedt nickte.

»Wie soll man jetzt noch feststellen, wer das mal gewesen ist?«

»Hm, das dürfte nicht sehr schwer werden. Zwei Finger sind übrig, wahrscheinlich lag eine Hand geschützt unter dem Körper, als er verkohlt ist.« Sandstedt sprach über den Mann wie über ein Brikett. »Außerdem gibt es noch Reste von Blut, ein paar Haarsträhnen und sämtliche Zähne. Also haben wir vermutlich keine Probleme. Kannten Sie ihn?«

»Nicht wirklich. Er hieß Leffe Alderson, genannt Socken-Leffe. Ich habe ein paarmal mit ihm gesprochen. Er wirkte verängstigt und ziemlich paranoid. Alkoholiker. Ich habe ihn gefragt, ob er am Tag des Mordes etwas Ungewöhnliches in der Umgebung beobachtet hat. Aber das hatte er nicht.«

»Leute wie er haben oft schlechte Erfahrungen mit der Polizei«, sagte Sandstedt, als würde er selbst zu einer anderen Berufsgruppe gehören. »Oft sind sie stockbetrunken und aufsässig, wenn sie reingebracht werden. Dann kann es passieren, dass sie in der Zelle stolpern und sich blaue Flecken holen.« Das Letzte sagte er ganz ohne Ironie. Er war ein Faktenmensch, der methodisch seine Arbeit verrichtete und es sich nicht leisten konnte, dabei von Gefühlen und persönlichen Ansichten abgelenkt zu werden. »Als wir den Bus zuletzt durchkämmt haben, war er nicht da, also habe ich ihn nie kennen gelernt.«

»Haben Sie etwas gefunden, was wichtig sein könnte? Vielleicht etwas, das Ihnen schon bei der vorigen Untersuchung aufgefallen ist?«

»Nein, das meiste ist ja zerstört.« Er machte eine wegwerfende Geste zu den Überresten des Fahrzeugs. »Sollen wir nach etwas Bestimmten suchen?«

»Wonach man eben sucht. Ein Handy, ein Adressbuch … Vermutlich hatte er eine Freundin.«

»Tja, hier gibt es eigentlich nur Asche. Ein Bajonett haben wir gefunden. Ist das für Sie interessant?«

Hake schüttelte den Kopf. »Glaube ich nicht. Die Waffe ist bestimmt nicht massiv genug, um Harry Stenman damit den Schädel einzuschlagen.«

»Stimmt. Dazu braucht man schon eine Metallstange, so eine Schlagkraft bekommt man nicht mit einem Bajonett.«

»Dann brauchen Sie Ihre Zeit nicht damit zu verschwenden, es im Labor zu analysieren«, bestimmte Hake und ging zum Auto zurück.

Als er gerade einsteigen wollte, sah er, dass im Fenster von Lizzi Hammarlund Licht brannte. Er holte sein Handy heraus und tippte ihre Nummer. Nach einer Weile nahm sie ab, und er fragte, ob er heraufkommen dürfe, um einige Fragen zu stellen. In einem unpersönlichen Tonfall meinte sie, das sei in Ordnung.

Sie empfing ihn gleich an der Wohnungstür. Wie üblich war sie sorgfältig geschminkt, und er fragte sich, wie früh sie dafür aufgestanden war. Oder vielleicht war sie sogar feingemacht, während sie im Bett lag und schlief. Sie trug eine elegante Goldlamee-Robe mit hohem Kragen und sah darin aus wie eine kleine Kaiserin. Einige Haarlocken hatte sie silbern gefärbt.

Nun machte sie eine einladende Geste zum Wohnzimmersofa, und er setzte sich und lehnte den Stock dagegen. Die Tür zum Nebenraum mit der Kamera und der Fotoausrüstung war geschlossen. Hake hatte das klare Gefühl, dass eine Grenze überschritten worden war, und dass es zwischen ihnen keine vertraulichen Gespräche mehr geben würde.

Einleitend sagte er: »Ich nehme an, Sie haben schon gesehen, was mit dem Bus passiert ist.«

Sie nickte.

»Aber Sie haben den Brand nicht beobachtet?«

»Nein.«

»Bitte, das ist wichtig. Jemand hat den Bus angezündet, und Socken-Leffe ist darin gestorben. Brandstiftung und Mord.«

»Ich ... ich habe die ganze Nacht fotografiert.«

»Dabei haben Sie kein einziges Mal aus dem Fenster geschaut?«

Sie drehte den Rollstuhl herum und fuhr auf die Tür des Nachbarraums zu, die sie ohne Zögern öffnete. Hake stand auf und ging ihr nach. Die zierliche Gestalt wies auf das Fenster, vor dem ein dickes lichtundurchlässiges Rollo heruntergezogen war. »Durch den Stoff kann man nicht nach draußen schauen. Nach drinnen übrigens ebenso wenig.«

»Wann haben Sie also festgestellt, dass der Bus abgebrannt war?«

»Ungefähr um sechs heute Morgen. Da habe ich im Wohnzimmer einen Tee getrunken und einen Blick rausgeworfen. Aber *Sie* habe ich nicht gesehen.«

»Da habe ich geschlafen«, sagte Hake kurz.

»Sind Sie sicher, dass er sich nicht durch einen idiotischen Unfall selbst angezündet hat?«

»Jemand hatte die Tür von außen versperrt, sodass er nicht raus konnte.«

»Langsam wird es gefährlich, hier zu wohnen«, meinte sie. »Fragt sich nur, wer als nächstes Opfer drankommt?«

»Wer immer dasselbe weiß, was Leffe wusste.« Er schaute sie durchdringend an.

Aber Fräulein Hammarlund schüttelte nur den Kopf. »Ich habe nichts gesehen, das mich in Gefahr bringen könnte.«

»Vielleicht dachte Leffe das auch.«

»Wollen Sie mir Angst einjagen?«

»Nein, aber hier läuft ein Killer herum, der vor überhaupt nichts zurückschreckt.«

Eine Weile war es still. Der Raum war warm, und der Duft von Rosenwasser machte die Luft stickig und betäubend.

»Dann finden Sie ihn«, sagte sie mit harter Stimme.

»Vielleicht ist es eine ›sie‹«, meinte Hake.

Das Fräulein lächelte schief. »Cherchez la femme«, sagte sie in perfektem Französisch.

Hake war völlig durchgefroren, als er nach Ende seines Arbeitstages von Södermalm aus zu Hanna fuhr.

»Du riechst nach Rauch«, sagte sie, als er in den Eingangsflur kam und seinen Mantel aufhängte. »Warst du bei einem Barbecue?«

Hake konnte sich nicht überwinden, ihr zu erzählen, *was* gestern Nacht gegrillt worden war. Stattdessen schnüffelte er an dem Stoff und setzte ein überraschtes Gesicht auf. »Nein, aber wir haben in einem Restaurant gegessen, wo es geräucherten Hering gab.« Plötzlich, übermüdet wie er war, brach er in wildes Kichern aus. Die ganze Situation und seine Notlüge waren so absurd, dass er sich einfach nicht beherrschen konnte.

Hanna schaute ihn verwundert an. »Habe ich etwas Komisches gesagt?«

Hake prustete wieder los. Als er ins Wohnzimmer ging, kam Siri ihm entgegen, warf einen Blick auf ihre Eltern und fragte: »Hast du eine lustige Geschichte erzählt?« Im Hort erzählten sie sich gegenseitig Witze, und obwohl meistens die Hälfte des Inhalts fehlte, konnten sich die Kinder jedes Mal ausschütten vor Lachen.

»Nein«, meinte Hake und küsste sie auf die Stirn. »Ich musste bloß an etwas denken.«

»Ich weiß einen Witz!«, verkündete Siri. Sie konzentrierte sich, und als sich alle Aufmerksamkeit auf sie richtete, wurde sie fast verlegen. »Wisst ihr, dass man gute Augen kriegt, wenn man Möhren isst?« Sie schaute sie erwartungsvoll an. »Jetzt müsst ihr fragen, warum!«

»Warum?«, fragten Hake und Hanna im Chor.

»Na, habt ihr schon mal ein Kaninchen mit Brille gesehen?«, meinte Siri. Sie verzog bei der Pointe keine Miene, und Hake dachte, dass sie das Zeug zu einem echten Comedy-Star hatte.

Hake und Hanna lachten begeistert, und erst da erlaubte sich Siri ein kleines, überlegenes Lächeln. »Erstklassig, hm?« Dieses Wort hatte sie neu gelernt und probierte es nun in allen Lebenslagen aus.

Später am Abend saßen Hake und Hanna vor dem Kachelofen auf der Couch und tranken Cognac. Sie hatten die Ofenklappe geöffnet, das Birkenholz glühte, atmete und knisterte melodisch. Hake hatte das Gefühl, dass Hanna traurig wirkte. Nicht nur ein bisschen deprimiert, sondern so, als ob sie etwas wirklich quälte. Schon den ganzen Abend war sie in dieser Stimmung, und nichts schien daran etwas ändern zu können, weder Scherze noch Zärtlichkeiten.

»Wie geht es dir eigentlich?«, fragte er und legte den Arm um sie.

Hanna wandte ihm ihr blasses Gesicht zu, und er konnte die angespannten Linien um ihre Mundwinkel sehen. »Gut«, meinte sie.

»Wirklich?«

Sie nickte abwesend und starrte erneut ins Feuer.

»Ich habe heute Nacht von dir geträumt«, erzählte er. »Wir waren in Paris und sind in einem ziemlich schäbigen Hotel abgestiegen. In der Morgendämmerung bist du am Fenster gestanden und hast auf die Bahngleise und Züge geschaut. Ich lag im Bett und habe dich betrachtet.«

Hanna trank einen tiefen Schluck, beugte sich vor und nahm eine Mandarine, die sie langsam zu schälen begann. »Werden deine Träume manchmal wahr?«, fragte sie.

»Ich wurde geweckt, bevor ich herausfinden konnte, worum es ging.«

Sie ließ ein Stück Mandarine im Mund verschwinden und sah ihn fast verwundert an. »Verstehst du die Bedeutung nicht?«

»Nein, absolut nicht.«

»Ich stand von dir abgewandt, oder?«

»Mmh.«

Sie stellte das Glas weg und zog ihn an sich. »Mein armer Axel«, sagte sie und küsste ihn. »Mein lieber armer Axel.«

Hake gefiel die Wortwahl nicht. Als letztes hatte Ulla Stenman genau dasselbe im Leichenschauhaus über ihren Ehemann gesagt. »Erklär mir doch, was der Traum bedeutet. Das ist leichter, als zu raten«, meinte er.

Sie schüttelte nur den Kopf und strich mit der Hand über sein Stoppelhaar. »Können wir dieses Wochenende etwas unternehmen, Axel? Nur wir drei. In ein nettes Restaurant gehen, ins Museum …«

»Natürlich, gerne«, meinte er.

Sie schenkte ihm ein Lächeln, das sogar ihre Augen erreichte. Aber Hake hatte das Gefühl, dass er einen Hinweis verpasst hatte, einen roten Faden im Gespräch, den er aus dem Knäuel hätte herauszupfen sollen, bevor es zu spät war. Etwas, das mit dem Traum und ihrer seltsamen Trauer zusammenhing … Aber Hannas Küsse wurden intensiver, und ihr warmer Körper, ihre willigen Lippen vertrieben alle klaren Gedanken aus seinem Kopf.

KAPITEL 15

Axel Hake fand, dass die Stadt sich in ein geradezu chronisches Grau gehüllt hatte. Der nahende Winter hatte noch keinen Schnee gebracht, sondern eine verregnete Matschschicht über die Wege und Kanäle gelegt. Die Schatten wurden täglich länger, und es schien, als habe die Sonne kaum noch die Kraft, sich mit einem mühsamen Klimmzug über den Horizont zu erheben. Alles war aschgrau, kellerasselgrau, graupelgrau. Der Tag hatte kaum die Morgenstunden hinter sich gelassen, da setzte schon der Nachmittag ein und hüllte alles in neue Grauschattierungen. Taubengrau, bläulichgrau. Dann blieb nur noch der Abend, der allzu früh die Stadt mit seinem Mantel aus Schwarzgrau überdeckte. Tiefdunkelgrau, pechschwarzgrau. Auch die Häuser ließen sich in dieselbe Farbskala einordnen. Gebäude, die vorher ziegelrot, orange oder sogar meerwasserblaugrün gewesen waren, hatten nun dreckig graue Fassaden, und ihre blinden Fenster spiegelten nichts. Als hätte jemand einen Schmutzfilm darübergelegt, der jedes Licht ausschloss. Sogar die Bäume, die noch vor wenigen Wochen rot und golden geflammt hatten, waren nun entlaubt und streckten ihre schwarzen nackten Zweige gegen den dunklen Himmel.

Axel Hake und Oskar Lidman saßen im Auto auf ihrem Beobachtungsposten vor Ulla Stenmans Haus. Sie hatten ein Sprechfunkgerät mitgenommen, und Hake hatte einen

Kollegen innen im Gebäude postiert, auf dem Treppenabsatz, der sich über Stenmans Wohnung befand. Plötzlich knisterte es im Funkradio, und eine Stimme flüsterte, dass sie auf dem Weg nach draußen war. Hake stieg sofort aus und ging so schnell er konnte zur Rückseite des massigen Mietkomplexes. Falls sie vorhatte, sich ungesehen davonzustehlen, ging sie vermutlich durch die Kellergänge bis zur nächsten Außentür. Dort brauchte sie bloß über einen Metallzaun zu steigen und kam auf der anderen Seite des Gebäudes heraus. Hake entdeckte einen kleinen Fahrradschuppen mit verrostetem Blechdach und stellte sich unter, um dem fein herabrieselnden Regen zu entkommen. Von hier aus hatte er einen guten Blick auf sämtliche Ausgänge, ausgenommen den Hauptausgang auf der anderen Seite bei der Timmermansgatan, wo Oskar Lidman wartete.

Hake brauchte sich nicht lange zu gedulden. Eine Tür öffnete sich, und die Witwe kam heraus, gekleidet in einen Regenmantel und eine olivfarbene Hose. Eilig und ohne sich umzuschauen ging sie an der Hauswand entlang, kletterte über den Zaun und hastete den Pfad hinunter, der über den Hang zum Monteliusvägen führte. Hake folgte ihr in einem sicheren Abstand. Ulla Stenman ging mit schnellen Schritten durch den Kattgränd zur Hornsgatan. An einer Häuserecke blieb Hake stehen, damit sie ein wenig mehr Vorsprung bekam. Sie marschierte zielstrebig geradeaus, bis sie an der Ecke zur Bysistäppan bei einer Telefonzelle angekommen war. Sie ging hinein und wählte eine Nummer.

Hake entschied sich, im VIVO-Einkaufszentrum »Mariahalle« zu warten, gleich an der Auffahrt zum Söder Mälarstrand. Er stellte sich neben die Schiebetüren und beobachtete die Witwe, während sie sprach, gestikulierte und schließlich den Hörer auflegte. Als sie aus der Telefonzelle trat, warf sie einen Blick auf die regenschweren Wolken über sich, zog den Mantel enger um den Körper und ging direkt auf die Stelle zu, wo Hake stand. Er fluchte lautlos vor sich hin und konnte gerade noch den Kopf abwenden, als sie durch die Tür des Einkaufszentrums kam. Glücklicherweise sah sie ihn nicht, obwohl sie mit nur ein paar Metern Abstand an ihm vorbeiging.

Als Ulla Stenman im Inneren verschwunden war, nutzte Hake die Gelegenheit, um sich schnell wieder nach draußen zu stehlen. Eine Kassiererin schaute ihm misstrauisch hinterher, aber er ignorierte ihren Blick. Eilig ging er um das Gebäude herum, so dass er von der anderen Seite durch die Fensterscheiben sehen konnte. Ulla Stenman kaufte eine Tüte Zimtgebäck und verließ das VIVO-Geschäft. Gerade wollte er Lidman benachrichtigen, damit sein Kollege ihn mit dem Auto abholte, als sie nach links abschwenkte und zurück zu ihrer Wohnung ging.

Erneut folgte ihr Hake in vorsichtigem Abstand. Sie benutzte denselben Weg, auf dem sie gekommen war: über den Zaun, in den Hof und dann hinunter in den Keller, von wo sie unterirdisch zu ihrem eigenen Treppenaufgang gelangen konnte. Hake ging um das Gebäude herum zurück zum Wagen, durchnässt und wütend auf sich selbst, weil er keinen Schirm mitgenommen hatte.

»Und?«, fragte Lidman.

»Sie hat sich auf der anderen Seite rausgeschlichen. Dann ist sie zu einer Telefonzelle gegangen und hat jemanden angerufen.«

»Sollen wir zu ihr hoch und mit ihr reden?«

Hake schüttelte den Kopf. »Ich denke, wir lassen sie besser glauben, dass sie jederzeit unbeobachtet diesen Weg nehmen kann. Wir haben keinen Grund, jetzt schon alle Karten auf den Tisch zu legen.«

»Also sitzen wir weiter hier rum?« Lidman hatte die täglichen Beschattungen unendlich satt.

»Sie hat Gebäck gekauft. Ich nehme an, dass sie jemanden erwartet.«

»Wen?«

Das konnte Hake auch nicht sagen, aber sie würden es bald genug herausfinden. Er schaute auf die Uhr. Es war kurz nach zwei. In einer halben Stunde würde er wieder aussteigen und seinen Beobachtungsposten bei den Fahrradständern beziehen. Er nahm an, dass Frau Stenmans Gast ebenfalls den Hintereingang benutzen würde.

Zum Glück ging er dann schon ein bisschen früher los – kaum befand er sich auf der Rückseite der Mälaren-Burg, als er jemanden über den Zaun in den Hof klettern sah. Er versuchte seine Schritte zu beschleunigen, aber der Hang war rutschig, und sein Gehstock fand keinen rechten Halt im matschigen Lehm. Gerade, als er beim Zaun angekommen war, fiel die Tür des Kellereingangs zu. Er hastete zurück zum Auto, schnappte sich das Sprechfunkgerät von Lidman und benachrichtigte den Kollegen innen im Haus. Der Beamte hatte nichts bemerkt, außer dass Stenmans Tür sich einmal fast lautlos geöffnet hatte. Hake seufzte und bat ihn, Bescheid zu sagen, wenn jemand die Wohnung wieder verließ. Es dauerte ein paar Stunden, bevor es im Funkradio knackte.

»Gerade ist eine Person aus der Wohnung gekommen«, flüsterte der Polizist.

Hake riss die Autotür auf, stieg aus und ließ seinen Schirm aufklappen. Diesmal nahm er nicht den Weg zur Rückseite des Gebäudes, sondern hinunter zum Kattgränd, um dort auf den Besucher zu warten. Er ging davon aus, dass der Betreffende mit der U-Bahn gekommen war und nicht auf die Uferstraße Söder Mälarstrand zusteuern würde. Aber dann fiel ihm ein, dass es einen Parkplatz an der Torkel-Knutsson-Gata gleich gegenüber der Brauerei »München« gab. Also wechselte er die Richtung und ging zum Monteliusvägen hinunter. Und ganz richtig sah er gerade noch den Rücken des geheimnisvollen Witwentrösters, als dieser die Holztreppen hinunter in dem tiefen Bergeinschnitt verschwand, der die Verlängerung der Torkel-Knutsson-Gata bildete.

Hake beschleunigte seine Schritte und ließ die Augen nicht von seiner Beute. Aber plötzlich gab sein Knie nach, geschwächt von dem anstrengenden Treppensteigen. Er stürzte, rutschte auf dem Steingeröll bis zum regennassen Grasstreifen an der Wegkante und noch ein Stück weiter den Hang hinunter, bevor er wieder Halt bekam. Im Fallen hatte er seinen Stock verloren, der nun unten neben der Holztreppe lag. Hakes Mantel war völlig verschmutzt. Er versuchte aufzustehen, aber sein Bein wollte ihn nicht tragen. Also bewegte er sich kriechend, mit kurzen, mühsamen Armzügen, auf seinen Stock zu. Als er endlich am Ziel angekommen war und sich in die Senkrechte hieven konnte, war Frau Stenmans Besuch bereits bei der Straße am Fuße des Hangs angekommen.

Da Hake seinem Knie noch nicht traute, musste er es mit der Verfolgung langsam angehen lassen. Unten am Fuß der Treppen stand ein Wagen geparkt. Er würde nicht rechtzeitig ankommen, bevor sich der Besucher davonmachte. Kurz zögerte Hake, dann warf er seinen Gehstock nach dem Auto.

Der Mann wollte gerade einsteigen, als der Stock mit

einem harten Schlag das Wagendach traf und auf die Straße rollte. Er hob das Wurfgeschoss mit verblüffter Miene auf und schaute sich um, konnte aber niemanden in der Nähe entdecken. Als er die Felswand hochblickte, war Hake soeben im Bergeinschnitt verschwunden, und das einzige, was man sah, waren Geröll und Gras. Der Mann drehte den Stock in den Händen und schaute auf sein Autodach. Dort war eine ordentliche Schramme zurückgeblieben.

In diesem Moment kam Hake unten bei ihm an. »Moment«, sagte er. »Das ist mein Gehstock.«

Der Mann fuhr herum, und Hake konnte endlich sein Gesicht sehen. Der mysteriöse Besucher war Rick Stenman.

»Was machen Sie denn hier«, fragte er und starrte Hake überrascht an. »Haben Sie dieses Ding auf mein Auto geschmissen?«

»Bitte, kommen Sie mit«, meinte Hake und nahm ihm den Stock aus der Hand. »Wir müssen uns unterhalten.«

Sie setzten sich ins Polizeiauto, das mittlerweile von Lidman vor der Brauerei »München« geparkt worden war. Rick hockte auf dem Rücksitz, Lidman und Hake vorne. Die beiden Kripobeamten hatten sich umgedreht und betrachteten Rick über ihre Lehnen hinweg. Der junge Mann wirkte entspannt und sah von einem zum anderen, ohne zu blinzeln oder in dieser Situation auch nur das kleinste Zeichen von Nervosität zu zeigen.

»Schulden Sie mir nicht vielleicht eine Erklärung?«, fragte er und strich das rotblonde Haar aus der Stirn. Er war ein hübscher Junge, klare Züge und ein sensibel wirkendes Gesicht. Die Augenbrauen waren so hell, dass man sie fast nicht bemerkte, und seine Stirn wirkte dadurch höher. Dazu hatte er einen großzügigen Mund, und wenn er lächelte, schauten zwei Eckzähne hervor, die ein Stück über die anderen herausragten und ihn aussehen ließen wie einen kleinen Fuchs. Hake konnte sich gut vorstellen, dass er beim schönen Geschlecht glänzende Erfolge feierte.

»Sie haben kein Anrecht auf Erklärungen. Wir sind im Rahmen einer routinemäßigen polizeilichen Maßnahme auf Sie gestoßen.«

»Mit anderen Worten, Sie haben Ulla hinterher geschnüffelt, oder was?«

»Wie gesagt«, meinte Hake, »Informationen über unsere Untersuchungsmethoden sind nicht für die Allgemeinheit bestimmt.«

»Sie haben Ihren Scheißstock auf mein Autodach geschmissen. Dafür schulden Sie mir Schadenersatz!«

»Ein Unfall. Ich bin gestolpert, der Stock ist mir aus der Hand gerutscht und den Hang runter auf Ihren Wagen gefallen.«

Rick schüttelte den Kopf. »Das glauben Sie doch selbst nicht«, murmelte er.

Lidman klinkte sich in das Gespräch ein. »Was haben Sie bei Ulla Stenman gemacht?« Er war allergisch gegen respektlose Typen wie Rick, die anscheinend glaubten, dass sie in dieser Gesellschaft alle Rechte besaßen, aber keine Pflichten.

»Wir haben Kaffee getrunken. Ist das ein Verbrechen?«

»Sind Sie mit ihr im Bett gelandet?«, fragte Lidman und stopfte sich einen Pfefferminzdrops in den Mund.

Aber die Provokation verpuffte wirkungslos. Rick blinzelte nicht einmal mit seinen fast wimpernlosen Augenlidern. Ruhig sah er Lidman an. »Ulla hat ihren Ehemann unter extrem brutalen Umständen verloren. Sie fühlt sich verloren, ausgebrannt und braucht Trost. Als Freund und Arbeitskollege lässt man in so einer Situation niemanden hängen.«

»Ich habe gefragt, ob Sie mit ihr geschlafen haben«, wiederholte Lidman kurz und ruppig. Wenn etwas seinen Blutdruck hochtrieb, dann waren es Gefühlsduselei und schöne Worte.

»Herrgott, sie ist die Witwe meines Bruders! Kapieren Sie eigentlich überhaupt nichts?«

»Warum haben Sie sich dann heimlich zu ihrer Wohnung geschlichen?«, fragte Hake.

Zum ersten Mal zögerte er. »Ulla wollte es so.«

»Weshalb?«

»Sie meinte, sie habe verdächtige Personen hier rumschleichen sehen. Vielleicht die Polizei, Versicherungsdetektive oder sogar jemanden aus Reds Vergangenheit.«

»An wen hat sie dabei gedacht?«

»Ich habe keine Ahnung. Ulla anscheinend auch nicht, aber für sie war das ein verdammt unangenehmes Gefühl. Deshalb hat sie mich gebeten, dass ich durch den Kellereingang gehe. Sie wollte nicht, dass jemand weiß, wann sie zu Hause ist und wann nicht.«

»Und Sie haben den Schleichweg natürlich sofort gefunden«, meinte Lidman bissig.

»Als sie mich heute gebeten hat herzukommen, hat sie mir genau beschrieben, wie ich gehen muss. Vorher kannte ich den Weg nicht.«

Hake wusste nicht recht, ob er Rick glauben sollte. Davon abgesehen hätte er gerne gewusst, was für Personen die Witwe vielleicht beobachtet hatte. Jedenfalls nicht Lidman und ihn selbst. Da war er ganz sicher. Tobisson ebenso wenig, denn als der Kollege noch an der Überwachung beteiligt war, hatte sich Frau Stenman schließlich überhaupt nicht blicken lassen.

»Wo waren Sie vorletzte Nacht?«, fragte Hake überraschend.

Rick hatte eine solche Frage nicht erwartet und verlor für eine Sekunde seine Gelassenheit. »Zu Hause, glaube ich.«

»Glauben Sie?«

»Ich war zu Hause.«

»Irgendwelche Zeugen?«

Rick schüttelte den Kopf.

»Haben Sie schon einmal von einem Mann namens Socken-Leffe gehört?«

»Nein. Wer soll das sein?«

Hake antwortete nicht. Er wollte keine Informationen über die Brandstiftung an Außenstehende weitergeben. »Wissen Sie über Harrys Lebensversicherung Bescheid?«

Rick nickte.

»Waren Sie überrascht?«

»Nicht besonders. Red war ein Mensch, der sich um die gekümmert hat, die ihm nahe standen.«

»Aber *Sie* haben nichts bekommen? Sie hatten keinen Vorteil von seinem Tod?«

Rick wäre fast eine Antwort herausgerutscht. Sein Gesicht hatte ein bisschen von der gesunden hellroten Farbe verloren. Aber er fand sein Gleichgewicht schnell wieder. »Nein, sein Tod ist ein schwerer Schlag für mich«, sagte er gefasst.

»Außer natürlich, Sie haben mit Ulla etwas laufen. Dann können Sie einen Teil des Versicherungsgeldes kassieren«, meinte Lidman anzüglich.

Rick antwortete nur mit einem schiefen Lächeln, öffnete die Wagentür und warf einen letzten Blick auf die beiden Polizisten. »Ich denke, wir sollten jetzt Schluss machen. Wenn nicht, besorge ich mir zuerst einen Anwalt. Dieses Gespräch wirkt langsam wie reine Schikane.« Er sah Hake an. »Und Sie werden mir die Lackierung meines Autodachs bezahlen.« Damit stieg er aus und ging über die Straße zu seinem eigenen Wagen.

Lidman drehte sich zu Hake um. »Jetzt sind wir am Arsch. Keine Beschattung mehr«, sagte er mit einer gewissen Erleichterung in der Stimme. »Er wird natürlich alles brühwarm der Stenman erzählen.«

»Wir sind nie am Arsch«, sagte Hake mit Überzeugung.

Lidman startete den Wagen und fuhr bis zum Söder Mälarstrand. Dort bog er ab, um zum Verkehrsknotenpunkt Slussen zu gelangen, der am meisten gehassten Stelle im Stockholmer Straßennetz. Hake war durch den Sturz verdreckt und sein Knie schmerzte, also bat er seinen Kollegen, ihn nach Hause zu bringen. Lidman murmelte leise Flüche vor sich hin. Nun musste er versuchen, mitten im Slussen-Chaos die Richtung zu ändern. Natürlich gelang ihm das nicht mehr rechtzeitig, und sie kamen stattdessen bei der Skeppsbrücke heraus. Lidman musste einen Riesenumweg fahren, bevor er Hake an der Chapmansgatan absetzen konnte.

Der Kommissar konnte sich nur mit Mühe und Not aus dem Auto hieven, und Lidman schaute mit einem gewissen Mitleid hinterher, als Hake humpelnd durch die Tür verschwand. Ein paar schöne Mitarbeiter hatte er: einen Halbinvaliden und einen zusammengeprügelten Marathonläufer.

Hake lag auf dem Bett und ruhte sein Knie aus, nachdem er es mit Tigerbalsam eingeschmiert hatte. Nun drang die Wärme angenehm durch seine Knochen. Draußen hörte er Autos vorbeibrausen und einige Kinder, die mit viel Geschrei von der Schule zurückkehrten. Er dachte an Hanna. Was war zwischen ihnen beiden passiert? Warum zog sich

Hanna immer mehr von ihm zurück? Selbst wenn sie ihm nah war, war sie doch gleichzeitig weit entfernt und konnte stundenlang in sich selbst versinken. Als Folge zwang er sich neuerdings zu einer Selbstbeherrschung, die nicht zu seinem Naturell passte. Immer gab er nach, während er eigentlich nur schreien und sie kräftig durchschütteln wollte.

Er rauchte eine seiner seltenen Zigaretten und ließ den Rauch in Kringeln zur Decke hochsteigen. Traf sie sich mit jemand anders? Daran glaubte er nicht recht, denn sie wich ihm nicht eigentlich aus, sondern verschwand nur langsam aus seinem Blick. Manchmal schien sie plötzlich allen Lebensmut zu verlieren und entschuldigte sich damit, dass sie müde sei. Dann wieder klammerte sie sich fast gewaltsam an ihn und hatte ein unheimlich starkes Bedürfnis nach Nähe und Liebe und Sex. Diese abrupten Wechsel waren verdammt verwirrend. Vielleicht sollte sie mit einem Psychologen reden. Allerdings fürchtete Hake, dass er mehr in ihren seelischen Zustand hineinlas, als eigentlich nötig war. Immerhin war er selbst gestresst und überarbeitet.

Auf dem Nachttisch stand ein Rest kalter Kaffee, und er trank einen Schluck, während er auf ein Lichtmuster an der Decke starrte. Wann hatten ihre Stimmungsschwankungen eigentlich begonnen? Er dachte zurück an die Zeit nach ihrem gemeinsamen Sommerurlaub in Skagen und erinnerte sich, dass ihre melancholischen Phasen kurz danach angefangen hatten, einige Wochen, nachdem sie wieder zu Hause waren. Was war damals passiert? Er nahm einen tiefen Zug aus der Zigarette und ließ den Rauch durch die Mundwinkel entweichen. Da er nur selten zu Tabak griff, genoss er die Gelegenheit, ein bisschen mit dem Rauch zu spielen, ihn auf verschiedene Arten auszuatmen und Ringe quer durch den Raum zu blasen. Nein, damals war nichts Ungewöhnliches geschehen. Die Tage hatten sich in gleichförmigem Trott aneinandergereiht, und an den gemeinsam verbrachten Nächten war nichts auszusetzen. Das bedeutete, sie wollte zumindest weiter mit ihm zusammen sein, und ihr Vorschlag, der Familie einen Tag mit Museum und Restaurant zu gönnen, war ein Schritt in die richtige Richtung. Falls nicht noch etwas dazwischen kam.

Er setzte sich aufrecht auf die Bettkante und probierte das Bein aus. Das Knie trug ihn, obwohl seine Nerven deutlich aufjaulten, als er versuchte sich hinzustellen. In der Wohnung über ihm tigerte Lars Larsson-Varg auf und ab. Wenig später klingelte es an der Tür, und Hake nahm automatisch an, dass es sein Nachbar war. Vielleicht wollte der Museumsvorsteher endlich das gespannte Schweigen brechen, das bedauerlicherweise zwischen ihnen entstanden war. Aber stattdessen fand er seine Schwester Julia auf der Schwelle. Sie war sichtlich aufgewühlt und schob sich an ihm vorbei ins Wohnzimmer.

»Hast du Wein?«, fragte sie zur Begrüßung.

Hake ging in die Küche und schenkte ihr ein Glas ein. Aus den Augenwinkeln musterte er seine Schwester. Sie sah ziemlich mitgenommen aus. Das Gesicht wirkte aufgedunsen und hatte einen Farbton, der mit der roten Pudelmütze auf ihrem Kopf um die Wette glühte. Sie war nachlässig gekleidet, das grobe Baumwollhemd hing unten aus dem Pulli heraus, und die Knopfleiste ihrer Stehkragenjacke stand offen. Er überreichte ihr das Glas. Sie warf ihm einen dankbaren Blick zu, trank aber nicht. Anscheinend brauchte sie nur etwas, an dem sie sich festhalten konnte.

»Ich stecke in der Klemme«, sagte sie. »Bis zum Hals.«

»Hat er Schluss gemacht?«

Sie schaute grimmig. »Im Gegenteil.«

»Im Gegenteil?«

»Genau, er will öfter mit mir zusammen sein als je zuvor. Das ist ein Teil des Problems.«

»Ich weiß wirklich nicht, wie ich dir dabei helfen kann.« Er fand die ganze Situation äußerst merkwürdig. Normalerweise verabscheute sie es, wenn er sich in ihre Liebesaffären einmischte.

»Wenn du mal eine Sekunde aufhörst, dumme Frage zu stellen, kann ich vielleicht erzählen, was los ist!«, knurrte sie und setzte sich endlich. Gleichzeitig machte sie eine Geste, die ihn aufforderte, dasselbe zu tun. »Für das Knie kann ich dir übrigens eine Spritze geben«, meinte sie, als sie sah, mit welcher Mühe sich ihr Bruder zur Couch schleppte. »Extrakt aus Hahnenkämmen.«

»Hahnenkämme?«

»Hm, du mit deinen Rennwetten müsstest doch wissen, dass die Pferde ständig Spritzen mit Hyaluronsäure bekommen, die man aus Hahnenkämmen gewinnt. So können die Favoriten die starke Belastung im Wettkampf aushalten.«

Tatsächlich hatte er irgendwann in einer Fachzeitschrift davon gelesen. Es klang makaber, aber die meisten Veterinäre fanden, Hahnenkämme seien ein guter Ersatz für Cortison.

»Ich warte …«, meinte er und setzte sich.

Julia nahm einen kleinen Schluck und betrachtete ihn über den Rand des Glases hinweg. »Ich war bei dieser Nerz-Befreiungsaktion mit dabei, draußen in der Nähe von Norrtälje.«

Hake hatte von dem Vorfall noch nichts gehört.

»Stand in der Zeitung.«

»Okay.«

»Kapierst du nicht? Ich bin Tierärztin. Meine berufliche Pflicht ist es, Tiere zu schützen. Die Nerze können in Freiheit nicht überleben. Sie haben nie gelernt, selbst nach Futter zu jagen. Ich habe an etwas teilgenommen, was man gut und gerne als Tierquälerei bezeichnen könnte.«

Axel Hake war fast erleichtert. Er hatte befürchtet, dass sie in etwas Schlimmeres verwickelt war, dass ihr Russe sie in kriminelle Aktivitäten hineingezogen hatte. »Ist das nicht nur eine Frage der Auslegung?«, meinte er vorsichtig. »Eine größere Quälerei ist es doch wohl für die Tiere, in engen Käfigen zu sitzen, nur um am Ende für die Pelzindustrie geschlachtet zu werden. Was für ein Leben ist das schon?«

Sie betrachtete die tiefrote Farbe in ihrem Weinglas und drehte den Stiel ein bisschen hin und her, um einen Lichtreflex einzufangen. »Das ist noch nicht alles«, sagte sie dumpf. »Ich habe zwei Nerze mit nach Hause genommen. Gustav Lövenhelm und die anderen wollten, dass ich sie mit der Krätze infiziere. Sie haben mir Ampullen mit dem Erreger gegeben, der die Hautkrankheit auslöst. Dann sollen die Tiere bei zwei anderen Nerzfarmen eingeschmuggelt werden und den gesamten Bestand anstecken.«

»Tu das nicht«, sagte Hake. »Das geht zu weit!«

»Habe ich dir nicht gesagt, dass ich bis zum Hals in der Klemme stecke?«

»Wirf einfach die Ampullen weg und sag, du machst nicht mit«, meinte er.

»Das ist noch nicht alles.«

»Will Juri dich verlassen, wenn du dich weigerst?«

»Ich wünschte, es wäre so einfach.« Ihre ausdrucksvollen Augen füllten sich mit Schmerz, als sie ihn ansah.

»Ich bin nicht sicher, ob ich verstehe, was …«

»Nein, verdammt, natürlich nicht. Wie solltest du auch,

wenn ich dir nicht alles erzähle. Neuerdings beschäftigt sich die Gruppe auch mit Erpressung.«

»Nämlich?«

»Sie haben mich auf Video, wie ich die Nerze freilasse und zwei davon einsammle. Wir haben unsere Skimasken abgenommen, und dabei haben sie nur mich gefilmt und nicht die anderen. Sie drohen damit, das Band an die Polizei zu schicken. Das würde bedeuten, dass ich meine Zulassung verliere.«

Hake fühlte kalte Wut in sich hochsteigen. Er konnte nicht mehr ruhig sitzen, stand auf und ging ans Fenster. Gleich darauf drehte er sich mit einer heftigen Bewegung wieder um, so dass die selbst geschnitzten Segelbootsmodelle vom Fensterbrett gefegt wurden. Er beachtete sie nicht. »Was für ein beschissener Sauhaufen«, sagte er grob. Mit einem harten Griff um den Stock ging er im Zimmer auf und ab. Dann blieb er plötzlich stehen und richtete seine Augen auf Julia. »Hast du schon mal den Namen Socken-Leffe gehört?«

Seine Schwester schüttelte den Kopf.

»Hast du gehört, ob Mitglieder der Kommune früher mal im Overland Express gewohnt haben?«

»Nein.«

»Auch Juri nicht?«

»Nein.«

Hake schwieg.

»Kannst du mir helfen?«, fragte Julia kleinlaut.

Hake dachte darüber nach. Dann antwortete er mit einem festen Nicken.

KAPITEL 16

Als Hake am nächsten Tag ins Büro kam, erwartete ihn Olle Sandstedt. Auch Lidman war schon an seinem Platz und beschäftigte sich damit, alle gesammelten Fakten auf den neusten Stand zu bringen.

Sandstedt ließ eine Mappe auf den Schreibtisch klatschen und sagte: »Der Mann, der im Bus verbrannt ist, war tatsächlich Leffe Alderson. Die Brandspezialisten haben rekonstruiert, welchen Weg das Feuer genommen hat und sind zu dem Schluss gekommen, dass man das Fahrzeug von außen angezündet hat. Vermutlich wurde Benzin rund um den Bus verteilt und dann in Brand gesetzt. Da die Tür mit einer Stange versperrt war, ist so gut wie bewiesen, dass es sich um Brandstiftung mit Mordvorsatz handelt. Der Täter wollte Leffe keine Chance lassen, sich aus dem Bus zu retten.«

Hake nickte. Damit war es also amtlich. Noch ein Mord und damit ein weiterer Fall, der eigentlich volle Konzentration erforderte. Er nahm sich einen Becher Kaffee, ging zum Fenster und starrte hinaus. Allmählich hatte er das Gefühl, dass die Arbeit ihn unter sich begrub. Zwei Morde und dazu Julias privates Problem, für das es eine Lösung zu finden galt. Draußen begann es hell zu werden, und er hoffte, das Wetter würde sich heute von einer weniger tristen Seite zeigen.

»Ich habe unsere Computerregister und die der Sozialbehörde durchgekämmt, um etwas über das Opfer zu erfahren«, sagte Lidman. »Seine letzte Adresse war das Männerwohnheim ›Stadtrand‹ in Södermalm. Dahin wurde auch immer noch das Geld vom Amt geschickt, obwohl er zwischenzeitlich in den Bus gezogen ist.«

»Okay, da sollten wir mal hinfahren«, meinte Hake und warf einen letzten Blick aus dem Fenster. Plötzlich sah er, dass sich Hanna auf das Polizeipräsidium zubewegte. »Moment«, sagte er und ging hinunter zum Empfang. Aber Hanna kam nicht herein, sondern marschierte am Eingang vorbei. Er eilte nach draußen und bekam gerade noch mit, wie sie durch die Tür des Nachbargebäudes verschwand, in dem sich das Passamt befand. Einen Augenblick war er versucht ihr zu folgen, aber dann ging er wieder hoch ins Büro und holte seinen Mantel. Er würde sie später danach fragen.

Dieser Vorsatz hinderte ihn nicht daran, während der ganzen Fahrt zum Wohnheim darüber nachzugrübeln, was sie wohl im Passamt gewollt hatte. Soweit er wusste, war keiner ihrer Ausweise abgelaufen.

Das Wohnheim »Stadtrand« war ein Bau aus den Fünfzigerjahren mit schnurgeraden Linien und ordentlichen Reihen rechteckiger Fenster. Heutzutage wurde das sechsstöckige Gebäude vor allem als Übergangsquartier für Personen genutzt, die im gesellschaftlichen Abseits gelandet waren: Drogensüchtige, Gewalttäter, Obdachlose und psychisch Kranke. Die meisten hatten jeden Versuch aufgegeben, ein normales, anständiges Leben zu führen und sich anzupassen. Etwas in ihnen war für immer zerstört, und oft war die Liebe daran schuld. Manchmal war es eine Frau, die sie verlassen hatte oder Kinder, die nur die Schwächen ihrer Väter sahen und sich von ihnen abwandten. Manchmal waren es die Arbeitskollegen, die jeden mieden, der *anders* war. So wie ein Rudel wilde Tiere die Schwachen und Kranken ausstößt und zurücklässt.

Wer sich im Wohnheim »Stadtrand« befand, der war auf die eine oder andere Weise mit dem Sozialdarwinismus der schwedischen Gesellschaft konfrontiert worden und hatte den Test nicht bestanden. Die Säufer und Junkies, die hier hausten, konnten von einer erschreckenden Grausamkeit sein. Im Alkoholrausch hatte einer seinem Zimmergenossen den Fuß abgesägt, um an die Schuhe zu kommen, und ein anderer hatte die eigenen Kinder an Pädophile verkauft. Alles war denkbar, wenn man nur abgestumpft genug war und sein Leben in der Hölle verbrachte. Aber im nüchternen Zustand, wenn die Betäubung nachließ, verschwand das Monströse und übrig blieb nur ein verlorenes Geschöpf. Ein Mensch, der nie gesehen, nie geliebt worden war und sich gezwungenermaßen innerlich so verhärtet hatte, dass niemand ihm mehr nahe kommen konnte.

Hake und Lidman gingen zum Anmeldetresen, hinter dem ein junger Mann stand und Zeitung las. Er war groß und mager, wahrscheinlich ein jobbender Student. Nachdem er Hake und Lidman gemustert und entschieden hatte, dass sie nicht zu der üblichen Klientel gehörten, faltete er langsam die Zeitung zusammen. »Kann ich Ihnen behilflich sein?«, fragte er so geschraubt, als sei er der Maître in einem Fünf-Sterne-Restaurant.

»Kripo«, sagte Hake und zeigte seinen Ausweis vor. »Es geht um einen Ihrer früheren Wohngäste. Leffe Alderson.«

Der Student dachte einen Moment nach. »Er ist im Sommer ausgezogen und hat keine Nachfolgeadresse hinterlassen.«

»Wir haben gehört, dass er seine Post noch immer hierher geschickt bekommt.«

Der junge Mann schaute im Register nach und nickte dann.

»Wer ist dafür zuständig? Sie?«

Als Antwort erhielt er ein müdes Lächeln. »Nein, das ist nicht unser Problem. Wir haben auch so genug zu tun.«

»Ist er persönlich vorbeigekommen, um die Briefe abzuholen?«

»Viel Post hat er sowieso nie erhalten, aber wenn, dann hat sich Herr Viken darum gekümmert.«

»Lebt er noch hier im Heim?«

»Wohnung 22, zweite Etage. Er verlässt das Zimmer nie.«

Sie gingen die Treppen hinauf – der Fahrstuhl war außer Betrieb – und weiter über einen schmutziggrünen Linoleumboden bis zur Nummer 22. Über ihnen flackerte eine Neonröhre in unregelmäßigen Abständen, und mitten in der Zimmertür war ein breiter Riss, als habe jemand versucht, das Holz einzutreten. Sie klopften, aber niemand reagierte. Als sie den Griff herunterdrückten, ging die Tür auf. Sie war unverschlossen. Der Raum dahinter hatte zwei Betten und stank nach Zigarettenrauch und Schweiß. Zuerst glaubte Hake, das Zimmer sei leer, aber gleich neben der Toilettenecke saß ein massiger Kerl auf einem zerschlissenen Sofa und starrte sie wortlos an. Sein Bauch quoll unter dem Morgenrock hervor, und das Doppelkinn zitterte leicht, als der Mann den Kopf bewegte. Er hatte langes, ungewaschenes Haar, das in grauen Strähnen herabhing. Über einem hochroten Stiernacken befand sich ein Gesicht, das im Vergleich auffallend bleich und kränklich aussah. Dicke Tränensäcke saßen unter den Augen, und die Lippen waren völlig farblos.

»Falsche Tür«, sagte der Mann mechanisch, als ob er dasselbe schon tausendmal zuvor gesagt hatte. Er ergänzte: »Die Psychos sind eine Treppe höher.«

»Herr Viken?«, sagte Hake. »Wir sind von der Polizei.«

»Das sehe ich selbst, aber Viken ist weg, nicht in der Stadt, und ich ...«

»Es geht um Socken-Leffe«, schob Lidman hastig ein. Er hatte einen untrüglichen Blick für Drückeberger. Im Grunde versuchten ja fast alle Menschen, bei Schwierigkeiten zu kneifen, fand Lidman. Er selbst eingeschlossen. Aber es gab doch verschiedene Stufen des Drückebergertums. Dieser Mann mit seinem verlotterten Körper und seinen toten Fischaugen gehörte zu den schwereren Fällen. Mit Sicherheit hatte er noch nie im Leben für irgendetwas die Verantwortung übernommen.

»Kenn ich nich«, sagte der Mann.

»Aber Sie sind doch Herr Viken, oder?«

Nach langem, zähem Widerstand gab er zu, diesen Namen zu tragen.

»Man hat uns gesagt, Sie bewahren für Leffe die Post auf. Mit dem Geld, das er als Erwerbsunfähiger bekommt.«

»Ich hab nichts Unerlaubtes gemacht«, protestierte Viken und fuhr sich mit der Zunge über die Lippen. »Er hat jede Öre davon gekriegt. Jeden einzelnen Brief.«

»Bekam er viel Post?«

Der Mann schnaubte. »Wer soll dem Idioten schon schreiben? Nein, es gab nur Briefe vom Amt.«

»Hat er in diesem Zimmer gewohnt?«

»In der Kiste da.« Er deutete auf das Bett am Fenster.

»Beste Aussicht der Stadt.« Darüber lachte er selbst so laut, dass der Speck wabbelte. Vor dem Fenster sah man nichts weiter als eine fensterlose Brandschutzmauer.

»Hat er einen Teil seiner Sachen hier gelassen?«

»Warum sollte er? Alles, was er hatte, passte in seine vergammelte Reisetasche.« Er blickte sie misstrauisch an. »Falls Sie glauben, ich habe ihn beklaut …«

»Wir sind an Ihnen nicht interessiert«, sagte Lidman kurz.

Das schien Viken zu beruhigen. »Was hat er denn angestellt?«

»Nicht viel«, meinte Lidman. »Und er wird auch in Zukunft nicht viel anstellen, er ist nämlich vor ein paar Tagen bei einem Brand umgekommen.«

Viken verzog keine Miene. Man hatte den Eindruck, dass er schon vor langer Zeit aufgehört hatte, Gefühle zu haben. »Ich hab ihm gesagt, er soll diesen beschissenen, ständig rauchenden Spirituskocher aus dem Bus schmeißen.«

»Also haben Sie ihn dort besucht?«

»Um ihm das Geld zu bringen.«

»Warum ist er da eigentlich hingezogen?«, fragte Hake.

Viken zuckte mit den fetten Schultern. »Er hat zu viel gesoffen und nur Ärger gemacht. Zum Schluss haben sie ihn rausgeworfen, und das schien ihm ganz recht zu sein.«

»Wissen Sie, warum er gerade diesen Sommer anfing, so stark zu trinken?«

»Keine Ahnung. Hier steckt man seine Nase nicht in den Kram anderer Leute.«

»Was denken Sie, wer wusste alles Bescheid darüber, dass Leffe in den Bus gezogen ist?«

Viken schien abzuwägen, ob es sich lohnte, noch länger zu reden. Dann zuckte er wieder mit den Schultern. Eine

Geste, die er vermutlich mehrere hundertmal am Tag vollführte. Eine Art nervöser Tick, der bedeutete: Ich weiß nichts, und es ist mir auch egal. »Die meisten, die hier wohnen. Wahrscheinlich auch die Saufbrüder von der Kneipe, wo er meist rumgehangen hat.«

»Wie hat er von dem Bus erfahren?«

»Er hat gesehen, wie eine Horde Hippies ausgezogen ist und hat sich selbst da breitgemacht. Damals wusste er noch nicht, dass der Bus Danne Durant gehört.«

»Danne Durant?«

»Ja was? Ihr müsst doch von diesem beschissenen Kredithai gehört haben«, zischte er, und zum ersten Mal flackerte in seinen Augen eine Art Gefühl auf. »Ihr wisst schon, das verdammte Schwein, das Leute wie mich aufsammelt, damit sie bei Betrügerfirmen den Strohmann spielen.«

»Leffe war so ein Strohmann?«

»Klar war er das …«

An Bord der *Laura* fanden sie Durant nicht. Der Lasterfahrer meinte, er sei wie üblich beim Sport. Also fuhren Hake und Lidman weiter und stiegen schließlich die Stufen hinunter zu dem kleinen Gym. Sie mussten sich die Innentreppe entlang tasten, denn das Licht funktionierte nicht. Als sie die Tür aufmachten, blendete es so, dass sie erst nach einiger Zeit Danne Durant erkennen konnten, der schattenboxend durch den Ring tänzelte. Er warf ihnen nur einen kurzen Blick zu und setzte wie beim ersten Mal sein Training fort. Hake ging bis an den Ring und betrachtete den Mann genauer. Durant bewegte sich geschmeidig und dynamisch, schlug entspannt seine Jabs und Uppercuts, wich zurück, duckte sich zusammen und explodierte dann in einer ganzen Serie von Schlägen.

»Ziemlich gut«, urteilte Hake. »Aber die Deckung könnte besser sein. Besonders auf der linken Seite.«

Durant ließ für einen Moment die Hände sinken. »Sie wissen doch gar nicht, wovon Sie reden.«

»Oh doch.«

»Dann kommen Sie rauf in den Ring und beweisen Sie es.«

Hake lehnte sich gegen die Seile. »Nur, wenn Sie mir ein paar Fragen beantworten.«

Durants Mund verzog sich zu einem winzigen Lächeln. »Okay, das ist ein Deal«, sagte er.

Hake stieg zwischen den Seilen hindurch in den Ring. Er reichte Lidman seinen Stock, der mit fassungslosem Blick zusah, wie sein Chef den Mantel, Jackett und Oberhemd auszog und das Kleiderbündel auf einem Stuhl in der Ecke platzierte. »Um Himmels willen, Hake …«

Durant holte seinem Gegner ein paar Handschuhe und gab Lidman Anweisung, die Zeit zu stoppen. Profirunden, also drei Minuten.

Hake stellte sich in die Mitte des Rings, schlug ein paarmal probeweise in die Luft und schaute Durant in die Augen. »Okay«, sagte er. »Gehört Ihnen der verbrannte Bus?«

»Jepp«, sagte Durant.

»Was für eine Übereinkunft hatten Sie mit Socken-Leffe?«

»Ich habe keine Ahnung, wovon Sie reden.«

Er begann Hake zu umkreisen, während dieser zu Beginn nur still dastand und abwartete. Der Kommissar wusste, dass er in seinen Bewegungen eingeschränkt war. Außerdem war es schwierig, an jemanden heranzukommen, der völlig reglos blieb. Aber Durant verstand wirklich etwas vom Boxen, kam schnell auf ihn zugeschossen und prügelte ein paar ordentliche Schläge durch seine Deckung. Hake schmeckte Blut im Mund, anscheinend war seine Lippe aufgeplatzt. Er begann zu fürchten, dass er einen ernsthaften Fehler begangen hatte.

»Es heißt, Sie versorgen Scheinfirmen mit Strohmännern«, sagte er atemlos.

Durants nächster Haken ging unter der Deckung durch und traf das Kinn. Der Kommissar schwankte, aber er konterte gleich darauf mit einem Jab, der seinen Gegner an der Seite des Kopfes erwischte.

»Beweisen Sie das«, meinte Durant und kam so dicht an Hake heran, dass der Geruch von Liniment und Haarpomade zu spüren war. Der Kommissar steckte zwei harte Nierenschläge ein und wurde zu einem Rückzug gezwungen. Aber Durant folgte ihm und brachte eine Schlagserie an, die mit einer harten Rechten direkt über Hakes Wangenknochen endete. Man konnte die Haut aufspringen fühlen. Der Kommissar war sicher, dass er ein schönes blaues Auge davontragen würde. Er reagierte seinerseits mit einer harten Rechten, die Durant auf die Stirn traf.

»Ziemlich gut«, sagte der und lächelte ein wenig.

Hake begann wie wild zu schwitzen. Natürlich war er ziemlich fit und bewegte sich beim Kampf möglichst wenig, aber der federnde Boden machte die Schritte anstrengend, und die Schläge hatten Hake ermattet. Er dachte, wie idiotisch es von ihm gewesen war, ein Match ohne Mundschutz anzufangen, denn Danne Durant schlug rücksichtslos zu.

»Hat Socken-Leffe für eine dieser Firmen den Strohmann gespielt?«, keuchte Hake. »War das der Deal, den Sie mit ihm hatten? Er konnte kostenlos im Bus wohnen, dafür musste er ein paar Dokumente unterzeichnen und war nomineller Besitzer von Firmen, die nur auf dem Papier existierten.«

Durants Augen wurden schmal, und er reagierte mit zwei harten Schlägen. Der eine traf nur Hakes Handschuh, aber der andere voll aufs Kinn. Der Kommissar torkelte, sein Knie gab nach und er verlor das Gleichgewicht.

Lidman wollte gerade bekannt geben, dass die Runde in ein paar Sekunden vorbei war, als er Durant wie einen Bulldozer auf Hake zukommen sah. Bevor der Kommissar seine Balance wiederfinden konnte, stieß Durant ihn gegen die Seile und ließ in blinder Wut einen ganzen Hagel von Schlägen auf Hakes Gesicht niedergehen.

»Ding dong«, rief Lidman, »die Runde ist aus.«

Aber Durant beachtete ihn nicht, jetzt, wo er seinen Gegner vollständig in der Defensive hatte.

Da sein Knie ihn nicht länger trug, musste Hake sich mit einer Hand an den Seilen festhalten, so dass eine ganze Gesichtshälfte ungeschützt war. Nachdem Durant zwei rechte Haken gelandet hatte, war es schwierig, auf den Beinen zu bleiben. Nun trat Durant noch näher an ihn heran und stierte ihm in die Augen. Hake konnte das Gesicht vor sich nur verschwommen erkennen und fühlte Übelkeit in sich aufsteigen. Plötzlich trat Durant einen Schritt zurück und traf ihn mit Schwung mitten ins Gesicht. Hake sank zu Boden, und dort ließ Durant ihn liegen.

Der Mann warf Lidman einen Blick zu. »Rufen Sie doch die Bullen«, sagte er und verschwand aus dem Gym.

Lidman stieg zu seinem Chef in den Ring, half ihm auf die Füße und schleppte ihn zum Stuhl in der Ecke. Hake blutete heftig aus Mund und Nase. »Was glauben Sie eigentlich, was zum Teufel Sie da tun?«, bellte Lidman wütend.

Hake lächelte leicht, schnappte sich ein Handtuch, das

über den Seilen hing, und trocknete sich das Gesicht ab. »Seine Deckung ist auf der linken Seite schwach«, sagte er.

Kommissar Elmar Branting starrte fasziniert auf Axel Hakes Gesicht. Die Lippe war aufgeplatzt, auf der Stirn prangte eine unregelmäßige Beule, und unter dem Auge saß ein Bluterguss in fast strahlend violetter Farbe. Der Kommissar presste eine mit Eis gefüllte Plastiktüte dagegen, um die Schwellung zu bekämpfen. Branting war in diesem Moment sehr froh, dass er in der Abteilung für Wirtschaftskriminalität arbeitete und nicht bei der Kripo.

»Ich habe Ihnen die Papiere rausgesucht, die Sie wollten«, sagte er und legte eine Mappe auf den Schreibtisch. Sein Kripo-Kollege beugte sich mit Mühe zu der Akte vor. Branting spekulierte wild, was mit dem Mann passiert sein konnte. Natürlich hatte er den Kommissar danach gefragt, war jedoch mit der Antwort abgefertigt worden, Hake sei gestolpert und hingefallen. Jetzt schlug Hake die Mappe auf, und Branting erklärte: »Danne Durant ist bei uns kein Unbekannter. Bisher haben wir ihn zwar nicht festnageln können, aber ich glaube, das ist nur eine Frage der Zeit.«

Hake hob die Augenbrauen.

Branting erklärte: »Also, sein Name taucht ständig in verschiedenen Zusammenhängen auf, zum Beispiel Rechnungsfälschung, schwarze Mietgeschäfte, illegaler Geldverleih. Dazu kommt der spezielle Wirtschaftsbereich, den ich in der Mappe zusammengesammelt habe, nämlich das Geschäft mit Scheinfirmen.«

»Wo ist das Problem? Ich meine, wieso ist er noch nicht hinter Gittern?«

»Er unterzeichnet grundsätzlich keine Papiere. Alle Kreditgeschäfte und sonstige ›Übereinkünfte‹ sind mündlich.«

»Und niemand verpfeift ihn?«

Branting schüttelte den Kopf.

»Wie funktionieren Geschäfte mit Strohmännern eigentlich genau?«

»Ganz einfach. Man gründet eine Scheinfirma. Als Inhaber und Hauptverantwortlichen setzt man einen Obdachlosen ein. Gegen Bezahlung unterschreibt er alle Papiere. Dann kauft die Scheinfirma ein anderes Unternehmen und plündert es aus. Wenn der Fall vor Gericht kommt, kann man ausschließlich den Obdachlosen als Firmeneigner belangen. Natürlich hat der nur mit Glück eine feste Adresse und ganz sicher keinen roten Heller. Das Geld ist weg, und niemand kann dazu verpflichtet werden, es zurückzuzahlen. Der Staat und vor allem der Steuerzahler wird auf diese Weise um enorme Summen betrogen.«

»Was passiert, wenn es doch zu einer Gerichtsverhandlung kommt?«

»Die Zeugen sind ja vor allem Säufer und Junkies. Deren Glaubwürdigkeit ist gleich null. Jeder Verteidiger könnte einen Staatsanwalt in der Luft zerreißen, der auf die Aussagen solcher Leute baut. Und falls man den ›Schuldigen‹ auf die Anklagebank schleppt, ist völlig offensichtlich, dass er ahnungslos ist und mit den Betrügereien eigentlich nichts zu tun hat. Solche Strohmänner sind meistens in einem bedauernswerten Zustand. Jeder Psychiater könnte sie rauspauken, ohne sich auch nur anzustrengen. Genau deshalb hat man diese Leute schließlich ausgesucht.«

»Und ›man‹ bedeutet Danne Durant?«

Elmar Branting nickte. »Er scheint unter den Obdachlosen einigen Einfluss zu haben. Kennt alle, ist auf Du und Du mit den meisten, wie man so hört. Haben Sie ihn getroffen?« Als Antwort erhielt er ein unterdrücktes Lächeln, obwohl er nicht recht verstand, was an der Frage komisch sein sollte. »Der Bus war übrigens sehr ordentlich versichert. Viel höher als sein eigentlicher Wert.«

Hake nickte. Durant war ein Mann, der nichts dem Zufall überließ. »War Leffe Alderson einer der Strohmänner?«, fragte er.

»Ich habe den Namen überprüft, als Sie mich heute morgen darum gebeten haben. Können Sie alles im Ordner nachlesen. Er war Strohmann für drei Unternehmen. Gegen alle drei wird ermittelt.« Branting seufzte. »Und jetzt ist er tot. Wie bequem.«

»Ermordet«, fügte Hake hinzu. »Er wurde ermordet …«

Mit steifen Schritten ging Hake durch die Flure zurück zu seinem eigenen Büro. Sein ganzer Körper schmerzte, und sein Gesicht fühlte sich geschwollen und unnatürlich warm an. Morgen wollte er sich mit Hanna und Siri treffen und hoffte, dass es ihm bis dahin besser ging. Lidman war der Meinung, er habe sich wie ein Idiot aufgeführt, aber Hake wollte ein Gespür für Danne Durant bekommen. Wollte wissen, ob der Mann einen besonderen Hass auf die Polizei hatte und wie er reagierte, wenn er provoziert wurde. Wollte wissen, ob er es nur mit einem harten Typen zu tun hatte oder mit einem Psycho, der Obdachlose terrorisierte, um sich daran aufzuputschen und sich einen Kick zu verschaffen. Hake hatte auf die meisten Fragen keine eindeutige Antwort erhalten, aber zumindest konnte er ausschließen, dass der Mann ein Polizisten-Hasser war. Durant hatte ihn ruhig und methodisch auseinandergenommen, seine Abwehr professionell unterlaufen.

Hinterher unter der Dusche hatten sie kaum ein Wort gewechselt. Durant hatte sich wie üblich mit verschiedenen Ölen eingerieben und dabei Hake aus den Augenwinkeln betrachtet. Wahrscheinlich fragte er sich, was für einem merkwürdigen Beamten er da über den Weg gelaufen war. Ein Halbinvalide, der sich ohne mit der Wimper zu zucken in den Boxring begab, nur um Antworten auf ein paar Fragen zu bekommen.

Gerade, als Durant gehen wollte, hatte Hake sich ihm in den Weg gestellt. »Ich will noch mehr von Ihnen wissen«, hatte er gesagt. »Aber erst, wenn ich in dem Fall ein paar wasserdichte Informationen habe. Sind Sie bereit zu einem Revanche-Match?«

Durant hatte für einen Moment überrascht ausgesehen, dann aber genickt und sich an Hake vorbeigedrängt. »Wann immer Sie wollen«, hatte er gesagt und war durch die Tür verschwunden.

Als Hake ins Büro kam, saß Oskar Lidman gerade bei einer Tasse Kaffee.

»Sie sehen ja zum Fürchten aus«, meinte sein Kollege aufmunternd. »Na, was hat Branting gesagt?«

Hake fasste zusammen: »Anscheinend hat Durant schon eine Menge Strohmänner vermittelt. Außerdem hatte er im Laufe der Zeit seine Finger in einer ganzen Palette krummer Geschäfte. Socken-Leffe war Inhaber von drei Unternehmen.« Er schlug den Ordner auf. »Die Aktiengesellschaft *Keil Verwaltung*, die *Observandum AG* und die *Baltimore Kontrast AG*.«

Lidman kippelte mit seinem Stuhl hin und her. »Leffe wusste zu viel?«

»Auf jeden Fall.«

»Und wie passt Harry Stenman ins Bild?«

»Vielleicht war er der wirkliche Inhaber von einigen dieser Firmen oder sogar von allen. Er hat sich Geld geliehen. Ist doch möglich, dass er es in einen Betrügerring investiert hat, der auf Geschäfte mit Scheinfirmen spezialisiert ist.«

»Und Durant?«

»Ich kann noch nicht sagen, ob er der Drahtzieher ist oder ob jemand anders dahinter steckt.«

»Sie meinen also, er hat sowohl Leffe als auch Harry Stenman als Sündenböcke vorgeschoben, und als alles den Bach runterging, hat er sie entsorgt?«

Hake wusste darauf keine Antwort. Schließlich schlug er vor: »Stenman hat sich vielleicht mit den Russen zusammengetan, um Durant auszumanövrieren.«

Lidman schaute starr an die Decke. »Und die Brüder Hemmesta?«

»Sind bei dem Deal die Geldeintreiber, die Schlägertypen? Gefühlskalt, unerbittlich, hart wie Stein ...«

»Da gibt es nur eine Sache, die mich ganz furchtbar stört«, sagte Oskar Lidman.

»Ich weiß«, seufzte Hake und schnappte sich seinen Eisbeutel, um ihn auf das blaue Auge zu pressen.

»Ah ja?«

»Hmm, Sie meinen die Lebensversicherung.«

KAPITEL 17

Am Sonntag konnten Hake, Hanna und Siri endlich einen ganzen Tag zusammen verbringen. Hanna hatte nur einen kurzen Blick auf Hakes Gesicht geworfen, als er sie abholen kam, und ihn vorsichtig auf das geschwollene Auge geküsst. »Mein geliebter, heldenhafter Polizist«, hatte sie gesagt.

Zum Essen hatten sie sich das *Blaue Tor* im Djurgården ausgesucht, ein luftiges, familienfreundliches Restaurant nahe beim Vergnügungspark *Gröna Lund*. Davor hatten sie den Skansen-Zoo besucht, wo Siri eine Python streicheln durfte. Außerdem hatte sie eine Riesenspinne über ihre Hand krabbeln lassen und begeistert den herumtollenden Seehunden zugeschaut. Dabei hatte sie sogar ihren Groll gegen gute Schwimmer abgeschüttelt und wollte unbedingt gleich nach Hause, um in der Badewanne Seehund zu spielen. Nach dem Mittagessen waren sie im Freizeitpark *Astrid-Lindgren-Welt* gewesen und hatten Siris ganze Kinderhelden getroffen: Pippi, Madita und Michel aus Lönneberga. Bei der Busfahrt nach Hause machte Siri ein Nachmittagsschläfchen auf Hakes Knien, während Hanna gleichzeitig ihren Kopf an Hakes Schulter lehnte und die Augen schloss.

Hake betrachtete die Stadt, die an den Busfenstern vorüber glitt. Ein typischer Sonntag voller Spaziergänger und Familien mit Kindern. Die goldgelben Häuser des Insel-Stadtteils Skeppsholmen leuchteten zwischen den kahlen dunklen Bäumen hervor. Einige Minuten musste der Bus halten, um eine Demo für die Obdachlosen vorbeizulassen, aber es gab nur wenige Teilnehmer. Hake fragte sich, ob Socken-Leffe sich wohl so einer Demonstration angeschlossen hätte. Wahrscheinlich nicht, aber einige Betroffene waren mit dabei und gingen ganz hinten im Zug.

Hanna war aufgewacht und betrachtete ihn. »Hältst du Ausschau nach Übeltätern?«, fragte sie und tätschelte liebevoll seine Hand.

Bei Hannas Wohnung angekommen verbrachte er eine Stunde mit Siri im Badezimmer und bewunderte ihre Seehund-Kunststücke. Als sie zu Ende gespielt hatte, stand gerade das Essen auf dem Tisch – Roastbeef mit gebackenen Kartoffeln. Dann wollte sich Siri das Kinderprogramm im Fernsehen anschauen. Hake und Hanna nutzten die Zeit zum Abwaschen.

»Vorgestern habe ich dich beim Präsidium gesehen«, sagte er und trocknete einen Teller ab.

Hanna stand mit dem Rücken zu ihm, so dass er ihr Gesicht nicht erkennen konnte.

»Vorgestern?«

»Ja. Warst du mehr als einmal da?«

»Nein.«

»Dann solltest du dich wohl an den Zeitpunkt erinnern können.«

»Sicher, ich war bloß ein bisschen … verwirrt.«

Hake wartete und stellte den trockenen Teller in den Schrank.

»Ich habe einen Bekannten besucht.«

»Im Passamt?«

»Warum nicht? Darf man keine Bekannten im Passamt haben?«

»Doch natürlich, ich wusste nur nichts davon.«

»Wie schön zu erfahren, dass du nicht alles weißt«, sagte Hanna säuerlich.

»Ich glaube, du lügst mich an.«

»Tatsächlich. Und wieso?«

»Das frage ich mich auch.«

Sie reichte ihm den letzten Teller. »Ich habe einen Bekannten besucht. Wenn du mir nicht glaubst, benimmst du dich ziemlich daneben! Was denkst du dir eigentlich dabei?«

»Dasselbe könnte ich dich fragen. Was denkst du dir eigentlich, Hanna?«

Er spürte förmlich, wie alles außer Kontrolle geriet. Dieser ganze wunderbare Tag würde in einer Katastrophe enden, und er war Schuld daran. Aber er konnte nicht zurückrudern, wenn es um ein so ernstes Thema ging. Die Kunst des strategischen Rückzugs hatte er noch nie beherrscht. Hanna hatte einmal gesagt, er sei wie eine Bulldogge, die nicht losließ, bis sie die Knochen ihrer Beute knacken hörte. Sie behauptete, in einem Gespräch sei er taub für alles bis auf das knackende Geräusch.

»Hör jetzt auf«, warnte sie. »Das meine ich ernst.«

»Wie heißt dein Bekannter?«, fragte Hake.

Sie zog den Stöpsel aus der Spüle, nahm sein Handtuch und rieb sich die Hände trocken.

»Hast du meine Frage verstanden?«

»Glaubst du wirklich, darauf bekommst du eine Antwort?«

»Warum nicht?«

»Wenn du das nicht von selbst kapierst, dann hat es auch keinen Sinn, dir das zu erklären.« Sie ging aus der Küche.

Hake folgte ihr. »Wir sind an einem toten Punkt angelangt, Hanna. Sag doch bitte einfach, wer es war, und wir vergessen das Ganze.«

»So kannst du nicht mit mir umgehen, und das solltest du allmählich wissen.«

»Ach ja, wie gehe ich mit dir um?«

Hanna fuhr herum, und er konnte ihr ansehen, dass sie stinksauer war. »Du verhörst mich wie eine Angeklagte. Ich ertrage diesen ganzen Mist einfach nicht länger!«

»Du meinst den Teil von mir, der ein Bulle ist.«

»Nein, ich meine den Teil, der ein Idiot ist!«, schrie sie und verschwand ins Schlafzimmer.

Hake ließ nicht locker und folgte. Er hatte das Knacken noch nicht gehört, und die ganze Situation verärgerte ihn. Sein Gefühl sagte ihm, dass er mehr aus dem Gespräch herausholen sollte. Aber mehr würde er nicht bekommen. Als er ins Zimmer trat, sagte Hanna kalt, dass er jetzt nach Hause gehen könne.

»Verdammt noch mal, Hanna«, setzte Hake an. »Wir müssen doch wohl über alles miteinander reden können.«

»Wieso? Es gibt gewisse Werte wie Integrität und Respekt, die du gerade niedergetrampelt hast. Du hast eine Grenze überschritten, und ich will heute nichts mehr mit dir zu tun haben.«

»Heute?«

»Verschwinde einfach.«

Sie schlug ihm die Schlafzimmertür vor der Nase zu. Er hätte sie fast wieder aufgerissen, aber dann schien plötzlich alle Streitlust aus ihm heraus zu fließen, und in seinem Kopf hallte die Frage nach: Was denkst du dir eigentlich dabei?

Woher kam dieses Misstrauen, das ihn dazu trieb, auf keinen Fall locker zu lassen, wenn er jemanden verdächtigte, nicht die Wahrheit zu sagen? Er wusste, dass es um

Respekt ging. Und zwar um Selbstrespekt. Er wollte einfach nicht, dass man ihm direkt ins Gesicht log.

Er starrte auf sein eigenes Bild im Spiegel und stellte fest, dass er einfach lachhaft aussah: verschwollenes Gesicht, aufgeplatze Lippe, müde Augen und verzerrtes Lächeln. Wie ein Landstreicher. Am liebsten hätte er sich einfach aus der Wohnung geschleppt und draußen in den Rinnstein gelegt. Aber er riss sich zusammen, setzte sich noch kurz zu Siri und verabschiedete sich, bevor er ging.

Auf dem Nachhauseweg fühlte er sich verstimmt, und alles wirkte grau und trist. Die Hantverkargatan war schmutzig und vollkommen menschenleer, und das Landtagsgebäude sah aus wie ein Spukschloss. Die schwarzen Fensterhöhlen in der weißen Fassade wirkten wie Zahnlücken, die man dem Gebäude geschlagen hatte. Am Ende der Steigung stand ein 7-Eleven-Shop mit klinischer Atmosphäre und einer Kassentheke aus blankem Stahl, die im grellen Neonlicht glänzte. Als er in Richtung des Pontonjär-Parks weiterging, wisperten die massigen Bäume unglücksverheißend am nachtschwarzen Hang. Der Tag, der so perfekt begonnen hatte und dann genauso perfekt weitergegangen war, hatte in einer mittleren Katastrophe geendet. Natürlich hatte er sich Hanna gegenüber daneben benommen. Aber er hatte das nagende Gefühl, dennoch im Recht gewesen zu sein. Hanna hatte gelogen, was den Bekannten im Passamt anging.

Als er nach Hause kam, sah er den Anrufbeantworter blinken. Auf dem Band war Julia, die erzählte, sie habe die Nerze zur Kommune gebracht, ohne sie vorher mit der Krätze zu infizieren. Natürlich hatte sie bei den Veganern behauptet, sie habe sich an die Anweisungen gehalten. Nun war die Aktionsgruppe auf dem Weg zu einer anderen Nerzfarm in Östergötland, um die Tiere dort einzuschmuggeln. Sie selbst hatte nicht mitfahren müssen, weil sie sich mit einer leichten Krankheit entschuldigt hatte. Der letzte Satz auf dem Anrufbeantworter lautete: »Das ganze Haus ist jetzt also leer.« Damit hatte sie aufgelegt.

Hake sah auf die Uhr. Es war gerade neun. Okay, Schwesterchen, dachte er, ich hab schon verstanden. Er zog sich schnell um und wählte für den nächtlichen Ausflug eine Wetterjacke, schwarze Jeans und Strickmütze. Im Auto hatte er eine Taschenlampe und einen Werkzeugkasten. Zuletzt steckte er seine Dienstwaffe ein.

Er parkte das Auto bei einer Fichtengruppe ein paar hundert Meter entfernt vom Gebäude. Dann packte er die Taschenlampe und das nötige Werkzeug aus und schlich in geduckter Haltung zur Rückseite des Hauses. Tatsächlich schien alles leer zu sein, nirgends war die Außenbeleuchtung angeschaltet. Inzwischen war ein kräftiger Wind aufgekommen, und das laute Brausen in den Bäumen verschluckte den Klang seiner Schritte auf dem Schotterweg. Auf der Hausrückseite befand sich ein Kücheneingang, eine typische Holztür mit Milchglasfenster. Hake stellte die Tasche mit dem Werkzeug auf den Boden und holte einen Glasschneider und extrastarkes Klebeband heraus. Er schnitt einen Kreis in das Glas, befestigte das Klebeband oben an zwei Stellen und schlug das runde Stück Fensterscheibe heraus. Vorsichtig steckte er die Hand durch das Loch, um von innen die Tür zu öffnen.

Als er eintrat, schlug ihm der Geruch von Bohnen und Gewürzen entgegen. Er knipste die Lampe an und leuchtete die Küchenwände entlang. Auf einer Reihe von Borden standen Gläser mit getrockneten Pilzen, Marmelade und

Kompott. Blumentöpfe mit frischen Kräutern und Tomatenpflanzen waren über die Fensterbänke verteilt. Auf dem Spültisch thronte ein großer Abfallschredder und darunter ein Eimer für den Biomüll.

Er ging weiter ins Wohnzimmer und leuchtete die Treppe hoch, die zu Juris Zimmer führte. Dort würde er als erstes nach dem Video suchen, auf dem Julia zu sehen war. Als er sich etwas mühsam bis zur zweiten Etage hinaufgearbeitet hatte, erinnerte er sich plötzlich an den kranken Hund. Lautlos fluchend lugte er durch den Türspalt, und ganz richtig – gleich dahinter stand der Hund mit gefletschten Zähnen. Jetzt ließ das Tier ein kurzes Bellen hören, das in ein tiefes Knurren überging.

»Ist ja gut, Elina«, sagte Hake und schob die Tür auf.

Bei seinem letzten Besuch hatte er gesehen, dass Elina ein Labrador war und damit kein richtiger Wachhund. Er nahm an, dass hier in der Kommune recht viele unbekannte Leute hereingeschneit kamen und dass der Hund darauf trainiert war, nicht jeden sofort anzubellen. Als Elina ihren Namen hörte, beruhigte sie sich und wedelte mit dem Schwanz. Hake streichelte sie und sagte ein paar aufmunternde Worte, bis sie sich wieder zu ihren Welpen legte, die hinten im Raum auf einer Decke herumkrochen.

Hake ließ die Taschenlampe durch den Raum wandern und sah an der Längsseite gleich neben dem Bett einen Schrank stehen. Also zog er methodisch eine Schublade nach der anderen auf und leuchtete hinein. Innen fand er alles Mögliche, von russischen Münzen bis zu Kondomen. Aber keine Videokassette. Er bewegte seine Lampe weiter, bis er einen Fernseher entdeckte, der auf einem niedrigen Regalschränkchen platziert war. In den Fächern stand aufgereiht eine Sammlung Videos. Allerdings das falsche Format. Hake ging davon aus, dass er Kamera-Kassetten suchen musste, die ein bisschen kleiner waren.

Enttäuscht verließ er den Raum, ging ein paar Meter den Flur entlang und öffnete eine weitere Tür. Anscheinend hatte er Gustav Lövenhelms Zimmer gefunden, denn es roch nach Tabak und alten Büchern, und die Regalreihen an sämtlichen Wänden quollen über vor Büchern, Zeitschriften und Aktenordnern. Als erstes ging Hake zu dem Büroschreibtisch, um dort den Unterschrank zu durchsuchen. Die kleine Tür war abgeschlossen. Ohne lange zu überlegen nahm Hake einen Schraubenzieher und brach mit einem lauten Krachen das Schloss auf. Der Hund, der ihm gefolgt war, erschrak bei dem Geräusch und begann zu bellen. Hake befahl ihm, still zu sein, und zog die erste Schublade auf. Darin lagen eine Menge Papiere, die er herausnahm und schnell durchblätterte. Sie enthielten Forschungsberichte über Dickdarmkrebs und andere Krankheiten, die sich durch eine vegane Ernährungsweise vermeiden ließen. Als er die nächste Schublade öffnete, sah er mehrere kleinformatige Videokassetten. Er wollte sie gerade in die Tasche stecken, als plötzlich das Licht anging und ein Mädchen in der Tür stand, nur in T-Shirt und Slip. Er erkannte sie von seinem ersten Besuch wieder. Sie war eine der jungen Frauen, die damals Mitglied der Kommune werden wollten.

»Was zum Teufel machen Sie da?«, fragte das Mädchen. Sie wirkte völlig furchtlos.

Hake wusste, dass er aufgeflogen war, also konnte er genauso gut seine Einbruchsaktion zu Ende bringen. Ruhig verstaute er die Videofilme in seiner Werkzeugtasche. »Polizei«, sagte er mit Autorität.

»Sie haben wohl kaum das verfickte Recht hier einzubrechen und zu klauen«, fauchte das Mädchen.

Sie ging zum Telefon auf dem Schreibtisch und fing an, eine Nummer zu wählen. Hake zog ohne weitere Umstände den Stecker heraus. Jetzt erst flackerte eine gewisse Unsicherheit in ihrem Blick auf. Sie war es gewohnt, sich mit der Polizei auseinanderzusetzen und kannte ihre Rechte. Aber dieser kompakt gebaute Mann mit Kampfspuren im Gesicht und unbeweglichem Blick war etwas anderes.

»Wer sind Sie eigentlich?«, fragte sie lahm.

»Scheiß drauf. Wenn ich an deiner Stelle wäre, dann würde ich zusehen, dass ich verschwinde. Du hast exakt eine Chance.« Er trat einen Schritt näher und musterte sie mit kaltem Blick. »Deine Kommunenfreunde hängen tief in Erpressung drin, und das kann Gefängnis bis zu zwei Jahren bedeuten. Ich weiß genau, dass sie gerade jetzt auf dem Weg sind, noch ein paar Gesetzesbrüche mehr zu begehen.« Er sah ihr an, dass sie wusste, was die anderen trieben.

»Wenn die Gesellschaft zulässt, dass Tiere gequält und …«

»Klappe!«, befahl Hake. »Du bist genauso ein Teil dieser Gesellschaft wie ich, und im Übrigen solltest du intelligent genug sein, dich nicht auf Erpresserniveau runterziehen zu lassen.«

»Was für eine Erpressung?«

»Wenn die anderen dir das nicht erzählt haben, heißt es wohl, sie vertrauen dir nicht.«

»Gustav Lövenhelm ist ein angesehener Wissenschaftler, und ich bin sicher, er weiß, was für unsere Kommune das Beste ist.«

»Dann muss sich dein Hirn verabschiedet haben.« Hake zog den Reißverschluss seiner Tasche zu. »Geht es in einer Kommune nicht darum, ein unangepasster Mensch zu sein und sich von niemandem etwas befehlen zu lassen? Als Nächstes will er im Namen der Wissenschaft mit dir ins Bett, und dann weißt du nicht, wie du Nein sagen sollst.«

Sie zuckte zusammen, und er nahm an, dass seine Voraussage bereits eingetroffen war.

»Du hast die Wahl«, sagte er. »Verschwinde jetzt, und du hängst nicht in einer Polizeiermittlung drin. Oder du bleibst hier und erzählst alles brühwarm deinem Wissenschaftler, dann steckst du bald bis zum Hals in Lügen und Kriminalität.«

»Ich verrate niemanden, ich bin solidarisch!«, sagte sie beleidigt.

»Klar«, meinte Hake. »Du bist solidarisch, obwohl du hier schon Wochen wohnst und dir immer noch niemand erzählt hat, was eigentlich los ist. Im Krieg nannte man Leute wie dich Kanonenfutter. Geopfert für ein höheres Ziel.«

Hake marschierte die Treppe herunter. Das Mädchen stand wie angewurzelt und schaute ihm verwirrt hinterher. Er wusste nicht, ob sein Bluff funktioniert hatte. Außerdem wusste er nicht, wie er sein Verhalten verteidigen sollte, falls die Angelegenheit jemals vor Gericht kam. Er hatte gerade einen Einbruch begangen, einen eindeutigen Diebstahl. Mit anderen Worten, er war jetzt ein Gesetzesbrecher. Für eine gute Sache, aber genau das behaupteten schließlich auch die Veganer von ihren Aktionen.

Er ging in die nächtliche Dunkelheit hinaus und steuerte auf sein Auto zu. Um ihn herum sang der Wald sein windbrausendes Lied, die Wipfel neigten sich geschmeidig aufeinander zu, nur um im nächsten Moment wieder kerzengerade und einsam dazustehen. Als Hake den Motor anließ, rannte ein aufgescheuchter Hase davon, geriet eine Sekunde in den Lichtstrahl der Scheinwerfer und verschwand im freien Feld.

Als Hake um drei Uhr nachts in der Chapmansgatan ankam, stand vor dem Haus ein Polizeiwagen. Seine Laune sackte ins Bodenlose. Die selbsternannte Tierschützerin hatte bestimmt noch keine Zeit gehabt, ihn anzuzeigen, also folgerte er, dass schon wieder ein Mord begangen worden war. Die Kollegen warteten darauf, dass er nach Hause kam, um ihn zu informieren. Er hatte vor seiner Einbruchsaktion das Handy ausgeschaltet und noch keine Gelegenheit gehabt, die Mailbox auf Nachrichten abzuhören.

Hake schloss die Außentür auf und ging mit schleppenden Schritten zum Fahrstuhl, der gerade auf dem Weg nach unten war. Als die Kabine im Erdgeschoss hielt, kamen zwei Polizisten heraus, die er oberflächlich kannte. Sie führten zwischen sich einen volltrunkenen Lars Larsson-Varg. Mit seinem schwarzen Kaftan und dem schwarzen Seidenkäppi sah er aus wie ein Hohepriester. Direkt vor Hake blieb er stehen. »Du hättest mir helfen können, Axel«, sagte er anklagend.

Hake warf seinen Kollegen einen fragenden Blick zu. Hier stand er nun mit einer Tasche voller Diebesgut, während sein Nachbar abgeführt wurde. Dieser Gedanke brachte ihn nicht gerade dazu, sich besser zu fühlen.

»Er hat sich im Nationalmuseum auf der Toilette eingeschlossen«, erklärte der eine Beamte, und Hake erinnerte sich vage, dass sein Name Fridell war. »Nachdem das Museum geschlossen hatte, schlich er sich raus und war gerade auf dem Weg hoch zum Rembrandt-Saal, als er von einer Überwachungskamera entdeckt wurde und der Alarm losging. Der Wachdienst hat sofort seine Leute hingeschickt, aber Herr Larsson-Varg konnte durch ein Kellerfenster aus dem Gebäude entkommen. Später hat ihn der Museumsvorsteher identifiziert, als er die Aufnahmen der Überwachungskamera zu sehen bekam. Also sind wir hergefahren und haben ihn abgeholt.« Fridell zuckte mit den Schultern. »Er hat kaum Widerstand geleistet. Hatte ein paar alte Boxhandschuhe übergestreift. Um uns nicht unnötig zu verletzten, wie er sagte.« Er verzog das Gesicht. »Aber sobald wir uns näherten, hat er sofort aufgegeben.«

»Immer mal was Neues«, sagte Hake zu seinem Nachbarn. »Tätlicher Angriff auf einen Staatsbeamten. Das ist ein ziemlich ernstes Vergehen.«

»Ich wollte nur ein paar Fingerabdrücke von der *Verschwörung der Bataver*«, sagte Larsson-Varg schicksalsergeben. »Du hast mich im Stich gelassen, Axel, und das weißt du auch.«

»Ich kann doch nicht einfach die Gesetze brechen, Lars, nicht einmal für einen Freund.«

»Kannst du nicht?«, fragte Larsson-Varg mit einem durchdringenden Blick.

Hake war gezwungen, die Augen abzuwenden.

»Eben«, sagte sein Nachbar triumphierend. »Eben.«

Die Beamten brachten ihn zum Polizeiwagen, und Hake nahm den Fahrstuhl zu seiner Wohnung. Erst jetzt spürte er, wie erschöpft er war. Drinnen im Eingangsflur stellte er die Tasche ab und ließ Jacke und Strickmütze einfach auf den Boden fallen. Die Stiefel folgten im Schlafzimmer, doch den Rest der Kleidung hatte er noch immer an, als er ins Bett fiel und einschlief.

KAPITEL 18

Es war noch früh am Morgen, als Lövenhelm und Juri vor Julia Hakes Tür standen. Sie hatte kaum geöffnet, da drängten sie sich schon ohne ein Wort an ihr vorbei und begannen das Haus zu durchsuchen. Von der Nerz-Aktion waren sie verdreckt und hatten übernächtigte, gerötete Augen. Als Julia fragte, was sie da trieben, warf Juri ihr nur einen beleidigten Blick zu. Also kochte sie sich einen Kaffee und las ihre Morgenzeitung. Nach einer Weile kamen die beiden aus der oberen Etage herunter, und Lövenhelm setzte sich ihr gegenüber.

»Also war dein Bruder allein bei seinem nächtlichen Besuch.« Er durchbohrte sie mit Blicken, und seine Augen waren intensiv, fast hypnotisch auf ihr Gesicht geheftet.

Julia schaute seelenruhig zurück. »Ich habe keine Ahnung, wovon du redest.«

»Oh doch, das weißt du genau. Ich dachte, du wärst auf unserer Seite, Julia. Ich dachte, du willst dich für gequälte Tiere einsetzen.«

»Stimmt, und das weißt du auch. Genau das tue ich schließlich jeden Tag in meinem Beruf.«

Für einen Augenblick wirkte Lövenhelm verunsichert. Früher hatte er Julia kaum bemerkt und sie nur als ein praktisches Werkzeug für seine Zwecke betrachtet. Jetzt wurde ihm klar, dass er es mit einer starken, furchtlosen

Frau zu tun hatte. »Grüß deinen Bruder und sag ihm, ich werde diesen Einbruch nicht einfach hinnehmen.« Er stand auf.

»Das musst du ihm schon selbst sagen«, meinte Julia. »Im Übrigen denke ich, du solltest um Entschuldigung bitten, weil du hier hereingestürmt bist und angefangen hast, meine Sachen zu durchwühlen.«

Juri stand in der offenen Tür und spießte sie mit Blicken auf. »So redet niemand mit Gustav«, sagte er hart.

»Leck mich doch!«, meinte Julia und stand ebenfalls auf. »Und jetzt verschwindet, bevor ich richtig sauer werde.«

Juri glaubte, nicht richtig gehört zu haben. »Du stellst dich einfach hin und sagst …«

»Was sage ich, du kleiner Arschkriecher?« In ihren Meeraugen gewitterte es. »Vielleicht, dass ihr mich hintergangen habt, mir in den Rücken gefallen seid und mich wie ein Stück Scheiße behandelt habt? Dass ihr mit meinen Gefühlen gespielt und mich erpresst habt? Ist es das, was ich sage?«

»Beruhig dich doch«, sagte Juri.

»Hat dein Guru dich hergeschickt, um mich zu verführen, damit ich euch bei euren Aktionen unterstütze?«

»Darauf brauchst du nicht zu antworten, Juri«, befahl Lövenhelm. »Wir gehen jetzt.«

»Richtig, lauf deinem Herrchen hinterher«, sagte Julia verächtlich. »Guter Hund, braver Hund!«

Juri ballte die Fäuste. Sein Stolz hatte eine kräftige Schramme abbekommen, und er stürzte zornbebend aus dem Raum.

Lövenhelm drehte sich in der Tür noch einmal um. »Diese zwei Nerze heute Nacht … die waren doch infiziert?«

»Das Leben ist voller Überraschungen«, sagte Julia.

»Richtig«, meinte Lövenhelm gefährlich kühl. »Das Leben ist voller Überraschungen ...«

Axel Hake schaute sich die Videos bei der Arbeit an. Von der ganzen Befreiungsaktion war nur ein einziger Teil gefilmt worden, nämlich der Moment, als Julias Gesicht sichtbar war, während die anderen nicht zu erkennen waren. Ansonsten gab es auf den Bändern nur eine Menge Referate von Gustav Lövenhelm, die während einer Vortragsreise durch Schweden aufgenommen worden waren. Hake stellte fest, dass die Videos für ihn keinen Wert hatten, denn vor Gericht konnten sie nicht verwendet werden. Abgesehen davon, dass sie gestohlen und damit als Beweismaterial ungültig waren, sah man auf den Bildern schließlich nur seine Schwester. Hake hätte gerne gewusst, ob Lövenhelm genau darauf spekulierte.

Jetzt kam gerade Oskar Lidman herein, und gleichzeitig läutete das Telefon. Am anderen Ende war Lizzi Hammarlund. Sie hatte etwas zu berichten.

Das Foto war gestochen scharf. Direkt unter der Västerbrücke stand eine Frau und starrte auf das ausgebrannte Wrack des Overland Express. Sie trug eine Art Trenchcoat aus Kunstfasern mit einem Gürtel um die Taille, der ihre magere Gestalt betonte. Ihr Gesicht wirkte frühzeitig gealtert, aber Hake schätzte dennoch, dass sie kaum über dreißig war.

»Wann haben Sie das aufgenommen?«, fragte er.

Lizzi Hammarlund saß in ihrem Rollstuhl, elegant geschminkt wie immer. Heute trug sie dazu ein Designerkleid, ein kleines Schwarzes von Chanel. Hake erkannte die Marke wieder.

»Vorgestern.«

Lidman nahm das Foto und studierte es konzentriert. »Da hinten am Brückenpfeiler steht ein Fahrrad. Das gehört vermutlich ihr.«

Fräulein Hammarlund warf ihm einen anerkennenden Blick zu. »Stimmt«, sagte sie und legte ein zweites Bild auf den Tisch. Darauf radelte die Frau vom Tatort weg.

»Also wohnt sie ziemlich in der Nähe«, folgerte Lidman.

»Wo haben Sie nur diese Perle gefunden, Kommissar?«, fragte die zierliche Gestalt im Rollstuhl.

Lidman betrachtete das kindliche Persönchen, das in einer Hand eine Zigarette hielt und in der anderen ein Glas mit giftgrüner Flüssigkeit. »Ich bin nicht Hakes Perle, ich bin sein Blindenhund«, ging er auf das Spiel ein.

Sie lachte fröhlich. »Vielleicht haben Sie Lust, später vorbeizukommen und mich zu besuchen. Ohne diesen blinden Trampel, den Sie hinter sich herschleppen.«

»Vielleicht«, sagte Lidman.

Möglicherweise hätte er es sogar auf einen Versuch ankommen lassen, denn sie faszinierte ihn ganz ohne Zweifel. Da er nicht den geringsten Wert auf Äußerlichkeiten legte, störte es ihn nicht, dass sie kleinwüchsig war. Das einzige Hindernis war ihre Beinverletzung. Sie konnte damit nicht tanzen, und für Lidman war diese Tatsache ausschlaggebend.

»Wonach sieht sie aus?«, unterbrach Hake den Flirt und hielt ihnen das Foto vor die Nase. »Beruf? Einkommen?«

Fräulein Hammarlund riss ihren Blick von Lidman los und schaute stattdessen auf das Bild. »Wie ein Alki frisch von der Flasche«, urteilte sie.

»Denken Sie, das ist die Frau, mit der Leffe manchmal zusammen war?«

»Sie hat da gestanden und getrauert«, sagte sie mit ihrem vorpubertären Stimmchen, »sehr lange. Darum hatte ich überhaupt genug Zeit, die Kamera zu holen und sie abzulichten. Zwischendurch hat sie sich ständig die Lippen geleckt, wie es Leute mit einem Höllendurst tun. Entweder trinkt sie oder sie hat es noch bis vor kurzem getan, darauf können Sie Gift nehmen.« Sie führte vor, wie die Frau sich mit der Zunge über die Lippen gefahren war, und schaute dabei mit verheißungsvollem Blick auf Lidman. Der Polizist konnte seinen Blick nicht von ihrem Mund wenden.

»Tja, dann wissen wir immerhin, wo wir anfangen können«, sagte Hake und steckte die Fotografie ein.

»Beim Sozialamt?«, fragte sie.

»Beim nächsten staatlichen Alkohol-Shop. Jedenfalls, wenn sie wirklich hier in der Gegend wohnt.«

Beim Systembolag in der Rosenlundgatan landete er gleich einen Treffer, als er das Foto vorzeigte.

»Das ist Pia«, sagte die Verkaufsassistentin.

»Kennen Sie auch ihren Nachnamen?«

»Warum? Hat sie Schwierigkeiten?«

»Nein. Also, der Nachname?«

»Hier nennen wir sie nur Pia Aperitif oder kurz Pia Tif, weil sie immer nur Aperitifweine kauft. Billigmarken natürlich.«

»Das heißt, Sie wissen nicht, wie ihr echter Nachname lautet?«

»Nein.«

»Vielleicht wissen Sie, wo sie wohnt?«

Die Verkaufsassistentin schüttelte den Kopf. »Aber sie hockt immer beim *Fünfer*, wo unsere ganzen Dauerurlauber sitzen und ihre Sozialhilfe verbraten.«

Hake und Lidman bedankten sich und gingen um die Ecke zum *Fünfer*, einem Lokal im klassischen Bierklitschen-Stil. Als sie durch die Tür kamen, entdeckten sie Pia sofort. Sie saß mit ein paar zweifelhaften Typen und einer älteren Frau am Fenster. Hake ging zu ihr und fragte, ob sie kurz miteinander reden könnten.

Nachdem sie die beiden Polizisten von oben bis unten gemustert hatte, sagte sie mit einem Seufzer: »Haltet mir den Platz frei, Jungs!«, und folgte den Kripobeamten aus dem Lokal.

Sie setzten sich in Hakes Citroën, der in der Nähe geparkt war. Pia hatte ein scharfes, schmales Gesicht mit Augen so blau wie Blaubeeren. Die Haare hatte sie mit einem Hornkamm aufgesteckt, unter dem Kunstfaser-Mantel trug sie Jeans und Pulli. Ihre Finger waren lang und mit billigem Schmuck gespickt. Auf dem Ringfinger steckte ein enormer Reif aus grünem Glas und auf dem Mittelfinger ein Totenkopf.

»Es geht um Leffe«, sagte Hake, als sie alle saßen.

Pia nickte mit Trauer im Blick.

»Wer könnte ihn ermordet haben?«

»Keine Ahnung.«

»Aber Sie kannten ihn doch ziemlich gut, oder?«

»Ich kannte ihn schon eine Weile vom Sehen, aber erst Anfang Sommer sind wir … sind wir ein Paar geworden. Was er vorher gemacht hat, kann ich nicht sagen.«

»Hat er nie erwähnt, dass er sich bedroht fühlte oder meinte, jemand sei hinter ihm her?«

Ein kurzes Lächeln blitzte über ihr Gesicht. »Alle Trinker fühlen sich bedroht«, sagte sie. »Typischer Verfolgungswahn. Oft stimmt es sogar, schließlich schaffen sie es immer irgendwie, ihr Leben zu verbocken.«

»Das gilt auch für Leffe?«

»Ich weiß nur, dass alles ganz gut lief, als er noch im Wohnheim lebte. Er hatte seinen Alltag im Griff, ich übrigens auch, aber diesen Sommer bekam er plötzlich Panik. Davon hat er zwar nie was gesagt, aber er begann eine Wahnsinnsmenge zu trinken. Ich kam mit seinen Rückfällen nicht zurecht und verließ ihn. Gleichzeitig wurde er aus dem Heim geschmissen. Also versuchte er, ein paar Tage bei mir unterzukommen, aber ich wollte keinen Vollblutsäufer als Mitbewohner. Stattdessen zog er in den Bus. Da lief anscheinend alles ganz gut, bis jetzt im September, als er plötzlich wieder das große Flattern kriegte. Seitdem war es schwer, mit ihm klarzukommen. Manchmal riss er sich zusammen, war rasiert und sah vernünftig aus. In diesen Phasen besuchte er mich in meinem Zimmer oder wir trafen uns hier im *Fünfer*. Sind Sie übrigens Axel Hake?«

»Ja, wieso?«

»Er hat mir erzählt, dass Sie bei ihm vorbeigekommen sind. Ich hatte den Eindruck, dass er sich bei Ihnen melden wollte. Aber dann zog er doch wieder den Schwanz ein und meinte, das würde sich nicht lohnen. Er hatte einen ziemlichen Hass auf die Bullen. Sagte, sie hätten ihn einmal zu oft in der Ausnüchterungszelle aufgemischt.«

»Sie wissen nicht, was er von mir wollte?«

Sie schüttelte den Kopf und erklärte: »Wir hatten eine Art Übereinkunft. Hatten abgemacht, dass wir uns nicht gegenseitig mit einer Menge Müll und Elend belasten wollten. Also haben wir in der Zeit, die wir zusammen waren, unsere privaten Probleme draußen gehalten.«

»Und das hat funktioniert?«

»Ganz toll«, sagte sie ironisch. »Er wurde ja schließlich gegrillt.«

»Gab es jemanden anders, dem er sich anvertrauen konnte?«

»In letzter Zeit war er ziemlich einsam. Mit seiner wilden Sauferei hat er sich unmöglich gemacht, alle anderen abgeschreckt. Ich meine, jeder kann mal tief in der Scheiße landen, aber das war schon eine ziemlich verzweifelte Tour, die er da abzog.«

»Aber Sie mochten ihn trotzdem«, stellte Hake fest.

Ihr Blick hellte sich auf, und sie nickte. »Im Grunde war er ein feiner Kerl. Vor fünfzehn Jahren hat er in einer Rockband gespielt, und ich war oft bei den Konzerten. Die *Paramounts*. Leffe war der Leadsänger und der coolste Typ in der ganzen Stadt, fand ich damals.«

Hake hatte den Bandnamen noch nie gehört. »Kennen Sie Danne Durant?«, fragte er.

»Ich weiß, wer das ist«, sagte Pia mit einer Grimasse.

»Was denken Sie von ihm?«

»Er ist ein ganz schmieriger Typ«, sagte sie nach kurzem Überlegen. »Glatt wie ein Aal.«

»Ich habe Leffe überrascht, als er bei der *Laura* herumschlich. Er war in heller Panik, dass ich ihn an Durant verraten könnte.«

Pia lächelte grimmig. »Wahrscheinlich wollte er Schnaps von Durant klauen.«

»Glauben Sie, Durant könnte den Bus angezündet und Leffe umgebracht haben?«

»Nur wenn der Bus für eine Riesensumme versichert war«, sagte sie nachdenklich.

Im Büro hängten sie Pias Bild zwischen die übrigen an die Wandtafel. Lidman besorgte Kaffee, und Hake schlürfte widerwillig die pechschwarze Brühe in sich hinein.

»Socken-Leffe hat also etwas gehört oder gesehen oder gewusst, das ihm eine Riesenangst eingejagt hat«, begann Lidman und ließ sich auf seinen Lieblingsstuhl fallen.

»Er beginnt zu trinken«, setzte Hake fort. »Und zwar so extrem, dass er aus dem Wohnheim rausgeworfen wird und in den weißen Bus umzieht. Da kommt er eine Weile ganz gut zurecht, bis wieder der Verfolgungswahn mit ihm durchgeht und sein Verstand eine Weile im Land der Schatten verschwindet. Diesen letzten Rückfall hat er zu dem Zeitpunkt, als Harry Stenman erschlagen wird. Die Frage ist also: Hatte Leffes erste Panikattacke vielleicht schon mit dem Mord zu tun? Oder haben diese beiden Ereignisse überhaupt keine Beziehung zueinander?«

»Ich glaube, das hängt alles zusammen«, sagte Lidman fest. »Auch wenn Stenman zu diesem Zeitpunkt noch am Leben war.«

»Und was ist mit der enormen Versicherung für den Bus?«

»Zwei Fliegen mit einer Klappe«, urteilte Lidman. »Leffe wird zum Schweigen gebracht, und Durant kassiert die Prämie.«

»Immer diese verdammten Versicherungen«, knurrte Hake.

»Wollen Sie, dass ich Ulla Stenman wieder beschatte?«

»Rick hat ihr bestimmt erzählt, dass wir sie überwacht haben. Wir müssen sie von einer anderen Seite unter Beschuss nehmen.«

»Was meinen Sie, ist Rick ihr Liebhaber?«

Hake zuckte nur mit den Schultern.

»Ich glaube das jedenfalls«, meinte Lidman.

»Okay, aber trotzdem will mir das Bild nicht in den Kopf, wie sie ihren Ehemann umbringt und dann den Bus abbrennt. Das passt einfach nicht.«

»Natürlich kann Rick ihr die Arbeit abgenommen haben«, sagte Lidman leicht irritiert. Für ihn klang diese Theorie ziemlich überzeugend.

»Damit würde er ein verdammt hohes Risiko eingehen … und das alles nur für eine Frau. Vielleicht hat sie ihn bald satt, und dann steht er da, ohne einen Cent und mit zwei Morden auf dem Gewissen.«

»Manche Menschen haben schon für unendlich viel weniger ihre Existenz aufs Spiel gesetzt, Hake«, sagte sein Kollege düster.

Am Vormittag des nächsten Tages klingelte das Telefon. Hake wusste sofort, dass er die Stimme gut kannte, aber sein Gehirn weigerte sich, den Namen auszuspucken. Der Gedanke war einfach zu unwahrscheinlich. Nach ein paar Standardphrasen rief er verblüfft: »Tobisson!«

Genau, in der Leitung war Tobias Tobisson, der aus dem Koma aufgewacht war und mit seinem Chef sprechen wollte. Hake scheuchte Lidman in seinen Citroën und brauste Richtung Krankenhaus Danderyd, mit kurzem Stopp bei einem Blumenladen, um einen gewaltigen Strauß zu kaufen.

Ihre Stimmung sank, als sie Tobisson noch immer an eine Vielzahl Apparate angeschlossen fanden, umgeben von langen Schläuchen. Er lag mit geschlossenen Augen. Aber sobald sie ein paar Schritte in den Raum gekommen waren, begannen seine Lider zu zucken und dann schlug er die Augen auf. Er sah sie an und fragte als erstes: »Ist der Fall gelöst?« Als sie nur den Kopf schüttelten, lächelte er schwach. »Amateure. Ohne mich seid ihr doch völlig aufgeschmissen.«

Hake stellte die Blumen in eine Vase aus rostfreiem Stahl

und ging auf das Bett zu. Er konnte sehen, dass die Blutergüsse in Tobissons Gesicht und auf den Armen inzwischen eher gelb als blauschwarz waren und der Genesungsprozess begonnen hatte. »Wie fühlen Sie sich?«, fragte er.

Tobisson schloss einen Moment die Augen und atmete stoßweise. »Ziemlich schlecht«, meinte er. »Ständige Kopfschmerzen und Übelkeit. Bevor ich mein Frühstück auf euch spucke, wollte ich nur sagen, dass ich mich an ein wichtiges Detail vom Überfall erinnere. Ich habe den Mistkerl gebissen, der mit der Eisenstange auf mich losging.«

»War es nur einer oder mehrere?«

»Weiß ich nicht genau. Ich hatte das Gefühl, dass noch jemand innen hinter der Tür stand. Aber vielleicht war das nur ein Spiegelbild, oder ich habe angefangen doppelt zu sehen …«

Er verstummte und wurde grün im Gesicht. Hake klingelte nach der Krankenschwester, die nur einen kurzen Blick auf den Patienten warf und sofort die beiden Polizisten aus dem Zimmer jagte.

»Ich habe den Scheißkerl gebissen, so fest ich konnte«, war das Letzte, was sie Tobisson sagen hörten, bevor ihn die Kräfte verließen und seine Augenlider wieder zusanken.

Hake war erleichtert, die Krankenhausatmosphäre hinter sich zu lassen. Als sie draußen standen, atmete er eine ganze Weile tief die Herbstluft ein. Er blickte Lidman an. »Glauben Sie diese Geschichte?«

Lidman zögerte kurz, aber dann nickte er. »So was bildet man sich nicht ein. Außerdem hatte er Blut im Mund, und die Ärzte konnten nicht sagen, wo es herkam.«

Sie forderten zwei zusätzliche Kollegen an, bevor sie zum Sommerhaus der Brüder Hemmesta fuhren. Hake wollte kein Risiko eingehen. Inzwischen hatte es schon zu dämmern begonnen, und das Holzgebäude war in leichten Nebel gehüllt. Einige Vögel, die noch nicht nach Süden gezogen waren, sangen einsam von den Ästen des Kirschbaumes weiter hinten am Gartenweg. Die Beamten stiegen aus dem Auto und folgten dem Pfad bis zum Haus. Hake ging an die Tür und klopfte, aber diesmal rief er gleichzeitig, hier sei Kommissar Hake von der Kripo, um seinen Besuch anzukündigen.

Nach einer Weile wurde die Tür einen Spaltbreit geöffnet. Göran Hemmesta schaute heraus und ließ seinen Blick über Lidman und die zwei anderen Polizisten gleiten. »Worum geht es diesmal?«, fragte er mit seinem schwer verständlichen Dialekt.

»Ist Nils auch zu Hause?«

Göran warf ihm einen berechnenden Blick zu. »Warum?«

»Wir wollen mit Ihnen beiden reden.«

Göran musterte noch einmal abschätzig die zwei groß gewachsenen Polizisten, die Hakes Leibgarde bildeten.

»Ich bin hier«, sagte Nils direkt hinter ihnen. Er stand breitbeinig, wiegte sich ein wenig auf den Zehen und hielt einen Baseballschläger in der Hand. Als er Hakes Blick auffing, grinste er dreckig. »Sie haben also Verstärkung mitgebracht?«

»Ja, für den Fall, dass es sich als notwenig erweist«, meinte Hake.

Nils fasste sich ans Ohrläppchen, und Göran öffnete die Tür ein Stück weiter. »Dann ist es wohl am besten, wenn Sie reinkommen«, sagte er.

Sie gingen alle zusammen in die Wohnstube und machten es sich mehr oder weniger bequem. Die beiden Polizisten hatten sich an die Tür gestellt und die Arme über der Brust verschränkt.

»Es ist Zeit, dass das aufhört«, sagte Nils, als sie sich gesetzt hatten. »Es gefällt uns nicht, wenn Sie hier einfach so auftauchen. Das ist provozierend und kann gefährlich werden – für Sie.«

»Inwiefern?«, fragte Lidman unschuldig.

Nils würdigte ihn kaum eines Blickes. »Sie haben wohl Ihren Hofnarren mitgebracht«, meinte er.

»Tobisson konnte nicht kommen«, sagte Hake ruhig. Er studierte den Gesichtausdruck der beiden. Sie verzogen keine Miene. »Er liegt im Krankenhaus Danderyd.«

»Wieso das? Hat ihn seine Frau geschlagen?«

Sie brachen beide in lautes Lachen aus, und Göran konnte gar nicht wieder aufhören.

Hake beugte sich blitzschnell vor und packte ihn am Arm. Vor Überraschung wirkte Göran einige Sekunden wie gelähmt, und Hake konnte seinen Hemdärmel hochziehen, so dass der Unterarm sichtbar wurde.

»Was zum Teufel machen Sie da?«, brüllte Göran.

Nils sprang auf die Füße, aber Hake drückte ihm seinen Stock gegen die Brust. »Setzen Sie sich. Ich meine es ernst.«

Eine ganze Weile zögerte Nils zu gehorchen, aber dann setzte er sich tatsächlich. Etwas an Hakes Tonfall hatte ihn aus der Fassung gebracht.

Der Kommissar wandte sich wieder Göran zu. »Krempeln Sie den anderen Ärmel hoch«, befahl er.

»Sie können mich am Arsch …«

Noch einmal beugte sich Hake überraschend nach vorne und zog den zweiten Ärmel nach oben. Mit einer ungeduldigen Bewegung, als hätte er es mit einem widerspenstigen Kind zu tun. Göran ließ es geschehen. Nils atmete schwer, eine Ader pochte auf seiner Stirn, und die steingrauen Augen hatten sich fast schwarz gefärbt.

Hake untersuchte Görans Unterarm. Bissspuren waren nicht zu sehen. Er drehte sich zu Nils um. »Ich möchte, dass Sie dasselbe tun. Zeigen Sie mir Ihre Unterarme.«

»Das können Sie vergessen«, meinte Nils, der einen Teil seiner ungenierten Selbstsicherheit zurückgewonnen hatte.

»Dann müssen wir Sie festnehmen«, sagte Hake. »Wie gesagt, ich meine es ernst. Das hier ist kein Spiel und nichts zum Lachen. Ein Polizist liegt im Krankenhaus und kämpft um sein Leben. Er wurde zusammengeschlagen und zwar mit einer Metallstange oder einem Baseballschläger.«

Die beiden Polizeibeamten an der Tür machten einen Schritt nach vorne.

Hake schaute unbewegt auf Nils. »Wenn Sie mit dem Überfall nichts zu tun haben, dann zeigen Sie mir Ihre Unterarme, und alles ist Friede, Freude, Eierkuchen.«

»Wir waren das nicht«, protestierte Nils. »Und warum wollen Sie unbedingt, dass ich mich für Sie ausziehe? Sind Sie pervers?«

»Tun Sie es einfach«, sagte Hake.

Nils warf einen fragenden Blick auf Göran, der gerade seine Ärmel wieder herunterstreifte. »Den Ärger ist es nicht wert«, meinte Göran.

Nils' Blick flackerte ein letztes Mal zu allen Seiten, dann rollte er die Manschette hoch. »Falls Sie nach Nadeleinstichen suchen, kann ich Ihnen gleich sagen, dass wir uns mit so was nicht abgeben.«

Hake untersuchte die Haut und fand auch hier keine Bissspuren. Er stand auf. »Dann vielen Dank für Ihre Mitarbeit«, sagte er freundlich. Mit einem Blick auf Nils fügte er hinzu: »Hat doch gar nicht wehgetan.«

»Sie verdammter … Sie …«

»Ja?«

»Sie halbe Portion«, zischte Nils verächtlich und starrte auf Hakes steifes Bein.

Stille breitete sich im Raum aus. Zwischen Lidman und den anderen Polizisten wurden Blicke gewechselt, Nils trat einen Schritt auf Hake zu, und Göran richtete sich zu seiner vollen Größe auf. Man konnte das unregelmäßige Knacken in der Heizung hören und entfernt im Haus das dumpfe Brummgeräusch einer Pumpanlage.

Hake wiegte sich auf seinem Stock hin und her und hatte ein geistesabwesendes Lächeln auf den Lippen. »Ein Idiot hat mich ins Knie geschossen, seitdem habe ich dieses kleine Problem«, sagte er sanft. Er ließ seinen Blick über Nils Hemmesta gleiten und fügte hinzu. »Er ist tot.« Mit einem weiteren Schritt baute er sich dicht vor dem Ex-Legionär auf. »Gehen Sie mir aus dem Weg. Oder wollten Sie noch etwas sagen?«

Sie standen sich gegenüber, in einer Entfernung von vielleicht einem Dutzend Zentimetern. Nils hatte einen guten Blick auf Hakes Gesicht. Die Spuren des Boxkampfes waren deutlich zu erkennen, auch wenn die Schwellung nachgelassen hatte und nur noch ein gelbgrüner Schatten unter dem Auge zu sehen war.

Der Ex-Legionär fürchtete niemanden. Er war bedroht und beschossen worden und hatte schon so viele Schlägereien hinter sich, dass er sich an die einzelnen gar nicht mehr erinnerte. Er hatte sich noch nie gefürchtet. Aber dieser Bulle mit seiner soliden Stärke verunsicherte ihn. Hier war ein Mensch von einer Sorte, mit der er sich nicht auskannte. Irritiert suchte er erneut den Blick seines Bruders.

Göran schüttelte den Kopf. »Nils, das ist den Ärger nicht wert.«

Da trat Nils Hemmesta plötzlich einen Schritt zur Seite und ließ Hake vorbei. Aber gerade, als der Kommissar durch die Tür treten wollte, legte der Ex-Legionär seine Hand auf den Türrahmen und versperrte ihm erneut den Weg. »Sie können uns wenigstens sagen, warum wir unsere Arme zeigen sollten.«

»Tobisson hat einen der Täter gebissen.«

»Mich beißt keiner«, grinste Nils.

Sein Handgelenk war nur ein paar Zentimeter von Hakes Gesicht entfernt. »Da sollten Sie nicht allzu sicher sein«, meinte der Kommissar und schob behutsam den Arm vom Türrahmen weg.

KAPITEL 19

»Puh«, stöhnte Oskar Lidman, als sie im Auto saßen, und fuhr sich mit den Fingern unter den Hemdkragen, der ihm plötzlich zu eng erschien. Obwohl sie zu viert waren, konnte er nicht sagen, wie bei einem gewaltsamen Zusammenstoß ihre Chancen gestanden hätten. Die beiden Kollegen auf der Rückbank wirkten auch ziemlich erleichtert.

Hake war in seine eigenen Gedanken versunken. Er hatte das Gefühl, in etwas hineingeraten zu sein, über das er die Kontrolle verloren hatte. Als ihn die Brüder herausforderten, war sein Bulldoggen-Instinkt erwacht, und er hatte nicht mehr loslassen können. Nicht, bevor er das Knacken gehört hatte. Glücklicherweise war alles gut ausgegangen, aber im Nachhinein fand er, dass er sich unprofessionell benommen hatte.

»Die Hemmestas waren es nicht«, stellte er fest.

»Sie meinen, die beiden haben Tobisson nicht angegriffen?«

»Ich meine, sie haben Stenman und Leffe Alderson nicht ermordet. Natürlich sind sie gewalttätig, aber sie würden nie jemanden in einem Bus einschließen und verbrennen, das ist einfach nicht ihr Stil. Die beiden suchen die Konfrontation, sie brauchen den Kampf wie die Luft zum Atmen. Auf keinen Fall würden sie sich hinterrücks anschleichen.«

»Aber Harry Stenman können sie trotzdem ermordet haben. Aldersons Tod ist vielleicht eine andere Geschichte.«

»Nein, das hängt alles zusammen«, meinte Hake. »Da bin ich ganz sicher.« Er lehnte den Kopf an das kalte Seitenfenster. Im Moment fühlte er sich unendlich müde und außerdem flau im Magen. Die Anspannung hatte ihn ausgebrannt. Er sehnte sich nach einem heißen Bad. Stattdessen holte er pflichtbewusst sein Handy heraus und wählte die Nummer der Kriminaltechnik. »Sandstedt? Hallo, Axel Hake. Wissen Sie vielleicht noch, ob man Bissspuren auf Leffe Aldersons Armen sehen konnte? Die waren verkohlt? Ja, weiß ich, aber vielleicht gibt es trotzdem eine Methode … Was für eine Methode das sein soll?« Hake kam sich ziemlich albern vor. »Ja, keine Ahnung, das war nur ein Schuss ins Blaue. Danke für die Auskunft. Tschüs.«

Er drückte den Aus-Knopf. Lidman warf ihm einen ungläubigen Blick zu. »Denken Sie wirklich, Leffe hat Tobisson niedergeschlagen?«

»Alles ist möglich«, meinte Hake vage.

»Dieser Säufer?«

»Als er mir sein Bajonett ins Kreuz gedrückt hat, haben seine Hände kein bisschen gezittert. Der Himmel weiß, was ein verzweifelter Mensch alles gegen Bezahlung tut.«

Am Empfangstresen des Polizeipräsidiums lag eine Mitteilung, dass Seymour Rilke ihn sehen wollte. Also musste er sich wohl oder übel zum Büro seines Chefs schleppen und wie gewöhnlich zehn Minuten warten, ehe er vorgelassen wurde.

Rilke bat ihn sich zu setzten und schaute ihn mit einem kleinen Lächeln an. »Wie kommen Sie mit den Ermittlungen voran?«, fragte er. Er hatte die Handflächen aneinandergelegt, als wolle er seine Fingerlänge messen.

»Wir beißen uns durch«, sagte Hake. »Sie bekommen den neuesten Bericht so schnell es geht.«

»Mit anderen Worten, Sie kommen *schlecht* voran.«

»Seit wir Tobisson verloren haben, geht natürlich alles viel langsamer.«

»Aber das ist nicht das einzige Problem, hm?«

Er sagte das in einem so unschuldigen Tonfall, dass Hake sofort Probleme witterte. Welches Ass würde Rilke als nächstes aus dem Ärmel ziehen?

»Ich weiß nicht, wovon Sie sprechen«, meinte er.

»Der Fall kommt nicht voran, weil Sie gleichzeitig mit anderen Dingen beschäftigt sind. Sie konzentrieren sich nicht genug auf Ihre Aufgabe.«

»Natürlich tue ich das. Ich sitze den ganzen Tag nur an dieser Ermittlung.«

»Den Tag vielleicht, aber nicht die Nacht.« Er nahm ein paar Papiere vom Schreibtisch. »Ein Doktor Lövenhelm hat Sie angezeigt. Er beschuldigt Sie eines schweren Dienstvergehens. Sie sind in sein Wohnhaus eingebrochen und haben Videobänder gestohlen, die enorm wichtig für seine Arbeit sind. In seiner Anzeige schreibt er, dass ein Teil des Filmmaterials Ihre Schwester betrifft. Der Doktor hatte schon lange den Verdacht, dass Ihre Schwester an gesetzeswidrigen Handlungen beteiligt ist, unter anderem an der Befreiung von Nerzen. Um einen Beweis zu haben, hat er eine solche Aktion gefilmt. Diesen Beweis haben Sie nun offenbar gestohlen.«

Hake saß stocksteif auf seinem Stuhl. Wie befürchtet hatte Gustav Lövenhelm also gewusst, dass Hake die Videos nicht gegen ihn verwenden konnte. Schließlich würde er dadurch Julia in den Schlamassel hineinziehen. »Gustav Lövenhelm ist ein Lügner und ein Scharlatan«, sagte Hake.

»Er ist ein sehr angesehener Wissenschaftler und ein Experte für Tierschutzfragen. Im Übrigen ist er nicht der einzige, der gegen Sie Anzeige erstattet hat. Eine junge Frau namens Maja Salander sagt aus, dass sie während des Einbruchs von Ihnen bedroht wurde.« Rilke ließ die Papiere sinken. »Herrgott, in was für einem moralischen Sumpf stecken Sie eigentlich, Hake?«

»In einer Morduntersuchung.«

»Also, *da* kann ich Sie nicht mehr gebrauchen«, sagte Rilke nicht ohne einen gewissen Triumph. »Mein Vertrauen zu Ihnen ist restlos erdschöpft.«

»Mit anderen Worten, wenn ich Anzeige gegen Sie erstatte unter Vorspiegelung falscher Tatsachen, dann werden Sie augenblicklich Ihrer Pflichten enthoben, bis die interne Ermittlung beginnt?«

»Das ist nicht dasselbe.«

Hake stand auf. »Sonst noch was?«

»Ich habe Kommissar Bolinder gebeten, für Sie zu übernehmen«, sagte Rilke. »Er bekommt Lidman als Inspektor und noch ein paar Leute dazu. Jetzt werden wir Fahrt in die Sache bringen. Schließlich geht es um einen Doppelmord, und der Fall hat höchste Priorität – wie Ihnen bekannt ist.«

Hake glaubte, ein Glitzern in Rilkes Augen zu sehen. »Sie kleiner Scheißer«, sagte er.

»Was?«

»Sie … halbe Portion!« Er hinkte aus dem Raum und schlug die Tür krachend hinter sich zu.

Als Axel Hake aus dem Präsidium trat, fühlte er sich seltsam ruhig. Ein kurzer Nachmittagsschauer hatte die Stadt rein gewaschen, und er schien die Umgebung plötzlich mit neuen

Augen zu sehen. Als habe er im Auto die Scheibenwischer angestellt und könne jetzt plötzlich erkennen, wohin er eigentlich unterwegs war.

Lidman war vor Wut völlig außer sich gewesen, als Hake aus dem Chefbüro zurückkam. Er wetterte nicht etwa gegen Rilke, sondern gegen ihn. »Was glauben Sie eigentlich, womit Sie rumpfuschen?«, hatte er hervorgestoßen. »Ein gottverdammter Einbruch?«

»Lidman, es ging um einen Erpressungsversuch«, sagte Hake und sammelte seine Habseligkeiten aus dem Büro zusammen. Für die nächsten drei Wochen bis zum Beginn der Ermittlungen war er suspendiert und wollte nicht, dass seine Sachen hier herumlagen, wenn Bolinder den Mordfall übernahm. Viel brauchte er nicht einzupacken, einen Laptop und einen Ordner mit allgemeinen Gedanken zur inneren Logik von Verbrechen. Natürlich würde er alles hier stehen lassen, was mit dem Fall selbst zu tun hatte, aber diese paar Dinge betrachtete er als Privateigentum.

Lidman folgte ihm mit Blicken. »Was werden Sie jetzt tun?«, fragte er zuletzt.

Hake zuckte mit den Schultern. Das wusste er selbst noch nicht genau.

»Vielleicht sollten Sie die Zeit nutzen und Ihr Knie operieren lassen«, schlug Lidman vor.

»Die Chancen stehen sechzig zu vierzig, dass ich mein Bein nach einer Operation gar nicht mehr bewegen kann. Mit so hohem Einsatz spiele ich nicht.«

Lidman beobachtete ihn stumm, während er seine Sachen einpackte. Gerade, als Hake gehen wollte, sagte sein Kollege lächelnd: »Sie werden den Fall nicht aufgeben, richtig?«

Hake sparte sich eine Antwort.

Er kam aus dem Präsidium in einen wunderschönen Herbsttag. Auf dem Weg nach Hause nahm er die Strecke an Hannas Wohnung vorbei. Seit sie das letzte Mal so explosiv zusammengerauscht waren, hatten sie nur ein paarmal telefoniert, und Hanna hatte zögernd und distanziert geklungen. Er hatte vor, zu ihr hochzugehen und um Entschuldigung zu bitten. Dann wollte er sagen, dass er die nächsten Wochen frei hatte und endlich mehr Zeit mit der Familie verbringen konnte.

Als er klingelte und niemand öffnete, benutzte er seinen eigenen Schlüssel. In der Wohnung war es stickig. Durch die großen Fenster, die in Richtung der Kungsholmer Kirche wiesen, hatte den ganzen Tag die Sonne hinein geschienen, und niemand hatte gelüftet. Hake öffnete eines der Fenster, und ein frischer Luftzug strömte in den Raum. Eine Weile stand er im warmen Nachmittagslicht und genoss einfach nur das Gefühl der Sonne auf seiner Haut. So sollte das Leben sein, dachte er.

Er hatte Lust auf ein Glas Wein und holte eine Flasche aus dem Regalständer. Auf der Suche nach einem Korkenzieher öffnete er eine Küchenschublade nach der anderen. Dabei blieb sein Blick an etwas hängen. Ein braunes Kuvert vom Passamt. Das Herz schlug ihm bis zum Hals, als er den Brief öffnete. Innen fand er die behördliche Antwort auf eine Anfrage von Hanna Sergel. Nein, für Kinder galten bei einer Reise nach Frankreich keine besonderen Passbestimmungen, seitdem Schweden Mitglied der EU geworden war. Nein, wenn beide Elternteile das Sorgerecht hatten, dann reichte nicht die Unterschrift der Mutter, um mit einem Kind nach Frankreich auszuwandern.

Hake fühlte kalten Schweiß seinen Rücken hinunterlaufen. Die ganze Küche schien sich um ihn zu drehen, und er musste sich an der Spüle festhalten, um nicht in die Knie zu sacken. Das war es also: Hanna hatte vor, nach Frankreich zu ziehen, vermutlich nach Paris. Und sie hatte offenbar *nicht* vor, mit ihm darüber zu sprechen. Das konnte einfach nicht wahr sein. Das war völlig unbegreiflich. Was in aller Welt dachte sie sich dabei? Woher nahm sie die verdammte Frechheit … Er wurde von Minute zu Minute wütender. Mit zusammengekniffenen Lippen steckte er den Brief zurück, schloss krachend die Schublade, stellte die Weinflasche an ihren ursprünglichen Platz und klappte das Fenster zu. Er wollte Hanna nicht wissen lassen, dass er in der Wohnung gewesen war. Jetzt musste er nur raus, bevor er in der Enge erstickte. Nachdenken. Er musste nachdenken.

Wie gehetzt lief er die Treppen hinunter. Ausgerechnet in diesem Moment sah er Hanna und Siri durch die Vordertür kommen. Er blieb stocksteif im Treppenhaus stehen. Die beiden nahmen grundsätzlich den Fahrstuhl und würden ihn hier nicht entdecken. Von seinem Platz aus hatte er sie genau im Blick. Hanna hielt Siri an der Hand, fröhlich lächelten sie sich an und lachten. Hake fand, dass Hannas Lächeln falsch wirkte, dass ihr breiter Mund mit den vollen Lippen einen grausamen Zug besaß. Als sie ihre Tochter hochhob, damit Siri den Fahrstuhlknopf drücken konnte, sah er an jeder ihrer Bewegungen etwas Künstliches. Übertrieben mütterlich und liebevoll. Die beiden verschwanden in der Kabine und fuhren nach oben. Hake ließ sich schwer auf die Steinstufen fallen und starrte vor sich hin.

Julia hatte ihren Landrover hinter der Anhöhe geparkt, an der das Gelände der Veganerkommune begann. Mit einiger Mühe war sie auf die Spitze des Hügels geklettert und hatte dort stundenlang mit einem Fernglas gesessen, verborgen hinter einer Kieferngruppe, und den Hof beobachtet. Viel war in dieser Zeit nicht passiert. Einmal war jemand aus dem Gebäude gekommen, zum VW-Bus gegangen und hatte etwas verstaut. Ein Unbekannter, nicht Juri. Und dann plötzlich, eine halbe Stunde später, war die Tür aufgegangen, und der ganze Trupp war zusammen herausmarschiert gekommen. Durch ihr Fernglas hatte Julia sehen können, dass Juri diesmal dabei war. Er räkelte sich wie eine Katze, die man aus ihrem Schlaf am Ofen geweckt hat. Gustav Lövenhelm legte den Arm um seine Schultern und schüttelte ihn leicht, als sie auf den VW-Bus zugingen.

Beim Wagen angekommen begann Lövenhelm eine Rede zu halten. Julia konnte sehen, wie die Kommunenmitglieder mit gesenkten Köpfen um ihn herumstanden und den Instruktionen ihres Anführers lauschten. Nach einem gemeinsamen Nicken kletterten sie durch die Rücktür in den Kleinbus. Gustav Lövenhelm setzte sich ans Steuer und fuhr los.

Als der VW um die Wegbiegung verschwunden war, schlitterte Julia so schnell sie konnte die Rückseite des Hügels hinunter und landete mit einem Plumps auf dem lehmigen Seitenstreifen, wo sie ihr Auto abgestellt hatte. Sie wartete gut zehn Minuten, bevor sie den Wagen anließ und auf den Hof der großen, gelben Holzvilla fuhr. Mit ihrer Tasche voller Veterinärausrüstung ging sie zur Tür und klingelte. Nach kurzer Zeit öffnete Maja Salander. Sie sah etwas verblüfft aus.

»Vor ein paar Minuten sind alle weggefahren«, sagte das Mädchen. »Im Moment ist niemand da.«

»Macht nichts«, meinte Julia und schob sich an ihr vorbei.

Unsicher meinte Maja: »Ich weiß nicht, ob die anderen dich hier haben wollen.«

»Warum sollten sie nicht?«

»Na ja, schließlich ist dein Bruder hier eingebrochen, und dann hattest du wohl auch Ärger mit Juri …«

»Was mein Bruder treibt, geht mich nichts an. Das ist allein seine Sache. Und das andere war nur so ein kleiner Streit unter Verliebten«, sagte sie leichthin. Sie durchquerte den Raum und ging die Treppe hinauf.

»Was hast du vor?«, fragte das Mädchen misstrauisch.

»Himmel, was glaubst denn du?« Julia schaute mit strenger Miene von oben auf Maja hinunter.

»Ich … ich weiß nicht.«

»Mein Beruf ist Tierärztin, ja? Das heißt, ich bin verantwortlich für Tiergesundheit und Tierschutz, ja? Und das sollte dir doch wohl wichtig sein. Oder bist du nur in die Kommune gekommen, um Sex zu haben?«

Maja wurde knallrot. »Du hast nicht das Recht …«

»Jetzt hör mal zu. Ich bin verantwortlich für Elina und ihre Welpen. Das hier ist mein Arbeitsdistrikt. Von Anfang an war ich diejenige, die sich um Elina gekümmert hat, und damit werde ich nicht aufhören, nur weil ihr hier irgendwelchen Blödsinn treibt.«

Maja Salander sank ein bisschen in sich zusammen. Aber als Julia in Juris Zimmer ging, wo der Hund mit den Welpen lag, folgte ihr das Mädchen wie ein Schatten.

»Trotzdem ist es wohl besser, ich rufe Gustav auf seinem Handy an«, meinte sie aus der Türöffnung.

»Du dumme Kuh«, schimpfte Julia, die am Ende ihrer Geduld war, »brauchst du immer einen Leitstier, dem du nachlaufen kannst?«

»Er hat gesagt, ich soll ihn anrufen, wenn irgendwas Komisches passiert, während er weg ist.«

»Was soll denn hier verdammt noch mal komisch sein?

Die Welpen brauchen ihre Impfungen, und es ist meine Pflicht, dass sie die rechtzeitig bekommen. Sind dir die Kleinen eigentlich egal?«

»Natürlich nicht!«

»Dann geh jetzt runter, setzt einen großen Kessel Wasser auf und ruf mich, wenn es kocht. Oder willst du hier nur rumstehen, statt zu helfen?«

»Natürlich will ich helfen.« Sie eilte aus dem Zimmer und die Treppe hinunter.

Julia ging vorsichtig zur Tür und öffnete sie ein Stück. Von unten konnte sie deutliche Küchengeräusche hören. Schnell marschierte sie durch den Raum, schob Juris Bett zur Seite und fand ganz in der Ecke ein loses Stück Dielenboden. Einmal hatte sie beobachtet, wie Juri dort in einem Versteck gekramt hatte, als er glaubte, sie würde schlafen. Sie nahm ein Messer und hebelte den Parkettstreifen hoch. Die Öffnung darunter war nicht sehr groß, aber bis zum eigentlichen Etagenboden war genug Abstand, um im Zwischenraum eine Menge Kleinkram verstauen zu können. Sie holte ein Bündel Geldscheine heraus, das aus einer ansehnlichen Summe US-Dollars bestand. Darauf folgte ein Adressbuch voll mit Namen aus der ganzen Welt und mit Adressen von Kommunen und Aktionsgruppen. Als Letztes fand sie das, wonach sie eigentlich gesucht hatte: einen Ausweis. Alles andere legte sie wieder zurück, aber den Pass behielt sie. Danach fügte sie die Holzbohle wieder ein und schob das Bett an seinen Platz.

Sie ging zu den Hunden und klopfte ihnen liebevoll das Fell. Leise sagte sie: »Ihr habt ja eure Spritzen schon vor ein paar Wochen bekommen. Keine Angst, mehr braucht ihr nicht.«

Nach einer Weile brachte Maja Salander einen großen

Kochtopf mit heißem Wasser nach oben. Sie strahlte vor Stolz. Vielleicht hat die Kleine ein neues Alpha-Tier gefunden, dachte Julia.

Laut sagte sie: »Du kannst den Topf da rüber stellen und die Welpen mit Seife waschen. Ich habe sie schon geimpft, aber jetzt müssen sie gesäubert werden. Du kannst eins von den Handtüchern benutzen.«

Maja tat wie befohlen. Währenddessen gab Julia vor, in ihrem veterinärmedizinischen Krankenjournal Eintragungen zu machen. Unauffällig beobachtete sie das Mädchen, das konzentriert einen Welpen nach dem anderen wusch. Naja, ein bisschen Sauberkeit tut ihnen ganz gut, dachte Julia und klappte den Ordner zu.

Axel Hake hatte eine ganze Stunde im Treppenhaus gesessen, bevor er nach Hause ging, eine Flasche Wein leer trank und auf dem Sofa wegsackte. Bereits um fünf Uhr früh wachte er wieder auf. Er hatte einen bleiernen Geschmack im Mund, und seine Augenlider wollten sich kaum öffnen. Da er genau wusste, dass er Untätigkeit jetzt nicht aushielt, fuhr er mit dem Auto zu Rick Stenmans Adresse. Der junge Mann wohnte ebenfalls in Södermalm, in der Nähe des Tantolunden-Parks. Die Reihe riesiger, bogenförmiger Gebäude boten eine schöne Aussicht über das Mälarengebiet und die Wälder von Årsta.

Ungefähr um acht kam Rick heraus und setzte sich in sein Auto, einen Mazda. Er fuhr auf den Ringsvägen, und Hake folgte in vorsichtigem Abstand. Sie kamen an der Sporthalle Eriksdal vorbei, überquerten die Götagatan und fuhren in Richtung Södermannagatan. Aber bevor sie dort ankamen, machte Rick einen Schwenk zurück auf die gegenüberliegende Spur und fuhr kurz darauf bei Auto-Harry vor. Er parkte, öffnete die Garagenhalle mit einem eigenen Schlüssel und ging hinein.

Hake stellte etwas verblüfft seinen Wagen ab. War die Autofirma denn nicht verkauft worden? Er blieb sitzen und wartete. Nach einer Weile tauchte ein Taxi auf, aus dem Maxim Olgakow stieg. Er besaß ebenfalls einen eigenen Schlüssel und verschwand in der Garage.

Hake nutzte die Gelegenheit, um seinen Beobachtungsposten kurz zu verlassen und sich ein paar Brötchen, Käse und Tomaten zu kaufen. Dann ging er zurück zu seinem Wagen und vertrieb sich die Zeit mit einem einsamen Frühstück.

Um Mittag herum kamen Olgakow und Rick zusammen aus der Firma, stiegen in den Mazda und fuhren davon. Hake folgte ihnen dicht auf den Fersen. Bei der Folkungagatan setzte Rick seinen Passagier ab und steuerte dann weiter Richtung Katarinavägen. Sein nächster Stopp war der stillgelegte Berglift beim Fähranleger. Dort wartete eine junge Frau auf ihn, die bisher in den Ermittlungen noch nicht aufgetaucht war. Sie war in Ricks Alter, hatte kurz geschnittenes Haar und einen schicken Mantel.

Die beiden fuhren zusammen weiter. Im Slussen-Kreisverkehr nahmen sie die Ausfahrt zur Hornsgatan in Richtung des Maria-Platzes. Hake vermutete, dass sie zu Ulla Stenman wollten. Aber Rick bog an der Bastugatan nicht ab, sondern fuhr noch ein Stück geradeaus und hielt vor einem Restaurant. Hake hatte Glück und erwischte den Parkplatz gleich dahinter. Nachdem die beiden durch die Tür verschwunden waren, saß Hake noch eine Weile herum und überlegte, was er als nächstes tun sollte. Dann wurde die Neugier zu stark. Er stieg aus und näherte sich vorsichtig dem Restaurant, ging an den großen Fensterscheiben vorbei und warf einen Blick hinein. Zu seiner Erleichterung saß Rick mit dem Rücken zur Scheibe. Hake blieb vor der Tür stehen und tat so, als würde er die draußen angeschlagene Speisekarte lesen, während er in die Gaststube schaute. Rick saß über den Tisch gelehnt und hielt die Hand der jungen Frau, die ihn verliebt ansah. Er beugte sich noch ein Stück weiter vor und küsste sie sanft, dann ließ er sich wieder zurücksinken. Die Frau lächelte ihn an und strich ihm über die Wange.

Hake kehrte zu seinem Auto zurück. Die beiden benahmen sich wie zwei Turteltäubchen. Ihr Interesse füreinander war offenbar echt und nicht gespielt. Hake ließ sich in seinen Citroën fallen und schloss die Augen. Der viele Wein gestern Abend hatte einen faden Nachgeschmack in seinem Mund hinterlassen, und sein Knie schmerzte vom langen Stillsitzen.

Also war Rick nicht der Liebhaber von Ulla Stenman. Hake musste nach jemand anderem Ausschau halten. Aber nach wem? Er startete den Wagen und fuhr los, und im selben Moment wusste er, wen er fragen konnte.

KAPITEL 20

Als Hake die Stufen zum Boxclub hinunterstieg, hatte er sich noch nicht genau zurechtgelegt, wie er vorgehen würde. Nun gut, sagte er sich, Improvisation ist alles.

Danne Durant hatte nicht besonders überrascht geklungen, als Hake ihn anrief, um ein Treffen zu vereinbaren. »Wenn Sie noch ein paar aufs Auge haben wollen, sind Sie jederzeit willkommen«, hatte er nur gesagt.

Jetzt stand Durant im Boxring an den Seilen und war dabei, Aufwärmgymnastik zu treiben. Kniebeugen, Stretching und ein bisschen Schattenboxen. Hake hatte seinen Zahnschutz und Kleidung zum Wechseln mitgebracht. Mit Shorts, T-Shirt, Joggingschuhen und einem Paar notdürftig festgeknoteter Handschuhe ging er auf den Boxring zu. Durant betrachtete die Ausrüstung mit einem amüsierten Blick und beobachtete Hake mit einem leisen Lächeln, als dieser auf ihn zukam. Erst als der Kommissar in den Ring stieg, wurde er wieder ernst. Als letzte Vorbereitung rollte er den Kopf in den Nacken, lockerte und streckte die Schultern.

»Sie sind der Mann, mit dem Ulla Stenman ein Verhältnis hat, richtig?«, fragte Hake übergangslos. »Der Mann, der sich durch den versteckten Eingang ins Haus schleicht, um sie zu besuchen.« Er stellte sich in die Mitte des Rings.

Durant kam ihm entgegen und hob die behandschuhten

Fäuste. »Wo haben Sie diese Idee her?« Genau wie beim letzten Mal begann er Hake zu umkreisen.

»Wir haben unsere Quellen«, sagte Hake kryptisch.

Durant schlug nicht in Kopfrichtung, sondern hatte die Taktik gewechselt und zielte auf den Körper. Sein erster Schlag traf direkt unter die Rippen und war sofort zu fühlen. Hake nahm an, dass sein Gegner ihn durch Treffer im Bereich des Oberkörpers mürbe machen wollte, bevor er aufs Gesicht zu zielen begann.

»Einen Dreck wisst ihr«, meinte Durant und ließ eine Schlagserie folgen, die Hake nur zur Hälfte abblocken konnte. Zwei Hiebe landeten auf seinem Solarplexus und ließen ihn nach Luft schnappen. Er konterte, indem er in einer Doublette zweimal nach Durants Gesicht schlug, aber sein Gegner wich elegant aus und wurde nicht getroffen. Noch immer stand Hake schwerfällig mitten im Ring. Er wollte nicht riskieren, dass sein Knie wieder versagte. Beim nächsten Angriff konnte er eine Linke auf Durants Wange platzieren, aber dafür musste er selbst einen harten Treffer auf die linke Körperseite einstecken, der ihm die Luft aus den Lungen trieb. Durant nutzte diesen Vorteil nicht aus. Offensichtlich wollte er den Kampf möglichst lang und schmerzhaft gestalten, bis zur unausweichlichen Niederlage.

Hake kam wieder zu Atem. »Sie und die Witwe«, keuchte er, »und eine Lebensversicherung über zwei Millionen Kronen.«

Mit einer schnellen Bewegung kam Durant auf ihn zu und versuchte eine Doublette, die Hake blockierte. Sie standen in Nahkampfstellung, ihre Gesichter befanden sich nur einige Zentimeter voneinander entfernt, so dass Hake den Atem seines Gegners spüren konnte.

»Red war mein Freund«, knurrte Durant und schlug

Hake brutal in den Bauch. »Wir haben zusammen geboxt, genau hier in diesem Club.«

Als der nächste Schlag folgte, wurde Hake klar, dass er Distanz brauchte, denn die harten Treffer kosteten ihn schon jetzt zu viel Kraft. Er stieß seinen Gegner nach hinten, aber Durant kam zurück wie von einem Gummiband gezogen und traf den Kommissar zweimal an der Kopfseite. Hake schwankte, doch er verlor nicht das Gleichgewicht. Er atmete heftig mit offenem Mund.

»Außerdem war er im Boxen ein Könner und nicht wie Sie mit Ihrem beschissenen Lästermaul in absolut jämmerlicher Form«, fauchte Durant.

Er holte zu einem wütenden Schlag aus, der im Bogen von der Seite kam und eher zu einer Kneipenprügelei gepasst hätte. Hake konnte halbwegs ausweichen, aber Durants Faust erwischte doch mit brutaler Kraft seine Kinnspitze. Er wich zurück in die Seile. Durant schnitt ihm den Weg ab und deckte ihn mit einem Hagel von Schlägen ein.

»Sie riechen nach Angst, nach Feigling und Säufer, genau wie Socken-Leffe und seine Kumpanen.«

Hake versuchte sich zu decken, aber er war nicht schnell genug. Er pendelte, ohne den Schlägen ausweichen zu können. »Harry hat wohl auch zur Flasche gegriffen«, keuchte er und konnte die Worte kaum noch herausbringen. Die Luft schien einfach nicht auszureichen.

»Manchmal. Aber er hat sich in Form gehalten. Genau wie ich.«

Zwei Schläge trafen Hake ins Gesicht, und er spürte, wie Blut aus seiner Nase zu laufen begann. »Klar«, schnaufte er. »Sie beide waren ein Herz und eine Seele. Und jetzt, wo er tot ist, übernehmen Sie seine Frau.«

Durants Blick wurde bösartig. Er antwortete mit zwei

Haken, von denen der erste das Gesicht des Kommissars traf. Sofort hatte Hake das Gefühl, dass sich der ganze Raum um ihn zu drehen begann, aber er konnte dennoch den zweiten Hieb mit seiner Linken abfangen. Auf diesen Moment hatte er gewartet. Er riss den gesamten Körper schwungvoll herum und endete die Schraubenbewegung mit seinem patentierten Schlag, dem berühmten Schwinger, der direkt auf Durants Schläfe landete. Sein Gegner stoppte mitten im Angriff, und sein Blick wurde glasig. Eine Sekunde später gaben seine Beine nach, und er stürzte wie ein gefällter Baum auf das Segeltuch. Dort lag er völlig regungslos.

Hake zog schnell den einen Boxhandschuh aus und beugte sich herunter, um den Zahnschutz aus Durants Mund zu nehmen, damit der Mann atmen konnte. Dann setzte er sich gemütlich auf den Stuhl in der Ringecke und sah zu, während Durant wieder zu sich kam. Das dauerte seine Zeit.

Zuerst schlug Durant mühsam die Augen auf. Dann versuchte er sich zu orientieren. Hake wusste, dass die Übelkeit bald folgen würde. Sein Gegner setzte sich auf, versuchte auf die Beine zu kommen, aber fiel schon zur Seite, bevor er die Füße ganz auf dem Boden hatte. Mit leicht verwirrtem Blick betrachtete er Hake und wollte gerade etwas sagen, als der Brechreiz einsetzte. So schnell er konnte, hastete er aus dem Ring und in die Toilette.

Hake ging in den Umkleideraum und begann seine Straßenkleidung anzuziehen. Da er noch zur Schwimmhalle wollte, verzichtete er auf eine Dusche. Ein bisschen später kam Durant aus der Toilettenkabine und setzte sich neben Hake auf die Bank. Er ließ leicht den Kopf hängen.

»Das glaube ich einfach nicht«, murmelte er matt. »Wo zum Teufel haben Sie diesen Schlag gelernt?«

»Genau hier in diesem Club«, sagte Hake. »Von einem Finnen.«

»Sie haben die ganze Zeit abgewartet, um mich auszuknocken?«

»Zuerst wollte ich ein paar Informationen haben, bevor ich Ihnen das Licht ausblase.«

»Und? Haben Sie die bekommen?«

Hake sah ihn ausdruckslos an. »Vielleicht«, sagte er.

Mit langsamen Zügen durchquerte Hake das Schwimmbassin und genoss in vollen Zügen das Gefühl, vom Wasser umschlossen und getragen zu werden, schwerelos zu sein. Nach ein paar abschließenden Bahnen Delphin ging er in die Sauna.

Sein Gesicht war diesmal weniger lädiert. Das Nasenbluten hatte bereits aufgehört, und die Schwellungen auf der Wange sahen nicht allzu dramatisch aus. Dagegen war der übrige Körper wesentlich stärker mitgenommen. Hake fühlte sich windelweich geklopft. Es wurde nicht gerade besser, als er aus dem Bassin stieg, der schwerelose Zustand endete und sein Körper wieder Normalgewicht bekam.

Mit einem Mineralwasser in der Hand lehnte er den Kopf an die Holzpaneele der Sauna und dachte über Durant und Ulla Stenman nach. Über Rick und Leffe und Olgakow. Über die Brüder Hemmesta. Er hatte das Gefühl, dass sich ein Muster abzuzeichnen begann, aber er war nicht sicher. Erst brauchte er noch einige weitere Puzzlestücke, um ein vollständiges Bild des Geschehens zu erhalten. Allerdings wurde die Zeit knapp, und er hatte keinen Zugang zu polizeiinternen Informationen mehr. Nachdem er sich abgeduscht hatte, fühlte er sich etwas besser. Bedächtig kleidete er sich an und dachte, dass es nicht mehr lange dauern konnte, bis die Stunde der Wahrheit schlug. In vielerlei Hinsicht.

Als erstes begann er mit Hanna. Sie sah ein bisschen überrascht aus, als sie ihn in die Wohnung ließ. Zu seiner Erleichterung war sie allein, Siri befand sich noch im Hort. Er betrachtete Hanna aufmerksam, während sie in der Küche stand und Kaffee kochte. Sie trug ein schwarzes Shirt und schwarze Jeans, und er konnte sehen, dass sie in letzter Zeit ziemlich abgemagert war. Das Haar war im Nacken zu einem Knoten aufgesteckt, der von einer Glasspange gehalten wurde. Ihr Gesicht war womöglich noch blasser als sonst, und ihre Hand schien leicht zu zittern, während sie den Kaffee in zwei Tassen goss.

Sie merkte, dass er sie beobachtete. Unwirsch fragte sie: »Hast du genug gestarrt?«, und reichte ihm die eine Tasse.

»Du siehst schön aus«, sagte er.

Sie verzog das Gesicht zu einer Grimasse.

»Du bist alles, was ich mir wünsche. Alles, was ich will.«

Jetzt hob sie die Augenbrauen.

»Du bist die Frau, mit der ich zusammen sein will, mit der ich lachen und lieben und unser Kind aufziehen will.«

»Das hast du schön gesagt.«

Er nickte ernst. Ihre Blicke trafen sich, und die hellen Augen bohrten sich forschend in seine.

»Aber?«, meinte sie.

»Kein Aber. Das war nur eine Feststellung.«

Sie nippte am Kaffee und schaute ihn über den Rand der Tasse abwartend an.

»Also kannst du nicht einfach mit Siri ins Ausland verschwinden.«

Ihr Körper versteifte sich, und sie musste sich auf die

Spüle stützen. Wie in Zeitlupe stellte sie die Tasse ab. Das Licht sickerte durchs Fenster und legte sich wie ein Glorienschein um ihr braunes Haar. Sie sah aus wie ein gefallener Engel.

»Glaubst du wirklich, so etwas würde ich tun?«

»Ich weiß es nicht. Eigentlich weiß ich überhaupt nichts über deine Pläne.«

Sie zögerte, aber dann nickte sie. »Du bist eben Polizist, da nehme ich an, dass du ein bisschen herumspioniert hast.«

Hake trank seinen Kaffee. Das Getränk war noch immer siedend heiß, aber er fühlte kaum, wie er sich daran die Zunge verbrannte.

»Bei mir läuft es schon eine Weile nicht besonders gut, Axel«, erklärte sie. »Ich habe das Gefühl, dass ich beruflich nicht vorankomme. Der schwedische Markt ist anscheinend gesättigt. Natürlich bekomme ich mal hier und da einen Auftrag, aber eine echte Herausforderung gab es schon lange nicht mehr. Jetzt im Sommer bekam ich ein Angebot von einer Pariser Firma, das vielversprechend klang. Nur war die Bedingung, dass ich meinen Arbeitsplatz in die Nähe verlege, um erreichbar zu sein.«

»Also hast du angefangen, dich über Paris zu informieren – mit meinen Büchern?«

»Ich brauchte mehr Fakten. Erst einmal wollte ich wissen, wie das Leben in Paris so ist, ob man dort ein Kind aufziehen kann …«

»Und das konntest du mir nicht erzählen?«

»Es war ja noch nichts entschieden, das Ganze war noch in der Schwebe.« Ihr Blick wurde bitter. »Im Übrigen warst du die letzten Monate nicht gerade zugänglich. Alles hat sich nur um deinen Job gedreht!«

»Für mich sieht es so aus, als ob du hinter meinem Rücken gehandelt hast.«

»Axel, ich hätte natürlich mit dir geredet, wenn sich etwas Wichtiges ergeben hätte.«

»Hat es das etwa nicht?«

»Nein, nicht bis zu diesem Zeitpunkt.«

»Was soll denn das heißen?«

»Ich weiß einfach nicht länger, was ich will.«

Sie trat zu ihm und nahm seine Hand. Einen Moment wollte er die Finger zurückziehen, so stark war noch immer das Gefühl der Fremdheit, doch dann ließ er es bleiben.

»Axel. Ich liebe dich. Ich liebe Siri. All diese wunderschönen Worte, die du vorhin über mich gesagt hast … ich könnte dir dasselbe sagen. Aber ich bin nicht glücklich mit meinem Leben, so wie es jetzt ist.«

»Und in Paris wärst du glücklicher?« Er hörte selber, wie verbittert er klang.

»Ich weiß es nicht.«

»Wann wirst du es denn wissen?«

»Wie soll ich plötzlich einen Zeitpunkt festlegen? Das geht einfach nicht.«

»Ich glaube aber, dass ich ziemlich bald eine Antwort brauche.«

»Natürlich, das verstehe ich«, gab sie nach. »Im Moment ist alles so durcheinander, und ich muss vernünftig darüber nachdenken.«

»Wann?«, wiederholte Hake.

»Bald«, antwortete sie und legte ihre Arme um ihn. »Bald …«

Damit musste er sich zufrieden geben. Als er ging, hatte er das Gefühl, dass eigentlich nichts geklärt war. Noch immer hatte er keine Ahnung, was ihn und seine Familie erwartete. Alles war furchtbar vage, Hannas undeutliche Antworten halfen ihm kaum weiter. Aber er wusste, dass es nie zu etwas führte, sie unter Druck zu setzen. Wenn er das versuchte, zog sie sich nur in ihr Schneckenhaus zurück. Er hatte diesen Fehler früher ein paarmal begangen. Mit dem einzigen Resultat, dass er wieder am Ausgangspunkt gelandet war und sich anstrengen musste, mit einer anderen Methode an sie heranzukommen. Irgendwie war am Ende immer Hanna diejenige, die alle Karten in der Hand hielt. Wahrscheinlich war das eines der Grundgesetze der Liebe: Gleichberechtigung gab es nicht. Alle normalen Spielregeln des Zusammenlebens waren außer Kraft gesetzt. Der eine Partner hatte immer die Kontrolle und der andere immer das Nachsehen. Aber was für eine Wahl hatte er schon? Seinen Stolz zu behalten und den geliebten Menschen verschwinden zu sehen …

Er war so in seine Gedanken versunken, dass er Julia kaum bemerkte, die vor seiner Wohnungstür auf dem Treppenabsatz saß.

»Hallo«, sagte sie. »Du siehst aus wie ein begossener Pudel. Außerdem hast du Nasenbluten.«

Als er sich mit dem Handrücken über die Oberlippe fuhr, fand er tatsächlich einen roten Streifen an seinem Finger. »Komm rein«, sagte er und schloss die Tür auf.

Während er seinen Mantel an die Garderobe hängte, betrachtete er seine Schwester aus den Augenwinkeln. Er fand, sie sah besser aus, frisch und natürlich. Verschwunden war das übertriebene Make-up, die jugendlich hippe Kleidung und der grüblerische Blick.

Julia ging ins Wohnzimmer, um sich behaglich auf die Couch zu fläzen. Sie betrachtete ihren Bruder. Was war mit seinem Gesicht passiert? Die eine Seite war leicht geschwollen, unter dem Auge ein gelbgrüner Rand. Sein Aussehen erinnerte sie an die Zeit, als er noch zum Boxtraining ging. Jedes Mal, wenn sie sich trafen, hatte er neue farbenfrohe Körperstellen vorzuweisen. Die meisten glaubten, sein leicht abgeplatteter, gebrochener Naserücken stamme vom Boxen, aber Julia wusste, dass er als Kind von einer Schaukel getroffen worden war. Die angeschlagene Nase gab seinem Gesicht eigentlich erst Charakter und den männlich entschlossenen Zug, der so typisch für ihn war.

Hake setzte sich ihr gegenüber. »Ich nehme an, du bist nicht zu einem Höflichkeitsbesuch vorbei gekommen.«

Als Antwort wühlte Julia in ihrer Handtasche, bis sie fand, wonach sie gesucht hatte. Sie legte einen russischen Pass auf den Tisch. Hake schlug ihn auf. Dem Foto zufolge gehörte der Ausweis Juri. Der junge Russe sah darauf genauso arrogant aus, wie Hake ihn in Erinnerung hatte.

»Schau dir den Namen an«, sagte Julia.

Unter dem Foto stand zuerst in kyrillischen Buchstaben und darunter in lateinischen: Viktor Jewtschenko.

»Wo hast du den Pass her?«

»War unter seinem Bett.«

»Wird ihm nicht auffallen, dass seine Papiere weg sind?«

»Oh, ganz sicher.«

Sie lächelte ihn an, mit diesem etwas respektlosen Grinsen, das ihren größten Charme ausmachte. Hake atmete innerlich auf. Also war sie dabei, sich aufzurappeln, trotz Juris Verrat und der daraus entstandenen Bitterkeit, der Trauer, dem angeschlagenen Selbstbewusstsein.

»Okay«, murmelte Hake, »he is a ringer.«

»Was?«

»Er ist ein ›ringer‹. Das sagt man im Rennsport. Der Begriff kommt aus der britischen Sporttradition und bedeutet, dass man ein Pferd unter falschem Namen laufen lässt. Man kündigt ein bestimmtes Tier an, aber setzt heimlich ein schnelleres ein. Wenn dieses Pferd auf seine unterlegenen Gegner trifft, ist sicher, dass es gewinnt. Also wettet man darauf. In Värmland gab es einen Fall, wo sie einem Pferd die weißen Beine übermalt haben, damit es dem Original auf der Ausweiskarte glich – jedes Rennpferd hat einen Ausweis, der vor dem Wettkampf von einem Fachveterinär geprüft wird. Dann begann es zu regnen, die Farbe lief runter, und die Betrüger landeten im Gefängnis.«

Julia gab ein fröhliches Lachen von sich.

»Muss ich sonst noch etwas wissen?«, fragte Hake.

Julia zögerte, dann meinte sie mit einem Seufzer: »Ich glaube, Gustav Lövenhelm ist ein wenig verliebt in Juri. Diese ganzen Gespräche unter vier Augen ... und Lövenhelm berührt ihn zu oft, legt ständig die Arme um seine Schultern. Für mich wirkt das nicht ganz koscher. Aber sicher bin ich nicht. Vielleicht hat er Juri einfach nur besonders ins Herz geschlossen.« Ihre Augen verdunkelten sich, und sie fügte hinzu: »Das kann ja jedem passieren.«

Hake steckte den Pass ein und meinte: »Eigentlich dürfte es keine Rolle spielen, welches von beidem zutrifft. Die Hauptsache ist, dass Lövenhelm an Juri hängt. An Viktor, meine ich.«

Julia nickte. »Juri hat mich betrogen«, sagte sie mit überraschend sanfter Stimme, »aber eigentlich ist er nur ein verwirrter Junge und in gewisser Weise unschuldig.«

»Unschuldig«, wiederholte Hake. »Das ist ein starkes Wort. Wer ist schon unschuldig?«

Hake parkte seinen Citroën gleich am Eingang der gelben

Jugendstilvilla. Ein paar Kommunenmitglieder befanden sich draußen auf dem Gelände und waren dabei, den Zaun zu reparieren, der sich um den neu angelegten Nutzgarten zog. Sie betrachteten den Kommissar mit feindseligen Blicken. Hake stieg aus dem Auto und marschierte zum Haus. Einen Augenblick überlegte er, ob er klingeln sollte, aber dann schob er einfach die Tür auf und ging hinein. Wie beim letzten Mal schlug ihm der Duft von Kräutertee und Eingemachtem entgegen. Hake mochte die Geruchsmischung. Sie löste bei ihm ein heimeliges Gefühl aus.

Als er durch den großen Wohnraum zur Treppe ging, schaute jemand aus der Küchentür. Es war das Mädchen, das er bei seinem nächtlichen Besuch getroffen hatte, Maja Salander. Sie hatte rot verweinte Augen und sah bemitleidenswert aus, wie sie da mit ihrem Handtuch stand.

»Hallo«, grüßte Hake. »Wissen Sie, wo ich Lövenhelm finden kann?«

»Das ist alles Ihre Schuld«, sagte sie wütend. »Sie und Ihre Schwester, warum müssen Sie immer gerade dann ins Haus kommen, wenn nur ich hier bin?«

»Vielleicht haben wir das so geplant«, sagte Hake milde.

Sie betrachtete ihn nachdenklich, aber dann schüttelte sie den Kopf. »Nein, nicht beim ersten Mal. Da wussten Sie nicht, dass ich noch im Haus war.«

»Julia wusste das durchaus. Sie hat hier alle Bewohner im Kopf.«

»Ich habe zwei Wochen Küchendienst, weil ich Julia reingelassen habe. Was hätte ich denn tun sollen? Sie erschießen?«

»Anscheinend.«

Sie schenkte ihm ein unerwartetes Lächeln und ging zurück in die Küche.

Hake stieg die Treppe hinauf. Als er oben stand, ging eine Tür auf, und Juri kam heraus. Der junge Mann blieb abrupt stehen.

»Was wollen Sie denn schon wieder?«

»Ich will mit Lövenhelm sprechen.«

»Will er mit Ihnen sprechen?«

Hake schüttelte den Kopf.

»Sie sind hier nicht gerade populär«, meinte Juri. »Am besten verschwinden Sie.«

Hake ging an ihm vorbei in Lövenhelms Zimmer und zog die Tür hinter sich zu. Juri blieb unschlüssig stehen und wusste nicht recht, wie er reagieren sollte.

Drinnen saß Doktor Lövenhelm an seinem Schreibtisch und schrieb in einer Art Tagebuch. Als er sah, wer in seinem Zimmer stand, legte er langsam den Stift nieder. »Es hat keinen Sinn, mich umstimmen zu wollen«, sagte er. »Sie haben einen Fehler gemacht, und für den werden Sie bezahlen.«

Hake schlenderte auf ihn zu, setzte sich auf die Tischkante und ließ den Stock waagerecht auf seinen Oberschenkeln ruhen. Er schaute auf Lövenhelm herunter, der ruhig seinen Stuhl zurückschob, um den Abstand zwischen ihnen zu vergrößern. Hake holte den Pass hervor und hielt ihn Gustav Lövenhelm vor die Nase. »Viktor Jewtschenko«, sagte er. »Alias Juri Sarkin. Antrag auf Asyl, seit seiner Umquartierung als vermisst gemeldet.«

Lövenhelm wurde blass.

»Falls die Polizei ihn findet, wird er aus Schweden rausgeworfen und kommt nie wieder zurück.«

Der Doktor starrte auf den Ausweis, dann auf Hake, und dann noch einmal auf den Ausweis.

In diesem Moment ging die Tür auf, und Juri kam herein. »Brauchst du Hilfe?«

Er schüttelte den Kopf. »Alles okay, Juri.«

Der Russe bewegte sich nicht vom Fleck. Er schaute auf die beiden Männer und schien zu ahnen, dass sich ihr Gespräch um ihn drehte. »Sicher?«

»Ganz sicher.«

Juri ging rückwärts aus der Tür und schloss sie hinter sich.

Als der junge Mann draußen war, sank Lövenhelm ein Stück in sich zusammen. »Also weiß die Polizei bisher noch nichts davon?«, fragte er vorsichtig.

»Nur ich. Aber ich nehme an, Ihnen ist klar, was ich im Austausch haben will.« Er wedelte mit dem Pass.

»Das ist Erpressung.«

»Stimmt. Genau wie bei meiner Schwester.«

Lövenhelm erhob sich. Er stand aufrecht, mit geradem Rücken wie ein Soldat. Trotz seines Alters hatte er einen durchtrainierten Körper. Seinen kräftigen Händen sah man an, dass sie nicht nur Schreibtischarbeit gewohnt waren, sondern dass Lövenhelm auch in Wald und Garten mit anpackte.

»Was für eine Garantie habe ich, dass Sie Juri nicht melden, selbst wenn ich meine Klage gegen Sie fallen lasse.«

»Keine. Nur mein Wort.«

Lövenhelm nickte schwach. »Ich soll mich also auf die Ehre eines Polizisten verlassen, der das Gesetz bricht. Das ist schon fast zum Lachen.«

»Lachen Sie ruhig.«

Lövenhelm war anscheinend nicht danach zumute. »Habe ich Bedenkzeit?«, fragte er und starrte gedankenverloren aus dem Fenster.

»Die ist längst abgelaufen. Keine weiteren Manipulationen. Keine Versuche, Juri zu verstecken. Ich bleibe hier stehen, bis Sie sich entschieden haben. Entweder rufen Sie jetzt bei Gericht an und ziehen Ihre Klage gegen mich zurück, oder ich telefoniere mit meinen Kollegen, damit sie kommen und Juri abholen. Es wird mir ein Vergnügen sein, bis dahin auf ihn aufzupassen.«

Die Hände tief in den Taschen vergraben starrte Lövenhelm auf den Boden. Hake nahm an, dass er alle Möglichkeiten durchdachte, wie diese Konfrontation enden konnte. Falls er seine Klage aufrecht erhielt und Juri ans Messer lieferte, würden die anderen in der Kommune das mitbekommen. Damit würde seine Vorbildfunktion als moralische Instanz zu bröckeln beginnen. Man verriet keinen Kameraden, nur um einen Bullen hinter Gitter zu bringen. Außerdem überlegte Lövenhelm sicher, wie groß die Chance war, dass Hake tatsächlich verurteilt wurde. Leicht würde das nicht werden. Möglicherweise würde das Gericht den Fall nach einer kurzen Voruntersuchung niederlegen. Und dazu kam noch die wichtigste Überlegung: Was bedeutete Juri dem Doktor? Hake konnte das Verhältnis zwischen ihnen nicht einschätzen. Vielleicht betrachtete Lövenhelm den jungen Russen als Ersatz für den Sohn, den er nie gehabt hatte. Vielleicht war ihre Beziehung eine andere, intimere. Oder Juri war ein Schüler, der eines Tages Lövenhelms Arbeit weiterführen sollte – auf internationalem Niveau.

»Okay«, sagte Lövenhelm widerwillig. »Ich tue es.«

Er ging zum Telefon, rief die Staatsanwaltschaft an und zog seine Klage zurück. Als Grund gab er an, die Anzeige sei übereilt gewesen, und er werde falls nötig darauf zurückkommen. Gerade wollte er auflegen, da nahm Hake den Hörer und fragte: »Bitte, können Sie mir noch einmal Ihren Namen und Zuständigkeitsbereich nennen?« Als ihm bestätigt wurde, dass Lövenhelm tatsächlich beim Gericht angerufen hatte, beendete Hake das Gespräch.

»Jetzt zufrieden?«, meinte Lövenhelm.

»Ich tue das nicht für mich«, sagte Hake kalt, »sondern für meine Schwester. Vor ein paar Wochen habe ich ihr versprochen, dass ich mich nicht mit Juri anlegen werde. Dieses Versprechen halte ich. Auch wenn ihr Julia wie den letzten Dreck behandelt habt.« Er hielt den Pass hoch. »Den bekommen Sie, sobald mir gerichtlich bestätigt wurde, dass die Klage gegen mich zu den Akten gelegt ist.«

Mit schnellen Schritten verließ er das Haus, ging zu seinem Wagen und fuhr erleichtert davon. Am Waldrand schwebte ein Turmfalke in der Luft, dessen Körper wie Bronze glänzte. Er ließ sich majestätisch auf dem Dachgiebel nieder, um von dort die Lichtung zu bewachen, die sein Jagdrevier war. Sein Blick fiel weit unten auf einige kleine, verfrorene Menschenfiguren, die mit Hacken in der Erde gruben, während das letzte Tageslicht durch die Fichtenstämme schimmerte.

KAPITEL 21

Die ganze Nacht war das Wort Erpressung durch seine Träume gespukt, und als er aufwachte, warf er sich hastig ein paar Kleidungsstücke über und brauste mit dem Auto nach Södermalm. Wie erwartet, saß Pia schon am frühen Morgen im *Fünfer*, wo sie zwischen Schnapsleichen ihren Kaffee trank. Alle warteten darauf, dass der Systembolag aufmachte. Der Kommissar fragte Pia, ob sie zusammen eine Runde um den Block drehen könnten, aber sie wollte nicht. Also setzten sie sich stattdessen zusammen an einen Tisch weiter hinten im Lokal. Anscheinend hatte Pia die ganze Nacht nicht geschlafen, denn ihre Augen waren eingesunken, und eine deutliche Kater-Atmosphäre umgab ihre zusammengesunkene Gestalt.

»Können wir später reden?«, bat sie. »Im Moment bin ich nicht in bester Verfassung.«

»Ich brauche nur ein paar kurze Informationen«, meinte Hake.

Sie nickte seufzend.

»Glauben Sie, Leffe könnte jemanden erpresst haben?«

Pia lächelte matt und machte eine Handbewegung zu den anderen Gästen: zwei jüngere Männer, die völlig verwahrlost wirkten, ein älterer, gut gekleideter Herr, der sich ständig durch den Bart strich und in einer nervösen Geste den Schlips zurechtrückte und eine verhärmte Frau, die blicklos in ihre Tasse starrte.

»Genauso war Leffe auch. Konnte mit Druck oder Stress nicht umgehen.«

»Aber Sie schon?«

»Nur manchmal«, sagte sie mit hohler Stimme. »Meistens unterscheide ich mich nicht von diesen Leuten.« Sie blinzelte mit schweren Lidern zu Hake hoch. »Glauben Sie wirklich, wir könnten eine Erpressung durchziehen, mit allem Drum und Dran, ohne die Nerven zu verlieren?«

»Vielleicht war das Leffes Problem. Er konnte die Sache nicht durchziehen.«

Sie schüttelte den Kopf. »Wie viele Alkoholiker war Leffe ein Fantast, der manchmal wilde Geschichten erzählte, aber sich selbst hat er nie belogen. Er wusste genau, wozu er fähig war und wozu nicht. Zum Beispiel war er ein Mensch, der es schnell mit der Angst bekam, und genau darum ist er wohl aus dem Wohnheim weggezogen, auch wenn er das nie so deutlich gesagt hat.«

»Er hatte Angst? Wovor?«

»Das haben Sie schon mal gefragt. Ich weiß es einfach nicht. Allerdings hatte ich inzwischen die Idee, dass es vielleicht mit einem Freund von ihm zusammenhing, Walter Klum.« Grüblerisch schaute sie aus dem Fenster in den erwachenden Wintermorgen. »Walter ist ebenfalls aus dem Wohnheim ausgezogen. Er und Leffe waren oft zusammen. Dann sahen sie sich immer seltener, und eines Tages begann Leffe hemmungslos zu trinken. Das habe ich Ihnen ja schon erzählt. Am Ende wurde er wegen der Sauferei rausgeworfen. Ich glaube, Walter wollte ihn in etwas hineinziehen, das ihm über den Kopf gestiegen ist, und deshalb bekam er Angst und griff zur Flasche. Einmal hat er im Suff gesagt, Walter habe das ganz große Los gezogen.«

»Wo ist Walter jetzt?«

»Treibt sich irgendwo rum. Zu meinem Bekanntenkreis hat er nie gehört, er war Leffes Kumpel. Vielleicht wohnt er ja wieder im ›Stadtrand‹.«

Aber im Wohnheim fand der Kommissar ihn nicht. Walter war letzten Sommer ausgezogen, und wer hier einmal auszog, der kam nicht zurück. So behauptete jedenfalls Viken, der noch immer am selben Platz saß wie bei Hakes letztem Besuch, gekleidet in denselben Morgenrock mit demselben Bauch, der über die Pyjamahose quoll.

»Walter war nicht gerade ein harter Typ, immer supervorsichtig, genau so ein Hasenfuß wie Leffe«, meinte Viken. »Wenn es Probleme gab, ist er sofort zu seiner Mutter nach Småland abgehauen. Das war für ihn das letzte Schlupfloch, in das er sich verkriechen konnte.«

»Sie wissen nicht zufällig, wo in Småland sie wohnt?«

Er schüttelte den Kopf, dass sein Doppelkinn schwabbelte und der Stiernacken rot anlief. »Aber eins weiß ich bestimmt. Walter hätte niemals Leffe in seinem Bus verbrannt. Für so was hatte er nicht die Nerven, falls Sie das glauben.«

Als Nächstes fuhr Hake zum Krankenhaus Danderyd und ging schnurstracks zu der neuen Abteilung, in die Tobisson verlegt worden war. Im Krankenzimmer saß Wendela und blätterte in einer Sportzeitung. Sie grüßte Hake, der einen unauffällig prüfenden Blick auf Tobisson warf. Sein Mitarbeiter lag im Bett und starrte ins Nichts. Anscheinend war er noch weiter abgemagert, aber dafür sah sein Gesicht nicht mehr so leblos aus wie zuvor. Die Schwellungen waren zurückgegangen, und man hatte die Bandagen um seinen

Kopf entfernt. Die Hälfte des Haares war abrasiert, so dass man eine dunkelblau vernähte Narbe sehen konnte, die über seinen Kopf lief.

»Hallo, wie geht's?«, grüßte Hake.

»Ja, was glauben Sie denn, zum Teufel?«

»Tobias«, sagte Wendela tadelnd.

Aber Hake hatte lieber einen bissigen Tobisson als einen ruhiggestellten und apathischen.

»Erinnern Sie sich noch an die Liste mit vermissten Personen, die Sie durchgegangen sind?«

»Ja?«

»Ich glaube, Sie haben damals etwas über ein nerviges Mütterchen aus Småland gesagt, mit dem Sie stundenlang am Telefon geredet haben.«

»Ihr Sohn hatte eine Weile nichts von sich hören lassen. Solche Anrufe bekommt die Polizei bestimmt dreitausend im Jahr.«

»Aber sie hat ihn immerhin als vermisst gemeldet. So weit gehen wohl die wenigsten ängstlichen Mütter.«

Tobisson schenkte seinem Chef einen müden Blick. »Worauf wollen Sie hinaus?«

»Sie erinnern sich nicht zufällig an den Namen der Frau? Oder an den ihres Sohnes?«

Tobisson schloss die Augen und grübelte nach. »Ein ungewöhnlicher Name, wenn ich mich richtig erinnere. Klang deutsch.«

Hakes Puls begann sich zu beschleunigen. »Strengen Sie sich an.«

»Das tue ich, verdammt noch mal!«

»Tobias!«, schnappte Wendela wieder.

Als Tobisson seinen Chef ansah, lag ein herausforderndes Glitzern in seinen Augen. »Es wird mir bestimmt einfallen, wenn ich hier rauskomme. Nach Hause«, sagte er mit Betonung.

»Der Name klang deutsch?«, fragte Hake geduldig.

»Pramm oder Klam oder so ähnlich.«

»Und der Vorname?«

»Walter, glaube ich. Einer meiner Verwandten heißt Walter und kommt aus Deutschland, danach habe ich den Namen wohl geografisch eingeordnet. Aber die Frau am Telefon hatte keinen ausländischen Akzent. Glockenreines Småländisch.«

»Walter Klum?«, soufflierte Hake.

»Genau, das war's«, meinte Tobisson. »Was ist mit ihm?«

»Ich bin mir nicht sicher. Aber ich nehme an, er kann uns etwas über Socken-Leffe erzählen. Die beiden haben gleichzeitig im Wohnheim ›Stadtrand‹ gewohnt.«

Mit Walter Klums mysteriösem Verschwinden im Kopf fuhr Hake als nächstes zum Präsidium und parkte. Die Umgebung sah aus wie eine einzige riesige Baustelle, überall Gerüste und blaue Plastikfolie. Wolken von Betonstaub machten das Atmen fast unmöglich.

Er ging zu seinem früheren Büro, in dem er Lidman, Guldbrandsen, Kommissar Bolinder und noch einige weitere Kollegen vorfand. Sie schauten ihn überrascht an.

In einer abwehrenden Geste hob er die Hände. »Die Anzeige wurde zurückgezogen, aber das heißt nicht, dass ich wieder bei der Arbeit bin. Wenn man suspendiert ist, dann ist man suspendiert.« Er verzog das Gesicht.

»Und wenn man gereizt ist, dann ist man gereizt«, meinte Lidman trocken. »Nehmen Sie's mit Humor, Chef.«

Kommissar Bolinder betrachtete Hake mit deutlichen

Bedenken. Er war ein farbloser, korrekter Beamter, und sie hatten schon früher zusammen gearbeitet.

»Was wollen Sie?«, fragte er.

»Ein paar Worte mit Lidman wechseln.«

Lidman stand auf. Als sie zur Tür gingen, meinte Bolinder: »Sie können die offizielle Ermittlung nicht zur Seite schieben, Hake. Wenn Sie etwas wissen oder etwas wollen, dann läuft das hier durch mein Büro.«

Hake machte sich nicht die Mühe, ihm zu antworten, sondern zog Lidman hinter sich her. Sie gingen ein Stück weiter den Flur hinunter. »Ich brauche Ihre Hilfe.«

»Sie haben gehört, was Bolinder gesagt hat«, meinte Lidman vorsichtig.

»Also wirklich, Lidman. Vielleicht ist es wichtig.«

Sein Kollege schüttelte den Kopf. »Sorry«, sagte er. »An meiner Stelle würden Sie dasselbe tun.«

»Würde ich das?«

»Bei einem Mordfall kann man keine Loyalitätskonflikte brauchen. Das haben Sie selbst gesagt. Entweder man ist drin oder man ist draußen. Sie sind draußen, und ich habe vor, weiterhin drin zu sein.«

»Fein«, sagte Hake und ging.

»Hake«, rief Lidman ihm nach, »nehmen Sie das nicht persönlich.«

Innerlich vor Wut kochend fuhr Hake nach Hause und nahm sich das Telefon vor. Er rief bei der Vermisstenfahndung an, wo man ihm mitteilte, Walter Klum sei nicht länger gemeldet. Die Anzeige war zurückgezogen worden. Hake bedankte sich und fragte nach der Telefonnummer von Walters Mutter. Dort rief er als nächstes an, aber niemand antwortete.

Der verlorene Sohn war also zurückgekehrt ... Hake fragte sich, wo Walter jetzt abgeblieben war. Wahrscheinlich in Småland, wenn man Vikens Vermutungen glaubte. Der Kommissar ließ sich schwer in die Couch fallen und merkte, wie unendlich müde er war. Er hatte es satt, sich mit allem und jedem herumschlagen zu müssen, war den Mangel an Kollegialität satt, war das unendliche Labyrinth seines Liebeslebens satt. Er fühlte sich verraten und allein. Er fühlte sich leer.

Es klingelte an der Tür, und Hake erhob sich von der Couch, um zu öffnen. Draußen stand Lars Larsson-Varg. Er hielt das Foto mit der Tätowierung in der Hand.

»Ich wollte dir das zurückgeben«, meinte er fast schüchtern.

Hake nahm das Foto entgegen. »Komm doch rein.«

Larsson-Varg folgte ihm ins Wohnzimmer. »Außerdem wollte ich mich bei dieser Gelegenheit entschuldigen. Es war unverzeihlich, dich zu bitten, mir bei einem Einbruch zu helfen. Ich weiß, du bist ein aufrechter, ehrlicher Beamter, und ich schäme mich wirklich, dass ich dich dazu bringen wollte, deine Polizeikollegen und deine ethischen Prinzipien zu verraten.«

»Ist schon gut«, meinte Hake. »Vergessen wir das.«

»Verzeihst du mir?«

»Wie gesagt, wir können meine Polizeimoral gerne einen Augenblick vergessen.« Er ging in die Küche, holte eine Flasche Wein und zwei Gläser.

Larsson-Varg setzte sich und bekam ein Glas in die Hand gedrückt. »Ich muss eine Geldstrafe für diese Dummheit zahlen, eine ziemliche Summe«, meinte er. »Aber mehr passiert nicht. Schließlich hatte ich mich ja nur im Museum versteckt und nicht versucht, etwas zu stehlen.«

»Und du wirst hoffentlich keinen neuen Versuch starten?«

»Ich habe Hausverbot.«

Hake sah, wie Larsson-Varg seinem Blick auswich. »Tu das nicht«, bat er. »Das ist den Ärger nicht wert.«

»Aber ich bin ganz sicher, dass Rembrandt das Bild nicht gemalt hat. Also habe ich vor, das zu beweisen. Eine Methode werde ich schon finden. Wie geht denn deine Morduntersuchung voran?«

Hake wollte ihm nicht unbedingt erzählen, dass er suspendiert worden war. Dafür war jetzt ein denkbar ungünstiger Zeitpunkt. Stattdessen meinte er vage, der Fall würde sich so dahinschleppen. Ein richtiges Puzzle, für dessen Vervollständigung eine Menge Geduld nötig sei.

»Ich würde gerne wissen, von wem die Tätowierung stammt«, meinte Larsson-Varg. »Das ist eine sehr schöne Arbeit.«

»Du denkst doch wohl nicht daran, dich tätowieren zu lassen?«

Sein Nachbar warf ihm einen spielerisch herausfordernden Blick zu. »Stell dir vor, wie schick ein Stück von der *Verschwörung der Bataver* auf meinem Rücken oder meiner Brust aussehen würde. Vielleicht der einäugige Herrscher mit dem erhobenen Schwert. Heutzutage kann man sogar mit einer Goldfarbe tätowieren, die richtig echt aussieht, das ging früher nicht. Was für ein hübscher Gedanke, die Königskrone in einem altholländischen Goldton auf der Haut zu tragen. Ich sage nicht, in *Rembrandts* Goldton, wie du gemerkt haben dürftest.« Er tippte auf das Foto der Tätowierung. »Ungefähr das gleiche Gold wie hier bei der Granate.«

Hake hoffte nur, dass Lars Larsson-Varg diese Idee nicht

in die Tat umsetzen würde. Nach einer weiteren Flasche Wein, die größtenteils in der Kehle des Ex-Museumsvorstehers verschwand, kehrte dieser leicht schwankend zurück in seine Wohnung.

Hake lehnte sich gemütlich in die Couch und ließ seinen Gedanken freien Lauf. Plötzlich setzte er sich kerzengerade auf. »Ach, du Scheiße!«, sagte er laut. Er sprang hoch und tigerte in Kreisen durch die Wohnung. »Ach, du große Scheiße!«

Warum hatte er daran nicht vorher gedacht? Genau so musste es abgelaufen sein. Er setzte sich an seinen Schreibtisch, holte das Notizbuch hervor und begann zu schreiben. Je mehr er schrieb, desto deutlicher fügte sich das Puzzle zusammen. Er klappte das Heft zu und schaute nachdenklich aus dem Fenster. Ja, ganz genau so musste es abgelaufen sein. Er schüttelte den Kopf. Mit einem Mal sah er alles völlig klar vor sich, als sei ein Lichtstrahl in das Dunkel seiner Gedanken gefallen. Ganz sicher war er noch nicht, aber er musste nur ein paar Kleinigkeiten in die Wege leiten, damit sich sein Verdacht bestätigte.

KAPITEL 22

Die Nacht war unangenehm. Er hatte Schwierigkeiten einzuschlafen, während die Gedanken in seinem Kopf herumwirbelten. Mehrmals wachte er auf und nickte wieder ein, um schließlich in eine Art Halbschlaf zu sinken. Endlich stand er verkatert auf und ging unter die Dusche. Dann stellte er fest, dass es erst drei Uhr nachts war. Also kroch er wieder ins Bett und bekam tatsächlich ein paar Stunden Schlaf, bevor der Wecker klingelte. Schnell trank er eine Tasse Kaffee und machte sich auf den Weg zu seinem ersten Hausbesuch.

Als er die Tür zu der winzigen Einzimmerwohnung öffnete, sah er nur einen weißen Klumpen auf dem Bett liegen. Einen fahlen Berg Fleisch, der sich – als sich Hakes Augen an die Dunkelheit gewöhnt hatten – in einen menschlichen Körper verwandelte. Die schmutzigen Rollos waren heruntergezogen, und ein erstickender Geruch füllte das Zimmer. Hake ging zu dem Bett, klickte die Lampe am Kopfende an und schüttelte den Mann.

Vikens Augen öffneten sich zu schmalen Schlitzen. »Was zum Teufel!«, fluchte er, hob sich auf den Ellenbogen und blinzelte ins Lampenlicht.

»Nur eine Frage«, sagte Hake.

»Verschwinden Sie!« Viken ließ die Augen wieder zufallen.

Hake schüttelte ihn erneut, und der massige Fleischklops versuchte sich aus seinem Griff wegzuwälzen. Vikens Hand fuhr suchend unter das Bett, wo eine Flasche lag. Aber Hake stieß sie mit dem Fuß beiseite. Er beugte sich über den stinkenden, verschwitzten Körper des Mannes.

»War Walter tätowiert?«, fragte er fast flüsternd.

»Tätowiert?«

»Ja? Hatte er irgendein Tattoo am Körper?«

Viken schlug die kleinen Schweinsäuglein wieder auf. »Nein, hatte er nicht.«

»Sicher?«

»Todsicher. Und jetzt verziehen Sie sich.« Er wandte Hake den Rücken zu.

»Nicht mal die drei Knast-Punkte zwischen Daumen und Zeigefinger?«

»Nein, habe ich gesagt. Er war nicht tätowiert!«

Hake beugte sich nah bis an sein Ohr herunter und flüsterte eine weitere Frage.

Viken stöhnte. »Ja, das hatte er. Da können Sie jeden fragen.«

Mit einem Nicken stand Hake auf, löschte das Licht und verließ das Wohnheim. Das Morgenlicht war hart und gleißend. Während der Nacht war der erste Schnee gefallen und bedeckte nun puderzuckerweiß die Gehwege und Dächer. Die Straßen waren bereits matschig, ihr braunes Linienmuster durchschnitt die sonst unberührte Frostschicht. Die ganze Stadt wirkte verjüngt, als hätte man ihr ein Lifting verpasst.

Hakes nächste Station war die Kriminaltechnik. Olle Sandstedt hockte in seinem Labor vor einem Mikroskop. Wie gewöhnlich war er in eine Rauchwolke gehüllt. Als Hake hereinkam, nickte er ihm grüßend zu. »Ich dachte, Sie seien suspendiert worden.«

»Stimmt.«

»Aber Sie wollen trotzdem Informationen?«

»Absolut richtig. Helfen Sie mir?«

Sandstedt musterte ihn über die dicken Gläser seiner Brille hinweg. »Kommt drauf an, worum es geht.«

»Ich möchte noch einmal Harry Stenmans Obduktionsprotokoll lesen.«

»Zu welchem Zweck?«

»Um einige Vermutungen zu bestätigen.«

»Aha, und das soll mir als Antwort wohl reichen?«

»Bis auf weiteres.«

Sandstedt stand von seinem Platz an dem langen Arbeitstisch auf und ging zu einem Aluminiumschrank, aus dem er eine Schublade zog. Darin wühlte er eine Weile, Zigarettenasche um sich streuend, bis er einen Ordner herausnahm und aufklappte. »Hier«, sagte er und reichte Hake die Akte. »Aber mitnehmen können Sie das nicht.«

Hake ließ sich auf einem Bürostuhl nieder und las das ganze Protokoll von vorne bis hinten. Schließlich stand er auf und legte den Ordner auf Sandstedts Schreibtisch. »Danke«, sagte er.

»Haben Sie gefunden, wonach Sie gesucht haben?«

Hake nickte gedankenverloren und wollte gerade aus der Tür gehen, als sein Handy klingelte. Am anderen Ende war Versicherungsdetektiv Tage Lennartsson. Er wollte dem Kommissar mitteilen, dass das Geld ausgezahlt worden war und dass sich der Fall damit aus seiner Sicht erledigt hatte. Ulla Stenman waren keine Unregelmäßigkeiten nachzuweisen, und ihr Anspruch auf die Lebensversicherung war rechtskräftig.

»Verdammt!«, knurrte Hake und beendete das Gespräch. Er ging eilig zu seinem Auto und rief Lidman an. Niemand nahm ab. Leise fluchend startete er den Wagen.

Ulla Stenman betrachtete sich im Spiegel. Sie trug ein Oberteil von Armani aus beigebraunem Leinen, eine Hose in Eierschalenweiß und als Farbakzent zu diesem diskreten Ensemble einen zinnoberroten Seidenschal. Das Haar war blond gefärbt und nach dem neusten Trend stufig geschnitten. Sie fühlte sich attraktiv und selbstsicher. Höchste Zeit, denn die letzten Monate voller Angst und Zweifel waren eine Tortur gewesen. Aber seit gestern lag endlich das Geld auf dem Konto, und sie hatte beschlossen, dass sie nun das Recht hatte, ihr Leben wieder in vollen Zügen zu genießen. Als allererstes war sie das Straßenköterbraun ihrer Haare losgeworden. Danach folgte ein Trip zum Edelkaufhaus *Nordiska Kompaniet* und dann – last but not least – ein Telefongespräch mit ihrem Liebsten.

Sie stellte sich mitten ins Zimmer und sah sich um. Alles wirkte perfekt. Die Reisetasche war gepackt, und das Geld war sicher. Genau nach Plan.

Axel Hake raste in halsbrecherischem Tempo durch die Stadt. Auf der Västerbrücke drängte er einen anderen Fahrer aus der Spur, und der Mann verfolgte ihn danach wütend durch die ganze Hornsgatan. Auf dem Ringvägen hängte Hake ihn ab, als er bei Rot über die Ampel fuhr. Er jagte um die Kurve Richtung Bastugatan und sah sich genötigt, ein Stück Fußgängerweg zu benutzen, um an einem Auto vorbeizukommen, das in Schneckentempo nach einem Parkplatz suchte. Auf der kleinen Durchstichstraße bei der Mälaren-Burg ließ er seinen Wagen mitten auf der Fahrbahn stehen und hastete zum Eingang Nr. 38. Drinnen nahm er den Fahrstuhl zu Stenmans Etage und klingelte. Niemand öffnete. Er klingelte noch einmal und legte das Ohr an die Tür, um vielleicht ein Geräusch aus der Wohnung aufzufangen. Aber es war nichts zu hören, und noch immer öffnete niemand.

Die Brüder Hemmesta waren im Sommerhaus dabei, ihre wenigen Habseligkeiten zusammenzupacken. Militärtaschen standen ordentlich aufgereiht auf dem Küchentisch. Die beiden trugen leichte Tropenkleidung, es ging in den sonnigen Süden. Göran legte sein Kurzwellenradio ganz zuoberst in sein Gepäck. Er hörte oft die Sender ab und wollte immer über alles orientiert sein, was in der Welt vor sich ging. Nils brachte sein Jagdmesser und seine Schrotflinte in den Vorratskeller, versteckte sie unten in einer Kartoffelkiste und schloss die Tür hinter sich zu. Die Waffen waren in ein wasserdichtes Öltuch gewickelt. Wenn er wieder herkam, wollte er sicher sein, dass sie sofort gebrauchsfähig waren. Vor dem Haus stand wartend ein kleiner Mietwagen. Ein letztes Mal schaute sich Göran in der Wohnung um. Es war Zeit zu verschwinden. Er wusste nicht, wann sie zurückkommen würden. Die beiden Brüder nahmen ihr Gepäck und verließen das Sommerhaus.

Rick Stenman befand sich zusammen mit Maxim Olgakow in der Garagenhalle, wo heute Morgen mehrere neue Autos angekommen waren. Es gab ein neues Computer-Register, neue Kunden hatten sich gemeldet. Hier würde es demnächst ganz anders zugehen als früher. Im Moment dachte Rick allerdings nur daran, möglichst bald wegzukommen. Er hatte ein Auge auf ein spezielles Auto geworfen, das er sich leihen wollte, sobald Olgakow zum Mittagessen ging. Ein silberfarbener Mercedes, der noch keine 50 000 gelaufen war. Ungeduldig beobachtete er Olgakow.

Danne Durant war nervös. Das passierte ihm nicht oft. Aber jetzt nahte, bildlich gesprochen, die Stunde der Wahrheit. Durch das Fenster der Bootskabine sah er hinaus auf den Kai und das Werftengebiet, das schon bessere Tage gesehen hatte. Im Sommer konnte die Umgebung regelrecht idyllisch wirken, aber nun, im winterlichen Matsch, war die pastorale Atmosphäre verflogen. Durant blickte über rostige Boote, Schweißmaschinen und entlaubte Bäume. Die Persennings waren mit Schnee überzogen und an Deck der *Laura* hatten sich große Wasserlachen gebildet. Endlich hörte er das Auto kommen und schaute in Richtung des Motorengeräusches.

Nach einigen Versuchen bekam Axel Hake die Tür auf und betrat die Wohnung. Schnell vergewisserte er sich, dass Ulla Stenman tatsächlich nicht zu Hause war, und begann dann methodisch die Räume nach Informationen zu durchkämmen.

Weder im Schlafzimmer noch im Wohnzimmer fand er etwas, das ihm weiterhalf. Er suchte in sämtlichen Schränken, Küchenschubladen und sonstigen Stauräumen, aber ohne Resultat. Trotzdem hatte er im Gefühl, dass etwas nicht stimmte, dass der Fall in Bewegung geraten war und die Zeit knapp wurde. Er drückte die Wiederholungstaste des Telefons in der Hoffnung, dass die Witwe ein wichtiges Gespräch geführt hatte, aber am anderen Ende meldete sich nur ein Friseursalon. Unzufrieden trat er vor das große Fenster und betrachtete das Stadtpanorama. Links lag der

Pålsund-Kanal und die Insel Långholmen mit der Mälaren-Werft, rechts Gamla Stan und dazwischen das Wasser des Riddarfjärden. Sollte er auf Ulla Stenman warten? Oder war der Vogel bereits ausgeflogen? Er fuhr sich mit der Hand durchs Haar und stützte sich schwer auf seinen Stock. Wenn er nicht sofort etwas tat, würde er die Initiative verlieren.

Er rief Oskar Lidman an und sagte knapp: »Hier ist Hake, und die Sache eilt. Überprüfen Sie, ob Ulla Stenman das Versicherungsgeld von dem Konto abgehoben hat, auf das es überwiesen wurde.«

»Ich muss erst …«

»Sofort«, befahl Hake. »Rufen Sie mich an, sobald Sie etwas wissen!«

Zehn Minuten später meldete sich Lidman zurück. »Die betreffende Summe ist nicht mehr auf dem Konto«, berichtete er.

Hake fluchte still vor sich hin.

»Worum geht es?«

»Ulla Stenman ist dabei, mit dem Geld ins Ausland zu verschwinden. Benachrichtigen Sie sämtliche Grenzkontrollstellen.«

»Ist sie allein?«

»Nein, sie reist in Gesellschaft.«

»Wie viele Personen insgesamt?«

»Zwei oder drei. Nicht ganz sicher.«

»Das wird ein Riesenwirbel, wenn ich …«

»Es eilt, Lidman. Können Sie das tun oder nicht?«

»Zuerst muss ich mit Bolinder reden.«

Hake zögerte. »Okay, aber halten Sie sich ran. Jetzt geht es um Minuten.«

Er stellte das Handy aus, und da kam ihm plötzlich eine Idee, wie die Schuldigen wahrscheinlich vorgehen würden.

Sofort hastete er aus der Wohnung und die Treppen hinunter zu seinem Auto. Er musste selbst an Ort und Stelle sein. Vielleicht kam Bolinder zu der Ansicht, dass Hake nur einen verzweifelten Versuch unternahm, den Fall an sich zu reißen. Dann würde er keine Hilfe schicken. Der Kommissar ließ den Wagen anspringen, brauste die Hornsgatan entlang und steuerte in Richtung Västerbrücke.

KAPITEL 23

Axel Hake parkte dicht bei einem verrosteten Wellblechschuppen, um das Auto dahinter zu verbergen. Er ging zu einem Flugzeughangar mit eingebautem kleinem Büro. Der Mann hinter der Glasscheibe schaute auf, als Hake hereinkam.

»Wer gibt hier die Flugerlaubnis für Privatmaschinen?«, fragte Hake.

»Dafür bin ich zuständig. Kann ich Ihnen helfen?«

Hake holte seinen Dienstausweis hervor. »Kripo«, sagte er. »Wir haben wenig Zeit. Können Sie mir sagen, wer heute von diesem Flugplatz aus starten wird?«

»Natürlich.« Er öffnete eine Computerdatei und rief eine Liste auf, in der jede Start- und Landeerlaubnis eingetragen war.

Hake stellte sich hinter ihn und schaute die Tabelle durch. »Hier«, sagte er und deutete auf einen Namen. »Wo kann ich diese Personen finden?«

Der Mann schaute auf die Uhr. »Eigentlich sollten sie in ein paar Minuten abheben. Aber dafür braucht der Pilot erst die Erlaubnis vom Tower, und das kann ich verhindern.«

»Das dürfte den Leuten scheißegal sein.«

»Aber das kann man doch nicht machen. Dadurch würde die Flugsicherheit gefährdet. Bromma ist immerhin ein ziemlich großer Flugplatz.« Er sah ganz erschüttert aus.

»Ich glaube, das Risiko werden sie eingehen, wenn nötig. Was bedeutet B 2357?«

»Die Maschine steht im Hangar B.«

»Wo ist das?«

»Zwei Gebäude weiter.«

Hake hetzte aus dem Büro. Als er den ersten Hangar umrundete, blies ihm ein kräftiger Wind entgegen. Auf der Start- und Landebahn war der Schnee weggeschmolzen, und ein kleines Passagierflugzeug war gerade im Landeanflug. Er erreichte Gebäude B, an dessen Ecke ein Mietauto parkte. Ein Traktor war auf dem Weg zum Hangar. Hake vermutete, dass damit das Flugzeug zum Startplatz gezogen werden sollte. Er folgte dem Gefährt bis zu einer kleineren Halle, in der ein gutes Dutzend Privatflugzeuge warteten. Der Traktor fuhr bis zu einer rot-weiß lackierten Cessna. Auf der Passagierseite stand Ulla Stenman und lud gerade eine Reisetasche ein.

Hake ging auf sie zu, und erst als er direkt hinter ihr stand, fuhr sie herum und wurde leichenblass. »Was zum Teufel …«, keuchte sie, als sie ihn sah.

»Wir müssen miteinander reden«, meinte Hake.

»Das können Sie vergessen. Keine Zeit.«

»Es geht um Mord. Also werden Sie sich die Zeit wohl nehmen müssen.«

Sie fuhr sich mit der Zunge über die Lippen. Zu spät merkte Hake, dass sie über seine Schulter schaute. Er zog den Kopf ein und drehte den Körper zur Seite. Dadurch traf ihn der Hieb mit dem massiven Schraubenschlüssel nur auf den Rücken und nicht auf den Hinterkopf. Er fiel nach vorne und landete auf allen vieren. Der nächste Schlag ging ins Kreuz und fühlte sich an, als würde man ihm glühende Messer durchs Fleisch jagen. Er drehte sich auf dem Betonboden um und sah, wie der Mann erneut mit dem Schraubenschlüssel ausholte.

Sein Körper begann taub zu werden, aber er musste unbedingt dem nächsten Schlag ausweichen, sonst war er tot. Der Mann hatte schon zwei Morde begangen und würde nicht vor einem weiteren zurückschrecken. Der Schraubenschlüssel hob sich, und Hake konnte sich mühsam unter die Cessna rollen, so dass der Hieb nur seine Hüfte traf. Etwas brach, und der Schmerz ließ ihn für ein paar Sekunden das Bewusstsein verlieren. Schon folgte ihm der Mann unter das Flugzeug, holte wieder aus und traf diesmal eine Schulterseite. Verzweifelt versuchte Hake immer weiter unter die Maschine zu kriechen.

Inzwischen hatte er fast keine Kraft mehr, und so konnte er kaum Widerstand leisten, als der Mörder ihn am Bein packte, ihn über den Hangarboden wieder unter dem Flugzeug hervorzog und den Schraubenschlüssel zum Gnadenstoß erhob. Im Gegenlicht vom Hangartor war es unmöglich, den Gesichtsausdruck des Angreifers zu sehen. Hake fragte sich, ob er wohl lächelte. Mit einer letzten Kraftanstrengung suchte seine Hand nach dem Gehstock. Er schlug nach den Beinen des Mannes, doch dabei ging der Griff ab, und der Mörder lachte, während er die Stücke mit den Füßen wegstieß.

Die kurze Atempause reichte. Als Hake den Schraubenschlüssel mit mörderischem Schwung auf seinen Kopf zukommen sah, zog er seine Dienstwaffe und schoss dem Angreifer mitten in die Brust. Der Schraubenschlüssel fiel mit einem metallischen Geräusch zu Boden. Ulla Stenmans entsetzter Schrei hallte durch den Hangar. Als der Mann auf die Knie fiel, konnte Hake Bissspuren an seinem Unterarm erkennen. Die Augäpfel rollten nach oben, bis nur noch das

Weiße zu sehen war, dann verlor der Mörder das Bewusstsein.

Ulla Stenman warf sich neben dem Körper auf den Beton und wurde von einem Weinkrampf geschüttelt. »Red«, jammerte sie. »Red …«

Hake kam auf die Beine und schaute auf Harry Stenman hinunter, der blutend in den Armen seiner Ulla lag. Plötzlich stieg eine heftige Übelkeit in ihm auf, so dass er sich am Flügel der Cessna abstützen musste. Jetzt bloß nicht ohnmächtig werden, dachte er. Der Hangar begann sich um ihn zu drehen. Er konnte gerade noch Lidman mit einem Trupp Polizisten in die Halle stürzen sehen, als er zusammensackte und alles schwarz wurde.

Hake landete in derselben Abteilung wie Tobias Tobisson. Der Hüftknochen war angebrochen, und am Ende der Wirbelsäule hatte sich das Blut zu einem massiven Hämatom gesammelt.

Tobisson wollte die ganze Geschichte bis ins letzte Detail wissen, und so erklärte Hake, wie er zu dem Schluss gekommen war, dass nur Harry Stenman der Schuldige sein konnte.

»Den ersten Hinweis habe ich bei dem Boxmatch mit Durant bekommen. Er sagte, Red sei in guter Kondition gewesen und habe nur in Maßen getrunken. Aber der Tote, den wir aus dem Wasser gezogen haben, hatte den verbrauchten Körper eines Sechzigjährigen und eine vom Alkohol stark zerstörte Leber. Außerdem war da noch die Sache mit der Tätowierung.«

»Die Tätowierung?«

»Ja, mein Bekannter Lars Larsson-Varg meinte, goldene Tattoos seien eine relativ neue Entwicklung, früher habe man diese Farbe nicht zustande bekommen. Aber Harrys

Tätowierung war ja eigentlich über zehn Jahre alt. Also wurde mir klar, dass der Tote sie neu haben musste. Als ich dann Viken im Männerwohnheim fragte, ob Walter Klum rothaarig sei und diesen Verdacht bekräftigt bekam, war ich ziemlich sicher, dass der Ermordete nicht Harry Stenman war, sondern Walter Klum.«

Tobisson ließ diese Informationen sacken.

Sein Chef fuhr fort: »Stenman hatte sich einen Doppelgänger beschafft. Einen Mann, der rote Haare hatte und ihm einigermaßen ähnlich sah – erst recht nach ein paar Tagen im Wasser. Walter Klum war ein Alkoholiker und Stadtstreicher, der sich oft in Södermalm aufhielt. Als Stenman die Ähnlichkeit bemerkte, suchte er ihn auf und überredete ihn, aus dem Wohnheim wegzuziehen und eine Zeit lang unterzutauchen. Dafür versprach er ihm eine ordentliche Menge Geld. Eine Bedingung war allerdings, dass er sich tätowieren lassen musste, um seine Bezahlung zu bekommen.«

Tobisson nickte stumm.

»Stenman hat sich für Klum eine Geschichte zusammengedichtet. Zum Beispiel, dass sich sein Doppelgänger nur einmal mit nacktem Oberkörper sehen lassen soll, um jemanden in die Irre zu führen. Mehr sei nicht dabei. Klum hatte sich schon für alles Mögliche hergegeben, war Strohmann für Betrugsfirmen und Ähnliches. Ihm ging es am Arsch vorbei, was er für das Geld tun sollte. Also tauchte er unter, aber er konnte sich nicht lange von seinem Kumpel Leffe fernhalten. Mehrmals schlich er heimlich zum Overland Express, damit sie sich in seliger Zweisamkeit besaufen konnten. Red hat das beobachtet, vielleicht sogar *meine* Besuche beim weißen Bus, nachdem wir die Wasserleiche gefunden hatten. Deshalb fürchtete er, Klum habe geredet, und Leffe könnte vielleicht alles ausplaudern. Damit auf keinen Fall etwas durchsickert, hat er den Bus abgebrannt.«

»Aber Sie haben Leffe doch das Foto gezeigt, auf dem der tote Walter Klum zu sehen war.«

Hake schob sich ein Kissen unter den Rücken und nickte schwach. »Leffe hatte einen ziemlichen Hass auf uns Bullen und keine Lust, zu viel zu verraten. Außerdem hatte Klums Ermordung ihm einen ordentlichen Schreck eingejagt. Er wollte nicht in die Sache hineingezogen werden und riskieren, dass man ihn verhört und dann vielleicht zum Entzug in eine Anstalt schickt. Als Klum untergetaucht war, fing Leffe ja damit an, sich vollständig zuzusaufen. Vielleicht dachte er schon damals, sein Kumpel sei tot. Aber dann tauchte Klum wieder auf und prahlte damit, wie reich er sein würde, wenn das alles vorbei war.«

»Gut, Red hat sich also einen Doppelgänger angeschafft.«

»Wie beim englischen Pferderennen. Einen ›ringer‹ …«

»… den er an Bord des Pettersson-Bootes ermordet und im Pålsund-Kanal versenkt hat. Und das alles, um die Lebensversicherung zu kassieren, die er auf sich selbst abgeschlossen hatte?«

Hake nickte. Er fühlte sich matt und fiebrig. Das Motiv war natürlich die Versicherungssumme, aber er begriff immer noch nicht, warum Harry Stenman so plötzlich das Bedürfnis gehabt hatte, sein bisheriges Leben aufzugeben und abzutauchen. Vielleicht fehlte Hake im Moment auch die Kraft, um klar zu denken.

»Aber wieso der Pålsund-Kanal?«, hörte er Tobisson fragen.

»Genau das fand ich die ganze Zeit so seltsam. Wenn

man jemanden verschwinden lassen will, dann entsorgt man ihn nicht in einem Kanal mitten in Stockholm. Aber Red war schließlich darauf aus, dass wir Klum entdecken. Nur so konnte der Plan überhaupt funktionieren: Die Polizei musste die Leiche finden.«

»Damit ist er ein verdammt hohes Risiko eingegangen. Klums Fingerabdrücke hätten schließlich verraten können, mit wem wir es zu tun hatten.«

»Nein, Harry Stenman hatte alles bis ins kleinste Detail durchdacht. Er hatte einen Doppelgänger gewählt, der noch nicht vorbestraft war. Also waren seine Fingerabdrücke nicht registriert.«

»Armer Walter«, sagte Tobisson. »Im Leben schon ein halb toter Zombie und dann, wenn er richtig tot ist, verliert er auch noch seine Identität an einen Betrüger.«

»Ich habe seine Mutter angerufen. Sie hat die Vermisstenanzeige auf keinen Fall zurückgezogen. Das hat jemand anders getan. Vermutlich Stenman.«

Tobisson stand aus seinem Bett auf und streckte sich. »Durant war überhaupt nicht in die Sache verwickelt?«

»Vielleicht hat er etwas geahnt, aber er hatte den Stenmans 400 000 Kronen geliehen und sollte dafür 500 000 zurückbekommen. Also dachte er natürlich nicht daran, der Polizei zu helfen, nur damit sich sein Geld in Luft auflöst. Bevor Ulla Stenman zum Flugplatz kam, ist sie bei der *Laura* vorbeigefahren und hat ihm die versprochene Summe ausgehändigt. Das hat sie uns beim Verhör gesagt.«

»Das geliehene Geld hatte wohl den Zweck, Klum zu bezahlen und die Flucht ins Ausland vorzubereiten?«

Hake nickte. Wenn man spurlos verschwinden wollte, war das nicht billig. Wahrscheinlich hatten sich Stenmans die Cessna für einen längeren Zeitraum reserviert. Lidman hatte herausgefunden, dass die beiden auf dem Weg zu einem gemieteten Haus in der Provence waren.

»Okay, und was ist mit den verdammten Hemmestas?«

»Sind zurück nach Korsika, um sich wieder anwerben zu lassen. Es wurde ihnen wohl zu viel, dass ständig die Polizei bei ihnen rumrannte.«

»Also war Harry Stenman derjenige, der mir aufgelauert und mich niedergeschlagen hat?«

»Genau. Die Bissspuren an seinem Arm sind der Beweis dafür. Er wollte sicherstellen, dass Sie aufhören, die ›Witwe‹ zu überwachen. Wahrscheinlich war er fast die ganze Zeit bei ihr in der Bastugatan versteckt. Sein Angriff hatte den willkommenen Nebeneffekt, dass unser Misstrauen auf die beiden Legionäre gelenkt wurde. Wenn Sie ihn nicht gebissen hätten, dann hätten wir vielleicht die Hemmestas festgenommen und wären auf eine völlig falsche Spur geraten.«

»Ich wäre mit diesem Nils schon fertig geworden, wenn nötig«, knurrte Tobisson, legte die Hände zusammen und ließ die Muskeln spielen.

Hake glaubte das keine Sekunde, aber er hielt den Mund.

»Rick wusste nichts von der Sache?«

»Nein, das hätte nicht funktioniert. Er hing sehr an seinem Bruder und hätte sicher versucht, ihn zu treffen. Jetzt arbeitet er stattdessen für Olgakow, aber zwischen den beiden gibt es schon die ersten Reibereien. Rick hat nämlich die Angewohnheit, sich ohne Erlaubnis die besten Autos zu leihen, um sich bei seiner Freundin aufzuspielen. Davon ist Olgakow natürlich nicht begeistert. Als Letztes hat Rick es geschafft, mit einem silbernen Mercedes einen Unfall zu bauen, und seitdem herrscht Gewitterstimmung in der Firma.«

»Wieso der Flughafen Bromma?«, fragte Tobisson und kletterte wieder ins Bett. Wenn er zu lange auf den Beinen blieb, bekam er noch immer Schwindelanfälle. Der Arzt hatte eine starke Gehirnerschütterung diagnostiziert, die aber keine langfristigen Schäden hinterlassen würde. Inzwischen begann Tobisson an dieser Prognose zu zweifeln.

»Harry war schließlich ausgebildeter Pilot. Bei der Fremdenlegion wurde er für Aufklärungsflüge eingesetzt und hat außerdem Schmuggelbenzin über die Grenze nach Bosnien geflogen. Wenn er vorhatte, unbemerkt außer Landes zu verschwinden, dann auf jeden Fall mit einer kleinen Propellermaschine, wie er es gewohnt war.«

Aber in letzter Sekunde hatte Hake den Plan durchschaut. Jetzt lehnte er den Kopf an das Bettgestell in seinem Rücken und dachte, dass alles seine Zeit hatte. An einem Tag weiß man gar nichts, und am nächsten sieht man alles völlig klar. Harry Stenmans Lage war ein bisschen schlimmer: An einem Tag ist man für tot erklärt, und am nächsten sitzt man lebenslänglich im Gefängnis. Hätte Hakes Pistole ein kleines Stück weiter links getroffen, dann wäre die Kugel durchs Herz gegangen und Stenman wäre zum zweiten und letzten Mal gestorben. Aber so hatte er überlebt.

Die Tür ging auf, und Oskar Lidman kam mit einer Schachtel Konfekt herein. Er öffnete die Packung und wählte mit größter Sorgfalt eine Praline für sich selbst aus, bevor er den beiden den Rest anbot. »Stenman hat sich entschlossen zu reden«, meinte er Schokolade kauend. »Wissen Sie, wie das Ganze losging?«

Seine Kollegen warteten stumm auf eine Erläuterung.

»Er bekam es mit der Angst zu tun. Angst vor den Brüdern Hemmesta.« Gedankenvoll musterte er Tobisson. »Die beiden haben offenbar den Dreh raus, einen Mann so weit zu bringen, dass ihm das Herz in die Hose rutscht.«

Tobisson schlug die Augen nieder, und Hake meinte ungeduldig: »Jetzt erzählen Sie schon weiter.«

»Die Hemmestas haben Red letztes Jahr angerufen und ihm ohne Umschweife gesagt, dass sie ihren Kameraden rächen würden. Nur aus diesem Grund hatten sie überhaupt ihren Abschied genommen. Wann oder wie es passieren würde, haben sie ihm nicht verraten. Er sollte sich keinen Moment seines Lebens mehr sicher fühlen. Sterben würde er auf jeden Fall.«

»Und deshalb hat er einen Plan ausgearbeitet, um unterzutauchen?«, fragte Hake.

Lidman nickte. »Die Stenmans haben eines Abends beim Hammarby-Hafen einen Spaziergang gemacht und sahen einen Mann am Rand der Kaimauer entlang torkeln. Er sah Harry so ähnlich, dass Ulla scherzhaft meinte, dort vorne sei sein Doppelgänger. Da kam Red die Idee, wie er dem Todesurteil entkommen könnte. Er überredete Klum, sich in Dänemark tätowieren zu lassen. Vorher hatte er sich informiert und herausgefunden, dass ein so unverwechselbares Merkmal wie ein Tattoo der Polizei genügt, wenn ein Toter identifiziert werden soll. Gibt es noch dazu einen Angehörigen, der die Identität bestätigt, dann wird nicht weiter nachgeforscht. Zum Beispiel verzichtet die Kripo auf eine Überprüfung der Zahnarztunterlagen oder auf DNA-Tests.«

Hake ergänzte: »Aber bei der Tätowierung ist ihm ein Fehler unterlaufen. Die brennende Granate war bei Klum golden anstatt einfach nur gelb wie bei Stenman.«

»Es ist nicht alles Gold, was glänzt«, zitierte Tobisson.

»Trotzdem verstehe ich immer noch nicht, warum er

sich ausgerechnet den Pålsund ausgesucht hat«, meinte Hake.

Lidman hatte seine dicken Finger schon wieder in der Schokoladenschachtel. Seine Handfläche kreiste zuerst wie ein Raubvogel über dem Karton, dann stieß sie herab und griff sich eine Praline. »Er hat das nicht so deutlich gesagt, aber ich nehme an, er wollte Durant den Mord anhängen. Dann hätte er das geliehene Geld nicht zurückzahlen müssen. Inzwischen war er ziemlich verzweifelt und bereit, alle Brücken hinter sich abzubrechen.«

»Die verdammten Hemmestas«, sagte Tobisson dumpf. »Die beiden sind im höchsten Grade mitschuldig. Warum hat er nicht einfach die Brüder umgelegt anstatt Walter Klum?«

»Weil er wusste, wie gefährlich sie sind«, erwiderte Hake ruhig.

»Dann ist er im Gefängnis auch nicht sicher.« Tobisson schaute träumerisch aus dem Fenster. Fast wünschte er, die beiden würden zurück nach Stockholm kommen, damit er sie festnehmen konnte. Noch immer hatte er schwer an dem Gedanken zu schlucken, dass ihn zwei Männer dermaßen in Angst und Schrecken versetzt hatten.

Lidman zögerte, schnappte sich ein letztes Schokoladenstück und klappte den Deckel der Schachtel zu. »Jetzt müsst ihr aber aufhören, die ganzen Pralinen wegzufuttern, Jungs«, meinte er. »Die Packung soll noch eine Zeit lang reichen.« Er lächelte ihnen zu und versenkte die Hände in den Taschen seines weiten Mantels, als wolle er sich selbst daran hindern, den Karton vollständig leer zu plündern.

Am nächsten Tag kamen Hanna und Siri zu Besuch. Während Siri die Bandagen an Hakes Rücken und der Hüfte untersuchte, stand Hanna am Fenster und schaute hinaus. Plötzlich wandte sie sich um und sah ihn an. »Ich fahre nach Paris«, sagte sie.

Hake fühlte seinen Mut sinken. Er hatte einfach nicht mehr die Kraft zu protestieren.

»Erst einmal für zwei Wochen.«

Siri erklärte fröhlich: »Ich bleibe bei Tante Julia und werde Tierarzthelferin.«

Hake starrte mit leerem Blick geradeaus. Alles war so durcheinander. Jeder hatte eine versteckte zweite Identität, jeder wirkte wie ausgetauscht, nur noch »ringer« auf der Galopprennbahn des Lebens.

Scheinbar aus weiter Ferne hörte er Hannas Stimme weiter sprechen: »Ich möchte, dass du mit mir kommst. Wenn du wieder gesund bist. Wenn du Zeit hast.« Sie ging zu seinem Bett und küsste ihn auf den Mund. »Ich brauche dich«, sagte sie.

In ihren Augen glitzerte es feucht. Dann wurde sie allmählich unschärfer und unschärfer, bis er am Ende die Augen schloss. Aber auf seiner Netzhaut war noch immer ihr Bild zu sehen. Sie stand an einem Fenster in Paris, schlank und nackt, und schaute zu, wie sich das Morgenlicht über die leeren Waggons und die Loks auf den Abstellgleisen breitete. Sie schien zwischen Wirklichkeit und Traum zu schweben, als habe die Zeit aufgehört zu existieren.

Zeit, dachte er. Alles hat seine Zeit. Das Leben hat seine Zeit, und das Sterben hat seine Zeit. Steine schleudern hat seine Zeit, und Steine sammeln hat seine Zeit; Umarmen hat seine Zeit, und sich der Umarmung enthalten hat auch seine Zeit.

Er fragte sich, was die Zukunft wohl für ihn bereithielt.